殷伯达 ◎ 著

风雅颂

广陵书社

图书在版编目（CIP）数据

风雅颂 / 殷伯达著. -- 扬州 ：广陵书社，2024.
11. -- ISBN 978-7-5554-2390-4

Ⅰ. G127.533-53

中国国家版本馆CIP数据核字第2024E7C406号

书　　名	风雅颂	
著　　者	殷伯达	
责任编辑	郭玉同	
出版发行	广陵书社	
	扬州市四望亭路 2－4 号	邮编　225001
	（0514）85228081（总编办）	85228088（发行部）
	http://www.yzglpub.com	E-mail:yzglss@163.com
印　　刷	扬州皓宇图文印刷有限公司	
开　　本	720 毫米 × 1020 毫米　1/16	
印　　张	21.25	
字　　数	314 千字	
版　　次	2024 年 11 月第 1 版	
印　　次	2024 年 11 月第 1 次印刷	
标准书号	ISBN 978－7－5554－2390－4	
定　　价	70.00 元	

目 录 | contents ●○

往无风处撩风，朝有情处凉情

哪有杂事称人心，但念卸担满肩轻

赞谁论谁要入神，实话虚话对半分

第一篇章

风

一瞬之间

一、景太美，昼夜对饮也不醉

凌晨两点到四点，风，睡了。树叶贴着树叶，也不会擦肩。鸟儿和虫子假如有谁打呼，彼此也能听见。这个时辰的世界，入了梦。

精彩是从四点往前走，躺在平地，睁着眼，轻易别眨，会清晰地看到人间是怎样醒过来的。

被洗了一夜的天，舒展清柔的光照在地上。薄如蝉翼般细微的亮，被幽静浸染着，所有的灵魂在一瞬之间醒来，虫子、鸟、风，喧闹开始漫延。

"老头，猜一猜，咱俩，现在睡在湖上，还是睡在岸上？"孔尚任醒了。

其实，他们既睡在岸上，也睡在船上。老头，是年逾七十岁的北湖名隐吴园次，这位名闻天下的才子，因为无钱造屋，便独创了一半浮水、一半依岸的水陆两栖住宅，取名岸桴。平常日子里，它被系牢在北湖黄子湖的岸上，便是神奇而雅致的别墅。卸了绳索，便是一条游舫。

他俩，孔尚任和吴园次，就在昨日，对饮了一天一夜，一直喝，就他俩，爽么？倍儿爽。

北湖名隐徐石麒、孙柳庭、范石湖、王方岐，这一群天下闻名的贤杰，因满人入关、扬州屠城，心怀深仇大恨，便隐居于距城数十里地的偏远乡野，成就了特殊年代的北湖名隐群落。他们雅兴爆棚时，会一起涌进岸桴，脱了绳索，与主人吴园次一道，把这所豪宅桨击到湖心，钓上鱼来，现烤现煮，湖鲜下酒，纵情唱和。北湖第三代名隐王方岐形容为："花晨月夜，与高人朗士扁舟溯流，菰蒲蔽亏，凫鸭凌乱，一咏一歌，皆足千古。"爽么？倍儿爽。

平日里吴园次最兴奋的，还是听见车马声近，孔尚任从城里下来了。

清康熙二十四年（1685）秋，38岁的孔尚任因赴治河之任由京都来扬。当是时，涝灾频发，淮河洪水一泄千里，大批死亡的灾民，人数根本来不及统计。文章太守伊秉绶当年就因为治涝有功，朝廷才起用他知扬州的。治河，也就是朝廷安排下来的一群官员，赴淮扬沿线考察，然后召集各相关线路上的领导班子开会，听发言，听汇报，听治河方案，听财政预算，听地方领导列经费清单，最后喝酒，狂欢，临别送珍贵礼品。要知道治河的银两一向是巨款，调研官员有责任向中央财政报送各地治河数额，沿河政府送礼真的很吓人。

孔尚任不敢收钱收物，送酒是要的。老头吴园次见酒则喜，但仅对孔尚任送过来的酒有这样的心情与兴趣。曾为湖州青史留名的吴太守，他见过各式人等，撑过各式人等。凡媚俗者、弄权者、贪欲者，宴席或闲聊间就会被他怒骂出局。

吴园次与孔尚任刚烈好斗的性格，实在是不适宜在官场担负要职的，吴园次因此而失去了太守之职，这个我们会在后面重点说到。生性好热闹、好交友、好诗酒的孔尚任，热心于名流雅集。我们查一查史料，就会发现，在扬州、兴化、泰州等地短短的三年多时间里，他组织或者参与的诗酒聚会，有规模的、有名目的、有诗册留存的，达十多场。零碎的，没法统计，就连后来的阮元都在他的《广陵诗事》里说：曲阜孔东塘尚任官扬州时，屡为文酒之会。慢慢地，慢慢地，他开始频繁地拜会年长三十岁的吴园次了。男人们的真缘分，当然也会有男人与女人的真缘分，到达了心心相通的地步，年龄，便不是问题。孔尚任初来扬州时，还不到四十岁，吴园次已届七十。吴园次的品质、风骨、性情、捷才、酒量、精力、志趣、学识、诗赋，无一不令孔尚任折服。孔尚任，只要一有空闲，即使远在兴化、泰州，也会快舟疾马回头，去扬州的衙门里，要一挂简便的车马，搬上满满的两坛酒，飞奔北湖。听到车马声动，初期，一只眼全废、一只眼尚能见光的吴园次会站在旷野里，扶住一棵树，大喊："小子，我在这里！"如今，三年过去了，两只眼全废的吴园次，听到车马声动，仍然会扶住那棵已经长得很高很高的树，耳朵向着客来的方向，侧着脸，大喊："小子，我在这里！"江阴沙张白在《吴园次传》里说：公魁梧雄硕。魁梧雄硕，吴园次至老依然保持着挺拔的腰板，拒绝孔尚任的搀扶，张罗着下酒的时鲜菜。"先生，好酒来了！""够喝吗？小子。""能灌倒你十回八回！""你能不能不吹牛！"壮年孔尚任与老人吴园次三年时间里来来复往往的密集斗酒，已经记不清有多少次了。一回又一回，一个昼与一个夜，昼夜复昼夜，总是分不出胜负输赢。

一群人喝酒，到最后，喝的是寂寞；两个情趣相投的人豪饮，饮到最后，是快意，甚至，连醉都很难。

一天一夜，这一回，他俩，喝了一天一夜，都没醉，是喝累了，累得双双躺下了。

你可能有一堆朋友，你也可能有几堆朋友，只是，在你孤独到难挨的那个时分，你却很难找到一个招之即来、痛消千古愁的知己，像孔和吴这样。

二、难离分，临别一问《桃花扇》

天与地，文雅地醒了。在无人的旷野，这一份醒，无声，但鲜活。你会发觉，天地是有生命的，你一伸手，便会触摸到那种妙不可言。

"先生，先生，你看，你看，这黄子湖里，居然装着一个月亮、一个太阳。太神奇了，这个湖，竟盛得下夜与昼！"相遇、相识、相交的初始，在年龄大了两轮还有余的文学前辈吴园次面前，孔尚任只敢毕恭毕敬地叫先生，后来，在求教学问时，也会毕恭毕敬地称先生，再后来，先生与老头替换着喊，他们已经是忘年交了。

"还有吗？"

"还有鱼，各种鱼，游在日月之上，游在日月之下。世上居然有这么蓝的湖，纯粹的蓝。"

"有荇菜吗？"

"有有有，一片一片的，优雅地轻舞，在风里，在湖面，像少女的腰影。"

"参差荇菜，左右流之。窈窕淑女，寤寐求之。"吴园次在唱咏，是原汁原味朴素无华的古韵。古诗是能唱的，比当今的民族、美声、通俗各类型的音乐都要动听。后来的戏都是有曲牌的，而且可以自创，可以改进，吴园次便是戏剧音韵创作与研究的高手。

"参差荇菜，左右采之。窈窕淑女，琴瑟友之。"孔尚任轻声地和着。孔尚任是懂古曲的，许多年之后，他的《桃花扇》横空出世，一台戏，奠定了他清朝"南洪（洪昇）北孔（孔尚任）"的剧坛显赫地位。

吴园次再唱道："参差荇菜，左右芼之。窈窕淑女，钟鼓乐之。"又道："西周的荇菜，越了千年，又越了千年，依然是与爱情、生活、文学贴得最紧的水草。能流传千古的文字，都是作者内心情感的自然流淌。你玩奇崛古奥的词语，自以为美，其实，那行文的丝线已经乱了。天下人听得懂、记得住、想得起、传得开的诗词歌赋，才是最好的。"

天，醒来许久了；人，醒来许久了。湖里那枚薄薄的银灰色月亮，走了。太阳，正一寸一寸地往湖心走动。孔尚任，感受到了阳光尽情地抱着他的温暖。还有一层温暖，是先生给的，涌动在心里。每回每回，先生对他的教诲，都是不经意间轻松的点拨，是特别容易消化吸纳的精神营养。而今天起，他不能再耳听面受先生老头、老头先生深如河海的渊博学识了。七天前，上级已经对他下达了速赴京城履职的命令。这年轻人一再地拖延又拖延，心中实在舍不得双目失明的恩师。今天，他必须上路了。已经完成了《桃花扇》第二次修改的孔尚任，想最后一次聆听先生有关戏剧的学问。

"先生，跟我说说你的《秋风啸》《绣平原》吧，我的《桃花扇》耗时数年了，一直无法鼓足勇气抛向世界，写一部好戏真的好难。写一部好戏，像先生的戏那样，天下争相阅，妇孺皆能诵，对我而言，像梦一样贴近又遥远。"

　　著名北湖隐士王方岐在《吴园次后传》里说：先生"又谱《秋风啸》《绣平原》院本，皆有其深精蓄积于内、奇遇薄于外"。沙张白在《吴园次传》里说得比较明白：公所作传奇乐府流传代间，梨园子弟能演吴太守一剧者，即声誉出伦辈上。

　　"那都是旧事了，不说了。我喜欢你的《听雨集》……"

　　吴园次避开了《桃花扇》的议题。《桃花扇》正式问世于1708年，是年，吴园次已经去世14年之久，他的许多成熟戏剧家的见解已无法表述了。

　　"先生，提起拙作《听雨集》，学生又要敬先生酒了。"

　　"还喝？"

　　"还喝。"

　　"喝。"

　　孔尚任在《丙寅丁卯存稿》的《答吴园次先生》中对吴园次为他的诗集慨然作序大为感激：《听雨》小集，何足传播，大序一弁其端，遂觉雅比兰亭、豪追金谷。同人咸为予贺，以为序传而主人必传，宁知古之序传、客传而主人不传者何可胜数。仆敢不自勉自爱，以为籍传之地哉？

　　文人与文人之间，未必都是相轻。尤其是晚辈对前辈的激赏之辞，懂得心存感激，才是做人的正道。

　　后来，吴园次又为孔尚任的宫词百篇作序。孔尚任那个时候已经远调到云南昭阳，这一老一少每天都有书信往来，不仅是因为他们之间有太多关于诗词、关于戏剧中逐词逐句的琢磨，更有许多孔尚任千言而解万忧的对异族统治的暗恨。他在来信中赞道：仆尤爱"十五国风诗得半，八千客路酒常兼"之句。这是吴园次为孔尚任宫词百首序言中的一句，在收入《四库全书》的吴园次《林蕙堂全集》中可以找到。宫词百首，孔尚任出书时的定名应为《续古宫词》。词，应该是陆续写成的，相信其中的许多许多篇，在整理成集前，吴园次都读过。譬如"一夜不眠知尔恨，拔钗打碎小金笼"，譬如"黄昏团扇影相亲，别院秋千笑语频",譬如"晓莺啼到无声处,竹临鸾敛黛眉",譬如"羊车欲到天阶响,齐卷帘衣献乳茶",等等。你去看吴园次那些一夜凭风传天下,妇孺骚客皆能吟的警妙戏文,可见两人的行文风格皆有追古而弥新之神韵。有幸遇见才华高超的恩师,十万人中难有一个。孔尚任说,其实我想说的就是一句话,这辈子,我总得写出一部大戏来,戏里有很多人,我不宜说的,他们可以借古骂今,咒尽人间奸人。春过夏来,秋去冬往,孔尚任没有停止过为写一部大戏而与先生谈心。居扬州时,他与前辈名家吴园次掏心掏肺,彻夜连着彻夜地豪饮神聊,其中的一些整夜,总是在谈戏。在人的一生中,贵人指点,往往可遇而不可求,听君一席话,胜读十年书,绝非夸张之辞。当然,如今,我们要反过来说了,孔尚任才是清代为数不多的几位大戏剧家之一,他的《桃花扇》,康熙点名要亲自看。康熙是统治者,在《桃花扇》红极一时,人人争相欣赏的空前盛况下,他的眼睛里看到了什么,寻常人是猜不着的。但,寻常人很快就听到了个坏消息,《桃花扇》被封杀了。比如今的网红剧作家还红十倍百倍的孔尚任从此黯然退场。在与戏剧大家吴园次朝夕相处的三年多期间,《桃花扇》刚刚完成了二稿。这部戏,孔尚任花了二十年时间,可谓呕心沥血,他心里有一股强烈的仇恨,仇恨异族统治下汉人以当上超级奴才为光宗耀祖的无耻人格。当了一个巡抚,当了一个总督,舔狗般跪伏于地上呼万岁万岁万万岁的上等狗嘴脸让他恶心至极、屈辱至极。《桃花扇》的二稿,吴园次在左眼明明亮亮时就读了很多遍了。吴园次在心中说:这小子,在写剧的路上,未来不可限量。但表面上,从始至终,他连一句也没有夸过孔尚任。其中的人物、立意、故事、词语、隐贬异族的怨气,细想便有些令人担忧。从康熙到乾隆,他们对汉文、汉人的研究,眼面前十个二十个大学士加起来也不如他们精深。像孔尚任这样争强好胜的年轻人,吴园次知道不能用劲批评,这部大戏,怎么打磨,怎么淬火,吴园次得一点一点地慢慢开导他,让他十天半个月之后再在不经意间开悟:戏里种种,朝廷得罪不起。《桃花扇》在清康熙三十八年六月完稿,四十七年刊发。从男女爱恨情仇写家国兴亡之慨,剧中想骂谁,果然痛快淋漓,吐尽衷肠。梁启超赞其"结构之精严，文藻之壮丽，寄托之遥深，冠绝千古"。剧中的杨龙友是非常有内容的人物，他是奸人马士英的亲属、帮凶，阮大铖的盟弟，正义斗士侯方域的好友。孔认为明的灭亡，不是一个人的过失，不是一个团体的过失，不是一个时代的过失，是一个民族家国集体精神无能、精神麻木、精神猥琐、精神随众、精神自私的历史劣根性所导致。康熙能不整他吗？

三、自忧伤，红豆成双情深藏

"先生，酒来了。"

"大碗，满上。"

"好，满上。先生，尚任这样迁就先生狂饮，不知道对，还是不对。"

"人活着，如果只是为了活着，与草木鸟虫何异？来来来，小子，大碗，满上，走一个！"

"先生，尚任终于明白您为什么在湖州任上罢而勇退了。"

"你小子，又谈旧事了！"吴园次的旧事，都是天下传奇。

"老头，我读过王方岐先生为你写的传记，总感觉其中有些虚伪夸张的地方。老头，难道就连你这样天下敬重的文章太守，在为自己树碑立传的时候，也会厚着颜面欺骗世人吗？"

"要死啊，你这胆大妄为的小子，居然敢这样抨击一位七旬老头？"

"你知道我假话从不说，真话敢说全。"

"你这小子，直率胆大起来，山洪猛禽也是挡不住的。吹牛拍马的、趋炎附势的、抄袭古人的、迎合当权的、卖字为生的占了读书人的将近九成。还有九分，是隐而不语者。像你这样的，在人间，连一分也远远没有。这是上天派你到人世之前便给你捏成的性格，后来有没有改变的啊？譬如一贯愤世不平怒言吼斥，后来反复遭遇了恐怖经历，从此哑然无语。可是，你小子，一路都是顺境，即使你自幼便有八九个教师爷每次授课便是让你闭嘴、默语。其实你懂的那些天下不平，天下人都懂，只是天下人不说，只有你会倔强地认为不说就对不起天下，所以天下能出名的可能是你，天下遭殃的也可能是你。关于《桃花扇》二稿，我至今还没有想好怎样去掉文字的棱角。"

"啊啊，谢谢先生对孔尚任直言不讳的指点，《桃花扇》不急于出世，我会听先生的话，去火，藏怒，隐恨。"

"哈哈哈哈，那就不是你孔尚任了！"

"老头，其实，你如今也远非那个先前的吴园次了。你知道我拜访过王方岐吗？我们有过许多回的长谈，谈你，谈你的一生，甚至你的神童过往。"

吴园次，即吴绮，晚年自号听翁。王方岐说他六岁能诗，并且抄录了这首天才儿童的诗。诗名叫《山中吟》，曰：山溪清浅山花红，抗首高歌和晓风。世事回头君莫看，不如沉醉此山中。细读，你会认可这是一首六岁小孩写的诗么？六岁，懂得什么叫世事？醉，还不是一般的醉，还要沉醉。六岁诗，你信么？有一个人不信。他叫沙张白，江阴人，吴园次罢官后游历天下山水，中途歇脚江阴，一时江阴名流云集，众文人均以一睹吴园次之风采为幸。这中间，就有沙张白。当年，沙张白只是一位晚辈，藏在众名流的后面不敢声张。吴园次却特别地把他请到前面，盛赞他的才华与文章。年轻的小沙从此声名鹊起。沙张白是懂得感恩的人，他后来与吴园次的交往应该很密切。当他的崇敬之情积蓄到难以抑制时，便情不自禁地写下了《吴园次传》。他的这篇传，显然早于王方岐的后传。沙张白在该传里说，吴园次不是六岁能诗，而是五岁。五岁，是不是很神奇？沙张白还说了，吴园次的母亲"感异梦而生公"，是不是更神奇？异梦，是梦见了黄龙还是白马？略了。少年时，吴园次曾游浙江桐乡市古镇崇福，在林中见了奇仙，曰玄龙黄先生。说"先生长爪通眉，有同昌谷"。（见《林蕙堂全集》卷三《黄玄龙先生诗序》），"长爪通眉"，说的便是唐代诗人昌谷（李贺），李商隐《李贺小传》中有："长吉细瘦，通眉，长指爪。"这是吴园次的幻觉还是事实？略了。沙张白，属实是吴园次的铁杆粉丝，他这样慷慨地夸赞吴园次："公为人魁梧雄硕，博洽淹贯，为东南儒宗。"北湖居然出了一位"东南儒宗"，谁的定论？略了。古今中外，粉丝的性情大致是这样：绝不去考究偶像传奇过往的虚实，能使自己心生迷醉即可。后来，吴园次还留下了许多迷人的凄美传说。譬如马少君，一位彩色丝带般飘过吴园次人生的少女。同时代词评家丁炜曾在《紫云词》中写过园次与少君，同时代词人尤侗曾在《百末词》中提过园次与少君，吴园次自己也确认过少君"才当弱岁，言归于我"，吴园次称其为"姬"，尤侗亦称其为"吴园次姬"。这里，似乎并非妾的意思，因为沙张白与王方岐的吴园次传中均未提及她。那么，少君是当时初长成的歌舞名姬么？同时代的著名学者徐釚曾认为"园次之于马少君，似东坡之于朝云也"。这个评语实在耐人寻味。东坡与朝云，留下了许多感人至深的爱情故事。园次与少君，犹如一阵艳风拂过。由于少君的早亡，园次的这一段情爱过往，流星一般迅疾地划过，并没有来得及留下太多的故事。如果吴园次与少君之恋似东坡与朝云，那应该只似于他们的初遇与初恋。朝云的美，东坡在《西江月·咏梅》里形容为"玉骨""冰姿"，"素面翻嫌粉涴，洗妆不褪唇红"。东坡的学生秦少游初见朝云，大惊其"美如春园，目似晨曦"。从前的文豪们，要么"闷骚"，要么"明骚"，公开承认自己不骚的，谁都认为他有毛病。东坡与少游这样赞美朝云，在那个时代，与盛赞山水般正常。不像现在许多伪文人，爱装，故意装。朝云究竟多么美，惹得两位大词人词已见穷。少君究竟有多美？孔尚任想必追问过吴园次。在酒至最酣时，在二人斗饮间，孔尚任一定以不可遏止的好奇心反反复复探问过吴园次：那位少君，长得怎样？什么都可以说的狂放不羁的吴园次，提及少君，就会急停，裹住满嘴的话，咽下去，木木地面朝黄子湖面，心念着比黄子湖更远的前方，只属于他一个人的前方，有少君幻影的前方。人生的隐私，有些可以与人分享，绝对的大多数可以与挚友分享，但，一定有不可分享的。妙龄的少君，心地比黄子湖水还要清澈的少君，她早亡的意外、意外的早亡，在吴园次内心最柔软的部位烙下了终身不可治愈的伤与痛。在吴园次目盲之后，他为自己写了一篇约千字的小传，叫《听翁自传》。听翁，是他失明后给自己取的号，在这个自传里，他也没有提到少君。少君，早已长在他心上，他会带着少君去另一个世界，但不会与世人道一字、道一句。

吴园次另一个凄美的情感故事，徐釚在《词苑丛谈》中披露过。说，西湖有位女子，叫沈方珠，字浦来，善诗能文，二八年华，貌美如花，却性格内向，忧郁寡欢，与书生父亲相依为命。吴园次，当年已经是湖州知府，因为喜欢方珠父亲的诗文，所以时有交往。然而，厄运突然降临，方珠的父亲因急疾去世了。一个穷书生，家境贫寒，啥都没有留下，穷得方珠居然拿不出钱来安葬亡父。吴园次慷慨解囊，把这位可怜的诗友的葬礼安排得体面而有规格。木讷的方珠，彻底被征服了，彻底被英俊重情、才华横溢的吴太守征服了。两人之间有过情爱的表达吗？一定是有的，徐釚说，沈方珠"愿以身归之"，那么，两人之间一定有过相关的面谈，性喜安静的沈方珠提出的唯一条件，就是避其家室而居，这却是吴园次不能接受的。这件事就这样不了了之了。但沈方珠思念吴园次的心情越来越浓烈，在忍而不能再忍的苦苦痴恋下，她给吴园次写了一封信，这封信里有一首诗，其中一句，徐釚抄录了，即："若肯怜才，携取梅花岭外栽。"美好的事情是否有美好的结果，往往取决于是否在正确的时间。沈姑娘痴恋吴园次的时间并不讨巧。在湖州任上，吴园次完成了许多惊天动地的大事，挤出来的闲暇，他还要兴会天下文友，这些，王方岐的《吴园次后传》里有，我们在下文会说到，这里只是想说，可怜的沈姑娘，她当然不清楚吴太守有多忙，她认定吴园次的不回信是一种无言的拒绝。徐釚说：沈方珠"后以事不果，遂抱恨而卒"。她是因为相思成疾而病故，还是怨恨情断而自寻短见？徐釚没有交代，吴园次的文集中亦未见交代。这里，略了。吴园次曾以工于词而名闻一时。其中有一首《醉花间·春闺》是这样的："思时候，忆时候，时与春相凑。把酒祝东风，种出双红豆。鸦啼门外柳，逐渐教人瘦，花影暗窗纱，最怕黄昏又。"《清史列传》中记载吴园次时有这样一段话：吴园次词最有名，儿童、妇女皆能习之。以有"把酒嘱东风，种出双红豆"之句，号曰"红豆词人"。晚清著名词论家陈廷焯曾经在他的《白雨斋词话》里批评吴园次的"红豆词"流于意浅，但，如果你联想到吴园次情感生活中令其深憾的一段又一段过往，再细细地推敲一下"双"和"又"这两个字，也许就不觉得意浅了。词，自有它的情境、语境，只有深入地了解了词人，才能真正读懂他的词。

四、那纯粹，所有日子都能笑对

孔尚任一定是懂得吴园次"双红豆"的深义的。孔尚任一定更加熟谙吴园次的传奇乐府《秋风啸》《绣平原》。吴园次写戏，不愁没有人演，而是愁究竟给谁首演。吴园次的剧本为什么会有如此之大的魅力呢？孔尚任一定是一遍一遍地读过这两部大戏的。这样的戏，有最好的故事带你进入，有最好的情节让你沉入其中，有最好的台词让你心生喜与悲，谁能不喜欢？其实，喜怒哀乐，爱恨情仇，就是戏的全部意义了，你还想干吗？你想把仁义礼智信统统塞进一部戏里去吗？如果那样，谁看都会腻歪的。戏，玩出人味儿来就到顶了。吴园次的戏，显然是顶级的戏，因为只有顶级的戏，才会有人抢着演、抢着看。

吴园次写戏，其实，也就是打了两回酱油，丝毫没有职业化的功利心。酒至极酣，情至极浓，灵感来袭，激情奔涌，笔有神助，妙词无穷。"先生，读你的戏文，尚任进得去，也出得来。是我所思，却非我所能，尚任想写一部戏，一直在想，一直在想……"

"那就放下。"

"可是……"

"你不要去找它，让它来找你，你不要急，让它急。五年，十年，你要等得起。急功近利者，非俗即庸。"

恰恰是在十年之后，孔尚任才完成了他的惊世杰作《桃花扇》，这是他文学的巅峰期，也是他仕途的终结期。

"谢谢先生的点拨。"

"小子，谢得实在一点，敬我酒！"

"尚任敬先生一杯。先生的睿智与潇洒，尚任今生莫及！"

"哈哈哈哈，等你小子穷得像先生这样干干净净，你才能真潇洒！"

当过三年知府的吴园次，不是不能富，而是不可富。

　　吴园次知湖州时的收入，大致朝三个方向散尽。第一是接济穷乡亲、穷书生、穷朋友；二是为倾囊款待寻他而来的天下文友；三是为已故的当地名儒修墓立碑、建林造园以祭。对失去权势的朝廷命官无依无靠的子女的尽心照料。王晫的《今世说》里讲述了一个有关吴园次的故事，大致的情节是，一位叫赵洞门的人，他位居御史大夫要职时，吴园次供职于朝廷。当时，赵府可谓车水马龙，大批大批的官员排着队上门求见。唯有吴园次，不卑不亢，坦然处之。后来赵洞门被免职了，吴园次反而对他安慰照拂有加。很奇怪的是，不久，赵洞门官复原职了，那些在他免职时远去的人复又蜂拥而至，奉承有加，唯有吴园次，除公事，不与他多言一句。王方岐在后传中告诉我们，在京都，吴园次当过秘书院中书舍人，后迁兵部主事，又迁至武选司员外郎，再迁工部屯田司郎中。其间，居然没有一个位高权重的靠山。有一次，赵洞门指着刚刚走过的吴园次对儿子赵友沂说："他日吾百年后，终当赖此人力。"不久，儿子友沂早逝，赵洞门悲痛地死于客舍。赵是清官，没有为后人留下财富，吴园次果然承担起照料赵洞门两个孙子生活的责任，尤为感人的是，吴园次还将女儿嫁给了赵洞门最小的孙子，把他当儿子一般抚育培养。这个故事，取名《知人》，屡见于初中生文言文阅读训练教材。这是一个经典的故事，这是一个真实的故事。这个故事，完全符合吴园次的为人品性。在湖州任官期间，他掏出自己的俸禄为诗人孙太初重修墓地，并建"太白亭"以彰其名。明末遗臣的墓二十多年荒废无人问津，吴园次出资为其建墓园，广植树林以表敬祭。吴园次究竟倾囊相助过多少寒士？无法统计，略了。清朝知府配备的各类官员，均由知府出资聘用。凡有后台的官宦平庸子弟或富人纨绔后代，吴园次一律拒用，朝廷重臣打招呼也没用，而穷苦人家的有为书生，吴园次来者不拒。王方岐在《吴园次后传》里说是"试士暮受卷而朝榜发……寒畯必登"。吴园次掏了多少腰包扶持了多少贫寒后生？无法统计，略了。凡交往过或者写过吴园次的人，都有一句共同的评价："以朋友为性命。"吴园次任湖州最高长官期间，天下名士、八方文友常常成群而至、结伴而来，衣食住行，吃喝玩乐，均由吴园次一人承担。

朋友来了，吴园次没有一次不让大家尽心狂欢的。王方岐是这样说的，天南地北的文友组队来到湖州，吴太守必盛宴相待，届时，"皆屏去驺从，解衣磅礴，谑浪歌呼，声进林薮。观者目为神仙中人，不复知为郡守也"。知湖州三年，吴园次究竟为朋友耗费了多少私囊，无法统计，略了。

孔尚任由衷敬佩的，便是这样一位不把官当官做的吴园次先生，不做作，不掩饰，不猥琐，不攀附，以倾情坦露的心迹对待红颜、对待朋友的吴园次。

当然，吴园次还有把官当官做的一面，他是好官。好官怎么评定？好官，首先得有胆量、有气魄、有能力惩恶扬善，保一方百姓太平安居。然后，他还必须有足够的智慧、才干、拼劲、爱心，千方百计让穷苦黎民丰衣足食，享乐幸福。在吴园次出知湖州府之前，由于多任郡守贪婪无能，导致当地黑恶势力横行霸道、胡作非为，一州百姓度日如年，苦不堪言。吴太守上任伊始，采取的是铁腕手段与利剑行动。所谓擒贼先擒王，吴园次以迅雷不及掩耳之势逮捕了十余名罪大恶极者。王方岐说得很简单："获钱玉涵、唐文等十余人，杖杀之。"黑恶势力头目唐文手下，"以三千金赇先生求免，挥去弗顾也"。接下来，又是一场硬仗，有个叫沈柬之的恶霸头目，生性残虐，历任郡守，无人敢碰他，百姓深受其害。吴园次派精锐捕手擒之，当街立斩。王方岐是这样写的："郡人观者数万，顶香焚于湖涘，积灰盈尺。"还有更难对付的，是当地驻军中的营卒，他们鱼肉一方百姓，民众敢怨而不敢言。以往的郡守胆小怕事，不敢整治，吴园次是在京城见过大世面，并且在兵部任过职的人，并不惧穿军装的恶徒。王方岐说，吴园次"惩其魁，众皆遁去"。大帅闻之，戒其众曰："吴守非易与者，汝曹勿入其境也！"天下就是这样，首先是要太平。太平了，百姓安居了，就能乐业，乐业的果实，没人敢抢，没人敢盘剥了，日子就必定会好起来。

孔尚任因为康熙的恩赐而初涉官场，这是他命运的一次突变，他在不惑之年意外地当官了。遇见吴园次之前，他当得彷徨、困惑、纠结、郁闷。孔尚任乐于交友，性格外向，他几乎访遍了扬州、泰州所有的名人，把酒吟诗之余，所有人都告诉他：有一个好官，隐在北湖。

初逢时，吴园次还有一只眼睛没有全废，他像瞄准射击那样，睁一只眼，闭一只眼，瞄着孔尚任，瞄了一会儿，突然仰头朝天，一阵狂笑："哈哈哈哈，你小子，居然拎了一坛曲阜的陈酒过来。开酒，开酒，开酒！""先生，学生……""少废话，我有大碗，你有佳酿，开酒开酒开酒！"只一瞬间，孔尚任便像着了迷似的被这个豪放狂达的大块头老人吸引。那是他们两个人第一次通宵达旦地狂饮。"先生，说一说你湖州太守的经历吧。""走远点，不要扫我兴，喝喝喝。""先生，所有人都说，你是位好官，你得教教我怎么做官。""哈哈哈哈，我睡觉了，小子，你，酒带少了。"喝到天蒙蒙亮时，吴园次秒睡了。孔尚任这才拜访了为吴园次写传的王方岐，畅谈吴园次在湖州时的陈年往事。王方岐是北湖先贤王纳谏的孙子。王纳谏是北湖最早中进士的名士，终隐于故里。焦循在《北湖小志》里把他放在人物传首位，称：湖中文学，盛于王诠部纳谏。王方岐的父亲王螺山是北湖第二代进士，也是清朝初期北湖遗民中杰出的隐士。王方岐的弟弟王方魏，焦循说他：四十年不入郡城，不授徒，不游，不酒食……善书法……里人重其人，得其所书，至今珍之。焦循还说：时祖父（王纳谏）之门生，故人半在仕途，以书招之，（王方岐兄弟）坚拒不答，闭门著书。接下来，我们就要说到王方岐了。王方岐的性格像他的母亲李氏，外向，善言，才华横溢，善交名士。最早，他与李宗孔、汪懋麟、吴园次结"闲闲社"，与吴园次可谓青年挚友，后来，其他三人都入了朝为了官，焦循说他：承父志，不求仕。如果王方岐有志科考，中进士应该不是问题。若是这样，王氏三代进士，这在北湖无疑是一则美谈。当然，王方岐、王方魏在北湖的淡泊隐居、著述留世，是更值得人们称道的美谈。

五、侠义行，朋友就是我性命

"'以朋友为性命。'我喜欢这句话，非常的。"

"你小子，又去哪里打听我了！"

"王方岐先生写你的文章里有。"

"哦。那是我血气方刚的壮年往事，现在，谈不起来了。人过七十，门庭冷落，偶尔遇见，仍念旧情，便是附了侠义之心。但是，人与人的交往，总是因为相互需要而决定疏密的。而今，我一个赋闲老翁，哪里还有什么机会去为朋友搏命。人老了，要猫得住，要让自己每天都在忙，很忙，这样，就不会去怒过往。听翁我现在醒里梦里都在整理典籍选篇，也许将来稀有人读这本小之又小的小众书了，但是，当下，每逢妙篇好词，就会有得意而忘形的兴奋，碰巧了的时候，兴奋得无以庆贺，你小子就来了，居然就来了，我真的很高兴，高兴到似乎又回到了北湖时辰。"

"老头，你是那种永远都童心不改的老头。现在，应该很少有人畅谈你老人家的从前了。我拜访过为你写传的王方岐多次，每次都在聊你从前的壮举，常常感动得忘了时间。"

孔尚任与乐于神聊的王方岐有过关于吴园次的彻夜慢饮长谈么？一定有过。孔尚任，一定一次又一次地被吴太守震撼过。

然而，这样的好官，百姓拥戴，上级不一定喜欢，或者一定不会喜欢。吴园次，才杰、性真、心纯、政廉，既不肯送礼，又不肯拍马，该顶则顶，该抗则抗，心有百姓，目无领导，那还能干下去么？那必定是干不下去的。

那一天，世界的颜色是灰色的吗？是的。铅有多沉，天就有多沉。空气，都懒得动弹了，凝固得搅也搅不动。黄氏，吴园次贤淑而多才的夫人，喊了他数声，他愣是没有听见。这空气，连近在咫尺的声音都阻隔了。今天是个重要的日子，每年的今天，都是重要的日子。吴园次，是拒绝在这一天宴请客人的，但客人总是挡也挡不住。太阳还没有落下去的时候，朋友们就不请自来了。吴园次每年都说，今天，我不提供菜，也不提供酒，我不欢迎你们今天来。今天，是吴园次的生日，他是特别抗拒过生日的人，但是，没有用。到了太阳还没有落下去的时候，一群一群的故交文友，便用车拉了菜、用坛装了酒，来了。像吴园次这样以朋友为性命的人，朋友也会以全部的生命热情待他。今天，黄夫人发觉，丈夫的表情有点异常。昨天，吴园次应招去嘉兴见了他的领导，很晚很晚才回来，昨晚，黄夫人没能看见他的表情。吴园次，是把心情写在脸上的人。恨一个人，厌一个人，开心了，郁闷了，全在脸上。今天，丈夫的表情有点异常，黄夫人便不再跟他讲话，只远远地、默默地看着他那张脸，看着那张脸上铅一般深灰的表情。

太阳还没有落下去的时候，一下子来了许多人，许许多多的人。多到什么程度？是些什么人？这里不能略。因为沙张白的《吴园次传》里具体写到了，曰：值公生辰，倾城内衣褴褛、披被襁跻公堂而称祝者凡数万人。褴褛，好懂，穷人穿的破旧衣服；被襁，也好懂，泛指农夫所穿蓑衣；数万民众为他祝寿，这个，也好懂。三年了，他为百姓带来的福祉是先前从未有过的。数万人，也许每个人只是说了一句祝福的话，也许只是每个人给青天太守鞠了一个躬，够了。在吴园次眼里，这就是一条静静地流淌的河，静静地流淌着的宽阔无垠的爱河。人的一生，都或多或少、或大或小有个理想的追求，让一方百姓过上太平幸福的日子，人的一生，还有比这个更美的追求吗？吴园次，他笑了吗？笑了。然后，他又流泪了。流泪的时候，他把身子背了过去。吴园次担心数万百姓看到他哪怕是一闪而过的愤懑与忧伤。转过身去，然后又转过身来，吴园次看着身边那些普普通通的平民，便迈步走近他们，一个一个，拉起他们的手，叫着他们的名字。近前的这一部分人的家庭，他都走访过；这些人，他都为他们的生计出谋划策过，三年，他们都成了朋友。以朋友为性命，吴园次的朋友，也包括这些质朴的乡民。这是乡民们未曾想到的幸事。世世代代，无论是改了朝，还是换了代，老百姓最怕的是两件事：无休无止的徭役和无孔不入的苛税。这三年，吴太守执政的三年，他敢顶上级，敢护乡民，一天天地，大家能睡安稳觉了，能吃丰足餐了，谁不感恩这样的父母官。这位父母官，现在就站在他们的面前，响响亮亮地叫喊着他们的名字，满脸笑容地叫喊着他们的名字，亲切热忱地叫喊着他们的名字，他们，哭了。他们，转过身去，哭了。他们心里明白，今天是太守大人的生日，他们是来祝寿的，祝寿应该开心地笑才对。可是，怎么回事呢，他们居然忍不住哭了，多不合时宜，他们哭过了，又转过身来笑了。太阳，就停在郡衙远处一棵千年的古槐树枝上，那么轻盈地停在那里，含笑看着这数万黎民，含笑看着黎民们的挚友吴园次。吴园次凝视着那精灵灵的偏西的含笑的太阳，突然想，人生，有什么好失落的？你看这太阳，明知道要沉下去了，还在微笑。为什么？因为它知道，明天，它还会从另一个地方升起来。没有任何力量可以阻挡。

人生，难道不是同理吗？

昨天，吴园次已经得到通知，他被免职了。弹劾他的理由，荒唐到透顶，可笑到透顶。其实，这正是上级留给他的一道缝隙。因为弹劾的理由太微不足道了，太鸡毛蒜皮了，这些事，都可以一一解释清楚。昨天，上级就是让他去解释的。上级是谁？简单说，就是杭嘉湖道的道台。杭嘉湖道，是清朝设置的一个行政机构，康熙时期驻嘉兴府，管辖杭州府、嘉兴府、湖州府。道台召见吴郡守，也许原本并没有罢免他的意思，目的是在敲打。清朝有句俗语，叫"三年清知府，十万雪花银"。也就是说，你吴园次知湖州府三年了，即使再不贪再清廉，腰包里也有十万两白银了，三年了，你对顶头上司一文钱的孝敬也不给，你，究竟是吝啬，还是眼中无我上级领导，还是对我心怀仇怨？这是一个特例。每年重大节日，县令以上官员，直至郡守，没有一个人不登门捧出白花花的银子孝敬道台的。当然，这些官员孝敬的银子，会从百姓那里百般盘剥回来。唯有吴园次，连一两银子也没送过。敲打，一方面要敲出吴园次腰包中的银子，一方面要敲醒吴园次，让他懂得如何做官。做官，只唯上或者只唯下都是很危险的。而只唯下，只唯穷苦平民，危险便会来得没有道理可讲。上司召见吴园次，确实向他展示了湖州一帮富贵士族联名上告吴园次蔑视他们的事项。王方岐在后传里是这样说的：湖之绅士合词控之制府。上司道台大人给吴园次看这些诬告之文，就是告诉他眼下有多危险。那些弹劾的内容，解释或者不解释都不重要，重要的是你怎样表示孝敬。表示，是最物质的语言。如果昨天，吴园次丢下两万两或者三万两白花花的银子，那就用不着解释了，笑一笑，转身回头，就可以继续安安稳稳做他的湖州郡守。但，吴园次的表示是非物质的，是极不屑的，是大不恭的。简单地说吧，上司火了，恼了，急了，怒了，让他卷铺盖走人了。今天，在太阳还没有落下去的时分，吴园次看着数万为他祝寿的平民百姓，想到即将被免职还乡，他有不舍么？当然不舍。他有后悔么？绝对没有。

更为感人的事情来了。在财务交接时，吴园次还有一笔为民办事拖欠的公款没有补上。没有补上，就将以贪吞公款论处，那可就糟了。没有补上，是因为吴太守是标准的月光族，这个月拖欠下来，是打算下个月拿到俸金后还上的。可是，现在来不及了，他已经被罢职了，下个月无俸金可领了。当务之急的问题是，吴园次拿不出这笔钱来还款，将面临牢狱之灾。吴园次，知府三年，居然穷得身无分文，王方岐是这样记述这件事的：吴园次慨然罢归时，"余帑有未消……贫民亦持数镮投瓯中，曰：'无以累我公也！'"镮者，铜钱也。百姓自发地组织了捐献队伍，队伍一定很长很长。那瓯，是铜盆还是铁盆？一把一把的铜板扔进瓯中的当啷当啷的声音，虽然并不铿锵，并不嘹亮，但，悦耳，悦心。当然，最动情的还是那句话：不要连累到我们敬爱的父母官！那当啷当啷的声音响彻湖州大街小巷。这是一曲震撼心灵的呼喊：三年来你何止是认朋友为性命，你更是认我们芸芸众生为性命。郡守啊，现在，轮到我们认郡守为性命了。官与民，从心而真地变成了一家人，穷苦的老百姓牵手连心，帮比自己更穷的知府还钱，这，实在是史上少见。再不贪再不贪，三年了，按常规，他也应该有十万雪花银啊。吴园次居然身无分文。真的身无分文。当地的士族阶层终于知道了吴园次真的身无分文，这些当地有钱有势的富人，摸着良心想想吴郡守的好，又摸着脑袋想想假如换个贪婪的酷吏过来会怎样敲诈他们，于是，集体悔之，集体挽留之。王方岐说：然亦无及矣。无及，不是没有挽回的余地，沙张白在《吴园次传》里说：湖之绅泣于礼贤馆，曰："安得有礼士大夫如吴公者！"但是，他们有悔，迟了。吴园次大义凛然地坚拒他们了。真的身无分文，上司道台终于知道了吴园次真的身无分文，定下心来想一想，如果朝廷另派个昏庸无德之徒来知湖州，也是他的麻烦，于是，"颇心悔之（沙张白语）"，亦真诚挽留之。但是，来不及了。来不及，是吴园次归心已决。归心已决，吴园次打算好好打理一下三年知府宅里的行装，体体面面地从湖州城的大道上昂首归去。王方岐在《吴园次后传》里是这样写的：先生既解组，贫不能治装。解组，好懂。组，旧时官印上系结的丝绳；解组，即卸任。不能治装，不好懂。无行装可整理？当了三年这么大的官，竟然连一件值得带走的物件都没有？吴园次连自己都不敢相信了。夫人黄淑人看着丈夫盯着空空四壁一副傻傻的样子，笑了。黄淑人与吴园次此时此刻的一番对话精彩极了，王方岐如实地做了记述：黄淑人曰："君以措人，家徒壁立，受知天子宰相，出典大郡，回视牛衣对泣时为何如？愿亦足矣，以清白贻子孙，何必捆载而归，而敛百姓之怨乎？"先生辗然笑曰："吾相知满天下，门内知己，非卿而谁？"遂拂衣而去。措人，贫寒书生。贫寒书生掌权为官，绝不可敛百姓之才而抛弃书生本色。将清白之美名留传给子孙，身外之物又算得了什么。其实，没有贤妻的点醒，吴园次也不会介意财物。有了"门内知己"贤妻的这一番至理之语，吴园次两袖清风上路，当然会更加的潇洒轻松。

孔尚任在与王方岐彻夜长谈时，听到这一段，泪水下来了。

潇洒轻松地走在湖州城的街上，吴园次见到了一番感人肺腑的场景。沙张白说：湖之男妇老幼泣于涂巷，曰："安得有除邪暴、惠善良如吴公者？"这一支哭别的队伍有多长？略了。因为紧跟着，吴园次又见到了另一番感人肺腑的场景。沙张白说，因为老百姓感念吴太守的恩德，在岘山之畔修建了一座滴翠轩，"轩即湖人士为公所建生祠也"。这一座突击修建的生祠，有情深意切的碑文，有吴园次栩栩如生的画像，还应该有一炷一炷的巨香，还应该有一块湖州百姓为他特制的"三风太守"匾额高悬于轩内。三风者，多风力、尚风节、好风雅。沙张白说：直到他为吴园次作传记时，湖州百姓仍然以"三风太守"赞颂吴园次。

什么叫好官？他首先应该是精神上接地气的、看得起贫苦老百姓的、交友襟怀坦荡的、干事敢作敢为的好人。做人，比做官更重要。有时候，有许多时候，我们看官，似乎跟平常人隔了一层一层晃眼的光晕，而看不清他的面目。做官与做人，好像很难等同于统一的概念。吴太守给我们的启示是：做人与做官，是可以无缝隙链接的，如果你连好人都做不到，又怎么可以成为好官？兼得了好人与好官两大美德，吴太守，是"闲闲社"走出去的最英俊风流、最才华横溢、最风清气正、最洒脱贫穷的好人好官。王方岐对孔尚任感叹道：这样的好官，往往是当不长的。孔尚任道：谢谢王方岐先生，你的传记让吴郡守的美德永久流传了。

六、种字林，我有岸帻任我行

罢职后的吴园次，并没有直接回到扬州。沙张白说，吴郡守"贫不能达故里，侨寓吴门久之"。其实，当年，吴园次的诗词文章之名远远胜过"三凤太守"。在全国视野里，他是卓尔不凡的大文豪，天下仰慕其名的精神富有者，谁不想盛情邀他久居？苏州抢了先。他在苏州一住便是数年，其间多次远游过各地名胜。相信，这一定是友人资助。吴园次依然很穷。但，这数年，他活出了自我。自扬州康山读书，一心直奔科考，直至湖州罢归，吴园次的半百人生，过得太紧迫，目的性太强，他需要给灵魂一个保养期，一个天天睡到自然醒、日日诗酒付闲情的优哉游哉、轻松自在的完全属于自己的怡情养性的全休假式慢生活。他赢了，他真的做到了，他是那种绝顶聪明的男人，他一旦认定的计划，就能圆满实现。其间，湖州的一群豪绅组团过来泣请他重回湖州知府的宝座，可以想见，后来的郡守让他们感到了处处都不如吴园次。有比较才会有正确评判，豪绅们是由大批大批百姓恳求而来的，只要吴园次点一下头，他们将组团一级一级地往上恳求。要知道，在清朝的繁盛期，乡绅是一个特殊的受到朝廷和各级政府重视并厚待的阶层，而且，康熙时期，好官能官天下奇缺，只要吴园次点头，他重返官位不是问题。但，吴园次坚拒了，他已经彻底厌倦了官场。扬州北湖的孙柳庭、范石湖、徐坦庵、王方岐等名士曾组团来接他回家。这几个北湖人物，他们的声誉与威望也是国家级的，他们跟吴园次的感情笃厚而久长。但，吴园次婉拒了。他想静静，在一处侨居的异乡，更容易静静。他是要回去的，必须要回去的，但，不是在心定神清之前。

他要在太湖之畔，好好地洗涤心灵尘埃，尽情享受无忧无虑的悠闲时光。时光，只有在完全无欲无念的心境下，才能看到它的流动之美、形态之美。时光，其实是看得见的，当你彻底摒弃了心中杂念的时候，时光的娇娆之美，就会呈现在你身前与眼前。不信你试试。

吴园次是被他的女婿江辰六请回扬州，然后常住北湖的。他的"闲闲社"老友王方岐在后传中说：吴园次有子三，俱以文鸣世，而长君石叶前先生而卒，人皆惜之。女四人，所适皆名士。江辰六是吴园次特别欣赏的快婿与良吏。当时，江辰六应该在益阳县令之位，是公认的好官，吴园次称他为"非俗吏"。当时，吴园次已经六十多岁了，总不能长久地漂泊于异乡。康熙二十二年，吴园次赴广东会两广总督吴留村。老友相见，当然会坦诉衷肠，吴总督得知吴园次有重返故乡之意，便送给他一笔安家费。吴园次在他的《听翁自传》中提及初回扬州的经历。他说，用总督老友这笔钱中的一部分，他购得"粉妆巷赵氏之废圃，而移居焉"。吴园次自嘲道："翁于是乎有园。"又将其中的两万文钱购得东陵田七十亩，吴园次自嘲道："翁于是乎有田。"接着问题来了，由于疏于耕作，七十亩地所产秫与豆只够半年食用，于是将购得的田低价卖给了别人。接着趣事来了，他所购废圃，"园荒，无树木花竹。有索翁文与诗者，多以树木花竹为润笔费，不数月而成林，因名之曰'种字林'。翁于是偃仰其中，春而花，秋而月，偕内子江夏君以诗酒自适，虽至屡空，泊如也。"（《听翁自传》）"种字林"，是扬州文化历史记忆中的经典故事。回家的这一年，吴园次六十七岁，历经数年的身心休假，满血复活的他再次焕发出充沛的生命活力。他穷么？他依然很穷，他拥有七十亩土地，却是贫土，王方岐说他的家中经常是"瓶无储粟"，但，他依然是最好客的名士，朋友们时不时地成群结伴而来，其中有没有王方岐？当然会有。来了，就得盛情招待。盛情是有，盛宴却没有。贤惠能干的夫人黄淑人丝毫不露为难之色。她会巧妙地把瓜果杂蔬做成美味的下酒菜，众人会帮着"倾筐倒阁"，把能搜到的食物一扫而光，然后"醉而散"。他穷么？他不再穷了，他拥有一处树木葱茏、繁花飘香的私家园林，春花秋月，美景如画，比画更美的是他的内子江夏。这里要特别说明的是，内子，普遍指妻子，那么，江夏，应该是与妾有别的了。有美人与诗酒相伴，虽然经常囊中空空，生活淡泊，这个岁数的他，依然拥有着超年轻的激情与猛志。

一位老者的激情与猛志，向往一方远离喧嚣的安静天地。出扬州北去数十里，有一方天与地，被黄子湖、赤岸湖、朱家湖、白茆湖、新城湖、邵伯湖洗得干净澄清。六湖，方圆百余里，脉相通，地相接，风相同，人相亲，历史上统称为北湖，自明代中末期始，这里，便代有名士逸隐。在吴园次的年代，这里更是名隐聚集、文杰成群。吴园次神往这一片净土，但，囊翻了又翻，没有余钱。天才吴园次完成了他人生中的最后一个传奇，他凭借独绝的创意，借一分岸、悬一分湖，没有占地，建成了举世无双的水陆两栖宅：岸桴。

"先生，尚任一定要为你写一篇岸桴的文章。"

"好好好，来来来，听翁敬小子一壶酒！"

"哈哈哈，喝喝喝，咱爷儿俩把这天地给喝灭了。"

"喝灭了天地，好大的气派！听翁喜欢你这个小子！"

"尚任与先生虽然交往日短，却受先生偏爱有加，先生把《唐诗永》的初稿首先给尚任学习了，这是何等的荣耀。先前，尚任拜读过先生的《宋元诗永》，才情袭人。今日细赏先生尚未定稿的《唐诗永》，实在收益极丰。先生，尚任先敬先生一壶！"

"别别别，停停停，你小子想忽悠我，多喝一壶酒，是吗？休想，一起来！"

吴园次于七十一岁完成了他的《唐诗永》杰作。新书墨香浓，疾疾赠予孔，孔尚任急急点赞道："诗永大选，又辟一番境界。"这句话，在《孔尚任诗文集》卷七中可以查到。吴园次邀孔尚任同登禅智寺，孔喜不自胜道："接尊札，通身汗下。"哈哈哈，这爷儿俩，要不要这么夸张？这激动的，还通身汗下。但，梗，不在这里，梗在末句，孔尚任说："是日非痛饮，不为功耳。""尬酒"，是他们忘年交深情的无障碍表达方式。

孔尚任的《岸桴记》，字里行间，流溢着深深浅浅的醉后的快意与妙趣。他说："园次先生，天下耆宿也。"像这样一位德高望重的名儒，本应住在大城市里，以方便一日数批的后学者拜访与求教。然而，他"结数椽于湖滨，自名曰'岸桴'。其义何居？相岸桴之制，联竹木为筏，架庐其上，半着于岸，而半临于水，若渔家之灯龛"。身为孔氏后裔，孔尚任以孔夫子类比吴园次。"昔夫子乘桴浮海，以道之不行也。先生言满天下，家弦户诵，其道未为不行矣，亦何所感而忽有乘桴之思？"孔子有"道不行，乘桴浮于海"之句，道不行而隐遁于海，可解。先生戏文词赋满天下，家家能唱、人人会诵，乘桴何解？接下来，孔尚任想到了北齐时期的大才子、曾做过广陵太守的裴昭明，说：或谓先生罢郡归，比之裴昭明，乃至无屋可住，故以岸桴为家。裴为官一生，清贫到罢职后无钱买宅，终身穷极，这一点，古之裴与今之吴极其相似。孔尚任还想到了南朝文学家、书法家张融。曰：或又谓岸桴者，盖如齐张融为中书郎，陆处无屋，舟居非水，乃是牵船于岸上住。有一年，张融向皇帝请假还乡，皇帝知道他虽为官已久，却身无分文，常年只穿一件破旧的衣服，更不用说居所了，因而问道："你将居何处？"张融答道："臣陆居非屋，舟处无水。"皇帝不解，张融道："融近东出，未有居止，权牵小船于岸上住。"借岸桴为题，以孔子、裴昭明、张融类比吴园次，可以看出孔尚任对他的由衷敬重。孔尚任盘桓于扬州三年多，他与吴园次的诗酒交往故事可以写成一本单册，吴园次七十寿辰时，孔尚任还在扬州。当时，吴园次已经双目失明，孔尚任特别撰写诗文为之祝寿，其中有："开卷见君诗，乃谓古人句。"孔尚任因治水之事被朝廷派往扬州、泰州、兴化一带，但诸事不顺，仕路寂寞，于是他说："一官役淮南，风雨悲行路。……不意渴且饥，得与园翁遇。雅集频频同，长跪听谈吐。"如今，当一个人对另一个人表示敬佩时，常常以时兴词"跪拜"来夸张地表达，看了孔尚任对吴园次的敬佩之词，会不会觉得使用这个词时，并非时兴，而是师古？三年多相处，孔尚任一定目睹过高大英俊的"园翁"从两眼炯然有神到双目黯然无光的病变过程，因而他说："但恨病目时，爱我难细顾。"即使如此，先生依然"晨夕诗一筒，高吟代把悟。今逢七十秋，颐颊丰如故"。这首孔尚任专为吴园次七十岁寿辰写的诗，收录在《孔尚任诗文集》卷二，标题是《吴园次太守七十》。孔尚任一定是北湖的常客，他在诗中写道，一旦有空，他便会从泰州、兴化等地"舟车远来赴"。舟车远来赴，是因为北湖之滨有一位可爱的老人值得景仰，是因为北湖之滨有一位永远三十岁的文坛前辈令他神往。他们"岸帻坐华筵，交情聊复诉"。岸帻，好懂，将头巾推向后脑勺，就像如今调皮小子将帽子倒戴，悬在后半部脑袋，这是何等的洒脱快活。华筵，这是对穷极的先生之宴的戏嘲么？也不尽然，王方岐在后传里说，老友吴园次归隐北湖后，"又营数椽于黄子湖，瓜田豆畦，明农亲稼"。北湖的土不一样，那些时新的蔬菜，种下去便会疯长，目眚的吴园次，伸手一探，便能摘得各类最可口的菜，做一桌华筵不再是难事。他们的饮酒，是忘了时间的。孔尚任在《吴园次太守七十》里写过他们爷儿俩"尬酒"时的情状：颠倒语无伦，刺刺朝至暮……一笑饮一觥，可令颜色驻。七十岁的吴园次，还有多大的酒量？应该不好估。反正，正值壮年的孔尚任陪着他从早晨喝到黄昏，从黄昏喝到黎明，在黄子湖上，在岸桴之宅，饮败了时光，却饮不败童颜长驻的吴园次。在《岸桴记》里，孔尚任这样叙述这所水宅的妙处："岸而近于桴，已谢尘嚣之累；桴而近于岸，又离风涛之险。鱼与鸟皆可亲，水陆草木之花皆可玩，劳劳于车马，泛泛于舟楫之徒，皆可税其驾而与之，燕且饮。用之则行，舍之则藏，无可无不可，则先生岸桴之义。先生居之宜矣，而从之者谁欤？"

七、一瞬间，男儿热泪尤可弹

不饮酒的时辰，孔尚任会为双目失明的吴园次诵读典籍，诵读各地名家近期刊出的诗文集，诵读新人的优秀辞赋。一个读，一个听，也往往是一个通宵。听翁是幸福的。

晚年的吴园次，完成了他一生中重要的编著《唐诗永》。

精力充沛的壮年孔尚任，常常惊异年逾七旬的盲翁拥有常人无法企及的大境界与大智慧。人，过了古稀之年，有时候，会有莫名的迷茫。过了古稀之年，生命的一头是回忆，另一头是随时会闯入的死亡。都很近，伸手，前一碰，后一碰，都是贴身的近。人，就会在某一个黄昏或者清晨，忽然想起曹植的那句话："天地无终极，人命若朝霜。"人，就这样，一瞬之间，老了。

过了古稀之年，吴园次却不一样。他，一天也没有老过，一刻也没有老过，孔尚任每次每次的躬身拜会，都能感受到这位老人蔑视天、蔑视地、蔑视功名、蔑视利禄的情怀。

吴园次一生著有《亭皋集》《艺香词林》《宋元诗永》《听翁六怀》《唐诗永》《燃松隶事》《汇古图编》等；有《忠愍记》《啸秋风》《绣平原》传奇三种；《林蕙堂全集》二十六卷有康熙、乾隆等刻本存于世。他的诗文之名，在清之初，名重海内；他的真情好友，伴随一生，遍布天下。

黄子湖早就醒透了。极目远望，湖天一色，只是，吴园次看不到这一切了。初居北湖时，吴园次曾这样轻松快活地说过："青鞋布袜从今始，欲共闲云过此生。"如今，闲云就在他头顶，他却看不见闲云了。吴园次还曾经有过这样的窃窃私语："莫嗟冷寂非吾意，眼底从来怕热人。"吴园次与孔尚任，都有性格的两面性。一面，喜欢热闹，喜欢呼朋唤友斗诗酒，一日一夜仍不休；一面，喜欢心静，喜欢极静深处听天语，柴门紧闭避客友。北湖与岸桴，是吴园次最爱的归宿。"晚岁甘幽僻，谋居就水涯。"甘居在水涯，幽僻满地花；偶有狂情来，醉笔续风华。孔尚任悄悄欠起身，瞅着身边这位水涯偏处存猛志的真隐士，心想，我会在遥远的地方天天心念先生么；今日一别，此生，也许再也见不着先生了；日后，有谁，会在听翁先生需要时读书给他听；今日一别，三年时光，像眨眼一般短促，又似千载一般悠长，时光是可以骑的，从前与未来，最值得相思的人，都在身边，都在我眼前；今日一别，此生，还会遇见先生这样令我永不孤寂、永生欢喜的忘年之交吗？

瓦蓝瓦蓝的黄子湖，早就被横在头顶的太阳照得波光刺眼。时间到了，告别的时间早就到了，孔尚任迟迟难以启齿，有一句辞别的话，他想跟先生说，从天地初醒之后，就想跟先生说，却一直憋着，憋着，憋着。

孔尚任不忍心说。面对身边这位尊者，这位偶像，这位知己，这位忘年之交，三年多来，一天天地，看着这位大树般雄伟挺拔的大男人由半盲到全盲，孔尚任真心舍不得这位可敬可爱的老人。一得闲，孔尚任就会奔过来，陪伴，斗酒。陪伴与斗酒，先生，总是在洒脱坦荡的谈笑与调侃之间，给他点石成金般的人生启迪。

可是，现在，这一句话，他必须跟先生说了。孔尚任坐起，俯看着平躺着的吴园次，想，先生，他有众多弟子，他有孝顺的儿女、贤惠的妻妾，他还有"种字林"，但，他独爱岸枰，独爱北湖，独爱一个人的全世界。先生，一位再也看不见日落日出、湖光山色的暮年隐者，他的幸运，是拥有了一双三百六十度无死角的、全景色的、看得见人背面的、洞察一切的重活在心里的眼睛，他所有的感知功能，都因为失去了肉眼而被极限式激活。他看得见所有灵魂的形状与颜色，这是后天失明的智者的特异能力。甚至，你一个极轻极轻的叹息，他都能瞧得见你内心的想法。

轻轻地一声叹息，是在太阳高高升起，把爷儿俩的心照得暖洋洋的时分。

"你小子，这一叹，咋就流泪了。"

"先生，你瞅尚任，能不能别这么敏锐，我眼睛是湿了一点，可是，那还不叫流泪。"

"小子，你来的时候，我就知道你要走了，你要去北京赴任了，我和你，再也不可能谋面了；我和你，再也不能把酒说古今了；我和你，再也不能趁醉谈戏文了。"

"先生，我会想你。非常，非常，非常地想你。"

"你小子，还真哭了，哈哈，妇女儿童似的。走的时候，不要告诉我。我，一个盲翁，已经看不见你胖嘟儿胖嘟儿的别时模样了，也不想看你。现在，你走吧，赶紧的。不要说告辞的话，你悄悄地走，不要有半点声响。我困了，我睡了，不要扰了老翁的好梦。"

孔尚任站起身，看着双目紧闭、面色微红的先生，躬下身去，深深地躬着。有一行泪，有两行泪，滴在吴太守深青色粗布衫的襟上。

时间已经拖延到了晌午，孔尚任不得不告辞了。

离去的脚步，确实很轻、很轻，直到声息全无时，吴园次才站起魁梧的身躯，移步到那棵已经长得很高很高的大树旁。他，抱着那棵树，侧着脸，一边的耳朵直直地朝向孔尚任远去的方向，努力地听着。

努力地听着，便有两行泪，沿着他宽大的脸颊滑下来，在那个秋天太阳最好的晌午，从吴太守皱纹纵横的脸上滑下来，直直地入了泥土。

好友王方岐在传记里说："先生年七十有六，精采如常"，不数日，这位北湖盲儒，微笑着大步走完一生。《桃花扇》风暴猛卷桃花雨般爆红全国时，吴园次已经无缘听见这个喜讯了。离开扬州后，历经许多年的磨砺，《桃花扇》当然地闪耀出自己的光。有些词，而今的人也还会背，譬如"眼看他起朱楼，眼看他宴宾客，眼看他楼塌了"。但整部戏都在借伶人之口哭明末、祭汉室。那还了得？约一年光景，清廷禁演《桃花扇》，红极一时的孔尚任跌落巷陌旧宅，才华勃发的孔尚任于1712年因贫以替莱州知府打工为生。在此期间，他想起过吴园次关于磨棱角之类反反复复警醒他的话吗？磨棱角也许能更艺术地浇透心中块垒，但磨棱角绝非孔尚任的性格。他忧郁而终时年仅七十。人生，就是不可逆行的，旷世奇才王勃那样短命，《滕王阁序》却永久地、耀眼地活着。孔尚任同样因为《桃花扇》而不朽。

一瞬之间，有多少动容的故事穿过史空，从我们眼前飞越，却经久不会忘记。

唯有真情可追忆（兼怀中秋）

引子

东坡的中秋月

东坡的中秋月，是可以折叠的。男人，把它放入酒壶；女人，把它藏进香囊。

东坡的中秋月，是嵌在丝竹中的弦音。在天，奏辽阔的乡愁；在地，弹叩心的思念。

东坡的中秋月，覆盖了四季，覆盖了朝代，覆盖了时空；只要有阴影的地方，就有它的光芒。

东坡最后一年的中秋月，离他近吗？离他很近，只有 18 天的路程。18 天，在我们的生命中，只是一个瞬间。对于东坡，却是无法逾越的一条涧。当中秋月朗照天下的时候，66 岁的东坡，已经在人间的背面。

在人间的背面，他还能看到自己的月亮吗？他一定是能看到的，甚至，比我们头顶的那一轮更加晶莹。因为，他又跟朝云重逢了。东坡的月亮，就是朝云的月亮，就是"天女维摩"的月亮。

东坡，你在那边，我们在这边，我们在这边的扬州，在你十三次逗留过的杨柳岸、古亭边。你的月亮，也应该分为三分，两分，给了扬州，给了这座最适宜月亮栖息的地方。东坡，你在天上，把两分中秋月送给扬州的时候，有没有想过，辛巳凉秋，你夜泊瓜洲，却没能第十四次登临扬州。天涯归来，却不能重温扬州，这，成了你终身的心愁。

大江孤舟，舟前月色流，舟后月色流，望莽苍苍满江星火，忆十三回纵情扬州，相思点点撩心头。

相思点点撩心头。平山堂右，谷林堂左，那些春秋，故朋新友，邀月来贺，百首妙词千盅酒，醉也不休，醒也不休；那些春秋，一任青丝到白头，阔论狂放风流，有谁胜过东坡？

辛巳凉秋，66岁东坡，瓜洲渡口，仍恋扬州诗酒。只痛惜伤寒入骨，命若风烛。虽仍恋扬州故朋新友，却不能聚首。不能聚首，任一声轻叹入烟波，这一走，旧情难酬。旧情难酬，一声轻叹，永别扬州。

中秋，东坡又跟朝云聚首。朝云，就在他们约定的地点守候。那扇门，朝云的门，天上的门，已敞开五年之久。门外，月色如稠；门内，醇情如酒。天上东坡，天上中秋，那首《水调歌头》，琴瑟谐和。朝云与东坡，心曲伴酒，醉了重霄九。人世间，苦难处处有，悲忧何其多；尚有真情在，此生复何求。

那一年　那一夜

你见到朝云的那一眼，会蓦然发现，纯粹的美，是如此令人迷醉。我说的见到朝云，不是人面，不是画图，是文字。是东坡写给朝云的咏梅词。苏轼，这位宋代词神、书坛大家，有留下那首咏梅词的墨迹吗？如果有，你一定会在古墨中闻到洁净的清香。那份香，非人间五谷所酿；那份香，是东坡深情的沉醉；东坡的沉醉，一场沉醉，凡二十二年未醒。既不肯醒，也不能醒。东坡与朝云，那份纯爱，横跨荣华富贵与贫困潦倒，最终抵达山顶。在暮色苍茫乱云压顶的寒舍，周边了无人烟处，朝云牵着他的手，牵着他的目光，朗声诵读着佛经。就这样，朝云把东坡的一颗浪漫之心，牵向虚拟的，但永不会忘却的另一个世界。

先说朝云的美，还是先说东坡遇见朝云的大背景呢？好吧，背景的铺垫也很重要。至少，你会懂，那份由东坡的眼，入东坡的怀，又入东坡的心，再入东坡神魂的女性之美，是来得多么的简单又艰难。

那一年，以及之前的一年，北宋汴梁，有一天飓风漫卷朝野。同时，还有一股逆向的风呼啸震耳。世界，一片混沌。贴身肉搏的那一群人，都是后世留名的大文豪。这批文豪所处的时代，已步入温水煮青蛙的虚假盛世。政治、军事、经济，疴病重重，肌体隐烂。敏锐地预见到恐怖性危机的智者，是王安石。王安石，进士之后，最先任淮南节度判官，便是赴任扬州。当年，他22岁。后来，55岁被贤君诚招入朝主政之前，由南京经瓜洲入京都，歇脚江岸，写下了《泊船瓜洲》："京口瓜洲一水间，钟山只隔数重山。春风又绿江南岸，明月何时照我还。"到如今，恐怕有百亿以上的读者了吧。岂止诗词歌赋，王安石的政论警言也让后人敬仰，他的"天命不足畏，人言不足恤，祖宗不足法"，令无数后来有识之士读罢如打鸡血。岂止名言，还有他的君子之德，他是史上少有的不坐轿子、不纳妾、死后无任何遗产的国家首脑，以致辞官隐退金陵后，年老体衰，需远足，只能骑一头瘦驴，孤独地慢行。可当得知苏东坡因"乌台诗案"锒铛入狱，亲朋好友皆远避讳言时，王安石抱病上书，冒死力保政敌，其中"安有圣世而杀才士乎"的铮铮之言，是挽救东坡于性命之灾的仁义激辞。苏东坡，是王安石主持朝政时竭力打压之人。原因很简单，苏东坡是当时"新旧党争"的旧派重要成员，但不是领头人，在东坡的前面，还有司马光、韩琦、欧阳修等名震天下的朝廷重臣。他们，都不肯忍受改革变法带来的巨大阵痛，联合成一个旧党团队，反对王安石大刀阔斧施行的一轮又一轮贤政壮举。当时的北宋国情，财政报告里赫然写着："百年之积，唯存空簿"，也就是那经典的四个字"积贫积弱"，但旧党视而不见。一个国家的深重危机，是不沉入民间底层，不肯承认客观真实的统计数据，享受着富裕俸禄的官僚们，浸泡在甜蜜的温水之池，趋炎附势文人的歌功颂德，这是慢性灭国的一剂麻药。王安石的孤军奋战，不久便惨遭败运，直到南宋任人宰割之时，懂事的贤士才想起王安石激推富国强兵雄伟大略的英明正确。但，当年，那几位"唐宋八大家"里的朝中文臣，宁死不肯去理解王宰相的良苦用心。苏东坡，在数次遭到王安石排挤后，决定外赴做个逍遥官。这就是他任职杭州遇见朝云的大背景。

东坡的官职，叫杭州通判。通判，宋代监察、管控、辅佐、联署地方一把手管理全面军政要务的大员，是由皇帝直接委派的中央官吏，并拥有直接向皇帝呈报情况的特权。这样的重臣，地方政府谁敢怠慢？据载，东坡赴任当晚的接风宴，豪华盛大，没有任何规定的制约，包括顶级歌妓红伶的贴身助酒，极尽恣肆狂放。

那一个歌舞诗酒的良宵，天堂杭州，只属于东坡。商贾豪富、达官贵人、文人骚客、军政要员，所有人的酒欢诗畅，都以东坡为轴心旋动。但，只是那一瞬间，只是因为多看了她一眼，轴心陡移。在飘逸如云、目不暇接的美女名媛中，微醺情渐浓的东坡，只一眼目光的过电，世界，便仅剩下了朝云。料想年近40岁的东坡，早已阅美无数，为什么会为朝云倾倒？还是让我们目睹一番东坡的赞词。这是朝云跟随东坡二十三年，历尽人间恩爱与苦难，死于恶劣环境后三个月，东坡的追忆词《西江月·梅花》。起首是："玉骨那愁瘴雾，冰姿自有仙风。……素面翻嫌粉涴，洗妆不褪唇红。……"追忆的，显然是那一夜欢愉时的激赏。那一夜，杭州府官已把朝云献给东坡。触摸、亲拥后的品味，晨起后近观远察的素颜之美，措辞是多么的放胆而且精妙。不难想象，东坡后来嬉雨泛舟湖上，说："欲把西湖比西子，淡妆浓抹总相宜"，他的对面，是否便是朝云？东坡对朝云的赞词，下一句才是重点："高情已逐晓云空，不与梨花同梦。"东坡对朝云纯净高迈情操的赞美与敬重，是远远抛开了她侍妾身份的倾心之叹。眼缘，虽然是当今的新词，但，第一印象，永远是决定爱起始的关键。朝云的美，是与众不同的，是丽质独立的，是直击心门的。那一夜，属于东坡，也属于朝云，属于情的冲动，也属于缘的邂逅。

唐宋文官名流，对待美女，有极尽任性的优越政策。据说，唐代大诗人白居易，家中蓄有许多绝色侍女，其中小蛮善歌，樊素善舞，白乐天曾有诗记之："樱桃樊素口，杨柳小蛮腰。"樱桃小口、小蛮腰，典出于此。东坡性情豪放，狂达不羁，至壮年，已有数位可心美妾。朝云，是年龄最小的一个，也是识字最少的一个。但朝云的慧心、敏智、捷才，最为东坡欣赏。一日，东坡酒酣回家，意犹未尽，见众俏仆娇妾围上侍候，突然想考一考她们的才智。东坡啪啪啪拍着自己的大肚肥腹问道：各位各位，好好想一想，这里面，所装何物？有伶牙俐齿的先说：满腹文章；有精明乖巧的说：经纶满腹；有学识过人的说：大肚容天下。热闹一片。只朝云默然无语，待在一旁微笑。东坡点名问她，朝云道：卑妾所见，学士一肚皮不合时宜。只这一句，东坡被她惊着了。显然，朝云，是这个世界上最懂东坡的人。从此，东坡一有空闲，便教她读书，教她练字，教她诗文礼学，凡重大场合，都携她同往。一日，学生秦少游初见朝云，禁不住大赞她"美如春园，目似晨曦"。可见，在美女如云、文豪如流的盛大酒会上，朝云是怎样的仪态万千、光彩夺目。

醉千古情　留万世书

"一肚皮不合时宜"，朝云可谓一语中的。任性、狂达、痴情，不要说这是东坡的个性特质，成就绝世的天才，大多如此。只是许多人与政治绝缘，便免了祸灾。东坡端的是政治的饭碗，享受着朝廷给予的充裕俸禄以及权力便利，却管不住一张碎嘴和一杆闲笔。于是，差一点被砍了脑袋，然后被贬到黄州。"东坡"，便是他在那里躬耕的地点。东坡肉，杭州人有自己的出典，但未免牵强附会。另一种说法，是他赋闲黄州后，度日艰难，种地之余，便动脑筋如何把珍贵而且有限的肉充分利用。于是，便发明了三层蒸笼式的锅，顶上一层是肉，中间层是蔬菜，底层是放了双倍甚至更多水的米。大柴火烧起来，东坡便寻人侃大山去了，河东狮吼便是他侃给隔岸朋友之妻的雅号。东坡肉，白饭的香气，混合着蔬菜的鲜味，渗入大块的肉中。放入各种佐料的肉，渐熟后的美味，点点滴滴，润入蔬菜，润入米饭。其间，还有文火的慢炖。因为这活儿需要静心的调理与守候，所以也有人说，东坡肉真正的发明者便是勤劳智慧的朝云。不管初创者是东坡还是朝云，这就是故事里流传千年的东坡肉。当然，如果是东坡与朝云两人的合谋，其中情感的滋味，外人更是无缘品尝。如今复活在全国宴席上的东坡肉，让我想起了模仿秀。其实，近千年之前，并没有东坡肉这道名看，东坡居士，只是用他或者他俩发明的这道菜邀来文友政客前来品尝。饭、菜、肉，一笼掀开，就能下酒。东坡曾十三次来到扬州，似乎并不是每次都有诗词留下，但从留存的来看，他似乎对佯装醉倒、眯眼偷看真醉者，每每窃喜。他的托词是不胜酒力，可见在春风得意之时，宴请豪饮者应接不暇。想不醉，装的功课是必须的。在黄州，他的虚衔不足以让衙门以外的实权者巴结奉承，年薪也降到维持糊口的额度，自己花钱买的酒，或者朋友时不时请喝的酒，味道自然特别好，寻醉、求醉、买醉，便成了东坡生活的乐趣与享受。你看他的《后赤壁赋》，醉后江中急流放舟，以及狂攀至悬崖处的快意及险行，外加一个梦，世人虽有数不尽的评说，但其实，就是一种内心郁结的排解与宣泄。他想忘记却又无法释怀的怨愤累积于胸，酒，是浇胸中块垒的极品。当然，尤为重要的是，朝云始终体贴入微地相伴左右。这位才貌俱绝的佳人，与河东狮吼正好相反，朝云任凭东坡烂醉闹事，默默地侍候在他身旁。一个人，在失意的时候，不只是精神的孤独可怕，肉体的孤独也是致命的。这可能会使东坡的创作丧失了灵性与冲动。然而，恰恰相反，在仕途的低谷期，东坡的小宇宙轰天裂地般爆炸了。可以这样说，东坡的《念奴娇·赤壁怀古》，是中国词坛的一颗原子弹，那一声浪漫主义的豪放之响，直冲牛斗，响彻云端。那年那月，卷着裤管，光着脚丫，满身沾满泥土抑或粪肥，不分晨昏晴雨劳作在东坡田地的朝云，已经是完全意义上的农妇了吗？不是。只是她的嗓门与音调全变了。先前，在养尊处优的日子里，她只需轻声细语地说话或者哼曲，大家都能听到。优雅与从容，是她活在东坡身边必备的一种修行。现在不一样了，现在，在朋友送给东坡的几十亩土地里，喊牛、鸡、羊或者一条狗，隔着100米或者更远的距离，她的声音必须粗犷嘹亮。这样，每晚每晚，越过了春夏，越过了冬秋，她枕着东坡的臂弯，唱戏或者唱词，日渐变得嘹亮高亢。这位练过童子功，演唱技巧绝不输于名伶的歧路伴行人，也许只有回肠荡气的尽情抒怀才能尽显她质变了的嗓门的新功力。这样，她便是最适合唱"大江东去，浪淘尽，千古风流人物"的歌者。从这个角度去理解，也许，"乱石穿空，惊涛拍岸，卷起千堆雪"这样的奇崛激烈之词，在东坡心的深处，是写给曲风大变后的朝云一展金喉用的。所谓人生得一知己足矣，东坡是历史的幸运儿，历史上一拨一拨过眼的文豪大家，有几人能遇见朝云这样的连做梦也未必能遇见的红颜知己？我们，别总以为朝云是东坡的，其实，东坡也是朝云的。在黄州那些憋屈而且凄苦的岁月里，政治上的失意与绝望是痛彻心扉的，东坡就像朝廷的一个孤儿，被抛弃在荒野之外。朝云把东坡揽入怀中，这个早生华发的大男孩儿，他狂野的任性，他悲催的无眠，在朝云母性满溢的温柔怀抱里，获得了充足的深度睡眠。然后，他才能重振勃发的才思与激情。然后，他才能把权力利禄甩在脑后，一次一次又一次携酒登舟，直奔大江的洪流湍急处，体味、倾听、感悟赤壁处大自然恒久永在的生命魔力，在置之死地而后快的酣畅淋漓中，用一双醉后更清醒的慧眼，读到了大人生的神秘与诡异。他的灵感电光火石般闪闪烁烁，他的身心如仙如魔般飞临于历史与现实的云端。然后，才有了那一首惊世绝响的怀古击节。这激情燃烧的时刻，东坡，依然只属于朝云，在她博大无边的母性怀拥中。墨，早已磨好；纸，早已铺好；笔，情已酌满。东坡，以天马行空的大醉之狂，词发于云端而情泻于天地之间，那瞬间非凡的一气呵成的巨大爆发力，源于两颗心脏的双引擎驱动。"大江东去，浪淘尽，千古风流人物"，起笔便有横扫古词陈曲的吞地撕天之势，来自他所站立的高度。黄州麦田的东坡之上，有朝云的肩膀。东坡，站在柔韧的双肩之上，精神的视野便有了新的高度。东坡独享了这个高度，便摆脱了地心的引力，飞越古今，自由翱翔。这，是不是夸张性地拔高了朝云的价值呢？那是因为，我们在这里只说朝云，其他元素另当别论。

其实，在黄州，东坡还给了中华文明史另外一份厚礼，那便是他的《寒食帖》。东坡被排遣到黄州的第三年，清明节前，应该是种田人青黄不接、家无余粮的困苦时段。东坡居士耕作于东坡，日子也一样，那句"也拟哭穷途，死灰吹不起"，既是说眼前生活，也是说仕途前程。《寒食帖》上的那两首诗，色彩是灰蒙暗淡的，与"大江东去"相比，缺的是一樽酒，一盆肉，一群食客酒友。在延续了千年严禁烟火的寒食节，东坡的身边，朝云用温情点燃的文火如缕绵长，暖透心房。看《寒食帖》的一字一字，起初，会嫌它们拙，会嫌它们懒，会嫌它们松散，但，走进去了，你会惊异地感受到那盆文火的奇特魅力，你在不经意的熏染下沉迷其中，却又无言慨叹。东坡狡猾地称其为"石压蛤蟆体"。石压蛤蟆，蛤蟆仍潇洒，这份宋朝文士才能轻松拥有的独立之人格，自由之精神，放任之情怀，脱俗之品质，旷远之胸襟，朝云是万万之幸的见证与体味者，她应该是现场唯一用欣赏与崇拜的眼神守着东坡写完《寒食帖》的人。这幅被后人称为"天下第三行书"的墨宝，因为有了爱的文火淬炼而永不腐朽。

是不是因为有了朝云事事顺从的默默护佑呢？东坡，一直像个长不大的孩子。

红颜不怨薄命　真情只取唯一

真性情，是东坡一生的精神主干。那首传唱千年的《水调歌头》，高居所有朝代中秋节咏月金曲的榜首，永远无人可以超越。同为宋代人的胡元任说："中秋词，自东坡《水调歌头》出，余词皆废。"这是"铁粉"的绝评。东坡在序言里说是"兼怀子由"，一个"兼"字，妙到极处。试想，哪一个人承受得了这份天上人间的中秋月夜无边大爱？东坡的爱，走的是极致的奇途。"十年生死两茫茫"，这是第一任妻子王弗去世十年后东坡的泣血梦忆。"料得年年肠断处，明月夜，短松冈。"那些年，东坡有权有钱，买了宽敞的墓地，种植了松树。十年，树亦成林，思亦成林，梦亦成林，泪亦成林。这便是东坡的爱的风格。第二任妻子虽比东坡小十岁，但还是先他而去。当时，东坡已无力在形式上任性奠祭，只能短歌代长哭，却立下了誓言：死后同穴。东坡的真爱誓言，是必须被尊重的。弟弟子由帮他完成了这个遗愿。

其实，接下来，我还想写到眉州一位老乡，因为痴迷于东坡，听说东坡后来再次遭贬至海角天涯，徒步千里又千里，讨饭到达惠州时，衣衫破碎，骨瘦如柴，他要用穷人那份使不完的力气，为心中的偶像效劳终身。唯有真情可追随。当年，东坡的真性情，为天下百姓崇尚。

然而，接下来，我只想写一写，东坡再次遭贬，谪往蛮荒之地后，他身边那些柔顺乖巧的美妾，是怎样一个一个悄然离去的。关于这件事，东坡著作中留下了笔墨："予家有数妾，四五年间相继辞去，独朝云随予南迁。"唯有真情可追忆，朝云的真情，是经受性命考验的。

朝云，字子霞，钱塘人，家境贫寒。年幼时，家中便用她的自由身换了活命的钱，从此，朝云，便成为可供馈赠，可供买卖，可供商演的商品。当然，在清以前的朝代，长相标致、头脑灵活的被购幼女，是会被当作文化类商品、艺术类商品来严苛打磨锤砺的。朝云十二岁时，便有了一流的唱、念、做、舞、弹童子功，可见其不是平凡人的禀赋。与东坡的前两位妻子一样，她也姓王，只是因为身份的卑微，按照法规，她只能为妾。即使东坡把她当成了最心仪的情人、知己，那也不可为正房。

当年的岭南，与如今天壤之别。最可怕的是蛮荒之地瘴气盛行，感染的患者大多不治身亡。这也是东坡的数妾惧怕同往的主要因素。东坡对岭南蛮地的生活境况是这样记载的："食无肉，病无药，居无室，出无友，冬无炭。"只得"卖尽酒器，以供衣食"。失去了酒与友，东坡便失去了生命中辉日映月的超人灵性。悲秋的长夜，偏偏又有恼人的明月大而且亮，在东坡无尽寂苦的苍穹下可恶地光鲜着。东坡强劲博大的心胸，疼得无法忍受。东坡对依偎在怀里的朝云说：拿琴来，为我弹一曲"花褪残红"。"花褪残红"，是东坡笔下少有的婉丽柔词，在他得意的年月，这首极其适合演唱的词是诗酒盛会必点的压台节目，其中的"燕子飞时，绿水人家绕""枝上柳绵吹又少，天涯何处无芳草""多情却被无情恼"，至今，依然谁都会吟诵。朝云对东坡，自然是百依百顺的。朝云慢揉丝弦，天籁般的嗓音，唱活了那一天苍白的月色。然而，朝云唱到"绿水人家绕"时，戛然而止，骤然间泪如雨下，襟前尽湿。东坡惊了，问其何故。朝云哭道："奴所不能歌，是'枝上柳绵吹又少，天涯何处无芳草'。"海角天边，柳绵，是痛苦的追忆；天涯荒地，哪能得贤人欢聚。朝云解读唱词的那份深入骨髓的透彻，如今那些所谓名角，有几人能及她一二。东坡当然是懂的，东坡叹道："我正悲秋，你却又伤春。"这一段，在东坡的文字里，亦有记载。

朝云对东坡的爱，是无条件的心甘情愿。在那样一个地方，她是断断不可以怀孕生子的。但，只要能换得东坡些许的开心，她可以用生命作代价。现实从来都是残酷的。孩子，由于极端的营养不良，生下后，应该是很不健康的。不久，东坡与朝云唯一的爱情果实陨灭了。朝云身体的抵抗力彻底崩溃了，疾疫乘虚而入，她的生命，东坡时刻握着的那双手，即将被死亡抽离。但，朝云至死舍不得松开东坡的手。弥留之际，慧心不凡的朝云握住东坡的手不放，在寂静的送别时分，一字一字，轻诵《金刚经》："一切有为法，如梦、幻、泡、影，如露，亦如电，应作如是观。"跟随东坡二十年有余，不离不弃，情也浓，爱也深，在她的男神最孤独无助的时候，朝云不得不永远地离去，朝云有一万个舍不得。但她已经身不由己，心不由己。而这一段诵经，是朝云送给东坡最珍贵的精神琼浆。这段经文出自东晋时期龟兹高僧鸠摩罗什所译《金刚经·应化非真分》，如梦、幻、泡、影、露、电，被称为"六如"，喻人世间的事情空幻无常，看开，便是福报。东坡一直盛赞朝云为"天女"，意即一尘不染的脱俗仙女。"天女"为东坡诵完这段经，便辞世了。

东坡为朝云在惠州西湖孤山南麓栖禅寺大圣塔下的松林中立墓，并筑六如亭，柱上留下了他的墨宝："不合时宜，唯有朝云能识我；独弹古调，每逢暮雨倍思卿。"

东坡为朝云写过的悼亡诗词，以咏梅为最佳。虽后世文人对这首诗有过诸多溢美赞叹之词，但，失去了朝云的东坡，余生再无惊世之作问世。

朝云墓园，已成为如今惠州的著名旅游景点。

贤杰故里　名士传奇

北湖

从天上看你，你就是天。湖天一色，千古流芳。

风景

吴寅，做过统治者老师，权重一时，其文有"天惊石破"之誉。因患疾，其寿堪忧，须寻得养生宝地，吴寅在众人拥簇下来到北湖，行间，听见笑吟："门外问奇三径履，室中佐酒一床书。"其人为康乾年间北湖进士谢九成，拒仕回乡以教书为乐。再行，郎朗有声："黄花种得向东篱，较取渊明我觉迟。"这是退隐北湖的文章太守吴绮，他痛悔来桃花源般的北湖晚了。满眼风景醉人眼，欢喜间，路过白发老者住处，随风传来："万顷湖光，春风一棹"，有人介绍，吟者便是名闻海内的鸿儒范荃。焦循说：范荃文章震古烁今，实"不可朽"。书画名家查士标爱居北湖，急于眼前美景画不得，便在北湖岸边巨石上写下"偶落人间"，笔力雄奇逸高，成北湖胜迹。北湖的风景与风情胜过人间仙境，养眼、养神、养心。吴寅留下了，以八十八岁高龄享眠于北湖。

仰望过往，行走北湖之上，耀眼传奇，我们用敬畏去丈量。

传奇

为北湖实景绘图的知名诗人欧阳锦将白茆湖描为双翼舒展的凤凰。静卧万紫千红之中的美丽灵湖代代出人杰，譬如明末进士高邦佐，曾荣膺山东勤俭县官第一，官至从三品将军，与清兵鏖战时牺牲于关外，两位随从官吏背着将军之体，历尽生死艰难，送达北湖。在美如凤凰之翅膀的白茆湖畔，建有乡杰高邦佐大型石墓。《明史》载：高将军祭受国葬，被"赐光禄卿，再赠太仆卿"。北湖人为国捐躯，其身躯仍归北湖。

北湖陈俨，无心读书，自小种地，稍长，扛杂货去集市做小生意。一日，扬州众少年书生当面讥讽陈俨良久。陈俨躬身微笑不语。入夜，便想：读书有何难，明日便去拜师。陈俨所拜科考名师是鸿儒范铭。若干年后，陈俨居然得了进士第三，成为传奇。陈俨害怕在朝廷当官失去自由闲适，托称老母年迈体病跟随北湖名儒谢九成教书。数年后，因考官酷喜陈俨文章，一批学生"轻松入榜"，世人"大惊服"。这次真的成了天下传奇，求学者如潮而至北湖。

许多人无法解读北湖之奇，其实，北湖的生命密码，就是每个人的崇高信仰和平凡初心的自然融合。即使活在泥土暗香的田间地头，也能不朽。一年中大多时间忙碌于农田的孙兰，其诗词歌赋才压群杰。焦循说他："一入城，则求者无虚日。""百日而后"返北湖农耕。孙兰与官吏及富豪撰文，从不署名，曰：汝辈不配。这是何等的骄傲？但求文者皆欣欣然无一人不悦，这便是扬州达人对北湖名士的景仰与宽容。孙兰很富有，好文数百卷，但坚拒刊印。每逢朗月之夜，孙兰独入清溪绿树深处吟诵自己的诗文，"至喜处纵声狂笑，入悲时长哭泪横"（焦循句）。孙兰九十岁捷走生风，少年莫及。百岁后无疾而终。

北湖传奇，只可仰视，无法复制。

人物

时光吹拂过往，北湖人物志远情长，篇篇皆华章。

在数说不尽的北湖人物中，焦循，虽为站在史学顶端的一代"通儒"，但依然是晚辈。焦循曾忍腿部顽疾致命剧痛，远赴安徽乡村，寻找"不可朽"大儒范荃八十多年之前的文稿，得知遗稿已转交扬州城南陈氏远亲处，焦循忍痛奔波，终获被虫蛀烂的大半旧文。范荃，北湖科举教育先驱，培养海内知名弟子十三人，著雄文数十卷，有评价说范荃领北湖文学甲于他郡长达百数十年。焦循冒性命之险获范荃仅存残稿，喜极而泣。焦循之子，北湖儒学后辈焦廷琥曾问父亲，如果你腿疾暴发，丧命途中怎么办？焦循决然回道：寻得先贤文宝，吾命何足惜？

北湖一百余位著名文士以及远近百姓，无一人不称郭天奎为郭神医。数十年间，无一急症不愈者，无一穷人付费者，无一寒士给钱者。神医八十大寿时，一千文人在巨幅宣纸上每人绘一杏树，有擅长人物画者绘郭天奎仙风道骨之像于一丛海内杏子身后。

北湖人物徐石麒写过国内一流的大戏八部，著有三百六十卷文章，在音律学上堪称当时权威。深得文人赞誉的扬州好官王士禛曾亲赴北湖请诸君入朝，众杰皆欣然赴任，唯徐石麒坚拒之。徐宅每月都有大戏公演，文人贫民皆免费观看，无边无际的露天戏场，月月都有听不完的震天动地叫好声。徐石麒乐在其中说：吾民欢喜，才是好戏。

北湖人物王讷谏，明万历三十五年（1607）中进士，在朝担任重职，却独恋北湖之静好，长期托故回村读书著文。他所编《苏长公小品》集，引发当时文学风潮，天下人以买得王讷谏所编史上首部苏东坡小品集为快事。据说，这部书，当今依然畅销。焦循称王讷谏开北湖文学兴盛之先河，当不为过。

北湖还有阮元、焦循、王玉藻、王方岐、梁饮光等一长串功名卓著者未及叙述。不要紧，乐于北湖寻踪者，定会读到他们。人工挖成的披着新装的公园，隐士们，一个也没有被圈住。功利之门，锁不住他们。敬之畏之，他们，兴许会入你梦里。

闲言碎语

一、任性与坚守

　　板桥为什么长期蜗居于枝上泉周围？原因之一，是方便蹭文思和尚的豆腐吃。后来做了县里的一把手，十余载政权在握的岁月，滋润的日子还是居多。他游走于两个极端空间，一是艺术情怀的放任不羁，一是衙门规矩的壁垒铁栅。板桥是不可以放量饮酒的，醉时，便会目无领导，借酒说昏话。有一回在济南府，他以县老爷的身份参加省领导的酒宴，醒的时候，恭谦有加地敬各位上级首长的酒，杯数多了，便忘了身份，本性毕露。首长让他现场吟一首诗，醉里的板桥想，你们算什么东西，这样居高临下吆喝我老郑。若是早年在扬州当画师的时候，醉了，会不择言辞，任性骂人，当下身份不同，自己也是干部，得收敛住狂野之性，于是便以斯文的言辞，当着一群上级首长的面，写了一首讥讽他们的诗，句中羞辱他们的意思，孩儿亦明。当场，众上级首长不欢而散。不久，老郑便背着一个模糊不清的罪名告老还乡了。

　　板桥对自己骂人的性格，在许多文章中都有诚恳的自责，但从不悔改。袁枚，是当年游走于官商之间的人物，一般人恭维之唯恐不及，板桥也许曾经有过奉承他的言辞。但，某日，一向以美食权威著称的袁大人，直指狗肉为秽物而不敢食之。老郑是以爱吃狗肉闻名圈内外的，这显然有辱郑之尊严，板桥随即撰文猛驳袁之无知。板桥是记仇的，在随后的一篇文章里，又直斥袁枚为狡狯之辈，更过分的是，还曾有意假装惊闻袁枚已死，给他立了牌位。这其实还不是最过分的。袁枚的《子不语》刻发于世后，板桥攻击说，我只翻阅了一部分，便恶心欲吐，隔宿之饭几至脱喉而出。对袁的责骂，老郑自选集里很详细。

八怪诸人，如金农之辈，都长期在僧人那里吃白饭，大略地算算，以他们的水平，他们的收入当超过当今那些买得起别墅的画匠。为什么要赖于庙中？细想起来，也许是为了一份放松状态下的精神自由，为了一种避开俗眼利目的人格尊严。

当然，到死，他们都一直很穷。只是在精神上，他们从来没有为挣脱贫穷出卖过尊严、放弃过自由。

二、有名的人都有传说

关注东坡，始于十数年前研究他的少年时代。少年东坡，是个被放养的孩子。他的爷爷，经常喝醉后由老牛驮着归家。他不管自己的儿子。他的儿子，也不管自己的儿子。眉山，是一处夜郎式蔑视世外的桃花源，由古风淳朴进而以学为乐，自古不屑读书入仕。有一日，东坡的父亲偶见贤妻向隅偷泣。苏家是以畏妻著名的。问之，方知妻子痛惜他们父子三人不求进取，安居乡野。苏洵从此不敢悠闲，逼着两个儿子与自己一道发愤苦读。举荐他们的人，是国之重臣欧阳修。

东坡的情商是卓尔不群的，于是便有了这样一个民间传说，说他少年时暗恋一位女孩，岁月重重复复迁移，依然念念不忘，曾有诗刻意写她。后来打探到她远嫁今天的江苏靖江，东坡为官扬州知州时，特地去看望过她。及老年获赦，不去别处，竟择常州终老，常州与靖江，举目相望，其中，有没有故事？有没有？不可解的情谜。

三、有个魏大人

"俺的个娘咧，咋弄咧？咋弄咧？咋弄咧？呃呃呃……"魏忠贤哭得泪流满面，痛彻心扉。他真心有点害怕了。在全国范围内，一场建生祠、造活神的运动办得如火如荼，愈演愈烈。起初，潘汝祯巡抚首倡建魏忠贤生祠时，打了一份申请报告到中央呈魏大人亲阅，字里行间情真意切，列颂魏大人的丰功伟绩，可谓前无古人、后无来者。下面这个传说有点过分，姑枉言之。说，魏忠贤不认识字，便让身边的"秘书"再念一遍，再念一遍，突然就泪流满面，说：同样是念书人，差距咋就这么大的咧。据说，有些人，当然都是有名有姓者，居然想骂这个倡议，语言极其恶劣、极其难听。唉哦，他们是咋想的咧。天启之初，魏忠贤刚刚"催眠"了皇帝朱由校，控天下大权于一身时，文臣们冒死力谏，痛斥魏太监者众多，魏忠贤一个一个虚拟罪状把他们统统灭了。灭，大部分不是简简单单杀了，而是要株连九族，把各家财富捞进魏府，把各家漂亮女人捕进魏府，余下的，边疆劳役。当然，一个特别的章节是滥斩东林党人，书上都有，略了。魏氏把持朝纲，也就三四年时间搞定。当然，天启也就 7 年光景，明朝的灭亡也就剩下不到六十年时间，但，魏独揽国权的数年间，自我感觉是江山万年永固的，顶顶现实的是，哪怕就是个虫子似的笨蛋，只要如潘大人那样胡吹盛世繁华，魏功盖世，升迁也就是眨眼的工夫。魏忠贤接过潘大人那篇颂德华章，认真地看了有一二十秒钟，当然，是倒着看的，他反正不认字，正反都可以不去计较。魏说：明天一早，我去呈给圣上。这个，确实要呈给圣上，为活人魏忠贤建生祠，像神仙一样被焚香叩拜，这是大事。痴迷于木工活的朱皇帝听魏大人报告了一半，就嫌烦，说：去吧去吧去吧，叫人给你拟个超顶级功勋尊位，准潘大人建生祠之求。魏忠贤面对百臣宣读圣旨时，心是悬着的，文臣中间一部分书呆子着实比较夯，保不准杀出个愣种来当场反对。然而，然而，魏忠贤宣读完圣旨之后，下面跪伏的百臣们沉默了四五秒钟，突然，突然，人群中有一个声音在狂吼："恭贺九千岁荣建生祠！伟大的魏大人千岁千岁千千岁！"魏忠贤的小心脏差一点点跳得要爆了。"他奶奶的他奶奶的他奶奶的！这位爱臣是谁呀？"之后，高呼者以及应和者转眼便被重用。有没有当场翻脸的大臣？没有了，那些人被魏忠贤斩光了，全体朝臣进入了集体噤声的时代，全国上下掀起了热火朝天的建生祠竞赛。赛个啥？赛规模，赛创新，赛档次，赛奇巧，赛排场。一位东厂的番役跪伏着一步一步爬进去，在"九千九百岁"像前小心翼翼地抬起头，一看，顿时泪如雨下，号啕大哭道：千岁千岁千千岁啊，臣随时愿意为你去死。这个刽子手坚信祠里的魏大人是活的。各种书籍都是读书人写的，数尽了魏大人巍巍群峰般功德。这些书，纷纷从各省各地运进魏府。魏忠贤喜而后怒道：普天之下，谁不知道我是文盲，还不停地送书给我！酒很醋很醋之下，魏忠贤想想，静静地想想，还是有点心惊肉跳，心想：皇上会吃我醋吗？皇上吃了醋，俺就得吃毒药。

天下百姓，一旦到了全体沉默的时候，离地火的奔突喷涌就不远了。魏忠贤这个文盲并不笨，他在全国每个角落都布置了东厂的特务，谁对现实不满，一吱声，第二天，这个人就在地球上消失了。所以，在那短短几年间，熟人、亲人、友人途中相遇，只使眼神打招呼，不敢言语，怕晚间睡着了丢了性命。

魏"九千九百岁"最后一次放声痛哭，是在被刚上台的崇祯帝整倒后带着四十大车旷世珍宝离开京城的途中，在深夜，那哭声贼大，巨大如打雷。客栈的人，都被厉鬼一般尖厉恐怖的嘶哭声惊醒了。"俺的个娘耶，俺想回家咧，俺一个没有卵蛋的小流氓，被数不尽的念书人吹上天咧，俺活了虚八十岁咧，俺寿终回家咧。"

上吊的那一刻，魏忠贤已经完全失忆了，他记不起这一生究竟杀了多少无辜的人，他记不起那么多书里面写他的车装不了、船载不了的丰功伟绩了，他记不起那些富可敌两国三国的财富了。猛醉之后，他回到了那个泼皮贫穷小混混的角色，他把一泡盛大的尿撒在锦被上，嘴里模模糊糊地骂着极恶劣的脏话，把自己那个养了一辈子的肥肥的脖子交给了梁上悬下的绳索。

"九千九百岁"，一个魔咒般的非笑话类的真实历史。

远离朝局是北湖文士因为距离所收获的悟。这是一枚核，这是隐士们的心念之核。我正慢慢地在与失眠的抗争中靠近他们。等成了他们的朋友之后，我想写本书，写出他们活的生命的故事。

四、翠萍

一个 17 岁的女孩，翠萍，酗酒、抽烟、打架、滥交异性朋友，被逐出家门后因偷窃被劳教一年。释放后无家可归，碰巧遇到一份临时工，照顾一位患有轻度帕金森综合征的少妇。因为患者的丈夫是当地富有的建筑商，而且深爱他的妻子，所以佣工的月薪高达 9000 元。但半年里换了 8 个人，患者暴劣的言行无人能够忍受。那位刚出牢房的女孩急需脱出桎梏后疯狂享受生活的费用，她接下了这份工作。一周过去了，两周过去了，患者的丈夫惊奇地发现，两个女子都没有拒绝对方。

8 年之后，那个叫翠萍的女孩回忆说：刚开始，她受过患者歇斯底里的羞辱，女孩用最简单的暴力瞬间制服患者。以暴制暴，13 岁后，她罕逢敌手。靠拳脚搞定一个女人，她是行家。再后来，只要患者有暴怒的先兆，她就会凭着超人的直觉先发制人，痛击到患者哀求为止。

有一个小小的细节，完全改变了女孩的态度。当时，患者的双臂已经基本丧失了运动的能力，一天傍晚，在客厅的角落里，轮椅上的患者看着面前的一架古琴，双眼中盈满了泪水。在那一刻，女孩心中最柔软的情感被触碰了，她说：你可以把我的手当成你的手。翠萍的父亲是当地最好的制琴师，产品供不应求，慢慢地成了富人，买得起西装、领带，和锃亮的皮鞋。若干年前，他极穷，而且万事不顺，没有人相信他会找到老婆。翠萍的妈，是城市郊区的一枝花，秀气，白净，乖巧，进了这座城市读省重点高中，算是四乡八邻内无人可及的优秀女孩。然而，在遇到爱情时，却固执而且倔强得骇人。高三那年她怀孕了，退学了，与那个倒霉鬼同居了，生下了翠萍。因为琴的产业在这座城市毫无先兆地兴旺起来，倒霉的男人暴富了，后来丢下翠萍和她妈跟一个富有的女子走了。翠萍是懂琴的，当然，更懂得爱琴的女子的情感。从此，她们的生活每天随着琴音流淌。

大约是 8 个月之后吧，女孩潜伏在内心的野性被唤醒了，她有足够的钱去酒吧疯狂挥霍。在因她而起的群架中，她用酒瓶砸破了一个男子的头，又被另一位小伙子救出现场。她关掉手机，与这位男孩去三亚用光了所有的钱。一周后回来了，她打开手机，看到了100多个未接电话、170多条短信留言，都是患者丈夫的。那位女士已住进重症监护病房，生命垂危，唯一想见的人，就是这个叫翠萍的女孩。在病房，她们只是一个短暂的对视，女孩便作出了一个令所有人震惊的决定：她拔掉了患者的吸氧器、输液针，以及身体上用于监视生命体征的那些接头，她背起那个瘦弱的躯体，飞奔回家。她能感觉到一滴一滴落在她脖颈上的冰凉的泪，像酒精一样，点燃了她心中最隐秘处纯真的爱火。就这样，那个被医生宣判只能活几十个钟点、家人已经把后事统统安排妥当的患者，奇迹般地活了下来。患者的丈夫，一位俊朗而有修养的男人，把她当神一样地敬重。敬重，是她一生中最稀缺的精神营养。此后将近7年，当每天的太阳光芒闪烁在患者唯一能转动的双眸中，翠萍姑娘都会享受到自己拯救或延长着一个珍贵生命的那份感动。

患者在临终的前两个月请来了一位相貌清秀、举止优雅的女士，她对丈夫说："我要为你找一个她，像我一样看得懂你的人。"这位女士是一家大型企业的财务总监。这个不重要，重要的是他们三个人是高中同班同学。这还不是最重要的，最重要的是这位女士正因深爱着患者的丈夫而至今未嫁。可是，她的丈夫说：这一生，我不可能再要任何一个女人的。他说："你是我爱的唯一！"

事情的发展太出乎常人的意料了，妻子去世后的第二个月，丈夫领进了一位年轻貌美的女孩和一个三四岁的叫他爸爸的小男孩。照料了患者近8年的翠萍，精神上受到了雷击一般的震撼。下面，是她与那位男子的简短对话。

翠萍：你还记得你跟她说过什么吗？她给你介绍对象的那天。

男子：我说过什么？

翠萍：那句话。关于唯一的那句话。

男子：我想让她在生命的最后把爱带走。

翠萍：4年前你就把爱给了另外的女人了，你还有脸说爱？

男人：我是一个健康的男人，你懂吗？

翠萍：你还算个人吗？是人，就应该讲真话。你不可以欺骗她！

男子：你不懂。有时候，有些事，不说，是因为不能说。那时候，不说，不叫欺骗。

翠萍：那你比骗子更可恶。像你这种连真话都不敢说的男人，就不配活在这个世界上。我要让你到那边去，当她面，把真话说了。

在喝下一整瓶洋酒之后，翠萍刺死了那个男子。她拒绝承认自己有精神病。她拒绝通知家人。据说，临刑前，她微笑着对枪手说：麻烦你，打准了，我只付得起一颗子弹的钱。验尸时发现，她手中捏着一张拾元的纸币。

五、梦想，是每个人生命中的一朵光

十多年前，我去一个熟悉的乡镇做一项长期的文化调研，一天傍晚的途中，遇见一位衣衫破旧的少年坐在田头的护河堤上发呆。他的一个细节引起了我的注意：一束花，一束金黄的油菜花，由一截碧绿的柳藤扎着，依偎在他的怀里。只是一个偶然的好奇心，我走到他面前，问他：你想把这束花送给谁？他看了我一眼，只还给我一个淡淡的微笑。我蹲下身去，靠近他，问：你在想什么？他说：我想有30块钱。我注意到他说话的神情，当时，他是多么地渴望能得到30元。他说，今天，是他母亲的四十岁生日，在那个极其贫困的乡村，加上他的父亲患癌胃切除三分之二的胃，连日日温饱都是奢望，哪里还会有过生日的念想。可是，就在昨晚，他无意中听到了母亲的一声叹息。母亲说：明天，我40岁了。这一天，靠八方借债才上到初三的儿子，心中始终抹不去母亲的那一声叹息。他想给母亲40年来从未有过的惊喜：一个生日蛋糕。课间，他去镇上的店问过，最便宜的，但一定得写上"祝母亲生日快乐"七个字的蛋糕，30元。可是，30元，对这个孩子而言，是个遥不可及的梦。孩子为这个无力实现的梦，与那束油菜花一同忧伤在冷寂的夕照下。我说，我有个办法，能帮你挣到一笔钱。他望着我，眼神里是无言的深疑。"周六和周日，你去镇上的文化站干两天活，可以拿到100块钱。"如果你注视他的眼睛,会发觉他是个眼神非常丰富的男孩。当天是星期二,离周末相距太远了。他瞬间变得黯淡的目光转向了西北方的一片荒丘,荒丘里有一条瘦弱的老狗,在暮阳的逆光下悠然地散步。我说:"喏,这是一百块,我先替他们预支给你。"他的目光回来了。很亮,很亮,似乎当时不是黄昏。"我给你打个借条!"我说:"我相信你。"他坚拒了。我无法忘掉他写借条时龙飞凤舞的狂喜神态。梦,原本是那样的虚无,却意外地成了现实;梦,原本是那样的小而又小,此刻却变得美不胜美。"这么多钱,我想买一个五十的,五十的那个,太漂亮太漂亮了!"他的笑,总是无声的,即使我们后来交往了许多许多年,我始终没有听过一次他放出声音的笑。但那个傍晚,他无声如波浪般荡漾的笑,犹如梦想的霞光,绚烂了那个黑白色的村庄。

我一向拒绝给有能力的人任何施舍。后来他到我这座城市的大学读广告传媒专业,我在朋友的公司为他谋了打工的职位,绝不会给他一分多余的钱,但包括两个假期在内,他的学杂费和生活费足够了。有一天,在他那所学院的大门口,我看到他举着一个纸质的广告牌坐在路边,广告牌上有家教的种类及价格。我请他在路边小店吃一碗鸭血粉丝,我问他:你那么需要钱吗?他说:当然。我说:干什么用?他说:为了一个女孩。他的目光再一次显露出光亮。我说你小子恋爱了?他说:哪里能那么奢侈?我是为我妹,她在县里数学竞赛得了第一,她在市里数学竞赛又得了第一。她是我叔的独生女,我叔卖了牛才让她上了高中。大学,我要承担她的全部费用。她一定不会像我这样平凡,她是有梦想的女孩,她一定会成为很优秀的人才。他说:我现在的梦想,就是资助她实现梦想。

我能描述一下他的长相吗?瘦,黑,中等个,脸偏长,头发天然卷曲,鼻梁削而挺,无声地笑的时候,左腮有一个酒窝。

照理,我们之间应该还有故事。可是,没了。毕业分配时,我帮过他忙。他特地约了我当面拒绝了。他说:你如果继续这样帮我,我人生的潜能将会被遏止生长。我会一辈子记得你,但希望一辈子不用再依赖你的帮助。

对于一个如此看重自我奋斗、自身尊严活着的年轻人，我们能做的，就是在心中默默地为他平凡而又挺拔的梦想祈祷。

六、凄与美

两峰转身离去的那一刻，婉仪闭上了眼。泪水串流而下，滑过冰冷的颊，很烫。枕巾潮了。婉仪知道他还会停下来，再次转身，回到活不了几天的她的身旁。人，死亡前亲人的陪伴，是生命最后的温暖，况且是一见钟情疯狂追求的那个男人。两峰那双"白日可见鬼魅"的诡异蓝眼睛，一定能窥见她心如刀绞的不舍与不解。"自知死亦人间事，多是秋风摇落时"，她的诀别诗言外之意一目了然：肺痨已折磨得她骨瘦如柴，金农所赞的"能画能诗妍且丽"的她，顶多只能活到秋风初起的日子。现在是五月之初，她在人世间能挨上五六十天已是幸事，罗聘，她的夫君，却要急不可耐地赴京，去拜会权贵名流之约，曾经令郑板桥诸怪艳羡不已的爱情，从此也诀别了么？

他转身了，无声地、缓慢地来到她床头，蹲下，沉默良久，却没有去抚摸她那双原本嫩如脂的玉手。这双手，画梅，令名家惊叹；写诗，让文豪汗颜。这双手，两峰曾在月下凉亭整宵紧握，说："这一生，时时刻刻，不敢稍稍松开。婉仪，你这般才貌艺德举世难觅的佳人，我一松手，你跑了，我还能活么？"现在，这双手，他连碰也不碰了。婉仪心里在喊：两峰，你握住呀，你一握，或许我就走不了呢。

双目紧闭的婉仪，知道阳光从窗外照进来了，太阳的温暖，抚摸她冰冷的脸。瓜子脸，杏仁眼，柳叶眉，白皙的肌肤与高挑的身材，这位出身官宦之家的美丽女子，性情温文而又倔强，她少女时候在参加诗社活动时，引得无数年轻才俊神魂痴迷，当然，其中也有亿万富豪。方婉仪嫁给了罗聘，是一心一意只想嫁给爱情。她知道罗聘穷，当年"八怪"个个都穷，婉仪只追求精神的自由与富有。她为他生下两儿一女，一家人都事画，天下名人常常欢聚在他们的住所弥驼巷的"朱草诗林"，看他们夫妻加上孩子共作一画，令友人们也相信爱情了。

她不愿意睁开眼,她不想看到心爱的人走出这个房间的背影,她不想与爱诀别。他一直就渴望出人头地,他捧着自己的八幅《鬼趣图》央求名流题词,他跟八怪诸人有着同样的性格的两面:孤傲但又因为生活而媚俗,因而,他们每个人的心中都有一座精神的炼狱。婉仪作为他们的旁观者,是最能读懂他们的人。所以,罗聘在她即将离世的前夕要赴京寻求功名,她一字没有反对过,一句没有反对过。她知道,她已经留不下他的任何东西了。让他走,或许还能留下那份说不明白的爱情。

罗聘离她而去的第 13 天,婉仪就走了。不知道她怀里是否还抱着那份爱。罗聘 58 岁第三次赴京,滞留达 9 年,连回扬州的盘缠都筹集不到。到死他依然很穷。如果人生可以重来,罗聘知道他一生贫穷,会不会守着婉仪到闭眼,让她一生都坚信爱情?

七、扬州烈女

那年五月,清兵攻破扬州,屠城十日,"城中山白死人骨,城外水赤死人血。杀人一百四十万,新城旧城,内有几人活?"(明末志士吴嘉纪诗)有一位不曾被杀的扬州少女,年方十七,貌美而性静,隐小巷深处,绣房帘后,被清兵搜获,挥刀欲斩,忽听身后满人将领厉声喝止。将领疑见汉人女神,欲将其私有,于是百般呵护,千种殷勤,将所抢珠宝奇珍悉数献予,无奈少女宁死不从,将领因深爱其秀色神态,不忍强迫,未得其逞。

满人将领将扬州少女押在身边,至金陵,大军将乘舟北上,少女趁夜以白绫二方楷书《绝命书》五首,且以防水细件缠紧,又裹上漆布,藏入怀中,渡江时疾驰至舟顶,跃入江中。

有人于天亮时分在江滩见其尸,拆阅其诗,其中有"己将薄命拼流水,身伴豺狼不可能"之遗辞,并恳请上苍:"我本清白女儿身,吩咐河神仔细收"。诗有跋,告知遇见者:"身藏黄金二两,作葬资。"众人在其鞋中获此金,围观其容,微红微润且微笑,人人震惊,皆认定少女已羽化成仙，于是经日祭拜，不敢请其入土。

跋中有身世年龄住处简介，行笔工整清秀，能断其书写遗言时气定神闲。有落款：扬州某街某巷某宅张氏也。野史有载。

八、郑板桥为什么取名板桥？

在兴化一望无际的乡村大水荡，造一座普通的桥，在四乡八邻，一定是形象工程。造一座木板桥，那就是村级非物质文化遗产形象工程。取名板桥，那就是为了彰显家旁边有座光宗耀祖的桥，那真是意义非凡。能造得起板桥的水乡，生活总还过得去，一代一代的人，为了男孩的前程，会勒紧裤腰带省吃俭用供其读书。供子读书，是郑板桥故里的乡风。郑板桥少年时候，是村里同学中最调皮捣蛋、最顽逆反叛且从不服管教的坏孩子。板桥说，因为他这样的顽性，前辈遇见，皆侧目而过，并且警告自家的孩子，"戒勿与往来"。板桥的顽性，连庙里僧人都惧他。见他远远地奔来，赶忙将写字用的宣纸藏起。板桥进来，兴起而无着墨处，便提笔将字写在壁上、灶头、桌腿、门框。后来，板桥成名之后，僧人想起了庙中处处墨迹乃专玩恶作剧者板桥手书，便拼命守护。这些"壁宝"，一直被守护到"文革"之前。

九、郑板桥教你看书练字做人

世上，难以自拔的，除了令自身离开地面，便是无法控制的坏脾气。"金钱对我如有仇"。板桥书画滞销，是那些被他点名怒骂的谁谁谁谁暗中封杀。板桥五十七岁时，整理出平生所写诗、词、道情、家书、信札，不足三十万字，至五十八岁方谨慎付梓，说：板桥的自选集，仅此一部，如后来人有乱添乱改而后盗印者，必变厉鬼击其首。

板桥自认"好大言，自负太过，漫骂无择"。有一点，他终生不忌讳，那就是人穷。老至骂不动任何人时，他决定去兴化死。但是，寸土没有，片瓦无存，板桥便赖在老李的大院里直至终了。

　　书生，必先有真才实学，然后才有独美。书里书外的真，是板桥艺术生命历久弥新的根。四十三到四十四岁，板桥在焦山面壁读书。"百日未涉里门"，他说自己"读书能自刻苦，自愤激，自竖立。""板桥每读一书，必千百遍。舟中、马上、被底，或当食忘匕箸，或对客不听其语，并自忘其所语，皆记书默诵也。"但是，板桥的读书，绝非滥读。他说："今人有学无问，虽读书万卷，只是一条钝汉尔。""五经、廿一史、藏十二部，句句都读，便是呆子；汉魏六朝、三唐、两宋诗人，家家都学，便是蠹材。"真才实学，是板桥一生的追求，他说："板桥生平最不喜人过目不忘，而四书五经自家又未尝时刻而稍忘；无他，当忘者不容不忘，不当忘者不容忘耳。"在潍县当县令，是板桥一生中最忙碌的时期，辞官时，潍县百姓曾为他建祠以表敬怀。即使这样，他仍然坚持每日读书十页，熟读背诵；每日读生书五页，每日习大字一百，午后习小楷二百，每日记日记一页，从不懈怠。他曾经这样表达过真实的心迹："板桥最穷最苦，貌又寝陋，故长不合于时；然发愤自雄，不与人争，而自以心竞。"他要像庄子所说的那样：鹏"怒而飞，其翼若垂天之云"。古人云"草木怒生"，而他欲怒不同人，所以板桥特别强调"学者当书其帜"。当然，他在《与江宾谷、江禹九书》中说："凡所谓锦绣才子者，皆天下之废物也"，板桥在寄给他弟弟的信中讲过这样一个故事，说欧阳修有一秘阁，藏数千万卷书，至老探看，皆霉烂不可收拾。看残存书目若干卷，"竟无一人一书识者"，欧公博学之人，"视其人名皆不识，视其书名皆未见"。经久后，万卷成灰，板桥称其为"自焚自灭"。读书、购书、藏书、著书、教书，这是一条书的生物链。适者生存，书竟天择。为出书而出之书，徒占室橱，最终必然自白生而自暗灭。他在《寄潘桐冈》一文中开篇便说："板桥平生好谩骂人，尤好骂秀才，以此招人怨毒。"其实，真性情的板桥怒骂，是怒那些甘于数典、不肯"怒不同人"的锦绣秀才的俗文与庸作。

　　"怒不同人"，才能创作出真正富有鲜活特色的只属于作者本人的，永远不会消亡的艺术生命。

　　板桥在世时，就有模仿他到乱真程度的书画家近 300 位，他们都是附着于他人艺术生命上的寄生虫，他们是速朽的。自清以来，更有数不清的人，企图靠借扬州"八怪"之名、仿扬州"八怪"之作而盗名谋利，他们也必然是速朽的。这些人，没有真正领悟板桥既可沉入古人书中，又可跳出古人书外，使自己真正成为书的主人而非仆从的读书真义。

十、书卷竟能化成灰

清兵屠扬州城之时，北湖有两个人，冲破刀林刃丛，冒死入城。一个是郭天奎，他是为了救出至爱的亲人；一个是徐石麒，他是为了救出所著书籍。文章著述，便是徐石麒的性命。肉体的生命，可以无惧无悔地送给杀人成性的清兵，但，用心血孕育出的精神生命，不可以遭异族污毁。他在《坦庵续著书目》中自述道："余旧所纂著，四十余种，共三百六十卷，已刻者十不一二。余皆抄写成轴，胪列几席以自娱。迄乙酉城溃，践污狼藉，惨不胜言。然是时犹得冒死入城，捡拾残本，于人血马溲之中自负归湖。叙而补之，存者十七。"当是时，瘦高体健的徐石麒越过一道一道清兵的封锁，跨过一堆一堆平民的尸体，以近于疯狂的状态飞奔至故宅。故宅，已塌成一片瓦砾，徐石麒当然知道著述被掩藏的位置，他似乎听见了他的另一个生命凄惨的呼救，他掘开砖木，挪开梁柱，扒开杂物，他的双手出血了吗？他的心都在出血了，何况双手。他的另一个生命，已经遍体鳞伤，支离破碎，那么多的书，那么大的体量，他是怎样把它们背在背上，扛在肩上，抱在怀中，攥在手里，一屑纸片也不剩地载着它们，然后，惊马一般地呼啸着，狂奔着，疾驰数十里，回到北湖。当夜的北湖，很静，太静了。残月，乌云，没有一丝的风，连夜鸟也停止了啼鸣。那么静，那么静，徐石麒，站在另一个破碎的生命面前，一动不动，一动不动地凝视着它。它，也在凝视着徐石麒。这一种对视，相互都懂彼此；这一种对视，只有一生用生命来书写生命的人才懂；这一种对视，久了，徐石麒听见了自己灵魂被撕裂的声音。

这种灵魂被撕裂的声音，伴随着他所有隐居北湖的日日夜夜，这种谁也听不见的声音，这种对谁也不能言说也无法言说的声音，是一种无药可治的内伤，他，那么强健的体魄；他，那么优裕的生活，居然没有活过六十岁。

十一、徐石麒

徐石麒，字又陵，自号坦庵，祖籍浙江鄞城，明初迁扬州。他的父亲徐心绎，是心学派传人陈履祥的学生。陈履祥，心学派大师王艮的门生。王艮，心学派集大成者王阳明的弟子。受王阳明悉心亲授，王艮独成一家，自创"淮南格物说"，主张"百姓日用即道"的观点，是"泰州学派"的奠基者。他一生布衣，拒绝入仕，后学者陈履祥沿袭之，陈履祥的后学者亦沿袭之。徐心绎，拥奇书万卷，悟古今大义，但，不入仕，亦不著述。徐心绎唯一值得骄傲的杰作，便是倾心倾力培育出了一位出类拔萃的儿子徐石麒。徐石麒矢志继承父亲的学识，并且一改父亲述而不著之风，"精研名理，隐居不应试，好著书"（焦循语）。著有《枕函待问编》五卷，《趋庭训述》四卷，《壶天暇笔》十卷，《壶天续卷》二十卷，《壶天肆笔》十卷，《古今青白眼》三卷，此外，还有诗词集数卷，还有辨析韵律的《订正词韵》数卷，还有推言阴阳、名物之理的《客斋余话》数卷；他写过戏剧《大转轮》《拈花笑》《买花钱》《九奇逢》《珊瑚鞭》《辟寒钗》《胭脂虎》《范蠡浮西施》凡八种。徐石麒总是在无人的静穆处问自己：未来的世界，还会记得我么？不错，他撰有三百六十余卷著述，焦循称之为"当时邑中著述之富，未有能过之者"。徐石麒，是为未来而活着的北湖隐士中的佼佼者；徐石麒，是心心念念记挂着文字而又困惑于字字句句、章章节节完美无瑕的偏执者。

徐石麒，总是在无人的静穆处告诉自己：那些被清兵损毁的层层叠叠的书卷，他即使耗尽全部的心血也恢复不了原貌了。先前的那些警句，那些妙语，那些闪烁着智慧光芒的、烙印着他生命标识的文字，再也唤不回来了。在他生命的秋天，在北湖景色绚烂的秋天，在月色烦人的深夜，他没有去惊动范荃，他没有去惊动孙兰，他没有去惊动好酒的吴园次，他没有去惊动隐士中最厚道的诗友罗煜，他与残卷对饮，他与寂寞对饮，酒后，孤独一人，醺醺然走进丛林，在秋树下低吟浅歌。凄风萧萧，落叶飘飘，徐石麒，每每手拈一片落叶，便有奇语妙言栖息掌上。良久，眼含泪，心滴血，情泪与心血，化作一树诗、一林词，醉了一人秋。

十二、文命时

在焦循《北湖小志》的蓝本引导下，长叙北湖，是试图用文学的方式，唤醒北湖那些值得我们景仰与追怀的隐者，尽可能地让他们活过来，活在我们的视野里，活在我们的生活中，在彼此朝夕可伴的呼吸之间，聆听那些干净、高逸、卓绝的灵魂絮语。

北湖名隐，涵盖各类传奇人物。有一位画家叫文命时，他以画兰闻名一方。张庚，著有清代第一部断代画史《国朝画征录》，书中便有画家文命时，谓其"瘦笔干墨，运以中锋，秀劲拔俗，花蕊疏朗，别具神韵"。又言其性孤傲，隐于湖中，故传之不远。焦循一定见过文命时佐以竹石的画兰之作，感叹"展玩时，令人有世外之思"。看一幅兰，竟勾出观者脱俗出凡之遐思，可见，文命时的画是活的，像人一样富有生命。文命时是通观人生者，所以，他拒绝所有吹他、捧他的人与文。但，他的兰，其香难隐。张庚足迹遍天下，观尽所访五百多位著名画家，张庚认为，文命时的兰无人可及。于是，文命时的名，隐也隐不住，藏也藏不得，一时之间，一幅"文兰"，倾以重金亦难求。

孤傲自洁的文命时，告诉了我们一个通俗易懂的道理：耗尽心血求得一百篇赞美的文章宣传自己，不如拿出一件杰作，什么话也不说，无须劳师动众，便自然有了名。深隐于北湖一隅的文命时，一定也有高价售出的兰，否则，他不会那么有钱；否则，他不会那么任性。他在那片不知何时便会被不告而至的洪水冲灭的湖的偏远旷地，"种柳千树。名其居为深柳堂"（焦循语）。柳，一定是好柳；种植，一定精心设计了唯美的园林形状。入千株柳树林，一定如入奇幻梦旅。堂，一定是华堂。有诗廊么？有词亭么？有戏台么？有画阁么？有，都有。他的银子，没有更值得消费的地方。焦循说，深柳堂，"一时高士多从之游"。

焦循在《畚芳社记》的开头这样说过："康熙间，湖中多隐君子，诗酒盘桓，时之盛也。"深柳堂，深隐的文命时，笑迎湖内名隐，笑迎湖外逸士，众贤，或醉而赋诗，或狂而泼墨，啸吟烟霞柳，坐卧新露流；曲起惊睡鸟，佳句任水流。羡慕吗？神往吗？而更令人羡慕、更令人神往的，是那种无争无贪、有情有义的文人圈的大和谐胜境。而今，我们有过类似的故事留在心中么？哪怕梦中曾经有过，也好。

十三、孙兰

孙兰从北湖进城去挣钱，"一入（扬州）城，则求者无虚日"，"百日而后返"。百日而无虚日，可见名声有多显赫。孙兰的篆隶、诗词赋以及画梅兰竹菊、石、水仙，气象高妙，独占神奇，观者无不为之惊叹。孙兰替人即兴作赋，提笔立就，字字如珠。收费再高，从无有怨言者；能安排上，便是运气。当年，扬州城里富豪权贵太多，人人都有从众跟风心态，要价再高，对那些人来说，只是零碎钱。这些，都不是重点。重点是，如有显赫人物请其作画题诗，孙兰从不署名。有执意抬价恳求留下姓名者，焦循说，孙兰会怒而扔笔，斥之曰："是何足入吾集！"你位高，你权重，你财大，你名响，在我孙兰眼中，只是寻常而已，哪里配让我留下姓名！这样一个暴脾气的倔强老头，讨喜么？不讨喜，讨宠。越倔，粉丝越多。百日之后返回北湖，布袋里的银子沉得让他嫌累。孙兰的倔，有时不近人情：他从来没有教过自己的孩子读书，只让他们捕鱼与耕种。所谓荒年饿不死手艺人，让儿孙们学当木匠也好。他不，就不。他的强健与高寿亦是奇观。传记里说他年九十，耳目聪察，肤理融泽，步于衢，群少年捷足不及之。九十之后，他像当年所有名贤一样请人为自己作小传。他请的人，是高邮以孤傲清高闻名的王心湛。他请惜字如金的扬州宿儒为自己作传，是担心身后某些自命不凡的趋利码字人胡乱给自己评说，而躺入深土的他已无法冲出以棒击其头顶。这是孙兰至暮年深思后的惜名。惜名，不易学、不易懂亦不易行。那就说到这里吧……

十四、查士标

作为北湖最后一批名隐之一，焦循，从不吝啬对北湖的赞美之辞。在他的眼中、心中，北湖，是一个文明素养承继有序、自觉而为的整体，方圆百里融为一体。焦循说，北湖"独能存先正之风"。

查士标，明朝遗民，清初书画名家，流寓扬州时，与孔尚任、石源、弘仁等多有交往，曾短暂隐居北湖孚佑庵，留于湖间的"偶落人间"四字，取意于对北湖名隐的惊慕与仰瞻。这一批又一批、一群又一群、一代又一代拒不入仕却才艺卓绝的名隐，是遗落于北湖的天之骄子、偶落人间的贤杰奇才，可遇而不可求。"偶落人间"四字，峭劲高逸，豪放狂绝，刻在傍湖而立的一块巨石之上，被乡里人视为墨宝。至焦循的年代，已经过去了许久。焦循曾询遍北湖前辈，均言：那块巨大的石头，石头上"偶落人间"四字，老人们都见过，皆惊为从天而降的镇湖奇宝。然而，到了焦循的上一代老人，已经无人能告知巨石坐落何处了。文物或者历史，忽视它，它一定会悄然溜走，无影亦无踪。顺便说一下，拙作《偶落人间》的题签，绝对是集了查氏真迹。曾经很多人劝我，用一个扬州打头的书名，才能喊得响、传得开。无奈我喜欢这个书名，且认定它是小众书。没有听劝。

十五、做一个不好相处的人

没有经历过苦难与悲情，大概不是完整的人生。有位年轻人叫小姜，单位非常优越，妻子女儿顺心顺意，他感觉生活没有目标需要追逐了，每天每天，有熟人叫他喝酒，必去；有朋友喊他掼蛋，必到。大家都说，小姜是个大男人，太好相处了。有一夜凌晨两点多，他醉酒骑摩托车回家，撞上了迎面疾驰而来的大型拖拉机，出院后，他下肢瘫痪了，他原先一群一群又一群的玩友从此人间蒸发。

小姜凭着顽强的意志，拼死抗争半年多，能站立了，能行走了，能像正常人一样上班了。玩友们飞快获悉这个喜讯，各种喝酒、掼蛋的电话每天都有三四拨人打过来。小姜拉黑了所有人，报考了在职硕士研究生，天天晚上陪女儿看书。女儿初中毕业时，他拿到了自己的毕业证书，然后，又边陪着上高中的女儿边读在职博士研究生。人，心中有了一个清晰而且坚定的目标，就拥有了一个自己热衷的世界。女儿考上北大后，他博士研究生毕业，不但在国际核心期刊发表了两篇论文，还为单位赢得了一个数千万元的科研项目。42岁，他顺利获得高级工程师职称。后来，不断有人传来早先玩友们的话：小姜这个人变了，变得太不好相处了。其实，他现在拥有了海内外越来越多的朋友，只是类型完全变了。讲真话，小姜以前玩友们的活法也没错，他们有属于自己的充实生活。他们感觉现在的小姜活得太累太无味。两类人，彼此无法体验各自人生的况味。

十六、乱世梦想

人，都有一个具体的梦想。农民的梦想，是风调雨顺，五谷丰登；车夫的梦想，是多拉几个客人，有闲钱，晚上喝一壶烧酒；如今孩子的梦想，是尽快结束从小学到高中苦行僧般的考试磨难。这是和平年代。和平年代，同事之间，谁不公平地涨了一百元工资，谁跟谁在正科长的竞争中败北了，都是大事件，一生耿耿于怀。去明朝晚期民族危亡之际看看吧。关内，张献忠有二十万造反军，李自成有二十万造反军，分布于全国的流寇团体成千上万；关外，清军丛林般的利刃横劈大东北。人命朝不保夕，这还不是全部的恐怖，还有酷吏与悍匪的强掠与敲诈。饥荒岁月的百姓，无衣无食无居，当时的人，梦想是什么？是活下来。宁做太平狗，难当乱世人。乱世的人，看惯了身边的亲朋与邻里一个一个瞬间成鬼，对命的奢望，便是明天还能活着，下一个明天还能看见太阳下山、太阳上山。即使那些能慨善叹的成千上万的诗人，浑身也找不着一句词，词，在前天的前天统统吓死了。所有苟且活着的人，最大的梦想，是再下一个明天，浑身，依然有呼吸微微颤抖在荒垦与深沟之侧。活着，这真是一个巨大得抱不住的梦想。而梁饮光的梦想，早已被复仇的欲念替代，梁县令无法遏制的欲念，是为了民族大义与小儿顽寇同归于尽。

十七、还说郑板桥

人生，何必争第一，必须奔唯一。板桥一生，诗、词、文、书法、绘画，均给人与众迥异的惊喜。他这样说自己穷："瓶中白水供先祀，窗外梅花当早餐。"绝对神自嘲。说瘦骨孤立的画中竹："一尺竹含千尺势，老夫胸中有灵奇。"无敌自辩。明明一竹不成势，偏要言势，这个老夫太顽皮。说自己无人能仿的书法："十分学七要抛三，各有灵苗各自探。"独辟"六分半书"，异如鬼怪的破格书体。说癫狂之童心闹腾："今日醉，明日饱，说我情形颇颠倒，哪知腹中皆书稿。"穷与达瞬间和谐。说妙诗奇崛："山光扑面因朝雨，江水回头为晚潮。"这首悬于真州茶肆署名板桥题写的匾额，令江西名儒巨商程羽宸粉其终身。说自己的雄奇无敌："掀天揭地之文，震电惊雷之字，呵神骂鬼之谈，无古无今之画。"这份蔑视一切的傲娇，不禁令人想到嵇康"昂首漱朝露，披日振羽翼"的飞龙豪气。

板桥一生，凄苦为主调。他说："板桥一生无不知己，无一知己"，他心境中拒入世却必入世的折磨与孤痛不可与他人言，从雍正七年始，他写《道情十首》以解心结，于是，重点来了，凡草民皆喜吟之。于是，重点又来了，扬州城的北郊，有一处供游人享受的高档茶舍，非同一般。板桥，一日北游，便入了舍。入了舍，见一长廊抄全了他的《道情十首》，字迹娟秀，立足近前，竟闻见女人香。板桥一个激灵，呵呵哈哈嘿嘿地笑了。转身，急步往前。一中年女子迎在侧面，板桥大声道：这是我写的呀，我便是郑板桥！重点再来了，那女子扭头便喊：女儿啊啊啊啊，五娘吾娃耶耶耶耶耶，郑板桥，你痴恋的那个人，来了！

在扬州，这个你说缺啥他就缺啥的老男人，可怜连一片自己的瓦都找不见。板桥，瘦、矮、小、穷、丑，唯一的优势便是天开一缝的怪才，怪到身材高挑的五娘踮起脚尖也就能吟他的《道情十首》。吟，对于千年传承有序的地方小曲道情而言，精当到要死了。说让个作曲家来弄一下，那真是糟蹋了。五娘吟《老渔翁》，原汁原味，老腔老调，行云流水，如泣如诉，只一吟，便把板桥的魂勾去了，回不来了。这一夜，通宵，一男一女一老一少均无睡意，板桥使尽真功用他天下唯一的乱石铺街"六分半"神妙飞墨，为初识的少女写下十首道情词。这一回，在天露出个麻儿麻儿亮的时光，五娘的魂也丢了，回不来了。板桥的勾魂奇招，绝对天下唯一。如此不相称的男与女，只一宵的艳遇，解不开的热恋了。要知道，是年，正是板桥中举前精神几近崩溃的绝望期，天赐的饶五娘如一道强光射穿了板桥封闭已久的希望之门，随后，穷困潦倒的老郑住进免食宿费的焦山寺锁心面壁苦读，飞快地，便高中了进士。比当今的公务员国考还厉害的是，无需面试，静候上任调令。笃定做官。那一个没有预演的芬香浓烈如酒的奇遇之夜，牢牢地关联了板桥与五娘的往后余生。

十八、小舒与克利斯朵夫

我读大学的时候，最早，狂热地崇拜过莎士比亚。某天清晨，在宿舍外空旷的操场边上，我拿了一本老莎的集子，用劲诵读。现在想想，那是多么尴尬，我真的懂他的《哈姆雷特》么？在离我使劲念念叨叨约莫二十米的远处，身材伟岸且深得所有女生喜欢的王小舒手里捏着一叠纸，声音尖细地在背英语单词。当年，我们都知道，丘吉尔这样说过：我宁可放弃整个印度，也绝不放弃莎士比亚。所以，一日一日朗读着莎神悲喜剧的我，便觉得小舒尖声地几十遍重复背诵那些无聊的英语单词真是幼稚。直到他顺利地考上山东大学中文系硕士研究生，后来当上了著名的近代文学教授，且以山东省政协委员的身份在中央及山东各媒体设立讲坛时，方知他的咿哩哇啦背英语单词有多重要。

当年，幼稚的我，还崇拜过罗曼·罗兰。那年暑假，妈妈给了我一点零碎的钱去镇上买些好吃的。我，当然是先去了书店，见一部五卷本的《约翰·克利斯朵夫》，并未在意。但看到译者傅雷，热血热了。傅雷，"文革"中夫妇双双悬梁自尽时，预备踢凳子了。傅雷从容地说：慢慌。我们应该在凳子下面垫一块厚毛毯，这样，凳子倒在地板上的时候，就不会惊了楼下人的睡眠。在那个寂静的凌晨，傅先生拿下绳套，从高高的木凳上下来，将一条旧毛毯铺在凳子下面，又蹬上去，两两，无声无息地去了。我，这一天，啥都没有吃，买下了这套由傅雷翻译的、让罗曼·罗兰荣获诺贝尔文学奖的巨著。这套书的扉页，字极少："不自由，毋宁死——罗曼·罗兰。"我看着这几个字，心里异常感动，忘了向下翻去，找到笔记本，抄下来了。其实，那时候精力旺盛，夜以继日地读书是常态。《约翰·克利斯朵夫》，我几乎是不分白天黑夜看完的。话说，是年，我痴迷的，还有雨果、德莱塞、茨威格、杰克·伦敦，浪漫主义的情绪几乎占满了我整个世界。《约翰·克利斯朵夫》是我读的第一部罗兰的作品。这部在人类文学史中永垂不朽的巨著，开头，就告诉我们，克利斯朵夫，出生在莱茵河畔。这位天才，约翰·克利斯朵夫，以世人无法企及的技巧成为欧洲最了不起的钢琴大师。但是，他的爱情，是人类无法想象的最糟。那些女人，都曾经是他愿以性命去护佑的。是的，我们，只能从故事表层读到克利斯朵夫是为了一己的爱犯下牢狱或者杀头之罪。他，这位天才，一生都在逃亡，看似缘由女人，其实是为了人类精神与行为的自由而冒死抗争。最后，克利斯朵夫，在法国大革命趋于沉寂的时期，回到了他出生的故乡。在垂死时的梦里，他正朝着一个理想中崭新的世界泅渡。肉体的生命，结束在一生追求的理想大海之中。

到了我这样的年纪，更加羡慕克利斯朵夫了。就像我内心一直念想着最贴心的挚友王小舒那样。他一生的泅渡，有点咋咋呼呼，他在近代文学史领域所追求的目标，我们都知道。小舒，我们同学中的两三个人都知道他神神道道的秘密。那一年，我们扬师院中文系七七级三班的全体聚会，在班长华学诚的超能力组织下顺利进行。各种通知，都没有见到小舒的回复，所有欢喜他的人打电话给他，一律不接。我，当时感觉有点不祥，便打了电话给他。小舒绝对不会不接我电话。我们是数十年无所不言的比亲兄弟还亲的兄弟。小舒接了我的电话，说：伯达，你不要对任何一位同学讲，我只告诉你一个人，我患了骨髓癌，晚期，举个例子——多么迂腐的一个读了一辈子书变呆了的真正的学者，都什么时候了，还举个例子。他说，如果我下楼，腿部无力，膝盖往楼梯上一磕，一大片骨头就碎了。小舒又说，不要跟小包说，她一年前查出了恶性肿瘤，眼下情况稳定，不能刺激她。小包，是小舒的妻子，我们都非常非常熟。跟小包，山东大学医学院资深的护士，我们之间如同亲人。现在想想，关于骨髓癌晚期，小舒跟我打电话那阵子，还严严实实地瞒着妻子小包。

小舒，是我最爱的现实中的克利斯朵夫。他，正值学术最好的年华，却要微笑着去做死亡泅渡了。在给小舒打那个班级聚会的电话之后，我有几天不想见任何人，不想，不想，就是不想。小舒走得非常之快，华学诚、吴小平、彭皮代表班级去上海参加小舒追悼会时，小舒的弟弟，小舒的妻子小包，都在不停地问他们每个人：殷伯达呢？殷伯达来了吗？殷伯达在哪里？如果我使劲挣扎着，也是能抵达上海的。但是，我，绝对没有勇气面对躺着的失去了呼吸功能的我们的小舒。我，心里支撑不住。我，其实是个比谁都脆弱、比谁都敌不过自己精神重击的人。小包，数月之后，也去世了。他们，都没能游过一半的大海。他们，都没有克利斯朵夫幸运。但是，他们，都令我无比刻骨铭心地怀念。小舒，你，慢慢游，你仍是那个改革开放后首批高考入学的、那么早就在操场上背外语单词的、所有女同学都喜欢的魁梧的青年。

十九、又说板桥

板桥十七岁读书于仪征毛家桥，约十年后在仪征设教馆以谋生。他在诗中说自己是"半饥半饱清闲客，无锁无枷自在囚"。孩子以及家长，双方都有气给他受，"课少父兄嫌懒惰，功多子弟结冤仇"。但在从少年到青年的这段仪征岁月里，他在生活中读到了最妙的书。课余闲暇，艳阳凉风，"日在竹中闲步，潮去则湿泥软沙，潮来则溶溶漾漾，水浅沙明，绿荫澄鲜可爱。时有鲦鱼数十头自池中溢出，游戏于竹根短叶之间，与余乐也"。生活之书给了他神奇而玄妙的灵感，书里书外的学识被他化为"怒不同人"的诗句。板桥把游步于春野之间的美感解读成："春风放胆来梳柳，夜雨瞒人去润花。"事实上，板桥所读的生活这部大书，与常人无异，但他读得比平常人用心。他在自序中说："板桥非闭户读书者，长游于古松、荒寺、平沙、远水、峭壁、墟墓之间"，并且肯定地认为，这也是一种读书。熟读书中之书而精读书外之书，"思之，思之，神鬼通之！"

有人说板桥"使酒骂座，目无卿相"，多少有点夸张。"一个闲人数间屋，阶下石头檐外竹。偶然读得好诗词，高声唱个无腔曲。"

在那个名流如过江之鲫的时代，板桥，"原不在寻常眼孔中也"。

二十、北湖谢文英

今天就来拉拉家常吧。说，人，一生中，也许会有那么一个阶段，啥都顺遂。带快些说，那就焦循吧。他写《半九书塾自记》时，乃得意尽欢之时。1809 年，被誉为扬州四大"文章太守"之一的伊秉绶给了他相当于今人民币 300 万元的稿费。不谈高还是不高，不谈焦大爷如何精打细算用这笔巨款。只说一点：这些钱，是伊掏了自己的腰包，政府没有这笔开支，焦也不是体制中人，打一万份专项文化活动资金报告，也一文钱休想拿到。焦不是体制内人。300 万元的惊人外快在槐泗乡下花，爽死人了。焦大爷的《半九书塾自记》被收录在《北湖续志·卷三》，而恩念赴京高升途经扬州逗留却不幸因风寒早逝于维扬的伊大人的文章，后面我会说到。伤心伤心，不谈也罢。

说下子焦先生的得意门生谢文英吧。实话实说，到了老焦，也就几近北湖永久消失的晚期了。北湖顶天立地的君子之一，曾以授徒名满天下的杰才范荃，焦，绝口不敢并论的。但，只能就时代论时代，大学者焦循常年招收数十名学生，这是他自己说的。谢文英这个学生异禀天赋，智慧卓越。他跟焦老师学术算，一教即通。焦循在《北湖小志·卷四》末篇说："余授以九章、三角、弧矢之术，不一月，能推步而心知其义。"后面重点来了。焦，一日重病突发，行诸法治而愈重，垂垂将死也。学生谢，十多天整夜守护，万遍万万遍乞求神灵：请损学生之寿而讨先生无恙。焦之残命，谢同学舍寿救得。果然就舍命了。不久，谢文英兄长重病，谢同学急奔数十里求药，又急奔数十里赶回，全身汗水浸透而不顾，日夜守兄，"受寒而死"，焦老师痛心曰："年二十六而夭死，惜哉！"焦循结语中仍痛喊："十年后湖中以文学名四方者，匪生其谁也？惜哉！"

二十一、名流的醉酒

2018年，比大多还多的日子，我只做三件事：吃饭，睡觉，继续睡。这天地，千万年来，就是个日月、四季轮回，就是个得失、成败追逐，一旦看穿了，就会觉得，这人世间也太无趣；一旦看穿了，就会觉得，这人世间也太鄙俗。便恋上了宅，以及床。安静而且干净。

有一回，夜，微微地深了，听见那首《呼兰贝尔大草原》，居然一脸的潮湿。当时，属实有点被自己惊到。我这样一个眼中严重缺水的人，这情绪，怎么可能被一首老歌撕裂？怎么可能？我瞧着另一个自己，还有另一个自己面前的大酒杯和一摊花生壳，终于明白，我忘了阻止自己无底限地独饮了。独饮，到了浓而又浓的时辰，举朦胧的眼看这个妖骚的世界，非常的敏感与清晰。这正是做人最危险的两大毛病。众饮，饮到爆处，难免使酒骂座，目无忌避。多么危险。独饮，自个儿的世界，是环闭的，便看不见所有会演戏的人，一个我跟另一个我聊着，聊着，就不记得酒会醉人了。

当然，有三五个性情中人在一起，不能含杂乱者，放量地饮，也是痛快的。如果能像古龙借笔下人物说的话那样："喝最烈的酒，玩最厉的刀"，人生能如此狂欢，短长就不在计较之列了。有一回，一位不熟的出版商想买古龙一部书的版权，古龙说：先喝酒。燕青先生初识古龙时，见他喝酒"默不作声，只是酒来必干，自得其乐……头一仰，便是一杯"，便对他的放达与率真孕下了敬意。古龙跟朋友喝酒，是豪放任性到爆的。有一次他跟林清玄对饮，怎么喝都不尽兴，于是，便要来大坛大坛的绍兴黄酒，倒在两只盆里，一回合又一回合地"干盆"。这是多么令人神往的疯狂。但，那个出版商，非朋友的出版商，却是天生的滴酒倒，也是不善言辞的人，他啥话也没说，端起古龙递过来的满满一大杯酒，一饮而尽，然后，扑通一下子倒下，不省人事了。古龙立马激动得受不了，眼巴巴等他醒来，急切切地说："版权，给你了，给你了，给你了，版税，我只要一块钱。"一种说法是，古龙的早逝与豪饮有关。若是真的有关，值了。

一生恋酒的名流众多。在古巴哈瓦那著名的小佛罗里达餐馆，一直为海明威留着位置，即使在他去世已久的今日，这里，只要开门，所有的客人，都能与好酒的海明威同饮同醉。这里，曾是他精神出毛病时最好的疗养地。酒，对于许多心灵飘升在天空的孤独忧郁者而言，是最灵的解药。1940 年 12 月 21 日，名闻天下的那部巨著《了不起的盖茨比》的作者菲茨杰拉德因为长期酗酒导致心脏病突发猝死，年仅44 岁。当然，酗酒的世界重量级作家还有许多，譬如美国著名作家卡波特，譬如英国巨匠狄更斯，譬如 20 世纪最具影响力的女诗人伊丽莎白·毕肖普……

二十二、奇士李贽

我们知道并且记得张岱，重点之一，是他说过："人无癖不可与交，以其无深情也；人无疵不可与交，以其无真气也。"这个世界，并没有完美的人。

这样，我就要简简单单地说，李贽，一生都蔑视孔夫子，他属实是位罕见的天才，在明万历年间，他的才学受万众瞩目，其中有国家级顶尖学问大师，更多的是樵夫、山民、流寇、商人、妇女。每赴一处讲学，听者人山人海，远远胜过如今的讲坛超级明星。但，李贽的怪异几乎无人可及。他做过太守级官员，很快辞了，把妻女送回家乡，独自进了庙宇，吃白食，著文章。从中央到地方，他做过许多年的官，却一贫如洗，但，他一直坦言自己是爱财的人。他，是一个谜一般的矛盾体。因为激动时狂扫寺地，弄得鸡犬不宁，僧人们集体把他赶走了。李贽的一生，都在贫困中漂泊，而他一生探寻的理念是童心说与初心说。他一生崇拜的偶像是王阳明。他七十三岁时，寓居山东济宁完成了《阳明先生道学抄》《阳明先生年谱》，这个工程，令世人生畏。

李贽七十六时被当朝首辅沈一贯诬陷入狱，罪名当然是荒唐的。不久，执政的文人集团想找个借口，放其归乡。李贽假借剃头，夺得剃刀刎颈，血溅四壁。狱卒问他：和尚，你痛么？李贽笑言：不痛。如此，血尽而亡。李贽的好友，名家袁中道为他写了《李温陵传》，赞其"骨坚金石，气薄云天……嗟乎，才太高，气太豪"。《四库全书总目》言其"非圣无法，敢为异论"。

在任何严禁异言的时代，如李贽者，稀而又稀也。李贽，令所有时代的犬儒、弄臣、伪学者无地自容。

二十三、见一眼王阳明

一个人的爱与真，在特定情境下，就是一把霉米的分量。手很瘦，很脏，很黑，有茧，厚而且大还丑陋地布满掌心的茧。一股熏人的臭味，身体还在抖，还在索索索索地抖，零星的细碎的泪，没有声音地打在米上。"大人哪！大人哪！大人哪！呃呃呃……"这男人哭的，把话都堵塞了。一急，就跪了下去，频率极高地给王守仁磕头。额头实实在在地撞着地，咚咚咚咚地响。王守仁，你知道的，他，就是传说中所谓立功、立德、立言，与史上孔子、孟子、朱熹并列为四大儒学代表人物，心学的集大成者王阳明先生。先生，见对面的男人这样感激万分，就因为一把坏米，便也俯身下去，给那位浑身比手还要肮脏的男人俯下身去，就着对面咚咚咚咚的节奏作揖。王阳明，每天从清晨到黄昏，从黄昏到深夜，他得给成百上千的人传授心学。王阳明，在当年，每日每日，面对的是农夫、贩徒、乞丐、瞎子、痴儿、泼皮、无赖、小偷、盗寇、妇女、少年，他们，世世代代居住在这片闭塞、偏远、贫穷、愚昧、蛮荒的深山岩崖之地，怎么可能认识字，怎么可能知道啥致良知、念初心、知行合一？怎么可能听得懂？他得讲大白话、大实话，从身边的一棵树、一根草聊起，慢慢走进那些文盲的内心，拿一把平凡的钥匙，轻巧地打开这些愚蛮者的心门，用普通的肉眼能见的光，点亮他们死水一般的心空。那些人，那些原本面无表情而且内心麻木的穷苦人，渐渐地，在王阳明的心理疏导下，笑了。他们似乎听懂了，不要命地抬头，几乎都表达的一个意思：啊啊，原来，人，还可以这么活。启发最基层、最贫穷、最弱势、最无助、最愚钝、最广大黎民的心智，让他们在有所思、有所念、有所悟、有所获中慢慢了解到人生修炼与素养的意义和价值，从此，会反观自我，从此，会观照内心，从此，真正地像一个人似地站直了有尊严地活着。这，便是王阳明当时急切而虔诚的人生目标。每天每回，当一个人或者一群人听懂了他所传授的道理后，王阳明都会激动得热泪盈眶，泣不成声。他是真的这样想过：如果满天下的人，都能成为有知识、懂道理、肯上进的人，这个世界，该是多么的幸福光明。所以，当那些土著听懂了他的道理之后，他，都会从追随他的那些忠贞而执着的、学问渊博的、有时数十有时数百名弟子身背的布袋中抓出一把米，亲自送到受教者的手中。在那个饥荒的贫困之地，一把真正的米，大多数人一辈子也没有见过。他们拼命地朝王阳明磕头谢恩，纯粹是发自肺腑的。一把米，就能换得一个感恩的人，而一斗米，一斗又一斗又一斗又一斗的米，还真可能养出一个无情的不孝之徒。古语，要听。这是岔开来啰唆了一句。往回收一下吧，给大家留点悬念。王守仁这个自命不凡、口无遮拦的天才级官二代公子哥为啥会变成这样的人？为啥？很曲折。王阳明手下大多是呆书生、穷百姓组合而成的烂军，为啥打仗会百战百胜？为啥？很曲折。

"此心光明，亦复何言。"这是王阳明伯爵58岁在辞职还乡途中向人间挥手离别时的临终感言。

二十四、盛唐个个皆诗人

说句实在话，哪一位平头百姓，不渴望过上随心所欲、无碍无挂的日子？一切，都可以任性妄为，想吃吃，想喝喝，想唱唱，想骂骂，一切的人，人的一切，包括挑夫、船娘、村民、店主、僧人、道士、文人、武官，都闲得快得精神病了，于是，便写诗，打更的也写，摸鱼的也写，看门的也写，担粪的也写，酿酒的也写，摆摊的也写。平常的日子，都很少有人会正常说话了，嘴那么一张，全是诗。就譬如，有一位挺幸福的小妾，难得一回亲热，便把诗写在了绸帕上，说："夜浅何须唤，房门先自开。知他人睡着，奴自禁声来。"多会发嗲，用诗撒娇。一个家仆，见陌生人不请而自入院门，于是，将其推出门外，赋诗一首道："客来莫直入，直入主人嗔。打门三五下，自有出来人。"这么厉害么？真还就是这么厉害。啥朝代啊？唐朝。尤其是我特别喜欢的初唐。眼下，将近两个月的时间里，我就行走在初唐，以一个游客的身份。白天黑夜，大街小巷，撞见一个人，便是诗人。唐的鼎盛时期，全国约5300万人，《全唐诗》收录的诗，达48900多首，在册诗人2200多位。漏掉的，不计其数。还有，唐人自己选的各类诗集，居然一律没有张若虚其人其诗。估计，那是体制内的权威们所为。哈哈，哈……

二十五、诗性瓜洲

所有的历史，都应该有温度才对。把瓜洲托在记忆的掌心，你会发现，它是暖男的性情。千里江河，孤桨冷帆，浪平了、波息了、风住了、雨停了、雪化了、霜消了、云散了、月出了，跨步登岸，你便遇见了客栈比邻，黛楼灯明的它。酒香，缠着青石路节律轻快地步履飞腾在空中，你不一定非得饮一杯两杯三四杯，你就吞吸着古而且新的老街无言的气息，回眸，看一眼那条灰黑色的孤寂来时水路，斜首望一望嵌在瓜状名镇上空与全世界不一样的月，你，沾满了风尘的诗心，也便成了天下的唯一。其实，这样的时候，你就是王安石，你就是辛弃疾。

不要以为是诗人成就了瓜洲，事实上，是瓜洲成就了一代又一代的诗人。

二十六、做个灵魂干净的凡人

灵魂干净的人，我喜欢。

北湖，300年前，有位老农，103岁了，依然大块吞肉、大碗干酒。焦循是亲眼见过他的，人，精瘦，矮小，声如洪钟，目闪精光。上扬州城，数十里路，疾步急行，轻松往返，若追风神仙。当时，统治者喜欢为长者办盛大寿宴，扬州盐商欲效法出轰动新闻，驱锦车入北湖，拜见老农，愿出巨资为其办豪华生日宴。老农淡然一笑，斜眼讽曰：费汝金钱，折我寿命，以为吾傻乎？如今的人，有这么干净的念想么？

北湖，300年前，还有一位迁徙而来的农户，精于农耕，擅于经营，年年丰裕，至除夕夜，锁门，将平日省吃俭用积存的碎银取出，分成数十包，注上姓名，黎明之前，悄悄放在各家急需接济者门槛之上。大年初一，有人陆续上门致谢，农户一脸茫然，曰：何故谢我？如此，数年，数年，又数年，三富，复三贫，其乐融融，终而无悔。如今，有这么干净的灵魂么？

当年，北湖，灵魂干净的人，有闪隐、侠隐、杏隐、农隐、艺隐、雅隐、终隐、游隐者生生不绝。唤醒他们，与之交，乐无穷。

二十七、有故事才有人生

人活一生，连个像样的故事都没有，那还活个什么劲。就说像刘伶极矮、极瘦、极丑的三极狂士，那故事，老多了。说，大白天的，刘伶喝醉了，赤裸裸在家里走动，司马府的高官来了，原本是要请他去就个朝廷要职，见此不堪的模样，恶而斥之。刘伶一阵狂笑，道：我以天地为居所，以房屋为裤头，你们为何钻进我裤衩子里来？刘伶以醉伴狂，正是为了在司马氏血腥统治的时代里避祸、避仕。刘伶常乘鹿车，携酒壶，顺带一把锹，嘱仆道：我醉死在哪里，就把我就地埋了。

当然，竹林七贤中每个人的性格是不一样的，故事也就各异。譬如阮籍，司马氏极其赏识其才华，一心想把他拉入家族效力，于是想到了联姻这样一个妙招。说亲的人来了，阮籍竟大醉不醒，媒人只能干等。就这样，阮籍连醉六十日不醒，提亲者因"不得言"而作罢。阮籍最令人心碎的饮酒是他母亲去世时，当时，阮籍正与友人下棋，得知丧讯，友人劝他停下，阮籍默然无语，坚持下完，然后饮酒一升，引颈长啸，吐血数升。

竹林七贤中，故事最为悲壮的是嵇康。这位七贤里的美男子，身高相当于如今一米八八，被誉为"龙章凤姿"，酒醉之后，状若"玉山欲倾"。嵇康，是七贤中最想活得长久的人，他研究长寿术，认为人的年龄活到一百五十岁是完全可以的。他以打铁隐身，正是为了逃避司马氏的政治杀伐。高居司马集团吏部首职的竹林七贤之一山涛举荐嵇康替代自己的官位，嵇康不可遏制地愤怒了，《与山巨源绝交书》是嵇康遭遇极刑的主因么？嵇康临刑前的两个故事令人难忘，其一是他留给未满十岁儿子的《家诫》，文中警诫儿子长大后千万别常去为官的住处，假如官员送客出门，不可尾随，以防该官某日遇惩时有告密之嫌。又说，如果酒桌上有人争吵，赶紧避走，以免遭厚此薄彼之斥……这是凌厉傲岸、旷逸不羁的嵇康之言么？其二，嵇康在临刑前把孩子托付给了公开绝交的山涛，并且说："巨源在，汝不孤矣。"

写史书，最狠的便是说故事，譬如太史公的《史记》。你那么清楚地记得刘邦，你那么清楚地记得项羽，属实得益于故事。

二十八、青蛙其实有趣

青蛙，定居在井里，看天，感觉伸出爪子来，便能够掌握，于是，评论天，批判天，俨然"伪遗老"的不可挡姿势。对待青蛙，第一好的态度，是俯视它，恬淡地笑。

行者站在山顶，环顾周遭的天，会认定，有许多远方，一辈子注定无力到达，于是沉默，且孤独，当然，一定痛苦。

如果，行者的身影倒映在井里，青蛙会怎样狂躁地蔑视他？我不说了。因为每个人，都拥有自己独特的心智。尊重每一个人对井居蛙君的评判，是我们必备的素养。

行者，是没有精力以及时间去给别人下定论的。即使给自己，也下不了。所有的疲惫的、有限的空闲，他得为下一个黎明的奔跑睡觉。他应该听不见青蛙的嘶叫。

即使近在咫尺，也许，靠得很近的两个人，却活在各自的世界。这，并不要紧。要紧的是，你，可以以井为邻，但，请忽略那只青蛙，不要去伤害它。

二十九、他后来成了神

他高格而清雅的文人书画小品，不用怀疑，总有一天，会有人像研究他的文学作品一样，爆发神关注。他的短篇杰作，是真正意义上的史诗。这，大致都是到了老年之后的事情。这位热情滚烫的赤子老书生，好几口老酒。这是许多许多一扯就能扯上关系的人的福运。酒，喝到酣畅淋漓的时候，他便会嚷着备墨，铺纸，递笔。秀才人情半张纸，他想也不曾想过，这些半张纸，与钱有关，与利有关，与名有关。他的故乡系列作品，时间的指向，是从前；笔端的指向，是未来。以为他写得轻松悠然，追随者成群；以为他写得落字化禅，评论者成群。他，生欠佳期，去后逢时。假如他长寿到还活着，看一群一群的人因为他而成为家，会不会有一种仙家的欣然？会不会？不会的。他不朽的那一部分，是放下的升华。对人生的历练与视界攀不到那个高度，无法悟见。他的文学与艺术的生命，活在时间之上。

三十、聪明人和傻子

有个傻子，听聪明人说鱼不怕水，就买了一条鱼，拎回家。走到大铁锅旁，见一锅的沸水，就把鱼放进去了。鱼死了，傻子哭了。去找聪明人，说：鱼，不怕水？傻子呃呃地哭，说：你骗人。聪明人是守信誉的绅士，平生厌恶骗人，便怒道：打赌不？傻子便笑了，说：嗬嗬，你真傻！于是打赌，输了的，把家产全给对方。这样，聪明人变得身无分文，沦为乞丐。傻子钱多了，看别人炒股，也炒了。第一回赚了，第二回，又赚了。那一串阿拉伯数字，很长，傻子也数不过来，只知道自己有花不完的钱。然后，傻子就把炒股这件事忘了。一回，邻居在广场闲聊，说，股，真是不能炒。傻子乐了，说：炒股就没有赔的。邻居都知道傻子暴富了，集体跟他打赌：输多少，傻子给多少。结果，傻子也身无分文了。傻子穿一身昂贵的西装去乞讨，碰上了那个聪明人。我们都知道，聪明人已经是老资格的乞丐了，见傻子，伸手要钱。傻子说：我们打赌，谁身上有钱，统统给那个没钱的。聪明人又一次输给傻子。聪明人瞟了一眼衣着华贵的傻子，说：你这上上下下里里外外的衣服，算下来，比我钱多。傻子不会算账，就说：那么，我们把上上下下里里外外的衣服都换了吧。聪明人乐了，心想终于赢了傻子了。聪明人穿这身衣服乞讨，数日，又数日，分文未得，只得讨剩饭剩菜度日。傻子穿一身乞丐服，当街一站，日进斗金。数日，又数日，傻子身上的钱已经多得藏不住了，便寻找藏钱之处。月上三更，来到一座高架桥下，俨然是一座无墙旅社，几十个乞丐在喝酒狂欢。见傻子来了，看那身熟悉得不能再熟悉的破烂行头，以为是先前人见人怕的那位聪明人回来了，于是纷纷躲闪。傻子好奇，追上，众乞丐躲开，傻子又追上，众乞丐求饶道：大爷，你这么多天不来，我们以为你钱赚足了不干了，才买酒庆祝的，你欺我们还没欺够吗？你石门内那么多钱，还不够你吃喝玩乐吗？傻子于是往回走，到桥下，见一石门，上有大铜锁，伸手往破烂衣服的口袋里一摸，居然有把钥匙。开了门，推开，有只硕大的蛇皮袋，里面全是百元大钞。又见一只蛇皮袋，里面也全是百元大钞。傻子高兴得快疯了，背两只蛇皮袋，飞奔而走。到一别墅区门口，见围了大批人谈话，傻子凑上去看热闹，搁下蛇皮袋时不小心，袋裂了，钱撒了一地。于是有人高喊：偷钱的贼在这儿！傻子被抓进了派出所。聪明人饿极了，饿到三更时分，见一女子路过，捏住人家的衣服要钱。女子大叫，有两个壮汉路过，问：咋回事咋回事？女子哭道：这个流氓，抓住我喊要。聪明人被抓进同一个派出所。事情谈清之后，傻子和聪明人还有两蛇皮袋钱都放了。聪明人说：不如咱俩一块儿做生意吧。这样，大家在街上就会常常看到，一位开着宝马、外表富贵的聪明人，载着衣衫不整的傻子，去城里最大的期货交易中心 VIP 豪华单间坐班。

三十一、距离产生丑

　　距离产生丑，是有很多实例的。距离，大多指时间。有位青年，参军当了文书，爱一名护士到了神魂出窍的地步。4 年，受尽数不尽的煎熬，单相思几乎把他摧垮。退伍后，遇见的所有姑娘，他都觉得不美，没有心中的那个护士美。这样，过了十六年。大家都懂，时间，真的过得太快。十六年后，他成为一家集团公司的销售总监，有条件去全国各地住顶好的酒店。这一年的阳春三月，他去了合肥，住进五星级酒店的超豪华套间。放下行囊，他的心乱了。他知道，那位护士，如今就生活在合肥。现在，他完全有勇气和实力邀请她见一面喝个咖啡、吃个饭、聊个天了。中间有没有周折，也许有一点，但他回到扬州后，没有提及具体细节，只说用了两天工夫，她终于答应在一家咖啡馆与他见面了。时间是上午 10 点，阳光好到不能再好，就整幅地铺在落地窗下的桌面。他说，他做了周密的计划：从喝咖啡开始，然后去 300 米外的日本料理，包厢已经订好，然后去逛珠宝店，距离两公里，可以散步到达，一条贵重的项链也已交了订金。然后呢？他不想有然后。他只想给最美的初恋一个最美的交代。这个中间哪里出了问题呢？是那幅太过明亮的阳光吗？是那幅太过明亮的阳光一览无余地近距离地照出了她脸上的全部缺陷么？多么可恶的阳光。其实，阳光是无辜的。十六年的距离，他已经阅读了太多美丽女性的面容，美，最经不起比较，当然，也经不起岁月的侵蚀。要说出他见到她时所发现的容貌的丑吗？不说了，那太不厚道了。还是说结果吧。结果是，咖啡馆见面半小时后，他便借故结束了他们的约会。距离，十六年，美，瞬间走到了反面。

三十二、我惜好觉

壮士惜年，黍民惜月，贤者惜日，圣人惜时，我惜好觉。一个我与另一个我的斗争，愈演愈烈了。焦点，便是失眠与获眠。失眠带来的生命无奈的浪费与消耗是令人心疼的。无形的疼与无望的悲，在无声的夜无限地延续，等到天醒的时分，我昏了。看一部一部的明史著述，做了详细的注，读完了，转回头来，又忘了。于是，再读。我知道，这是失眠的罪。为什么要看明史？北湖，写的是清初，看清史，才是正解。其实不然，这些日子，我陷入明史圈了。圈里，都是文人，文臣。有没有别人？有，譬如太监魏忠贤，但不是主角。还有没有别人？有，还有正常的、异常的一串串皇帝，但也不是主角。我真的十分投入地在看一群一群疾步抑或踌躇行走着并很快倒下然后又站起的慷慨激昂同时厚颜无耻、两重人格集于一身的顶天的文人，他们，活得实在可怜而且可悲。但，文人阶层的人性展示，在明朝末期，是彻底而且全面的。好吧，这样就可以关联到北湖了。北湖那些明末文臣书生，我现在大致能跟他们交谈了，我大致能了解他们的心思了。他们坚拒事清，并非完全因为怀念旧朝，并非完全因为仇恨大清。痛定思痛，他们悟出来了：皇帝，就没有几个好东西。张居正如此舍身无私卖命效忠，为明王朝朱家人立下了彪炳史册的赫赫巨功，死后，却被朱家昏帝诬赖为罪臣。皇帝玩文人于股掌之间的事件数不胜数。一旦卷进政治便如命入虎口，这是北湖文土因为距离所收获的悟。这是一枚核。这是隐士们的心念之核。我正慢慢地在与失眠的抗争中靠近他们。等成了他们的朋友之后，我想写本书，写出他们活的生命的故事。

三十三、欢喜说板桥

这个点，看书已经晕晕然，但，安定刚吃，药效一小时后才来。于是翻书，读到卞孝萱先生对郑板桥与袁枚关系的解读。其中有个故事，是关于板桥一方印，考证的结果，是"青藤门下牛马走"，而袁枚故意讹为"徐青藤门下走狗郑燮"，这样的恶骂，卞先生只以双方互嘲的两句诗说明了文人相轻的毛病。

也许，卞先生当年手头缺乏充裕的史料。前期，细读过板桥全集，才真懂了两人结怨蓄仇之深。板桥尚在潍县任县太爷时，独爱狗肉之名已扬天下。袁枚却行文于世，极贬狗肉乃秽物，臊臭难闻，何以入口。板桥是容不得别人攻击的，尤其是这一类阴损的毁訾，于是激文回应，挑明欲与之文字对决而"再决"。

机会来了，袁枚撰《子不语》刊行于世，板桥是这样说的："余展而观之，一卷未终，恶心欲呕……隔宿之饭几至夺喉而出。是何恶札，害人至于如是。"观《子不语》，确乃平庸之作，但也不至于到呕吐之劣。可见板桥内心对袁枚之愤恨。板桥对袁的愤恨，缘于其耍奸式中伤。袁枚曾在一文中为写诗者排名，故意列板桥于后，似乎是以实证判定板桥不会作诗。袁枚这样做，正是要击板桥痛穴。因为板桥一直以其诗为傲。而事实上，读当时诸多文人画家诗作，鲜有超过板桥者。又一次被阴损地激怒后，板桥公开抨击袁枚为"狡狯"之辈。了解这一段之后，再看青藤印之讹，更能看出袁枚的骂人伎俩。

读过许多扬州文人在写板桥与袁枚关系时遮遮掩掩的护疼之语，

似乎两人关系并无隔阂，其实，不必胆怯到如斯地步。

人格决定文格。板桥的骂人，自卖画可足食后愈烈。不过，通观全集，那些人，着实是该骂之辈。即使骂得不讨喜，骂得遭人怨，骂得终其一生清贫潦倒，也丝毫不会减弱其人格的魅力，精神与诗书画的独特财富永耀人世。

药性上来了，睡了。

三十四、我有一个梦

小的时候，常做一个梦，梦见草原、马、悬崖。老的时候，常做一个梦，梦见草原、马、悬崖。在梦的浅处，在梦的深处，都会被湿漉漉地惊醒，盯着一墙的夜，瞄黑到天明。

从稚年到而今，我都不愿意承认，那片草原，叫作寂寞，那匹马，叫作孤独，那壁悬崖，叫作忧郁。

总是痴迷那来的来，总是怀念那去的去，只是不肯言语。宁愿在暴雨里淋透一个失约，也不会在阳光下晾晒一枝败叶。愁肠的结，就在手边，却遗失了解的念想。

对这个世界，真的很无知。但，从眼到心，都很懒。不想去弄懂，只是因为太想太想睡在无眠的静中，慢饮寥落。

来的，留还是不留？去的，忘还是不忘？只执一念行不行？听其自然。

三十五、回不去的打工人

有梦想，但没有忧伤多；有渴望，但没有失落多；有追求，但没有挫败多；有客栈，但没有漂泊多；有欢乐，但没有悲戚多。液态化的、流动性的、贫困状的、善良勤奋厚道质朴的、由农村汇聚城市的、庞大的打工阶层，他们回不到从前，也看不见未来。乡愁，对于文人，是一盘餐后的甜点，对于他们，则是致命的灰色浪漫。他们有两亿个故事，却没有一间属于自己的安稳住所；他们是现代城市的建设者，却无法拥有城里人的合法身份。城市的边缘人，故土的异乡人，灵魂无所依托，精神无家可归，他们是这个时代的流浪者。

三十六、2015 年叙王澄

王澄，我们在下期《绿杨》的曲艺专版中还会谈到他。王派《水浒》《皮五辣子》，以及新时期曲艺作品，他都执笔参与过。数年前，我为广陵古籍刻印社（世界非遗传承单位）成立 60 周年大型庆典晚会做总策划、总撰稿，在一堆资料中看到了一篇通讯，是讲述王澄当年保护数十万片雕版的粗线条纪略，便一直想为他写篇文章。《绿杨》首期，我原先想定的标题是《拯救，一九七三》，但稿件到手时，线条是平面的，没有聚焦到那个我所期待的点上。我原初的创意，是需寻遍那一年为保护这些行将毁坏的世界宝贝的当事人，用精彩的细节重现当时的历史场景。当然，这确实很难。包括王澄，目前的思维已时清时糊，很难实现完整的采访。对活着的一批老前辈做抢救性文化寻踪，我们的起步迟了一些。好在还能与王澄对话，虽然与我们想要的已隔了层叠的迷糊。现在的这个标题，还算一目了然。

三十七、浅说金农

写柳永时，想起金农。想起金农，是想起他俩一样的生命结局：都是靠别人出钱为自己料理后事。金农为什么会穷？我一直无法理解。金农的书法，"向前映证一千年，向后昭示二百年"。其自创漆字，"前无古人，后无来者"，可见价格不菲。他的梅花在圈内久负盛名，价格也不菲。况且他是书画市场知名的鉴定师，生意来了，价格也不菲。他还做仿造古画的营生，一批货，价格也不菲。况且，他常年住在寺庙，消费有限，即便欢喜养龟，养鸡，养猫，养狗，养兔，养蟋蟀，养仙鹤，用钱也有限。金农，为什么会穷？

其实，八怪都穷。汪士慎"乞米难盈瓮"，似乎常常家无隔夜粮。郑板桥"窗前梅花当早餐"，他的极瘦也许因为饥饿。金农的徒弟罗聘，是不应该穷的。一家画师，一城朋友，结果也很穷，穷得中途便背叛了爱情去寻生财的捷径。

三十八、细君公主

她有一双能照亮阴霾与暗夜的明眸，在她的父亲江都王刘建以及母亲因谋反罪双亡之后，政治的险恶并没有在她那清纯的大眼中留下阴郁。她曼妙的舞姿曾令柳枝羞于弄风，她是水的女儿，厄运的利刃伤不了她的天生丽质。在扬州，如果就这样平淡地生活在水做的扬州，她的人生，幸福而无忧。

不要去赞她是比王昭君还早了七十二年的第一和亲公主，她对那次"去长安八千九百里"的远嫁充满恐惧，在马车辚辚赴蛮荒的苦途中歇脚灵璧，她在巨石上留下的纹路分明的掌印，正是她不肯远行的心证。一位十六岁的少女，她憧憬的应该是什么？她向往的应该是什么？是人都懂的，不要去对她妄加美誉。是汉武帝绑架她走上了那条泯灭人性的不归路。

不要认定她是创制琵琶的第一人。几根枯弦，即使"宦官侍御数百人"，又怎能解蛮荒之地的孤寂？又怎能忍乌孙霸王的粗犷？一场无情无爱的政治婚姻，弦音的悲怆，一如借乐消愁愁更愁。愁更愁还在后来，当她的丈夫猎骄靡死后，她要嫁给猎骄靡的孙子军须靡时，这种汉人无法接受的风俗，琵琶能干什么？

倒是可以说一说她是写出边塞诗的第一人。"吾家嫁我兮天一方，远托异国兮乌孙王。穹庐为室兮旃为墙，以肉为食兮酪为浆……"当时已有正常的书信往来了，远在扬州的她的闺密，是发笺给她反而复之地询问过："细君，你过得还好吗？"她的回复是朴实明了的："居常土思兮心内伤，愿为黄鹄兮归故乡"。

她仅在痛苦的挣扎中活了大约六年便魂归故乡。我反感有人说她用六年的如花青春换来大汉六十年的边陲和平。让一个娇弱的汉家姑娘去承当泱泱大国铁骑理应承担的责任是武帝的可鄙，还是政治的可恶？当她的丈夫年老想把她改嫁给孙子时，受辱的刘细君曾急告汉武帝求救。《汉书》载，汉武帝御旨如下："从其国俗，欲与乌孙共灭胡。"因为怜惜细君，也许你会蔑视武帝的鄙劣；因为怜爱细君，也许你会厌恶政治。

第二篇章

雅

十万卷书任君读

我一直想说，清代大盐商扬州二马的街南书屋，远胜现代概念的公立图书馆。

说那是一座图书馆，似乎比藏书楼更准确。二马，是图书馆馆长，享有统管一切事务的权力。

看《祁门县志》，可知二马是扬州盐商里的富三代。兄马曰琯，后来许多人习惯称其字秋玉，或号嶰谷，二十三岁时回老家参加科举考试，入"候选知州"，可见读书成绩是拔尖的。关于他读书的专一与用心的神态，有过这样的描述："据案坚坐，矻然如老儒说经，岳岳不可撼。"扬州盐商，富而追儒，儒而求仕，是常态。但秋玉三十岁时，家中有了变故，父亲五十八岁，去世了，家业急需继承，他只能弃仕而从贾，财富迅速蒸蒸日上。弟马曰璐，生年说法不一，但至少小曰琯七岁，两人的喜好及才情惊人相似，故而互爱互敬，如同一人。两人"砚席相随，不离跬步"，同耗三十余年心血，共创丛书楼一代辉煌。清代大儒名吏阮元曾这样中肯地评价说：二马"资产逊于他氏，而卒能名闻九重，交满天下"，究其原因，正如清代著名学者沈德潜所说：马氏兄弟"以朋友为性命，四方人士闻名造庐，适馆授餐，经年无倦色"。清代名士袁枚赞颂二人："横陈图史常千架，供养文人过一生。"以天下读书人为性命，楼上有书任君读，供养寒士度终身，这样的图书馆馆长，何止当年"名闻九重"，自古至今，寻遍宇内，谁人能及？

二马，也是图书管理员，所编撰《丛书楼目录》，涉及编目、版本等专业学科，且对其十万余卷图书了然于心，卷卷谙熟。

　　据清代学者、文学家全祖望所撰《丛书楼书目序》的记述，"盖六年"，"书目告成"，《清史列传》盛赞其"一时名流，交相倾倒"。令名士倾倒的，应该不只如全祖望所评"屏绝世俗剽窃之陋，而又旁搜远绍，萃荟儒林文苑之部居，参之百家九流"，其编目与索引更可见二马历六年之心血的精当与周全。可惜，两位图书管理者所撰书目已无法寻觅。这不仅令我们想起马曰琯所作《街南书屋十二咏》中《丛书楼》的诗句："下规百弓地，上蓄千载文。他年亲散帙，惆怅岂无人。"书的生命是最顽强的，书的生命是最脆弱的。兵火，洪水，虫灾，潮霉，穷困，十万卷书，都可能在无呻无吟中散失殆尽。秋玉之怅，仅数十年后，便成为丛书楼之憾。六十八岁时，兄曰琯先逝，天下文士为之恸哭，而心中更为孤寂与沉痛的是弟弟曰璐。两兄弟，与丛书楼的命运是连为一体的，与八方书生的心之向往是连在一起的。自曰璐随兄而去后，十万卷书渐流散，只留空楼徒惆怅。阮元这样击节而叹："从今名士舟，不向扬州泊。"但，名士乘舟过扬州，心中必念丛书楼。他们思念的，是两位无人可及的爱书人。

　　二马，是图书采购员，每一卷书，均由他们精心挑选，择优购置。马氏兄弟令天下名士神往的丰富图书，大致有三个来源。一是敬全国顶尖的售书家为上宾，凡一流典籍，不惜重金，率数收购，故精明书商凡获至宝，必赴扬州售予二马。二是雇请一流妙手，日夜誊抄绝版孤本，精心装帧，以备借阅。三是寻遍客居读书人，问得好书线索，必穷极途径，跋远山、涉重水，千方百计购回。全祖望这样写道："予南北往还"，凡居二马处，"巇谷相见，寒暄之外，必问近来得未见之书几何、其有闻而未得者几何，随予所答，辄记其目，或借抄，或转购，穷年兀兀，不以为疲"。

　　二马，是图书借阅员。两淮盐运使卢见曾称丛书楼为"借书楼"，以卢运使为代表，上至达官大吏，广至八方鸿儒，下至潦倒学者，凡有需，均可借。两淮盐运使卢见曾除"日理公案"之外，以大量精力用于《战国策》《尚书》《周易集解》的校刊，这是需要查阅大量经籍史书的。二马的借阅，每每能令卢运使揣疑而至，解惑而归。这样的次数，多得数不胜数，卢运使索性"因题其所寓为'借书楼'"。在书架林立，数达千排的丛书楼中，卢运使一定遇见过全祖望、陈撰、厉鹗、陈章、姚世珏、闵华、金农、郑板桥，抑或其中的两位三位正徘徊于书林中查书借书。在二马的引领与指导下，各位所需之书应有尽有。卢运使在感慨之余写道："玲珑山馆辟疆俦，求索搜罗苦未休。数卷《论衡》藏秘籍，多君慷慨借荆州。"多君借荆州，人人都是有借有还吗？马曰琯是这样说的："会萃书都遍，长须尚往还。"还，后来者可继续借读。长久不还，此君一定有常读细究之用，二马虽记录在册，但绝不催还。好书能为善读者借阅，是二马的心喜与欣慰。

　　二马，是图书修缮员。马宅诸书，均统一装帧，美观精致，品相卓绝。这还不是最重要的。最重要的是为所有购得的书纠错勘误。不要以为典籍古书都没有错误，事实上，一部书中，总会有一些讹错，有漏句，有掉字，这些关系不大，一旦遇上出典谬误，或者时间、人名、评注等等的差错，必将贻误读者，酿成一代又一代读书人的误读误解。所以全祖望说："聚书之难，莫如雠校。"雠校的方式，一般为一人持完善原著，一人读未勘之书，发现谬误，即校。两人精神高度集中程度，"如怨家相对"。全祖望记录了当年二马校勘的情景："嶰谷于楼上两头，各置一案，以丹铅为商榷，中宵风雨，互相引申，真如邢子才思误书为适者。珠帘十里，箫鼓不至，夜分不息，而双灯炯炯，时闻雅诵，楼下过者多窃笑之。以故其书精核，更无讹本。"为浩如烟海的图书校错，比读书更需要虔心、静心、恒心、耐心、细心、专心。在歌吹沸天的康乾盛世扬州，大盐商校勘时的读书声，以及楼下路过者的善笑声，当是一番多么优雅的月夜风景。

　　二马，是图书馆后勤保障员，为外来漂泊的书生提供免费吃住，甚至免费医疗，孤客远来，适至如归。最凄美的故事当数厉鹗。他自己在《悼亡姬十二首》诗的序言中泣诉道：他在江南短暂游玩时，结识了年方十七岁的歌姬朱氏，朱氏眉目清秀，生性温柔，丝弦谙熟，谈吐文雅。当年，四十八岁的厉鹗贫病交加，孑然孤苦，一见朱氏，却情不能已，爱不能抑。中秋之夕，纳归扬州。二马不但资助厉鹗饮食起居近二十年，且八方求医，为其治疗顽疾。美姬除擅长弹奏古曲外，还写得一手好字，孤傲的厉鹗赞其"略有楷法"，可见其运墨之妙。厉鹗于花下枕旁教她唐人绝句二百余首，"背诵皆上口，颇识其意"。才貌过人的朱氏不但慧心玲珑，而且每当厉鹗疾痛难忍，恶语怒骂，无理取闹之时，总能以温情侍候始终，柔情似水，默爱如蜜。然而，朱姬二十四岁那年急疾而亡，厉鹗精神上遭受巨大打击，肺病日趋严重。二马急坏了，赶紧为他寻找新的伴侣，以解其心理疾痛。妾很快找到了，厉鹗也一定是满意的，马曰琯在诗中难掩喜悦之情。厉鹗与新人"双烛影中杯潋滟，寒宵其与意相宜"。身为读书人的后勤保障员，二马之爱感天动地。然而，十年之后，厉鹗去世了，二马悲痛如失亲人。哥哥曰琯哭道："望远无来辙，呼天有断云。"弟弟曰璐哭道："丹铅不断杯盂断，风雨清吟泣鬼神。"厉鹗前后在街南书屋居住近三十年，二马为其提供了三千余部秘籍善本，从而成就了一位穷困书生的著作成就。1992年上海古籍出版社出版了厉鹗的文集《樊谢山房集》，如今，我们可以幸福地阅读到这位读书人珍贵的著作，其功德当归于二马。

另一位与厉鹗身世经历相仿的是清代著名学者姚世钰。他集穷厄、疾病、患难、孤独、漂泊于一生，二马为他特备最富营养的饮食，为他重金聘请最负盛名的良医，为他提供最珍贵的秘藏孤本。得天独厚的优越条件，使姚世钰"卓然成一家之言"。姚世钰五十四岁早逝时，二马亦有痛哭流涕的真情诗句祭奠。

由于篇幅的限制，这里不可能详细叙述二马为全祖望，为朱彝尊，为汪士慎，为蒋衡出资刻印马版专著的故事了。虽然，每一个人的细节都是那样的感人至深。这里也不可能详细叙述当年由二马领衔的扬州最具实力的诗社以及种种浪漫精彩的故事了，虽然一班文豪野性的张扬令我们叹为观止，虽然笔会的诗作三天内便可刻印成册供世人争阅成为诗坛佳话，虽然二马为了更多寒士能够读书而建的梅花书院硕果累累享誉当世令人缅怀，虽然二马藏书为四库全书提供了扬州引为骄傲的大量善本而荣获美誉，这里，都省了。如果你爱读书，都能查阅。

自古以来，真正的书生，大多不擅经营书外人生。对于身外的世界，他们，大多窘于无奈，而又叹于无助。从这个意义上评价，二马便是书生案前案后最亮最暖的心灯。二马，是丛书楼的主人，同时，也视天下读书人为丛书楼的主人。为了那十万余卷善本的天下主人，二马，付出了身为图书馆馆长的令古往今来藏书家汗颜的全部人间大爱。

书香一座城，情关两个人。百世千载后，心香亦可闻。天下游扬州者，一定会路过东关街。请记得，那里，曾经有一座无法复原的街南书屋；那里，有永远活着的二马。

书里书外真板桥

　　心静身闲，雨酥夜阑，便爱读板桥自编的文集。即便是一封写给堂弟的家书，抑或遥寄友人的信札，句里妙词，话中真情，如品浓茗，如饮醇酒。

　　清史、府志、县志、众多名人短文中，均有板桥传。后人所撰郑板桥长篇文学传记，远超板桥自选集体量者，有十余部，但，我爱读的，还是板桥自序里百余言的自述。板桥后来有了稍许积蓄，便送银子回老家资助穷苦的孩子读书，并在信中托付堂弟："纸笔墨砚，吾家所有，宜不时散给诸生同学。"且特别关照，贫家之子，寡妇之子，求十数钱买纸临帖而不得者，要装着不经意地给予，不要伤了孩子自尊。连绵大雨而不能归，要留孩子们吃饭。晚上不得归时，找一双旧鞋给孩子穿。板桥说：穷人父母更爱孩子，必将唯一的新鞋给他们穿着上学，一遭泥泞，必定再无力置新。故而，备双旧鞋给他们大雨天穿，便不会毁了心爱的新鞋。板桥凡此种种爱惜学子的善举传遍四邻。了解到这些史实，再看板桥自序里的自我揭丑，便觉得真的可爱。

　　个矮，体瘦，貌丑，面有麻点，这些，板桥从不忌讳。还有一点，他也是终生不忌讳，那就是人穷。但所有这些男人的短板与劣势，丝毫没有减弱他征服佳人的魅力。板桥四十一岁那年闲游扬州北部，偶遇十七岁俏丽少女，知其能诵板桥《道情十首》，是痴情于他的忠实粉丝。于是通宵畅谈，定下终身。她便是一辈子陪伴板桥，爱其真才而略其相貌的饶五娘。

　　板桥观石涛诗画无数，读后，"学一半，撇一半，未尝全学；非不欲全，实不能全，亦不必全也"。板桥在这篇短文中留下了"十分学七要抛三，各有灵苗各自探"的名言，一直为后人所借鉴与沿用。而他的诗书画三绝，学习过许许多多他所敬崇的前辈，但最终成就的作品，则是板桥独有的艺术风格与个性。

板桥的"怒不同人"，还由于他精于读书外之书的超凡的领悟能力。

人生通明之后，讲真话，那才是一种比酒更浓烈的酣畅淋漓。有人说板桥"使酒骂座，目无卿相"，多少有点夸张。他对穷困时慷慨资助过自己的江西商人程羽宸自始至终感激，许多发自肺腑的感恩之辞都收录在他的文集中。他对卢雅雨这样的文章大吏一向谦和敬让，他对扬州八怪诸友均有赞美之诗流布于世。即使一位盲人唱首曲，他也留下了大篇的赞美之词。到了"神鬼通之"的境界，爱与憎的分明，便超越了得与失的猥琐考量。"吃亏是福"，因为骂人不择场合与对象，吃了明亏或者暗亏，你把它看成是福缘慰藉，便会心地坦荡。"难得糊涂"，则是板桥对生活这本大书的哲理式自我解嘲。当你不愿再被身边的低俗与附庸扰乱情绪时，糊涂，是为了求得一份心静。"一个闲人数间屋，阶下石头檐外竹。偶然读得好诗词，高声唱个无腔曲。"这是板桥深解了"糊涂"与"吃亏"之后自由而快乐的心境。

书生，必先有真，然后才有怒发之情去创造独美。书里书外的真，是一生落拓清贫的板桥艺术生命遗世傲立的根。到了晚年，板桥对自己越发激赏。"掀天揭地之文，震电惊雷之字，呵神骂鬼之谈，无古无今之画"，这是他酒后的狂放自况么？若是在醉后，这是他倾吐的真言。因为板桥是无人可以模仿的。你可以读他这本书，但你未必能懂；即使能懂，也未必能通。这是他清醒时的异峰自赏么？若是在醒时，这也是他不吐不快的心语。在那样一个太平盛世，名流如过江之鲫的时代，板桥，"原不在寻常眼孔中也"。他必须在他的有生之年，在他诗书画的巅峰时，用真话为自己正名。用寻常人甚至非寻常人的眼孔所无法找寻到的奇而简的评语，来给自己一个恰当的交代。书里书外真板桥，留取真善照丹青。

名儒晚年情　眷恋是扬州

　　早年就读于扬州师范学院中文系，图书馆是我们所有同学迷恋的地方。记得七十年代末期的阅览室，有五六十张简易长条书桌，能坐一百多人，夜夜满座。自始至终，鸦雀无声，偶有轻咳者，必有无数目光围视，令咳者含羞而忍。那个年代，读书，不仅是一种需要，更是一份享受。记得当年喜欢的书，除了中外名著，便是珍贵的地方文献藏书。一次偶然的机会，读到了钤有陈含光先生印章的厉鹗编著的《宋诗纪事》两卷。厉鹗，治学极其严谨的学者，但陈含光先生在书中加上了许多工整细密的眉批。字里行间，足见陈含光先生扎实的古文功底与犀利的辨疑才识。当然，他那严谨而精辟的语言功力，也给我留下了深刻的印象。

　　后来，看过史可法纪念馆内他补书的张尔荩对联："数点梅花亡国泪，二分明月故臣心"；吴大澂的"何处吊公魂？看十里平山，空余蔓草；到来怜我晚，只二分明月，曾照梅花"。看过他的《新修文峰塔记》，看过他的五亭桥《重修碑记》，看过他为扬州清代通儒汪中墓撰写的《募修汪容甫先生墓启》，看过他为扬州知名书商陈恒和《扬州丛刻》作的序，以及陈恒和 1936 年去世后，他满怀真情所作的《处士陈君墓志铭》。看过这些，便自然地对这位晚清举人、民国名儒有了较深的印象。

　　陈含光的身世是显赫的。他的曾祖父陈嘉树道光年间殿试中第四名传胪，官至江西巡抚。祖父陈六舟同治年间中殿试第四名传胪，官至安徽巡抚等职，"父子传胪"，在扬州一时传为美谈。陈含光父子则同属神童之列。他的父亲陈重庆 4 岁即能属对，知音声，可见除了两代传胪的言传身教，天赋也超过一般孩童。陈含光 10 岁前即偏爱经史典章，一日，灵感闪烁，铺纸于案，顷刻撰诗一首："陶公运甓，以惜分阴；欧阳读书，可消永夜。"挥笔成幅，悬挂在自己的小书斋壁上。陶公运甓，说的是晋代陶侃任广州刺史时，早晨运砖百块于斋外，晚上又运砖百块于斋内，说："吾方致力中原，过尔优逸，恐不堪事，故自劳耳。"本意是立志成大事业者，以每日早晚不辍干实事以励志。小小含光，将其意引申为珍惜晨昏光阴，可见思路之开阔不同一般。其实，他的爷爷陈六舟更欣赏孙儿 10 岁时所作的《望仙吟》："山之远，白云衔，仙之居，翠崭岩，望而不见，唯见江上之风帆。帆隐隐，风泪泪，不知何处鸣琴瑟？桃花流水忽焉没。"陈含光在他的五言诗中不止一次提到过梦中的情景。在他一首无题的五言诗之前有一段有趣的序："梦至一寺，居深山中。寺后危崖不可梯。人言有僧居其巅，不知年也。意欣然，作诗以赠，醒而记之。"有趣的便在"醒而记之"，那就是说，这首诗，是梦中结交神僧之作，醒后竟能全记于心。可见，陈含光的做梦也异于常人。所谓的日有所思，夜有所梦。10 岁的陈含光，身处清末国力衰弱、官贪民怨的特殊时期，他朦胧的人生志向，与父亲趋同，对入仕毫无兴趣。白云，远山，风帆，琴瑟，桃花仙岛，应该是少年陈含光日思而梦想的静心读书处。陈含光是爷爷最宠爱的孙子。常常在爷爷膝畔身旁，他一定听过后来调至顺天府尹的爷爷陈六舟是慈禧执政时期无往不胜的第一谏臣，凡奸吏贪官，陈六舟弹劾，"如同神射手一般，无发不中"。但爷爷就任安徽巡抚时，李鸿章的侄子仗势杀死平民，县官仗义执法，案呈陈六舟，力主将主犯绳之以法。结果，县令孙葆田被罢官，陈六舟被调离，李鸿章侄子安然无恙。这就是晚清的官场黑幕。任内阁中书的父亲陈重庆亦无心于官场，他在书法以及山水画方面的造诣，名重一时。如今瘦西湖南大门湖边歇脚亭内"长堤春柳"四字，即陈重庆所书。父子墨宝同留扬州园林景点，也算一件美谈。

至 13 岁时，陈含光便显示出饱读古诗词后开阔的化境天赋。他写有关梅花的短赋，标题即为《梅花未动意先香》。梅，历来被作为风骨、气节、品质、情怀、精神的象征物。王安石有"遥知不是雪，为有暗香来"的佳句。因此，梅花之香，自然以意为先。据载，陈含光的这篇处子之赋，曾"轰动广陵"。16岁翩翩年少的陈含光，以第一名的优异成绩考中秀才，其中有一句令主考官激赏的诗句："清风贤太守"，应化自李白《赠宣城宇文太守兼呈崔侍御》的"掩抑清风弦""皆美太守贤"。可见，书生读书然后为文，即使无法逾越古贤，也一定不可仅止于抄录述典而毫无一己之长。

陈含光中举后的最高官职，与父亲相同，为内阁中书。当时，他年仅24岁，如果有意于仕途，一定前景可观。但青年陈含光无意于权贵功名。民国初年，他在京城纂修《清史稿》两年后，成稿即回到故乡扬州。陈含光显然不是无为的隐者，在京城期间，他与一批名流如康有为、谭嗣同、于右任、王国维、刘师培、辜鸿铭、吴昌硕、黄宾虹、齐白石均有经常的交往。陈含光，首先是满腹经纶、学识渊博的书生，同时也是活跃的思想者，然后，才是诗人，书画名家。

陈含光长脸、宽额、平颊、厚唇、硕耳，目光中透着睿智与慈善。他的性格，两端都很特殊。一端，他静于读书撰文时，可经月掩门不出，怡然心安。他性格的另一端，则是一旦投身社交，便热情如火，慷慨激昂。故而往往能邀朋唤友，一呼百应。他是扬州历史上最有成就的文学创作群体"冶春后社"极其重要的组织者与积极参与者。成立于1908年，终止于日寇入侵扬州的这个读书人的社团组织，居然没有社长、主席、会长、理事、委员。即使像陈含光这样有身份的朝廷命官，也与普通社员一般。在常设地点惜余春酒店聚集议事或小宴，均由轮值社员发帖邀请，来与不来，各随自便。陈含光与激进派"扬州三狂士"吴恩棠、吉亮工、陈霞章，贫寒书生陈心来，商人江石溪、马荫泰等交往时，都极其尊重他们的读书心得与诗文异论。包容、平等、自由、开放，反而使这个彰显新思想、新理念的文学社硕果累累，名扬海内。作为"冶春后社"的灵魂人物，陈含光无为而治的领袖风范起到了关键作用。

陈含光在扬州的文化功业，还体现在执教于扬州国学专修学校期间。这所由蒋贞金先生创办，于 1935 年开学的旨在振兴苏北文教的学校，经费紧缺，教师薪金微薄。陈含光不但经常拒领薄薪，还将自己多年收藏的珍稀图书捐献给学校，并亲自以篆书题写了"积成精舍"的图书馆馆名。陈含光以教授骈文为主，从屈原、宋玉到汉魏六朝的辞赋及骈俪名篇，他均能吟诵如流，美如歌咏。骈文讲究对仗工整和声律铿锵，第一个全盛时期是南北朝。二十世纪初至四十年代末，是骈文学又一个流行时期，推崇者包括陈含光的知音刘师培，陈含光也著有《含光骈体文稿》一书。这样一位大师名儒在课堂上演讲骈文，可以想象学生们痴迷的程度。其中受益最大的代表性学生是当代著名词人丁宁。当年已经三十多岁的丁宁与老师互为唱酬，共赏新作，从而使丁宁在词的写作上有了突破性的进步，并且成为《五四以来词坛点将录》中成就显赫的女词人。丁宁 1953 年就职于安徽省图书馆后，负责三十万册古籍的整理与修编工作，成为无可替代的专家，凡有借阅，如囊中取物。"文革"时，造反派一帮人要烧毁全部古籍，丁宁舍命相搏，她年轻时曾用功习武，一人可敌两大壮汉。但，她始终敌不过众多造反派的拳脚与棍棒。在身受重伤后，她提出了烧毁自己家全部珍藏古籍的条件，才保全了图书馆的三十万册典藏古书。丁宁终身感戴恩师陈含光的倾心教诲，直至老年，仍只称"含师"而不道其名。为了报答恩师之情，她把自己留在扬州的两处私宅以及全套红木家具率数捐献给了扬州图书馆。

日寇侵占扬州期间，陈含光作为声名显赫的文化领袖，被日寇列为所谓自治维持会第二号人物，侵华日军第 11 师团步兵第 10 旅团旅团长天谷直次郎出面极尽利诱恐吓，陈含光托病坚拒，并于扬州沦陷的第二年写下了慷慨激昂的爱国檄文《吊明史阁部文》。得知陈含光久负书画盛名，日寇软硬兼施索要，陈含光怒而毁笔、断砚、裂纸，表现了刚烈不屈的民族气节。日寇无条件投降之时，陈含光狂喜挥笔，在湾子街"石牌楼七号"复合式大院北向第一进四合院的黑漆大门上贴出了"八年坚卧，一旦升平"的大红对联。

扬州知名学者汤杰先生曾写过《陈含光与朱自清论诗》一文，叙述1927年由余冠英老友引荐,30岁的朱自清拜见48岁的陈含光的往事。一坛绍兴老酒,三位文化名流,通宵阔谈诗论,人醉意犹未尽。文中有关陈含光"诗唯情论"的言辞,引经据典,自成一说。这不禁令我们想起陈含光自1948年赴台后,至老不忘扬州乡土的诗篇,其中字字句句,皆因情而发。溥儒与张大千、黄君璧并称台岛画坛三巨匠,陈含光是一代大师溥儒的密友与至交。陈含光曾为溥儒所绘无根兰题跋:"云林山水不着人,所南兰花不带根。试凭九畹春风影,唤起三闾旧日魂。"诗中之情,是浓郁的心念故里之情。1957年3月16日,陈含光病逝于台北,溥儒挥泪写下《七律·悼陈含光明经》:"……梦回白下台城柳,魂返江南故国春。纵使能闻广陵曲,二分明月照何人!"

　　少壮回家老大离,隔海总把书斋忆。虽冠岛上鸿儒名,哪及扬州一案地。广陵明月,朗照着一代名儒陈含光的故居;书城扬州,永远为这位晚清书生留着一张浸染墨香的古案。

卞孝萱先生的"三双眼睛"

　　这是一个历史性的偶遇，极富故事性。二十世纪六十年代初，年逾八旬的国学大师章士钊先生正在为他所著的《柳文指要》正式出版做谨慎的修订工作。先前学者的谨慎，是咬定每句话中每个词解疑释义的，因此，查阅资料是一项艰辛浩繁的工程。柳，即柳宗元。出生于1881年的章士钊，13岁在长沙时购得一部柳宗元文集，从此，一生钟爱于柳宗元的研究。这里还要说到一个历史性的巧合，那就是毛泽东一直是柳宗元的铁杆粉丝。从柳宗元的唯物主义哲学思想到他的诗、散文、寓言故事，毛泽东在不同的历史时期都曾做过力推与褒扬。在古典文论领域出书极其严格的二十世纪六十年代，当毛泽东听说章士钊想出《柳文指要》时说：书稿一定要让我"先睹为快"。据章士钊女儿章含之回忆说，长达100万字的书稿，毛泽东"逐字逐句作了校阅修正"。偶遇，就发生在章士钊的秘书、中央文史馆馆员王益知为《柳文指要》查找资料的过程中。地点，北海附近的北京图书馆。卞孝萱先生后来回忆说：身为秘书，王益知为章士钊先生回复一些书信毫无问题，但查阅中唐时期冷僻的文史资料，却无处不是问题。偶遇，对于王益知而言可谓福缘，因为卞孝萱对中唐时期图书文献如数家珍，了然于心。按照卞孝萱的指点，王益知查阅到的资料，几乎篇篇都有重大用处。这一异乎寻常的突变引起了章士钊先生的好奇，一问才知道，原来还有一位叫卞孝萱的人如此精通图书典籍。《柳文指要》需释疑点众多，章老太需要一位神级助手了。于是，卞孝萱便住进了章士钊那所雅静的四合院，成为《柳文指要》的直接参与校阅全稿者。这部书，章士钊毕其一生心血而成。但，自二十世纪六十年代初开始，历经近十年岁月，才终于付梓，且只印有一百部。卞孝萱与毛泽东主席、周恩来总理，以及启功大师等享受同等待遇，获赠一部。所不同的是，章士钊先生在送给卞孝萱的《柳文指要》扉页上留下了这样的亲笔赠言："孝萱老棣指疵。此书出版，荷君襄校之力，甚为感谢。章士钊敬赠。一九七一年十月廿六日。"偶遇的故事还没有结束。《柳文指要》出版之后，当章士钊先生得知卞孝萱仍要回到河南干校下放劳动时，亲笔致信周恩来总理，夸其才学难得，应留京发挥作用。经由周总理特批，卞孝萱获得了续留京城常泡北京图书馆的莫大福利。

二十世纪六十年代初，卞孝萱先生任职于中国科学院近代史研究所。1964年，范文澜先生病重卧床不起，而由毛泽东主席亲自点名的修订《中国通史简编》是当时一项重要而紧迫的任务，主编范文澜把卞孝萱调至身边，帮助起草唐代史学、科学、艺术这一节。这样一来，卞孝萱先生的涉猎重点便由近代史转向古代史中的唐代。也正是因为这一次的转向，使得他与章士钊先生的忘年之交成为可能。

读书，对于卞孝萱先生的童年时代而言，是一份幸福的奢望。先生"二月而孤，与寡母相依为命，靠变卖家藏文物、亲友资助和母亲为邻居做针线的收入过活"。但，卞氏家族代有名人，这些人物对年幼的卞孝萱影响很大。影响更大的是扬州厚重的文化底蕴。卞孝萱出生于1924年，那时候的扬州，大街小巷都有裱画店。懵懂的卞孝萱常常迷醉于墨香之中，流连忘返，不时指着其中的题款与诗词询问母亲，一字不识的母亲好生尴尬。扬州太傅街阮元故居是母亲带他外出的必经之路，他耳闻过里面曾住过"学界泰斗""一代名儒"，是饱读诗书、学问高深的大师，于是每回都要拉母亲进去徘徊观望，问这问那，一字不识的母亲好生着急。至五岁时，卞孝萱识字习文的渴望越来越强烈了，年轻的母亲像燕子觅虫哺乳一样，每天在打工之余向邻人学会几个字，回去即教他，日复一日，从无空缺。"南社"创办人，著名诗人柳亚子先生曾赠卞孝萱一首诗，其中有"教儿先就学，即学即传人"。这份博大无边的母爱使日渐长大后的卞孝萱无比珍惜每一段读书的时光。因为珍惜，他比别人更懂得如何读书；因为珍惜，他比别人更懂得如何汲取书籍中的精华；因为珍惜，他比别人更懂得如何透过诗书之隙看到文章背后的、潜藏的、不易觉察的真义要旨。卞孝萱先生拥有三双不同的读书眼睛。

第一双眼睛：搜尽存遗，专注一家

抗战爆发，扬州沦陷，卞孝萱先生在溱潼镇江苏省立第一临时高中毕业后没钱读大学，十八岁便独自去上海，在一家小银行当职员。所有的夜晚，都是"青灯孤影，以书卷相伴"。休息日则全部泡在图书馆看书。他在读过钱仪吉《碑传集》、缪荃孙《续碑传集》、闵尔昌《碑传集补》（当时汪兆镛《碑传集三编》尚未出版）后，痛惜战火中文献惨遭毁失，立志收集、整理辛亥革命前后政治、经济、军事、文化各方面人物的碑文、墓志铭、家传、行状等。对于一位二十岁出头的穷青年而言，似乎是一项难以完成的艰巨任务。图书馆抄书，地摊上淘书，利用各种机会千方百计向相关人物征求资料，卞孝萱几乎耗尽了青年时代所有的心血。

最终，卞孝萱先生编成了《辛亥人物碑传集》《民国人物碑传集》两部书。华中师大教授章开沅先生是这样评价的："这两部书的出版，是钱、缪、闵、汪之后的一大继作，亦未尝不可以视之为碑传结集的余韵绝响。"

我们都在用同一双肉眼看书，有些人终其一生，读书破千卷万卷，文字过眼，浮云即散。卞孝萱先生用不同的视角去读书，用良苦的用心去编书，给后人留下了崭新的历史财富。

同样一双读书的眼睛，卞孝萱先生在主攻中唐文学家时，发现研究刘禹锡者甚少，于是展开"全面进攻"，先后撰写了《刘禹锡年谱》《刘禹锡》《刘禹锡丛考》《刘禹锡研究》《刘禹锡评传》。读遍浩如烟海的古籍文献及资料，卞孝萱先生的刘禹锡系列研究成果，如今已成为专攻唐代文史的研究生及学者必读的具有权威性的重要参考书籍。

第二双眼睛：探疑解惑，穷追真相

卞孝萱说过，对他后来的读书影响最大的，是范文澜先生传授给他的"专、通、坚、虚"四字。他结合自己的读书心得，特别强调：专精与博通，就是要具备文史兼通的学术修养和文史沟通的研究能力。

卞孝萱在研究韩愈时，发现在他的诗文中从未提及母亲。于是读遍李翱、皇甫湜所撰韩愈行状、碑文，以及图书馆中所有研究韩愈的典籍书籍，均未见提到韩愈母亲。最后，卞孝萱从韩愈称他的哥哥为"宗兄"入手，推断韩愈与哥哥韩会非一母所生。韩愈父亲去世后，韩母或改嫁为他人妻，这样，韩愈的出生与成长并不幸福，他从不提及母亲，是把母亲深深地藏在心中。探究出韩愈的身世之谜，不但填补了学术空白，也对研究韩愈性格的形成提供了有益的帮助。在同一时期，卞孝萱还潜心研究出了元稹的家庭真相，认定元稹出生于没落的鲜卑贵族之后，父亲年迈，母亲年少。父死妹嫁后，寡母忍受不了家人的欺负，带着年少的元稹流落到凤翔，过着颠沛流离的生活。这一史证的补缺，为元稹日后的性格形成提供了依据。

卞孝萱先生在为章士钊校阅《柳文指要》全稿时，解开了许多长期困扰章老的历史疑团。例如有关永贞内禅历史事件的珍贵资料，例如鲜为人知的柳宗元在永州与刘禹锡交流医术的秘藏史料。章士钊曾经在书中这样评价："如此觅证，在逻辑谓之钢叉论法，百不失一。孝萱既从联锁中获得良证，而吾于子厚所云外连强暴之一大疑团，立为销蚀无余，诚不得谓非一大快事。"

第三双眼睛：读活文史，洞穿蹊径

事实上，前人留下的文字，都有鲜活的生命。透过字里行间，即可看到作者以及作者所表现的人物的音容笑貌，喜怒哀乐，爱憎休戚。进而，还会读到一片精神的深刻而邃远的世界。

这正是卞孝萱先生的第三双妙眼。

他二十世纪八十年代中叶进入南京大学工作后，将研究重点从唐诗转向唐传奇。卞孝萱先生说："五四"以来唐传奇的研究，主要是考证作者生平、写作年代；进行分类，如分为神怪、爱情、豪侠等类；探讨思想性与艺术性；进行注释、辑佚、赏析等。而卞孝萱先生另辟蹊径，用他的第三双眼睛去探视小说写作的政治背景，从传奇作者的政治态度入手，"透过表面的藻绘，进入作者的心胸，探索作者的创作意图，亦即作品的真正寓意"。

以李玫的《喷玉泉幽魂》为例，卞孝萱先生研究了记载"甘露之变"的野史共四种，然后考证《杜阳杂编》《松窗杂录》《阙史》，又查阅白居易、李商隐、杜牧等著名诗人有关"甘露之变"的作品，勾连《喷玉泉幽魂》的出处《纂异记》，搜寻作者与甘露四相、卢仝的人物关系，以及清人胡以梅对《喷玉泉幽魂》中八首诗的注解，继续挖掘《大唐传载》和司马光、邵雍等人作品对特定历史时期形象而具体的环境描写。这样，《喷玉泉幽魂》便在卞孝萱的想象天地里演绎为一部精彩动人的影视大片。接下来看什么？其实，当今，我们有许多研究传统文化的学者，虽然出书众多，但是始终找不着作者本人的新观点与新发现。抄录以及编纂前人的成果，谁都能做到，而如何在先辈研究成果的基础上有所建树、有所突破，从而填补地方文献，进而填补中国文史的空白，没有卞孝萱先生这样一双不苟同于历史名人、不甘心于普世转载的独特慧眼，是很难对传统文化做出一份只属于自己的特殊贡献的。卞孝萱先生曾经引用《庄子·养生主》中庖丁解牛的故事，得出"读书得间"的要义。在发前人之所未发、力求得"间"的主旨鞭策下，卞孝萱先生力拨开重重雾障，得出了《喷玉泉幽魂》是当时为甘露四相和卢仝鸣冤叫屈的独一无二的、以神怪故事来写历史题材的优秀的政治小说的结论。

卞孝萱先生后来出版过《唐传奇新探》《唐人小说与政治》两部书，美国普林斯顿大学比较文学博士陈珏曾这样认为：20世纪的传奇文学研究，"少数别辟蹊径者，以陈寅恪、卞孝萱等的研究为代表……卞孝萱先生20世纪80年代到南京大学后，不仅发扬光大前人的传统，而且独树以文史互证方法研究唐代传奇的旗帜，声誉远播海内外"。

最后有必要说的是，卞孝萱先生在谈及他所取得的举世瞩目的学术成就时，特别强调，他读书觅新径、博学寻突破的治学精神，得益于他敬仰的扬州学派"由专精汇为通学"的传统品质。

倾尽钱囊饱书囊

——朱自清先生读书致用的故事

一元钱

书生囊中的银子，向来是羞涩的。尤其是少年书生，一个月，只一枚一元的硬币，圆圆的，在放学途中，捏在掌心，逐渐温热。一路行走，闻见芝麻烧饼的浓香，闻见刚出笼的肉包的鲜香，脚步自然会放缓。一个饥肠辘辘的读书少年，是很难抵挡美食香味的诱惑的。况且，父亲给的一个月一元的零花钱，是可以自由支配的。但在少年朱自清的感官世界里，另一种香更具魔力，那就是新书的墨香。许多年之后，已是清华大学教授的他，还记得那家扬州老街上的铺子，有个很大的名字，叫广益书局。老板姓张，有点抽肩膀，捧一个水烟袋，一抽，发出咕嘟咕嘟的有韵律的水声；烟，一缕一缕的，不会间断，弥漫在周遭。这位老先生目光独到，许多不断摆上柜架的新书和进步刊物诱惑着朱自清。那捏在掌心里的一元钱，张老板是瞅得见的，因为这位少年是这里的常客。因为是常客，老先生读得懂他那双对书迷恋的眼神。钱不够了，可以记账，这是爱书的老板对爱读书的少年最宽容的优待了。但，一元钱，到结账的日子，总是超出。老先生每次都会说：就给一元吧，剩余的算了。一元钱，朱自清在他那儿买到了由中华书店印行的贾丰臻的《佛学易解》。一元钱，少年朱自清在扬州买下了不少心仪的好书，包括花了小洋三角购得的《文心雕龙》，后来都跟随了他一生。

一件大衣

朱自清有一件心爱的大衣,十分珍惜,他曾在文章中详细地记述过它。"这件大氅是布面子,土样式,领子小而毛杂——原是用了两副'马蹄袖'拼凑起来的。父亲给做这件衣服,可很费了点张罗。"这件被朱自清先生称为大氅的"名贵时装",是父亲送给儿子的新婚大礼。在《背影》这篇作品中,父亲在南京浦口火车站送朱自清时,朱自清穿的那件紫毛大衣就是它,可见其针针线线渗透了多少父子深情。朱自清大学毕业那年,一时空闲,便习惯性地去了他所熟悉的琉璃厂华洋书庄。有一部书让他怦然心动。那是韦伯斯特的《英语大辞典》。当年,朱自清正渴望了解更多优秀的西方文学,韦氏字典算是权威的工具书。摸一摸口袋,囊中空空;想一想陋室,除了书,没有值钱的物件。于是,朱自清不得不割爱这件水獭领大氅了。抱着这件沉甸甸的凝结着浓浓父爱的紫毛大衣走进典当行,书生朱自清心中只有两个简单的想法。第一,能当到买那本字典的钱就可以了。十四元,"柜上人似乎没有什么留难就答应了"。显然,这件大衣是可以当到更多些钱的。但,朱自清的心里只有那本书的价格。其实,他的第二个想法是最重要的,那就是,一旦手上有宽裕的钱了,立即把这件珍爱的大衣赎回来。朱自清在后来一篇题为《买书》的文章里这样慨叹道:"想不到竟不能赎出来,这是直到现在翻那本字典时常引为遗憾的。"当然,这部字典给朱自清带来的精神财富是远远超值的。1931年他赴英国访学,在伦敦期间,每天坚持阅读《泰晤士报·文学副刊》,订阅莎士比亚全集,购买《各国歌谣》《英国文学小史》,在 1936 年 9 月 12 日的日记中计划"每月读一本英文或日文书"。那本用父亲送他的紫毛大衣换来的英语大辞典,应该是他手边或枕边必备的工具书。先生扎实的古典文学功底令人敬佩,中西方文学的比较则大大拓展了他的研究视野与写作路径。他写的《中国歌谣》《诗多义举例》《古诗十九首释》等作品,可以清晰地看到他运用西方文学进行比照所开掘出的全新观点与可贵价值。

一位售书老友

为了买到喜欢读的书，朱自清熟悉北京角角落落的书店。读北大哲学系期间，有一阵子对佛学书很感兴趣。佛学专著哪里最精、最全、最价廉？北京西郊鹫峰寺。鹫峰寺有多远？从西城卧佛寺街口下了车，一路走去，渐行渐远，荒无一人。继续走，"快到城根儿了，才看见那个寺"。因为偏远，因为知者甚少，所以，许多好书都在那儿等着他。《因明入正理论疏》《百法明门论疏》《翻译名义集》等等，掏尽钱囊饱书囊，那满载而归的书囊，走再远的路，也不觉得沉。

为了买到想读的书，朱自清结识了各类售书的朋友。有一年，他"忽然想搜集一些杜诗"，四处寻觅，结识了一位脸上有麻子的文雅堂书铺的伙计。麻子伙计，原先并不是伙计，是正经的书店少爷。他的父亲显然是懂书的，居然进了不少杜诗的各类集子。父亲去世了，儿子为人太过厚道，给真正的伙计算计了，伙计变成了店主，麻子少爷则成了伙计。因为熟悉了，朱自清在他那儿淘到了价廉物美的好书。

淘书，是读书人的真功夫。在北京琉璃厂，朱自清结识了终身好友雷梦水。雷梦水是什么人？河北冀县谢家村人，1921年出生，只读过六年高小，15岁起随舅父孙殿起在北京琉璃厂通学斋当学徒，做古旧书收售。一套褪色的蓝制服，布鞋，布帽，一口浓重的衡水口音，全身都带着农村人的土气。但雷梦水的智商是卓尔不群的。有一回，燕京大学的学者容庚来买书，指定要上海书局出版的清人乐雨所著第一版手写石印本《续编》。在通学斋那栋清末修建的两层砖木楼房里，满排满排的书架重重叠叠、密密层层。年轻的伙计雷梦水随手把两卷《续编》拿了出来，令大学者容庚和研书成精的老板惊讶不已。其实，当时很少有人知道，因为经常为朱自清先生送书上门，雷梦水早已成为先生的门外弟子。先生教诲这位年轻售书人的，不只是激励与启发他对古文以及古籍知识的钻研与积累，更多的，是一个书生应有的质朴而不懈的求学精神。后来雷梦水学富五车，成为北京城少有的学者型古籍专家，而他跟朱自清先生一样，一生清贫，坐拥书山，却身无丝毫财富。他跟郑振铎、吴组缃、余冠英、冯友兰、吕叔湘、谢国桢、黄裳、邓之诚等名流大家都是好友至交，他心中最敬重的人之一是朱自清先生。朱自清在病危之际，已是穷困之极。但他离世前最后一封信是写给琉璃厂通学斋书店雷梦水的，请他代为查找《古文关键》一书。朱自清先生，是带着购书的期望与读书的渴望走向另一个世界的。

殷伯达：承先贤风骨，谋时代鸿篇

人物名片

殷伯达，1954年出生于泰兴，1982年毕业于扬州师范学院中文系，高级文化研究员，中国曲艺家协会会员。长期从事文学创作，已有小说、散文、纪实文学、文艺评论等百余万字见诸书籍报刊。其中，长篇评话《一代儒将陈毅》获第四届中国曲艺牡丹奖（文学奖），江苏省"五个一工程"奖。原创的中篇弹词《盛世红伶》获第七届中国曲艺牡丹奖（节目奖）。曾出版过散文集《触摸生命》《孤灯是语》等。

他是既活跃又沉静的作家、学者。说他活跃，扬州的读者经常会在报纸、杂志上读到他的华章妙文，观众会在各种演出场所欣赏到他主笔的曲艺作品，甚至在一些大型综艺演出中，还能聆听到他与曼妙歌舞相媲美的台词。说他沉静，他过着一种"大隐隐于市"的生活，除了他主持的项目或必须出席的座谈会、论证会、研讨会，他很少出现在公开场合。

数十年来，他坚守着自己的心灵天空、学术操守、文化情怀、创作追求，不断地"扔大石头起大波澜"，讲扬州故事、发扬州声音，比如长篇评话《一代儒将陈毅》，比如散文小说集《孤灯是语》，比如中篇评弹《盛世红伶》，又比如刚刚主持完成的文化工程"皮十回"……他的每一部作品、每一个动作都在业界产生了"轰动性"的反响。

踏实做学问，率性著文章，真诚交朋友，豁达地活在当下。这就是殷伯达。

不负名城大文脉
守望先贤大情操

殷伯达是 1977 年中国恢复高考后的首批高校毕业生，1982 年从扬州师院中文系毕业，如今已在这座城市学习、工作、生活了近 40 年。有着二千五百年历史的文化名城扬州，文脉悠长，积淀深厚；俊彦迭出，佳构充栋。这座城市的内敛、丰润、优雅、厚重，非常契合殷伯达内心的追求。他在《一座城市永不凋谢的果实》《运河偶吟》《风雅颂》等篇什里，表达了对这座城市炽烈的热爱、细腻的解读。在他的笔下，古运河"是一条会歌咏的河""是一条会舞蹈的河""是一条会守望的河"。繁衍生息在这座因水而兴的文化名城中的扬州人，"从容、淡定、敏慧、自信、心净、达观、风趣、执着、求变、仁厚。听其对话，犹如旧墙深巷处漾起的一股晨风，清新、凉爽、婉约、文雅，略带一丝温和的甜意。古巷里的晨风，只轻轻一吹，恍惚间，已回到唐朝。"……

随着在扬州的扎根越来越深，在扬州文化纵深处的行走也越来越远。殷伯达和大多数学者、文人一样明白：发展是在继承基础上的突破，继承是在创新前提下的超越。面对先祖们留下来的宝贵遗存，学人们爬罗剔抉、发幽阐微，或梳理、或钩深、或阐发，为人们展现了绚烂多彩的文化天空，也给今人的治学、创作提供了得天独厚的广阔领域，比如关于扬州八怪的研究、关于扬州学派的研究……最近，殷伯达将他的目光瞄向了一个非常特殊的目标——北湖群落。

北湖，去扬州城向北 30 余公里，东接邵伯湖，北依高邮湖，地域包括黄珏、公道、槐泗等乡镇，共有 6 个湖，既各自独立，又水脉相通，宛如"偶落人间"的明珠。自明末以来，统称为"北湖"。300 多年前的北湖，在清初 70 余年的岁月中，名士如流、奇才云集，文学、书画、戏剧、学术、科技、教育，茂盛生长，硕果满湖。随着时光的流逝，这一大批才高八斗的名隐贤杰悄然归隐于扬州历史空间的一隅。

殷伯达从三个方面向读者勾勒出这个群落的特征。

才情冲霄，学养笃深，术业高峻。这里有写下《千祥记》《红叶记》《梅雪缘》《翠烟记》四大传奇的剧作家李长祚；有才情高迈的大书法家孙兰；有著文"不可朽"的范荃；有慧通音律的徐石麒、徐元端父女；有名播东南、"凡伶人演了他的戏，不想出名都不行"的杂剧家袁于令……当然更有北湖后辈，一代通儒焦循、一代文宗阮元……这些人物，即使用现在的眼光或标准来衡量，也够得上"国家级"这一称号，有的甚至可以冠以"世界级"。它们点亮了300年前北湖波诡云谲的天空。

特立独行，品行高洁，忠贞不渝。他们都是大明王朝的遗民，有着共同的志趣和节操，视大义重于生命，拒不事清，退隐北湖。比如削发为僧的李长祚，"自比鲁仲连，国变后从不见外人"的明末奇才张元拱……他们远离都市，守湖而居，清静而有为，抱朴而健行，在各自的领域做出了令后人仰止的成就，更为扬州文人甚至中国文人树立了立身、立德、立言的标杆。

殷伯达满怀浓厚兴趣地在他们的精神世界里遨游、畅想。将他们的言谈举止演绎得活灵活现、如在眼前。在这里，殷伯达打通与前贤之间的心灵通道，实现了一次精神层面的深度对话，他们的人文品质也给殷伯达带来了真切的人格引导。殷伯达曾经公开表达对自己创作的要求："绝不是趋炎附势的名利之作，绝不是歌功颂德的庸俗之文，绝不是经营市场的肤浅之物。"这与北湖群落是一脉相承的。

文化高地，学术王国，当有定论。"北湖群落"无疑是扬州文化史上乃至中国文化史上一个值得关注的现象，更造就了一个奇峰峻岭鳞次栉比的时代。殷伯达在他长达一万七千字的散文《北湖的那一片天》里这样做了总结："他们，把坦荡的微笑，悬挂在岁月的波纹上；他们，把惊世的美文，撰写在飘忽的歧路上；他们，把文人的情操，镌刻在高远的水云间。于是，北湖的那一片天，便成了一部不可朽的史书。"他们，付出一生的抱朴与守真，创作出无愧于当世、永留于青史的精品之作。殷伯达用确凿的考据、浩繁的史料、精心的论述，使三百多年前的北湖一下子以极高的海拔凸现出来：这里虽然偏僻，虽然寂寥，虽然凋敝，但并不妨碍当年的北湖成为扬州的文化高地、学术王国。

在文化繁盛的当今，追寻北湖文化先辈的情操、气节、志向、襟怀、坚守、担当、功业，张扬、承袭他们独特的文化个性，对于唤醒与鞭策当代人的文化自觉及文化自强，具有强烈的现实意义。

知难而进著评话
实现"牡丹"大满贯

殷伯达虽然从来没有登上扬州书坛表演过一分钟，但这并不影响他成为曲艺文学创作的高产者。近年来，扬州曲艺在全国和省内屡屡斩获大奖，殷伯达功不可没。

扬州是南方曲艺的重镇，扬州评话从开山宗师柳敬亭到邓光斗、宋承章，再到当代的王少堂等，名家辈出，独步东南。长期以来，扬州评话的"主流"就是说史、说侠义、说公案，《隋唐》《西汉》《三国》《水浒》这类书，在扬州评话流传的六七十部书目中占据了绝大多数，王派《水浒》的《武十回》《宋十回》《石十回》《卢十回》等成为经久不衰的经典之作。但是，在这几十年中，没有新的长篇书目出现，扬州曲艺的发展面临着一个瓶颈。扬州评话必须拿出新的书目，这是时代发展的需要，是文化繁荣的需要，也是书客胃口和评话市场的需要。

创新，成了扬州评话怎么也绕不开的一个课题。

谁能堪当此任？文化局和曲艺界同时想到了殷伯达。

这方面的创新，包括题材创新、内容创新、形式创新、人物创新、表演创新。"当时选定的题材，是写陈毅。时任扬州曲艺团团长的惠兆龙，说陈毅，说《挺进苏北》，已经非常有名了，所以就想以此为基础，拓展开去，写成一个新的十回书来。"殷伯达回忆道，"写之前，就知道曲艺本子不好写，但是也未曾想到竟然那么难写。整整两年时间，我是大门不出，一心都在这部书里了。"

责任重大，使命重大，再难啃的骨头，殷伯达没有退路，必须啃下去。

首先，是要查找资料。扬州曲艺之前的题材，多是英雄豪杰，存在大量的虚构空间。但是对于陈毅来说，来不得半点失实。可是若完全按照史实去写，那么评话本子的趣味性又会大大降低。这就需要写作者在两者之间走出一条既符合史料，又不失趣味的新路来。这是一种全新的探索，没有任何现成的经验可以借鉴。殷伯达阅读了所有他能找到的历史材料，对陈毅在从1934年红军长征到1972年逝世共38年时间内所经历过的任何一场重大事件，乃至他身边任何一位重要的人物，都做了详细的笔记，并从中仔细寻找出可以转化成扬州评话素材的元素。光是这样的笔记，他就记录了满满几大本。在那段时间内，只要闭上眼睛，殷伯达就仿佛站在陈毅身边，看他如何淡定自若，指挥着"黄桥决战""征战华东""三进泰州""逐鹿中原"等一场场战役。那些炮火似乎就在身旁爆炸，一一化作他思想的火花。

其次，还有艺术语言。评话本子不同于一般的小说创作，最终要成为评话演员在舞台上说出去的艺术。扬州评话，是一种以扬州方言为主的说书艺术。所以，在开始创作时，殷伯达运用了大量的扬州方言，他所塑造的陈毅形象也有了一定的扬州印记。这时，惠兆龙提出，陈毅是四川人，也是开国将领，如果要把这部书说得更加合理，还是采用普通话比较合适。那么，推翻重来，一切从最恰当的角度切入、从最大的可能性出发，再现一代儒将的风采。

那是一段夜以继日的写作生涯，殷伯达每天要靠着咖啡、浓茶提神，喝多了又睡不着，那就以安眠药助睡。"开始吃普通的安定，先是一片，后是两片，吃着吃着都不顶用，只好吃进口的，那个药效大，吃下药片，不到十五分钟，我就要扶着墙才能走到床躺下去的。"

关于这部书的人物塑造、情节设置、章回安排、悬念处理，这里不多做介绍，读者还是去阅读原著吧。陈毅的儿子陈昊苏看了书稿非常激动，对这部书给予了极高的评价："这不是一件容易做到的创造性工程。""为扬州评话艺术生命力在新世纪的高扬作出贡献。"在2006年第四届中国曲艺最高奖"牡丹奖"评选中，殷伯达的《一代儒将陈毅》以全票通过，高居"文学奖"榜首。惠兆龙对这部《一代儒将陈毅》作了恰到好处的演绎，著名的评话大师刘兰芳看了书稿后如获至宝爱不释手，"跃然于书中陈毅元帅豪放豁达的性格，博大宽广的胸襟，文武兼资的才识，爱憎分明的品格，坚贞不渝的信念，伟大崇高的精神"，深深打动了她、感染了她，她主动请缨，还没等到成书，就拿着厚厚一叠打印稿，在中央人民广播电台讲了90集，作为献给抗日战争胜利六十周年的厚礼。

从曲艺的门外汉抵达中国曲艺的最高峰，他只用了一部书，那就是《一代儒将陈毅》。

在扬州曲艺界，始终有块"心病"。在"牡丹奖"的评选中，包括表演奖、文学奖在内的多数奖项都拿过了，而最能体现实力的最高荣誉"节目奖"一直是个空缺。于是，又是请来殷伯达操刀，以中篇弹词的形式冲击这一中国曲艺"牡丹奖"中的大奖。这是一种全新的形式，扬州曲艺界谁都没有尝试过。这部作品就是《盛世红伶》，殷伯达从一个盐商的家事切入，在约45分钟的表演时间内，叙述了一段跌宕起伏的盐商与名伶的传奇；通过多人的集体表演，呈现出一个完整的故事。《盛世红伶》综合了评话、弹词、清曲等艺术形式，最终力助扬州曲艺摘下"节目奖"，实现"大满贯"。

在扬州曲艺这个传统艺术的园地里，殷伯达以创新为动力，以艰辛的耕耘、超人的毅力、大胆的突破、睿智的探索，实现了扬州曲艺的华丽转身、大幅超越。殷伯达和扬州曲艺充分品尝到了创新的甜蜜和硕果。

文化传承善担当
潜心策划"皮十回"

足征北湖探幽北湖，殷伯达还有一大收获，那就是从北湖大儒焦循身上感受到了一份文化担当和文化责任。北湖的那些文人书生，以毕生心血和精力构建了各自的文化高度，但是他们又无意于著述的刊印和保留。如果这些宝贵的财富随风而逝，那将是扬州文化的一大损失。好在，还有焦循，在扬州"府志八十年不修"的文化档案荒芜期，他踏遍北湖每寸土地，为扬州文化的传承留下了弥足珍贵的历史文献《北

湖小志 》。

殷伯达也在谋划着又一个大动作，出版发行杨明坤版《皮五辣子》音像书籍，让世界听扬州说话。

扬州评话《皮五辣子》的前身是《清风闸》，说《清风闸》的祖师爷，是清朝乾隆初年的浦琳。业界公认《清风闸》就是扬州文化的一部百科全书，借了公案书的"壳子"，铺陈的却是底层人物的市井生活。这本书传到杨明坤，已经是第九代了。杨明坤的表演使人物形象更加丰满可感，故事情节更加引人入胜，市井风情更加贴近扬州实际，演绎风格更加符合书客胃口。他的恩师余又春也难得地表示肯定。杨明坤说："先生人前人后都说，小杨说得比我好！"可以说，杨明坤版《皮五辣子》已经达到了扬州评话的又一个高峰，成为扬州文化的又一笔宝贵财富。但是，杨版《皮五辣子》只是停留在他的肚子里、口头上，还没有形成足以传世的话本及影像。杨明坤已年过花甲，形成话本传承下去是迫在眉睫的事。然而，由于艺人的身体状况、个人精力及文化程度，靠艺人一己之力完成，几乎是不可能实现的。

又是殷伯达站了出来，筹划此事。从音像的录制到图书的出版，事无巨细，一一过问。影像出版时，哪怕口型与发音只有细微的误差，音像出版社都会要求返工修补。图书整理方面，先根据录音形成"毛稿"，再整理出方言的版本，对难懂的方言一一注释。这样一套音像图书，整整做了三年时间。在追求速度和效率的当下，殷伯达和他的团队却用"慢工"捧出了"细活"。在同期出版的《皮五辣子论文集》中，来自全国各地的专家们一致认可：这套音像图书代表着当下中国曲艺的最高水准，是当代中国曲艺的巅峰之作，具有里程碑的意义。扬州评话的音像和图书同时出版发行，这在扬州评话史上也算是一件盛事。

2015年11月4日，扬州大剧院，在由中国曲艺家协会、扬州市人民政府联合主办的"让世界听我说话"大型曲艺晚会上，杨版《皮五辣子》举行了盛大的首发仪式。杨明坤走上舞台，说出了心中的感慨："我首先要感谢一个人，那就是殷伯达。"

这是一句发自肺腑的感谢。的确，如果不是殷伯达的坚持，这项浩大的当代扬州文化工程可能就不会完成得如此顺利。

谁说扬州文化只有高原，没有高峰？殷伯达这就把这座高峰亮在世界面前。

深居简出的殷伯达，常常会出人意料地捧出一些"硬货"，告诉人们他在做什么。去年春夏之交，一本散发着油墨芳香的《绿杨》杂志出现在扬州读者面前。身为扬州市文广新局剧目工作室主任，殷伯达一直都在思考一个问题：十年过去了，五十年过去了，回头看看，我们留下了什么？我们当然应该留下一些值得记取并流传后世的曾经。

于是，就有了一本《绿杨》，这是可以折叠的历史，这是能够珍藏的精神，这里的墨香与艺术家的心香相伴岁月流芳。这是一本非常耐读的杂志，对扬州文化大发展大繁荣，从顶层设计到具体运作、从艺坛中坚到表演活动，都做了翔实的记录。从《绿杨》中，可以了解活跃在当下扬州的各个艺术团体、面向市民的各个文化场所，从前世今生到放眼未来。在《绿杨》中，可以寻觅到一位位大家远去的身影，比如孙龙父先生，他的大量岁月，都在雕刻永不枯萎的花，这些花就隐藏在光阴的尘下。

可以说，我们如今想要了解清代扬州的文化，绕不开《扬州画舫录》。而在多年之后，那时的人想要了解现在的扬州文化，那么，《绿杨》杂志一定会是首选。

做出一份新时代纯粹文化的品牌刊物，留给后人当代文化艺术的扬州画舫录，这是殷伯达推出《绿杨》杂志以来始终贯穿其中的办刊宗旨。

我们给殷伯达冠以"策划妙手""文化活动家"的头衔，一点也不过分。殷伯达大学毕业后，来到扬州群艺馆（现文化馆）工作，他的生命姿态就和扬州文化紧紧相依在一起。早在上世纪80年代中期，他就创办了扬州第一份文艺综合类报纸《文艺报》，在用铅字排版印刷的年代，他集主编、编辑、记者、作者于一身，组织了第一次扬州文化知识大赛，600多项选题在《文艺报》上正式刊出后，扬州图书馆以及新华书店里，所有有关扬州的书籍都被借购、抢购一空。他借助扬州文化知识讲座及短期培训的组合拳，让普及扬州文化的热风吹遍大街小巷。他第一次为基层文化干部出版论文专著，在刚刚实行职称评定与工资挂钩的 20 世纪 90 年代初期，文化馆站干部在论文公开发表方面是空白，但论文公开发表在职称评定中是入门的硬杠子。殷伯达组织的在南京出版社、中国文联出版社出版的两部论文集，为一大批基层文化工作者解了燃眉之急。殷伯达首次在全市范围内举行"阳春采情"小说、散文、诗歌赛事，邀请省内外知名作家为获奖作者授课，并组织优秀作者赴名城名镇采风；他同时成立了当时颇具影响的青年诗社，以《城市人·太阳》诗歌朗诵晚会等一系列活动，为扬州文化人才的发现、扶持、培养提供了优越平台。他还首创《绿杨艺苑》季刊，发表全市作者戏剧、曲艺、小品、小戏作品，与当时群艺馆领导一道，首次创意策划了运河沿线文化馆站摄影、书画展……在长达 40 多年的文化工作中，他以服务于扬州的文化事业为职责，以创新求变文化活动样式为手段，以继承繁荣扬州地方文化为宗旨，在默默奉献中享受着收获的喜悦。

立根文化沃土里
快意创作显性情

阅读《北湖的那一片天》这篇文化大散文，读者除了过瘾，心头一定会有一种好奇：这篇作品涉及的人物多达二三十位，给我们展开了一帧特别生动而厚重的巨幅文化画卷，殷伯达对他们的人生境况、心路历程、著述精华交代得细致入微。比如他写石涛去北湖想会见名士张元拱，张元拱避而不见，"趁夜划一叶瘦舟，睡到湖心里去了"。还有北湖隐士徐石麒，痴于著述，他留下了三百六十卷的书籍，可谓洋洋大观。扬州城陷时，清兵狂屠滥杀，徐石麒却要从黄珏镇入城取稿，朋友及亲人硬拦苦劝，无人可挡……这样的场景，读来如在眼前。

殷伯达究竟读了多少书？

大家从这里可以解开一个谜团：平日不太露面的殷伯达在干什

么？一定是非写即读。

对于殷伯达来说，读书是伴随一生的爱好。"从小到大，我总不能摆脱一个幼稚的想法：只要挣得养活自己的钱，就闲下身来，读书写作。我一贯认为，那才是神仙的日子。"读书，在他来说是最幸福的日常。

还有写作。

我们不得不再提到《北湖的那一片天》。殷伯达用心揣摩人物生平，用情体悟人物性格，用脑剖析人物语录，每一位人物着墨都不多，但都栩栩如生、跃然纸上。尤其是殷伯达与北湖群体共悲戚、同忧虑，殷伯达的写作是沉浸式的、陶醉式的，北湖群体的命运已经融入了殷伯达的血液之流、灵魂之府。在写作上，他就是这样一位极度用心、极度认真、极度虔诚的作家。

作为作家，文学创作是他的主打课目，他的散文小说，写亲情（《活在我心中的亲人》等）、写过往（《戏在天上》等）、写故人（《冉先生》《船上人》《他应该还在》），他关注动荡年代小人物的命运（《那年的秋》），鞭挞浊世污流中灵魂的丑陋……写乡土人物时，文字清丽隽永；写市侩嘴脸时，笔锋尖利入骨。这些人物形象生动逼真，仿佛抖一抖书页，这些人物就能从书中走出来。

他的写作不矫情、不虚饰、不妄言，只要坐在灯下，他就进入了属于自己的自由王国，快意构思，恣意行文。他说："写书的人，从落墨于世的第一笔起，便将生命精华注入文字的脉络之中，一篇美文，就是一条生命的支脉。我所酷喜的，是凌晨两三点起床，这眼明心亮时分，若看书，古人，会在灯晕中显身，亲自诵读自己的文章，其音抑声扬，手势足姿，句句入耳，历历在目。若为文，那些文字，会在纸面跃然着陆，一群一群地，翩然而至，生动一片。从夜的两点到五点，众人皆睡，我自独醒。思想，散漫自由地张开，飞行于天地之间。那享受，阅古觅今，神仙莫及。"这样的大境界大情怀是一般人难以企及的。他的一篇《风雅颂》，在《人民日报》上刊发，引经据典，大开大阖，纵横驰骋，挥洒自如，那种发自内心，诉诸笔端，对于风雅扬州的颂歌，通透淋漓，晶莹柔韧，直抵人心。

从容是一种风度，淡定是一种心态，坚守是一种品质，创新是一种精神，这也恰恰是从事了40多年文化工作的殷伯达一生守望的至高文化情操。在梅岭的一处小楼里，他也选择了一种"隐于市"的生活。用他自己的话来说，经常一个多星期是足不出户的。只需备足食材，就能安享独处的时光和自在的空间。他可以颠倒晨昏，在正午睡去，在凌晨醒来，只要榻边有书、杯有中茶，足矣。只要高兴，他可以忽略四季的轮回，将一个个日夜都圈养在书本之中。寂寞吗？当然不，只要他打开书，那些书中的人物，苏东坡、郑板桥……都一个个站起身来，和他对答，和他吟唱。此番乐趣，不在此中，实难体会。

这次书写北湖，让他稍微站起身来，往城北的方向走了一遭。他知道，在打通从扬州到城北的那条文化道路后，那些并不算遥远的灵魂正在等着和他进一步对话。于是，他卷起裤脚，挽起袖口，向着北湖那片粼粼的波光悄然走去。到了这里，他和那些北湖的隐士瞬间达成了一种精神上的连接。

然而，我们面前的殷伯达，和那些北湖的隐士，又是大不一样的。那些隐士的沉潜，逐渐隐于湖光之中、水面之下。殷伯达的内心却从未离开过扬州文化这片沃土，保持高蹈情操，说好扬州故事。或许，这就是时代的差异。因为，此刻的我们正处于最好的时代。

记者　袁益民　王鑫

访谈
扬州文化已有高峰显现

记者：您著作颇丰。您认为什么样的作品才能算得上是好的作品？

殷伯达：好的文学作品，当随时代，同时面向未来。文学作品首先是给今人看的，然后必须具备留存的价值。一百年之后，还会有人读你的作品，评你的作品，用你的作品，哪怕是一篇、一段、一句，你才不枉为有使命感、有担当意识、有敬畏之心的写作者。

记者：很多人都在说，扬州文化有高原无高峰，您怎么看这个话题？

殷伯达：扬州文化的高峰，其实一直都是在那里的，只不过有时大家看得到远方，反而对眼前的高峰视而不见。比如杨明坤的《皮五辣子》，在音像图书出版之后，全国的曲艺名家都在赞叹，说杨明坤的表演实在太精彩了，代表着中国当代南方曲艺的最高水平。他的这套音像图书也是曲艺界的高峰。除了杨明坤，我们再看李政成，他能够把扬剧这种地方剧种带到今天的高度，他自己也获得了"梅花奖""白玉兰奖""文华奖"大满贯，这对于一个地方剧种的演员来说，那也是了不起的成就，他也是一座高峰。都是我们眼前的高峰。

记者：杨明坤的《皮五辣子》，是不是经过一定的包装，一下子让人看到了其中的价值？

殷伯达：这不是包装，而是一次创新突破。《皮五辣子》是一部传统书目，有近300年的历史了，在漫长的演变过程中，每代艺人都在不断创新完善。杨明坤是第九代传人，他所说的《皮五辣子》，融合了前面几代艺人的创作精华，同时，大量地加入他自己对于这部书的深刻理解。我们看字数，就比余又春版的多出好几倍来。任何一种文化，想要往前走，想要在历史上留存，必须进行不断的创新。首先，这是在扎实而厚重的传统文化功底前提下的求变，而不是因循守旧。其次，是别具一格后的个性风格的追求，而不是漫无目标的立异。最后，当然必须是创造出无愧于前人、挺立于当世的代表作品。

记者：说到这些，像《皮五辣子》这样经久不衰的好本子，现在其实挺少的。大家都在说，不光是扬州，很多地方的曲艺戏剧，都是不缺好演员，就缺好本子。

殷伯达：这的确是一个普遍存在的现象。很多演员非常优秀，但是缺少为他们量身打造的好作品。对于他们来说，所欠缺的，往往就是那么一部戏。我们近几年来做的一项工作，就是对于戏剧曲艺创作人才的培养，邀请国内一流的编剧到扬州来授课，现在已经举办过三届了，本土创作队伍的水平和热情正在逐年递增。这是一个播种的过程，不能急于求成，但是肯定会有收获的。仪征、高邮、邗江的戏曲作家，现在就拿出几个还不错的本子来了。

记者：您怎么看扬州文化的当下和未来？

殷伯达：我时常会有一种幸福感，我从事文化工作以来，收获最多的不是名利，而是别人对我的尊重。所以说，从事文化，受人尊重，这就证明了，我们正处于一个最好的时代。从事文化工作的人理应珍惜这样的好时代。

我为什么要做《皮五》这项文化工程

　　4天了，我每天平均大约睡5个小时。我说的，不是真正意义上的深睡。因为，总有各种梦顽固地侵扰。

　　我做第一期《绿杨》的后期数日，与此仿佛。刊物出来后，恐怖性地眩晕了。庆幸的是戴主任和小葛子第一时间把脑细血管缓慢性堵塞的我安顿进了医院。在医院的急诊室病房里，靠门依次是两位生命垂危的老人。白天延续到晚上9点左右，有大量流水线般的人来看望，其中有从遥远的外地专程赶来的亲戚。他们是来给最后的生命施告别礼。我不时地会听到终将放下一切的老人倾力而低闷的"哦哦"声。当然，我顿然明白，放下，是每棵生命之树最后的花朵绽放。于是，也想，我退休了，为什么不能在发出"哦哦"之声之前放下？我想，放下吧。这样一想，在后来的夜，我睡得很香，甚至，连梦也没找到缝隙钻进来。

　　我恢复到原先的样子了吗？不可逆转地不可能了。但，人往往会被生活所左右。当我的身体略有好转时，我又忘记了放下。这个期间，许多挚友劝过我，你这样的身体，再苦，图的是什么？我当然没有跟他们说，我是把承诺看得与生命同等重要的人。我从来不曾说过的，不只是我对一个值得敬重的人、对《绿杨》的承诺，还有一件顶重要的事，便是杨明坤先生的《皮五》。

　　我想用几句话说说十多年前的事。当时，有一位文联的头头，也算是我的朋友，他不止一次地说过，如今的扬州文化，只有小山丘，没有真高峰。三年前，我第一次在于海宴请的酒席上遇见他的师傅杨明坤先生。我一下就想到了他的《皮五》。什么叫高峰？能与全国最优秀的艺术家比肩傲立的，拥有不可逾越的代表性名作的代表性人物，难道不就是文化的高峰吗？

我是谨慎而且胆小的人，如果不是领导明确而且坚定地全力支持，我当然不会擅自作主、贸然行事。很幸运，我遇见了一位好领导。这样，我和我的团队，用了近三年的时间完成了杨版《皮五辣子》百集影像，十回图书，限量珍藏版线装，数十万字论文集的系列文化工程。

三年，我们遇见了许许多多值得感激的文化人。我相信，若干年后，其高峰的价值将会被越来越多的人认可。

但，我现在为三个即将临近的阿拉伯数字而苦恼。这是三年辛苦所不曾碰到的郁结于内心的苦恼。

但，我还是应该相信文化正道的不可遏止性。事实上，现在，正在朝着正的方向前行。

我感谢所有人。

我更想感谢在这个阿拉伯数字过后，理解并且应允我放下的人。

我的生活，应该是在避开了我所不擅长的复杂人际关系的、放得下双肘的书桌上。

那才是我自在而且愉悦的天地。期盼那一天之后，我不再失眠。

北宋文章太守　读书也显风流

　　北宋时期，有4位千古留名的大文豪先后担任过扬州最高长官，这不能不说是一件美谈。当然，不可或缺的，还有关于他们读书的故事。

谷林深处有幽径　吟诵之音传到今

　　不妨来做一个有趣的叙述。我们倒着来，先从4位中最年轻的苏轼说起。事实上，他在元祐七年赴任扬州知州时，因为被贬黄州而得的东坡居士的雅称早已传遍天下。当时，他也不年轻了，年过半百的一代豪放派词坛巨匠，距离他永远地远去，仅剩虚数十年光阴。一种普遍被认可的说法，是他曾经十次来过扬州。"竹西已挥手，湾口犹屡送。"几乎每一次的告别，都有恋恋不舍的未尽之兴。扬州，人文荟萃，高朋满座。"广陵三日饮，相对恍若梦。"相对的，有长辈尊师，更有文坛知音。"高会日陪山简醉，狂言屡发次公醒。"一次一次又一次地逗留，扬州，已经给了他家的感觉。东坡，不再拘泥于礼俗，面对好客的扬州亲人轮番的敬酒与劝酒，东坡也会使心眼。"往往颓然坐睡，人见其醉，而吾中了然，盖莫能名其为醉为醒也。"每每"饮酒过午辄罢。客去，解衣盘礴，终日欢不足而适有余"。这就是客居扬州的好处。扬州人性情温和，善解人意，从不会执意让友人喝醉。这样，在微醺的惬意日子里，他写下了《饮酒》二十首，向弟弟子由炫耀在扬州的幸福时光。正因为他如此偏爱扬州，才会把"山与歌眉敛，波同醉眼流"这样的佳句送给这座淮左名都；正因为他如此偏爱扬州，才会在离别后的怀念时，"长记平山堂上，欹枕江南烟雨"，尽享"一点浩然气，千里快哉风"的满怀畅然。在这样的浓情厚谊下挂印故地，东坡对扬州人民的挚爱是无须赘言的。我们不说他罢芍药节刹奢靡之风，也不说他救万千灾民于水火之中。他最令扬州人称道的一笔，是上任伊始，十万火急地"诏书宽秋欠"，极大程度地减轻了人民的沉重杂税，走访平民百姓，喜见"父老颜色好"，这便是东坡最开心的事。东坡心里最美的一件事，是他为纪念自己的恩师，四十多年前任职扬州知州的欧阳修而修建的"谷林堂"，在这一年的秋天落成了。"美哉新堂成，及此秋风初"，这样轻松的诗句，可见东坡当时的心情是怎样的愉悦。"三过平山堂下，半生弹指声中。"伫立于谷林堂前，回想过往，最器重他的恩师已经去世二十年了，可欧阳公所建的平山堂仍在，恩师的音容笑貌仿佛就在眼前。

其实，漫步谷林堂会发现，这正是被东坡设计为可以安静读书的处所。夜深人静，秋月皎洁，临窗徘徊，东坡琅琅的读书声，恩师应该能够在遥远的天际听见。东坡读书，必熟记然后常背诵。《汉书》这本浩浩巨著，东坡曾经三次一丝不苟地抄写。有人曾戏试过他《汉书》烂熟于心的程度：任意取出一册《汉书》，随便说出一个一字题，东坡随即应声背出几百字的段落。据说常年侍候他的一位老兵，竟能熟读《阿房宫赋》。是不是守候在谷林堂外的老兵，也曾许多许多次聆听了东坡大声朗诵杜牧这篇名作？有一句话，他是说给自己的侄婿王庠听的，也是说给年轻的读书人听的。东坡说：读书"实无捷径必得之术"，只要"强力积学数年，自有可得之道"。在谈到自己的读书经验时，他说：读一本书，要分几次，每次抓住一个要义，才能读好。例如"欲求古今兴亡治乱，圣贤作用"，抑或"事迹故实，典章文物之类"，若"每次作一意求之"，必有所得，必有所成。这种分类读书、专题读书、目标读书、选点读书的技巧，东坡称其为"八面受敌法"。清代扬州文人汪懋林曾为谷林堂赋词一首，末尾是："再种堂前杨柳，新词重和坡翁。"谷林堂中东坡吟诗诵文的读书余音，九百多年如丝如缕，余响不绝。

堂前柳下　且听欧阳公读书声

东坡所建的谷林堂前，有一条不长的廊，直通恩师欧阳修创建的平山堂。廊中那一份幽静，似东坡不敢打扰恩师的一份敬意，更似穿越时空隧道，两位唐宋八大家之间的情感融通。爱，是一份心底的惦念；敬重，是岁月里永远流淌的恋曲。"十年不见老仙翁"，十年，是东坡的一种虚说。事实上，二十年前，仙翁已经仙逝，那么，这份发自肺腑的缅怀，在看见平山堂"壁上龙蛇飞动"的欧阳公墨宝时，"欲吊文章太守"，便引出那句为后人所传唱的慨念："休言万事转头空，未转头时皆梦。""文章太守"，是欧阳公离去后，眷念扬州这一片文化热土时的自封，此后，则成了扬州人民对所热爱的最高行政长官中具有文学建树的卓越不凡者的爱称。当然，后来者，如清代的伊秉绶、王士祯等，都对扬州文化做出过杰出贡献，而且在读书方面，也都有可圈可点的故事。只是与"六一风神"欧阳修"挥毫万字，一饮千钟"的狂达与洒脱相比，略逊风骚。其实，所谓采邵伯荷花，击鼓传花围者摘瓣，叶尽举饮，"红袖传来酒令行"，只是文章太守日理政务、夜读诗书的余兴而已。比他年长近三十岁的杜衍，是清廉爱民的好官，据史载，他当地方官离任时，百姓长队泣阻，高呼："何夺我贤太守也！"欧阳修中进士时，杜衍已离任扬州知州，年轻的欧阳修乘舟游历扬州，行走街头巷尾，"但见郡人称颂（贤）太守之政，爱之如父母"。欧阳公"仲春不旬"，"自滁徙扬"，文章太守便致函贤太守，阐述其"政宽民安"的施政方略。欧阳修还写信给两年前卸任扬州的另一位文章太守韩琦，表达了他不求政绩扬私名、但愿简政万民安的贤臣良知。万民安，则太守安；万民乐，则太守乐。宋代文章重臣，一代继承一代，他们，以摆脱物质利欲为人格最高尊严，以张扬个性直抒己见为人生最大追求。欧阳修崇敬的贤太守杜衍临终前"告其子，殓以一枕一席"，王安石晚居南京，穷困潦倒，骑瘦驴，读古籍，唯书为乐。苏东坡从天涯海角南归途中，扁舟一叶，除了书，别无长物，甚至连买宣纸的钱都得靠朋友赞助。欧阳修晚年时，除了酒一壶、琴一张、棋一局，值钱的家私是金石遗文一千卷、藏书一万卷。书，是他最珍惜的财富，读书，给了醉翁终身的幸福。他因此而号自己为六一居士。其实，文章太守在扬州时拥有更多的"一"，他酷喜蜀冈贡茶，得一撮饮而喜极赋诗。他激赏扬州"琼花芍药世无伦"，因而建一"无双亭"以纪之。他陶醉于"平山阑槛倚晴空，山色有无中"的远阔之境，所以建一平山堂眺望"山横天地苍茫外"。他喜欢静处景中不争名的柳，特意在堂前植柳以寄怀。一杯蜀冈贡茶，一座无双亭，一棵堂前垂柳，一壶琼液美酒，一局未决残棋，一幢平远新楼，一颗爱民贤心，在众民安乐后的平山堂中，会一群诗赋好友，焚一缕惬意清香，弹一阕古琴老曲，读一墙人间好书，这样的读书之乐，天上人间，乐复何求？

少年时代的醉翁，读书是一种奢求。他3岁丧父，与母亲郑氏艰辛度日，没有钱买书及学习用品，母亲用荻秆在沙地上教他认字读文。风吹沙平，所以要抢记强识，欧阳修对读书的渴求写满大地。欧阳修稍年长，母亲从邻居朋友那里借书给他读。还书是有期限的，他十岁时借到唐《昌黎先生文集》六卷，这是"唐宋八大家"之一韩愈的文集。欧阳修爱不释手，日夜抄写，待还书时，已熟记成诵。欧阳公的读书方法似乎显得有些拙朴。在日后有书可读的年代，他精心挑选了《孝经》《论语》《诗经》等十部书，总计455865字，然后自订了严格的熟读计划：每日300字，三年半完成；背诵的计划则是每日150字，七年烂熟于心。不要以为这样的速度太缓太慢。其实，关键就是持之以恒，一日不怠。常年坚持，读书，就成为一种比食物更重要的生理与心理需求，所谓"书山有路勤为径"，读书有成的醉翁这样说："虽书卷浩繁，第能加日积之功，何患不至？"任扬州文章太守时，欧阳公已过不惑之年，先贬滁州，再徙扬州，人民对他的欢迎与拥戴，为他每日的静心读书创造了先决条件，可极目远眺隔江山水的平山堂为他的读书营造了绝佳的优越环境。"六一风神"，在扬州留下的，不只是政泰民安的融乐业绩，不只是在他生前百姓为他修建的敬思之祠。如果今天的扬州人以及天下游客知晓这段历史，那么，就一定会在平山堂的柳下堂前，聆听到文章太守抑扬顿挫的琅琅读书声。

心期高远韩太守 鞭策后生勤读书

韩琦，是在北宋时另一位负有盛名的文章太守。他的盛名，不但在于他有杰出的军事指挥才干。他镇守西域，当时流传一句民谣，叫"军中有一韩，西贼闻之心骨寒"。他的盛名，不仅在于为相十年，治国绩显。他去世时，宋神宗为他"素服哭苑中"，并亲笔撰写墓碑："两朝顾命定策元勋"。其实，他辅佐了宋仁宗、英宗、神宗三代皇帝。"定策元勋"，可见其威望之高。他的贤政爱民之德，曾被扬州人民一直铭记。他知扬州近三年，惠爱及人，既去郡，郡民思慕不已，往往画像祀之。韩琦在扬州留下"四相簪花"的故事，流传性最广。这一株神奇的并挂四花的芍药，上下鲜红如官服，中间一圈金黄嫩蕊酷似重臣腰带，极显富贵之气，故名"金带围"。韩琦任扬州知州时，大部分时间行走于民间，不但真实的民情了然于心，丰富的民俗也知之甚详。其中有一个民间传说是，如果城中开出了金带围的芍药花，日后将会出宰相。由此可见，一朵已属奇迹，并开四朵实属罕见。于是，韩琦邀约了另外三位有朝官身份者同赏四花之瑞。更为神奇的是，后三十年间，赏花四人先后为相。这个故事，《梦溪笔谈》《后山谈丛》《墨客挥犀》中均有记述。"广陵芍药真奇美，名与洛花相上下。"韩琦对扬州芍药偏爱，在他的长诗《和袁陟节推龙兴寺芍药》中极尽赞美。他也爱扬州琼花。"维扬一枝花，四海无同类"，他的五言诗《琼花》中的首句，依然是今人介绍扬州琼花的经典名句。他的盛名，还有充满神话色彩的读书故事。韩琦的父亲曾任泉州知州，期间，与婢女生下韩琦。三岁时，韩琦父母双亡，在黄州任知州的哥哥接他到身边，在当地的安国寺安排了一处僻静房屋供他闭门读书。一日，风雨雷电交加，韩琦专注于读书，全然不知。至深夜，有两位绝色女子飘然而至，以软语与曼舞诱惑挑逗。良久，韩琦始终不为所动，潜心读书，旁若无人。又良久，两佳人敬揖道：我们两姐妹是楚国人，一直追崇屈原，随灵均投江后，化为灵与均两个精灵游荡一千多年了。听说凡间有位少年精诚于读书，故来一试，果然名不虚传。日后，你将为社稷之栋梁。这个故事，出自《浪语集》。正是因为韩知州以专注读书闻名于世，因此，在任职扬州三年期间，大小官吏皆以日理公事之外的读书为修身之本，于是流传下了这样一个民间故事：后升为同中书门下平章事的"唐宋八大家"之一的王安石，高中进士后，曾做过韩琦在扬州的文秘。王介甫读书，过目不忘，而且常常通宵达旦，上班时衣冠欠修整，不巧被韩琦撞见，韩知州训诫他：夜里不要任性放浪，给我在家认真读书！这件事，记录在《邵氏闻见录》里，文中说，当时年轻的王安石对暴脾气的韩知州有委屈而不敢争辩，只在事后对人说：韩公不懂我读书有多认真。后来，韩公懂王安石了。首先，他以不爱卫生整洁出名，后人有许多记载。还有，王安石嗜书如痴，饱读诸书。于是，又有了一个发生在扬州与读书有关的故事。一日，有位文友请教韩琦一个冷僻字，韩也不识，便说：你去问王安石，他也许认识。另有一种说法是韩琦故意想为难王安石。但我们宁愿相信，这是韩琦在褒扬与激励这位好学而博识的年轻进士。事实上，王安石与韩琦的执政理念水火不容，但王安石始终没有忘记韩琦的鞭策，盛赞"韩公德量才智，心期高远，诸公皆莫及也"。"心期高远"，其中应该包含韩公对他读书方面的严要求、高标准。读书，是文章太守与后来的文豪名相留给扬州最美的佳话。

书斋揣行囊　太守是书痴

王禹偁，早苏东坡九十六年任扬州知州，他的被贬轨迹，有一段与欧阳修一致：先知滁州，然后扬州。而他一生的贫穷，以及视财物如浮云的清廉高洁，与韩琦相似。相距半个世纪有余，欧阳修来到滁州，面对北宋诗文革新运动先驱王禹偁的画像，留下了这样的赞词："想公风采常如在，顾我文章不足论。"扬州文章太守欧阳修的文学成就，显然是超过王禹偁的，但王禹偁是宋开国之初旗帜鲜明地提出文章须"传道而明心""不得已而言"，令后辈敬仰的现实派开拓者。敬仰王禹偁的还有另一位扬州文章太守苏东坡。他盛赞王禹偁"以雄文直道独立当世"。王禹偁登进士第的第二年曾任长洲知县。苏东坡写道："始余过苏州虎丘寺，见公之画像，想其遗风余烈，愿为执鞭而不可得。"东坡说他"三黜以死"，他三入庙堂，三黜朝野，四十八岁死于新任蕲州未达一个月之期。他一辈子多处任职一把手，却一生身无片瓦，一贫如洗。但，他又是富有的。他的富有，在于永不屈服的精神追求；他的富有，在于他对读书迷醉式的满足感。

我们还是谈谈这位扬州文章太守与读书有关的故事吧。

王禹偁六岁时，大宋王朝才刚刚成立。如果他在五代的动乱年代长大，一生有可能默默无闻。即使成长在宋初万象更新的好时代，王禹偁的出生也不具备求学进仕的优越条件。他的父母都是贫穷的农民，而且《东都事略》《宋史》本传都说他世为农家。祖祖辈辈躬耕劳作，并不曾想出一个光宗耀祖的后人。但王禹偁幼年时惊人的读书异禀令乡野的识字人好奇不已。所有的字的读音以及含义，凡过他耳者，便如刀刻轮碾一般牢记于心。文章，同样是听而能诵，琅琅有韵。有了这样一个天才的孩子，父母便心生美念，想让孩子有钱去读书。于是，开了一个磨面的小作坊，日夜辛苦，为儿攒钱。王禹偁打小就是能吃苦的孩子，八岁便扛得动满布袋的面，走很远的路送货上门。事实上，扛面袋送货时，王禹偁天才小书生的名声已经传遍济州。一天，他送面到郡中文官毕文简家中，毕想考一考这位传说中的小神童的捷才，戏言道：你能作一首磨面的石磨诗么？王禹偁不假思索，出口成诵："但存心里正，无愁眼下迟。若人轻着力，便是转身时。"石磨，凡物也，但若有助推者，便有大作为。毕文简喜欢上这个孩子了，便把他留在家中，一心习文。又一日，太守设宴，邀毕文简同席。酒至酣处，太守兴起，出一上联："鹦鹉能言争似凤"，一席人皆不能对。毕文简深感丢了颜面，回家后将上联写于屏间，冥思苦想而不能对。小小年纪的王禹偁瞄了一眼，旋即写出下联："蜘蛛虽巧不如蚕"。这一回，饱读诗书、后来入朝为相的毕文简真的是被折服了，慨叹道："经纶之才也！"并奖给他体面的衣冠，见人便介绍：这位是我的小文友。这件事，《邵氏闻见录》有具体记载，可知实有其事。

但在宋初，考取进士的名额是极其稀少的。开国当年，录取19人，第二年 11 人，公元 966 年，仅 6 人，可见，非人中奇杰，休想取士。
王禹偁苦读到 29 岁，终登进士第。人中奇杰，不是每个都擅长为官的。
王禹偁，是终身痴迷于读书而不能通明世事的人。他于公元 996 年赴
任扬州知州时，已经遭遇了一贬再贬的厄运。初到扬州，他与新友故
知兴会，题诗一首，其中有："前年寒食节，待诏直内廷"，"去年寒食
日，滁上忝专城"，"今年莅淮海，时节又清明"，如此一唱三叹地说
到清明，其原因，是这一天全国禁火，禁火不能点灯，不能点灯就不
能读书，一夜不能读书之痛，是书痴太守不能忍受的。所以，他特别
为清明写了一首诗："无花无酒过清明，兴味萧然似野僧。昨日邻家乞
新火，晓窗分与读书灯。"除了每日必秉烛夜读，王禹偁对奇花兴趣很
浓。他在扬州发现一种未定名的花，"未开如海棠，既开如木瓜"，查
遍《释草》《释木》《花谱》诸书，皆无，便为之取名为海仙花，并"赋
诗三章，题诸僧壁"。他爱扬州芍药，因而以《毛诗·郑风》等历代名
家诗佐证，"考其实"，认为"牡丹初号木芍药"，又题三首长诗于僧壁。
王禹偁有一首《书斋》诗，写出了他甘于清贫、乐于读书的精神境界。
其中的"年年赁宅住闲坊"，说的是他一生的处境。即使贵为扬州知州，
依然租屋而居，终身没有属于自己的书斋。他的书斋，在行囊里，在
歧途中。王禹偁这份以读书寄托高洁心志的守静情怀，与其后的诸位
文章太守一道，成为扬州后人永远怀念与敬仰的楷模。

弱生如书

写在前面的话

　　吴引孙是扬州老巷盐商之后，锦衣玉食、好书满屋、古画成墙的幼年生活，他还能如梦如幻记得依稀的影子吗？果真是如梦如幻，就是那么突然，整个打点行装的时间仓促慌忙，一家人搬出老巷之家不久，屋与书统统被烧光，家从此没了。是不是如梦如幻？然后，全家在贫穷的宝应、高邮西北乡熬日熬命七年光景。顶饿的漫长灾年，树皮与草根都是奢望不到的美食。他们全家，都应该感受过人饿死前的如梦如幻，存亡只在一口气。那年月，吴引孙已经完全记事了，他用日记笔录下了那些饿殍尸骨垒成山的乡野岁月。不要说什么不堪回首，那就是你真实生命的一部分。

　　那就回一下首，我，本人，九岁往后，是史称三年困难时期，在本就穷困的乡村，饿死人时有发生，且谁家也无力埋葬，在东失迷庄和西殷家庄之间的几十亩荒地里，不知道谁家把第一具尸体抛于此，接着就有了百具千具。当年，这里有个人人都知道的名称，叫荒葬坑。我始终敬佩乡邻们的智慧，他们确切地说，人死后，会有灵火飘飞于空中，当然是在晚上，漆黑的晚上。大人们就会让我们这些孩子朝那个坑望过去，说，看看看，看到那些一簇一簇的灵火飞舞了吗？他们在那边活得多自在多快活，他们都在飞，飞那么高那么好看，就是想看看我们活着的人有多累多难。我们看见了吗？好像见过，又好像没有。但是，那些不识字的乡邻，是识得大势的，他们在引导我们不要怕，他们在告诉我们这些孩子，死亡后的生命会变成令活着的人向往的美丽故事。回首，说这些，有啥不堪。

在苦难中越过死亡的一直没有间断过读书习文的盐商之后吴引孙，一定比简单而平常生活的同龄孩子加倍、加许多倍地珍惜吃穿无忧后的读书生活。从无衣无食的乡村到一举考中扬州最牛的国家级学校，这个神奇的转换并不如梦如幻，然后顺利地考进北京当官，这个神奇的转换，更堪细细地回首。心中最爱的母亲去世后，他在扬州丁忧三年时，已经是巡抚的高级干部身份了。他知道这个朝代行将灭亡吗？他当然知道，他就是不告诉你。当然，他更加习惯回首了；当然，他更加知道人生如梦如幻了。他体弱多病的哥哥非比寻常的爱情故事，像一道亮光刺眼的彩虹。哥哥在赢得爱情之后很快失去了生命，相当年轻的生命，这是悟不透的痛。人世间最好的母亲，去世时他竟然未能见上一面，他新履要职不敢奔向母亲身边，这是恨死了自己的痛。出生于大户人家的、温良贤惠的、钟爱至深的妻子去世时脸上还挂着微笑，一次次爱的丧失的重击，令这位内向、倔强、好强、孝顺、勤思的书生从此与寂寞孤苦为伴。数量多达100多间的私宅分为几个功能区，设计师是大上海首屈一指的专家，两人之间有过数次交流，核心两个：母亲周太夫人的花园式独立庭院，这个请精心思量，不惜工本；还有便是用于藏书的测海楼。在宁绍台道道台这个地方最高长官任上，晚间，只要闲着，他必逛宁波夜市。当年宁波，有大片大片夜市只卖各种渠道收集到的新旧图书。当然，有谁能比收藏家更懂图书的出处与价值呢。吴引孙每晚淘宝三四个小时，那些摆摊卖书的商贩，总是一副清高漫不经心的样子，不打招呼，不瞅你，不聊天，上千上几千的图书整整齐齐地平铺在路边，没有官吏来吆喝驱赶没收货物。以前是有的，一直有，后来调进一位一把手，对他的部下说，谁敢动书贩的场子，我就砸了他的位子。据说还为他们专设了多处干净宽敞的街面，有巡逻的持械捕快守护着他们的安全，有地痞流氓敢动他们，立马抓去坐牢，不由分说。于是各处摊主都说，而今来了个好官，说要大兴文化图书市场，让穷苦人家的孩子也能淘得到好书看。穷孩子，在巨亮的白纸灯笼下看三个小时的书，上摊来看，下摊回家，书贩不作兴给脸色看的。所有的摊主都知道，这位长官是同情穷人的慈善者，谁还敢欺负白看书的孩子？谁还忍心欺负穷娃娃？每晚每晚、几小时几小时、大气不喘专注看书的娃儿，摊主收摊时会眼巴巴瞅着某一本书，孩子太喜欢这本书了，很想很想买回家放在枕头旁边天天读它。但，也只能止于很想很想，买不起，根本买不起。马上就有一位穿着布衣大衫、已经买了一大堆书的文化人叫住摊主，说：慢慌慢慌！娃儿盯着的这本书，几文？摊主当然知道这是隔天就来买书的大客户，便说：老板，你相中了，送你！吴首长拿下这本书，转手给了那个娃。那个娃，乐得脸上笑开了花。吴引孙心里更美。在兵荒马乱的宝应、高邮乡下许多年，连捡到路边带字的纸片都视为至宝，读好书是无法实现的美梦。他拢共收藏了十多万卷书，大多是当道台时每夜每夜三小时四小时泡在书市淘来的，都是他认为有收藏价值的书。装箱运回扬州时，哪怕有几页书散落在地上了，这位一向温和的书生都会大发雷霆，令所有的装箱停下，统统停下，哪怕花几小时一天两天，一定要找到原书粘贴到原先它在的地方。每本书都是一条命，你砍了它的胳膊锯了它的腿，你看着心里不会滴血吗？

如今，认识并且简单知道吴引孙的人，十万人中有一人吗？如今，认识并且简单知道测海楼的人，三十万人中有一个吗？如今，听说并且简单知道吴引孙藏有多少卷图书的人，百万人中有三四吗？二十年前，我有幸见到吴引孙日记手迹，行墨之妙，相信能让现在写一幅毛笔字就喜欢在微信朋友圈晒图者有所思悟。我曾经这样猜度，因为笔记从头至尾连贯紧密，有无间隙写成之感。那么，这本按时间顺序写成的平生经历，是不是丁忧期间按旧有的零散日记重新写成？抄写的过程也是他梳理与总结人生的过程。传说，后来这本笔记不知所踪。但愿它在某人手中，祈求它在某人手中能得以完善保存。它是有价值的，很有价值，它是一个生命体，它会说话，一言一语都是吴引孙这位清朝末代官员的心语心得。

　　在亭台林立、花草如茵的古运河风景带西岸，被誉为长三角地区三大古代官府名宅之一的吴道台宅第傍水枕波而立，迎霞披紫而居。其经典的浙派建筑风格是晚清东南人居的百科全书；其恢宏的测海楼藏书处，是当今莘莘学子当谒的书苑胜境；其百年来承载的沧桑传奇，是历代书生穷苦思变的典范。

吴道台宅第坐落在扬州北河下东城根。一百年前，除了拥有占地十亩、俗称"九十九间半"的豪华住宅大院，还附有占地十一亩的玲珑"芜园"，以及方圆四亩的精致"吴氏祠堂"。扬州人称之为吴家大院。

太平天国运动烧光居民许多年来可以预计、可以规划、可以实现的和平生活，导致吴引孙祖孙三代安排不了明天、后天、大后天稳定生活的一切。高墙深院的祖上古宅，怎么琢磨，它也会八百年屹立如故？怎么会不屹立如故，一砖一瓦一木一石，在当年孙家盐业生意火红的年代，家家的豪宅都盖得考究精细，说有家顶级瓦工一天替主人猛拱了八层细薄的特别烧制的砖上去，以为卖尽浑身高招日夜苦干会得到老板赏识。然而是闯了个大祸。老板召集他们重点开会，说砌墙用的特地从外地买来的最好的大米调制出的黏稠度是多少，一天砌这么多层是如何保证坚固千年的质量的，每块砖头的厚薄平整程度是否毫厘不差。细节，细节，都是细节。谁能保证没有丝毫差错？于是，老板强行命令，每天砌墙不可多于三层，每层都安排一个技术尖子做督工，质量决定这些匠人的去留。那还了得，这样砌成的房子那还了得。据说太平军取光了楼里所有值钱的东西，放大火烧，三天三夜之后过来看，楼的各处安然无恙，于是指令入军已久的力大无穷的农民们猛砸，结果砸得所有砸者虎口统统血肉模糊，墙纹丝不动。小头目突然头皮发痒，说这个楼一定是天父保佑着呢，否则哪有这样的天下奇事。于是令所有人趴下，额头着地，嘣嘣嘣一人十八个响头，躬身退出这所老宅。其实扬州老城内所有的盐商豪宅都是这么较着劲砌成的，大户人家的日子，就像锦绣的马车一样拉着他们平平稳稳直奔前面的日子。谁会想到突然有一天，锦绣马车掀翻了，回嘴的富人都吃了刀枪，累代财产只留下恶臭的空气，尚存的，伸手一抓，是眼睁睁看到的噩梦。吴引孙的父亲自幼钻研《易经》，清代早期的北湖焦循则是三代祖传的治易大师，那可是戳破了天花板级的天下神人，吴引孙的父亲从年轻便醉于《易经》，那些文字，拆解，组合，如同上天降下的另一种文字，绝大部分的人，听释义能听到脑浆枯竭，依然一句也不懂，半句也不懂。吴引孙的父亲在大军到来的前夕，很长的前夕，算出来了，凌晨时分，精心算出一个十拿十稳，便是一口急火攻心的鲜血喷吐而出。全家人围拢他的时候，只见他脸色惨白，却目瞪如炬，嗓音沙哑地喊出八个字："立马出逃，刻不容缓！"那神情骇人得很。吴引孙祖辈一向敬佩且尊重儿子谜一样的学问的不可不信、不可不行。爷爷当场对全家人猛喝一声："立马躲险，刻不容缓！"没有一个人不怕爷爷，这一家人的出逃默然而且急促，凡没有带走的，也就永远带不走了。但是这一家带走了所有的人。所谓未来叵测，世无常态，但能准确预见，并立刻行动者百中难有一，侥幸与观望是国人的处世常态。吴引孙的父亲，出逃那一卦算得是刮刮准，因战火未熄，一家人在周边乡村投亲靠友数年后，一切亲属都揭不开锅了，只得四处寻求打工换半碗薄粥供全家人不至饥死。吴引孙的父亲还在为家人算卦么？一天也不曾停过，而且每天都在攻读迎考。他算到了啥时候太平重来科举必至么？不知道，他没有说过，他痴痴地看着屋外黑压压的云，十天半个月也说不到两句话，最后什么都不说了，一辈子都不说了。他是贫病忧郁致死么？是的，这个正值壮年的才华过人的秀才，他交代的话不多，似乎有这么一句已经被人们忘了，他说所有关于《易经》的书都留下吧，也许万中存一有人能用上。到了那边，我绝不打算看了。准又怎样，不准又怎样。命，是自己的命，运，是国运，是局势。在那个时代，这是一种多么痛的领悟。

自咸丰乱世风云至辛亥革命后的新时代，吴引孙、吴筠孙兄弟的人生故事便是一部精彩、生动、曲折、感人的晚清士子求学史、赶考史、仕途史、孝廉史。漫步于吴道台宅第，其游廊画墙之间的每一丝风动，都似乎在向人们述说着当年的遗踪古迹、记述着吴氏兄弟非凡的历史境遇，其书生儒仕的情愫心香令世人景仰与追怀。

一、告诉你一个秘密，吴引孙始祖是商周时期周氏族领袖古公亶父长子泰伯，时间朝前推三千多年，古公亶父有意立三子为继位者，泰伯便带上二弟迁居今无锡非发达地区，其首功当是动员当地平民修筑长达43公里的"伯渎河"，这在三千多年前靠天种地的农耕时代，堪称天人之壮举。当地人从此旱涝保收、丰衣足食。孔夫子盛赞"泰伯可谓至德矣"，泰伯便成为吴国的开山鼻祖。吴引孙是泰伯的一百零五世孙，族谱中有详述，你说牛不牛？牛。

清咸丰元年六月十六日，即公元1851年7月14日凌晨，在扬州便益门江家桥一处旧式四合院内，一个男婴呱呱坠地了。这天深夜时分，周太夫人刚刚服侍完丈夫吴元植梳洗完毕，突然腹疼加剧，便立刻差人去扬州旧城叫接生婆。接生婆刚到，周太夫人临盆即生，其顺利的程度，就连有着几十年接生经验的接生婆也大为惊奇。当时的吴家还没有报时钟，但周太夫人上床后约莫过了煮一顿饭的工夫，东方就露出了霞光。根据这样的时间来推算，这个孩子的出生当在凌晨三点到五点。

两年前，周太夫人生过一子，取乳名魁庆，不久就夭折了。第二年的二月二十二日，又生一子，这便是那位后来忧郁早亡的兄长庆孙。时隔十六个月，吴家又添一男丁，吴元植欣喜之情自不必说，为其取乳名豫庆。豫者，欢乐安适之意也。又按照吴氏"孙、贤、征、泽、永"的字辈排行，为其取学名引孙。又取字福茨。茨者，堆积填满之意也。乐满屋，福满堂，这便是父亲对刚刚来到人间的吴引孙的期盼与希冀。

吴家渊源可以追溯到商周时期。吴氏的始祖是泰伯。泰伯是周太王的长子。太王欲立幼子季历，泰伯便与弟弟仲雍同避于江南，改从当地风俗，断发文身，建立吴国，成为吴国的始祖，并以地为姓。到吴引孙这一代，正是泰伯百零五世孙。

吴家迁居扬州的第一世祖是世尧、世吉，时间是在清乾隆年间。此前，吴氏居住在徽州，后迁至歙县西乡梅庄坞，亦称梅川坞，俗名麻柞坞。梅川吴氏累世务农，不求闻达，延二十世。来扬之初，吴家经商状况应该是不太理想的，因为不久之后，世尧长子应铭和世吉长子应钧双双返回梅川坞继续务农。至晚清时，应钧已无后人，应铭之后元和、德甲等辈仍隶歙籍，坚守故土。世尧次子应选、世吉次子应宏从此世居扬州从事盐业生意。根据《吴引孙自述年谱》所序，吴引孙当为世尧之后。

清代歙县侨居扬州经商者甚众，因不能岁返故里，他们便在扬州建宗祠、置祭田以祭奠先人、团结族人。吴引孙显达之后，曾多次想在扬州建始迁祖祠，将自世尧、世吉始的所有吴氏之后列于祠中。这个愿望直到吴家大院建成后数年才得以实现。其芜园北端的吴氏祠堂应是吴引孙特意为实现这一夙愿所建。

吴家决定放弃经商转而读书应考，是从吴引孙的父亲开始的。

科举考试由隋开始，此后千百年来，要想光宗耀祖、为官显达，科举考试成了唯一的途径。

另一个不可忽视的历史背景是，自道光以后，扬州的盐业开始由盛转衰，尤其是小本经营的商人，已经到了无利可图的境地，加之吴引孙的祖父崇尚读书，望子成龙心切，后辈读书应考成了他的最大心愿。

清朝科举制度是有严格规定的，凡唱戏、差役、三代以上无人考取、小商贩等等人家的子孙，一律不能取得考试资格。清代科举考试程序复杂，名目繁多。首先，取得秀才资格的入学考试叫作"童子试"，简称童试，亦称小考、小试。应考的人不论年龄大小，统统称为童生，或称儒童、文童。童生试包括县试、府试、院试三个阶段。三年之内举行两次。丑、未、辰、戌年为岁考，寅、申、巳、亥年为科考。县试由各县县官主持，试期多在二月。童生向本县报名，填写姓名、籍贯、年岁、三代履历并取得本县廪生保结方得参加考试。

吴引孙的叔祖昌燮公在仪征进了学，为了应试，他的父亲吴元植便拜昌燮公为继父，并从此改籍仪征。就在吴引孙出生的这一年，吴元植以拔贡身份参加了当年的秋试，没有考取。拔贡是科举制度中最高学府国子监的生员之一。乾隆中为十二年一次，每府学二名、县学一名，由各省学政从生员中考选，保送入京，再经朝考合格，便可充任京官、知县或教职。所谓秋试，亦称秋闱，清代每三年的秋天在各省城举行一次考试，因为在秋季举行，所以称为秋试。由朝廷派正副考官主持，录取的称为举人。吴元植精通易理，旁通诸子百家之书，他最终没有步入仕途，主要是被太平天国运动所误。

吴引孙降生的这一年，中国发生了两件大事。一是由道光改为咸丰。道光三十年（1850）三月，道光驾崩，年仅21岁的咸丰帝继位。据传，咸丰是早产儿。道光十一年四月，道光的长子奕纬被道光误伤身亡，由于次子奕纲、三次奕继此前相继早夭，四子就显得特别重要。当时，祥贵人和全贵妃同时怀有身孕，经御医诊察均为男性，而且祥贵人怀孕日期比全贵妃早了一月有余。为了让胎儿早生，全贵妃买通御医服用了保胎速生药，结果全贵妃之子奕詝还比祥贵人之子奕誴早了六天降生。这个奕詝便是后来的咸丰。据说咸丰后来体弱多病，三十而亡，与催生早产有关。

这一年的第二件大事是十二月初十，洪秀全率众在广西桂平金田村武装起义，建号太平天国。

这一年，吴元植的父亲仍然在扬州城内的包氏家以教书谋生。秋季，元植参加了省秋试，仍然未中。

年届三十仍然在赶考求仕，这在今人看来好像年岁大了，但在当时是十分正常的现象。商衍鎏所撰的《清代科举考试述录》中曾记述了几个特例。广东顺德有位叫黄章的老人，康熙三十八年（1699）己卯科顺天乡试时已经100岁了，还不远千里入京应北闱试，入场的时候，写了"百岁观场"四字在灯笼上，令曾孙拎着在前面开道。广东还有一位叫谢启祚的，96岁应乡试，乾隆五十一年（1786）丙午科中举人。同榜有12岁的童子，放榜次日，监临巡抚在为新科举人所设的鹿鸣宴上赋诗曰"老人南极天边见，童子春风座上来"，一时传为佳话。谢启祚百岁后入京祝乾隆八旬万寿，去世时近120岁。有人见过他的朱卷履历，先后有二妻二妾，生男23人，女12人，孙29人，曾孙38人，玄孙2人。乾隆三十年南巡江浙，接驾贡生王世芳107岁，后赴京祝太后万寿时已是113岁，特赐给翰林院侍讲衔，还乡时他与85岁的第三个儿子同行，这个儿子满头白发，躬腰驼背，还不如王世芳身体硬朗。

当时人们终其一生追求仕途功名的故事屡见不鲜，不胜枚举。

吴引孙 3 岁时，时局大变。正月间，太平军兵临扬州城下。据《吴引孙自述年谱》所载，当时有位善士江寿民想效仿道光二十二年（1842）中英《南京条约》乞和之法，亲赴太平军营寨议和，并提出以重金厚犒。

《南京条约》是中国近代第一个丧权辱国的不平等条约，中国从此开始沦为半殖民地半封建社会。自道光二十年（1840）鸦片战争开始后，英国军舰依仗坚船利炮威逼软弱无能的两广总督琦善于 1841 年 1 月签订以割让香港、赔偿烟价六百万元、恢复广州通商为主要内容的《穿鼻草约》。1842 年 7 月，英军攻克镇江后大肆屠杀，8 月兵临南京城下，清政府派耆英、伊里布与英国代表璞鼎查在英舰"汉华丽号"上签下了包括开放广州、厦门、福州、宁波、上海五口作为通商口岸，割让香港给英国，赔款二千一百万银圆等内容的不平等条约。此后的中英《虎门条约》、中美《望厦条约》、中法《黄埔条约》，都是外国列强恣意践踏中国主权、入侵中国领土的侵略行径。

居住在扬州城内的江寿民以为，既然清政府通过谈判可保太平，那么，扬州与太平军和谈也应该不会例外。因此，他在赴太平军江北大营议和之后，力劝扬州城内百姓不必远徙逃避，保管安然无恙。

精于易学的吴元植深思熟虑之后，还是决定带上全家老小避难。

吴引孙的祖父一生酷爱读书，凡有余钱，必赴书市，虽说家资不算殷实，但藏书颇为可观。他将自己的书房取名为"有福读书堂"，并自署"有福读书堂主人"。闲暇的时候，吴元植会抱着幼小的吴引孙去有福读书堂享受墨香，祖孙三代齐聚书房，可谓其乐融融。

但兵灾在即，吴元植料定留在扬州在劫难逃，于是不得不暂时舍弃汗牛充栋的书籍，带上必需的家常用品，匆匆忙忙避难于扬州城北的黄珏桥，租借一胡姓人家的农宅寄居下来。不幸的是，吴元植一家所住的祖屋及所有藏书均被太平军付之一炬。

太平军入城后，芸芸众生无辜惨遭杀戮，江寿民自缢以谢罹难者。吴氏一家可算躲过一劫。

这一年，吴引孙已经完全断奶，改喂糕粥，并且雇用了一位王姓保姆照料。

在漂泊不定的生活中，周太夫人又生下一个男孩，取名迎庆，结果三岁时出天花夭折。

吴引孙自3岁始由母亲周太夫人教习语言。吴白匋在《扬州吴氏发家史》一文中说："江都周氏虽未为大官而代有秀才。"出身于书香门第的周太夫人不但精于女工，而且知书达理，一直把教育子女作为头等大事。咸丰五年（1855）二月，吴引孙与长兄庆孙一道入塾发蒙，老师是道光年间的举人陈仲弼。这一年，清政府与太平军、捻军之间的战火愈燃愈烈，陈举人便设帐于黄珏镇上的李姓宅中，所授学生约二十人。吴引孙每天与庆孙早出晚归，中午由家中送午餐来吃。陈仲弼是吴引孙外祖父周筱云的学生，所以对吴氏兄弟教得格外用心。仅一年，吴引孙便熟读了《三字经》，学会了两千多字。

这一年的江南乡试因战乱而停止了，吴引孙34岁的父亲也失去了继续考学的机会。所幸的是扬州府署委派他在西北乡担当厘捐的差事。这一份薪水终于使吴家缺钱少米的窘况得以缓解。

所谓"厘捐"，又称"厘金税"，自咸丰三年（1853）开始实行。当时由于长期战乱，盐业运道梗塞，运销险象环生，淮南盐运一度中断，聚居于扬州的盐商大部分卷资而去，清政府的税收一落千丈。为了筹措军饷，清政府最初在扬州仙女镇设置厘金所，对当地米市课以百分之一的捐税。百分之一为一厘，所以称之为"厘金"，征收厘金的机构通称"厘卡"。此后各地相继仿行这个办法，采用设关卡的办法对过往商货抽收厘金。当时淮南盐商运盐出江，一路关卡所纳厘金，往往达到盐课的八到十倍。

这年的冬季，吴引孙出天花，差一点就送了性命。

同年出生的他的妹妹，只活了几天便夭折了。

咸丰六年（1856）春，太平军攻克江北大营。江北大营是咸丰三年由清朝钦差大臣琦善、帮办军务直隶提督陈金绶率一万八千兵在扬州城外雷塘集、帽儿墩一带设立的，当年底逼退太平军。咸丰六年春，扬州再次被太平军占领。不久，清政府派钦差大臣德兴阿又一次夺回扬州。咸丰八年（1858）秋，太平军第三次攻克扬州城。

这种拉锯式的战争使扬州城内的百姓倍受血灾之难。

咸丰六年，吴引孙的父亲由西北乡改派宝应任厘税差。全家人入夏时暂居宝应东南乡向家庄一户向姓人家。这一年天逢大旱，蝗虫在乡间田野遮天盖地地狂舞，时不时还有兵匪突入的报警信号惊人魂魄。

即使在如此恶劣的环境下，吴家人仍没有放弃孩子的教育。他们在附近找到一位名叫向达人的文人为师，日夜督促吴引孙和他的兄长读书温课。可是过了不久，周太夫人就在检查功课时发现，比较而言，陈仲弼教书的水平显然要优秀得多。为了孩子的学业，她执意回到黄珏桥。这一年的秋季，一家人返回黄珏桥胡宅，吴引孙仍拜陈举人为师，开始读《大学》《中庸》《论语》。

在这兵荒马乱的年代，吴元植放心不下夫人带着尚未懂事的孩子分处两地。为了守护两个儿子读书，他放弃了宝应的差事回到黄珏，从此赋闲在家。

扬州北乡同样遭受了天旱之灾，夏秋两季农民几乎颗粒无收，粮食贵到了惊人的程度，一家人只能节衣缩食、省吃俭用度日。恰恰在这艰难时期，吴引孙分别在咸丰七、八两年的夏秋季患上了疟疾，虽说很快便痊愈了，但由于严重缺乏营养，常常饿得头晕目眩，他的学业多少还是受到了影响。

二、温水煮青蛙，娃娃也会说这句话。青蛙如果懂算卜，上帝也煮不死它。青蛙的弹跳力是身体的五十五倍，如算出有人要害它，跳出巨大巨高铁锅内的杀戮之水易如反掌。但是，人类，长寿者九十岁之后很难认知新世界了，所以，大多数人类的想法是且活且安逸，眼界短且浅，还笑什么青蛙。历史上有位奇人，他叫王安石。他清醒地看到了这个国家积贫积弱的社会现实，判断这个国家的危险命运，所以，听到高俸厚禄的文化人高歌劲曲勒着嗓子赞美大宋盛世时，急得屋里屋外跺脚，哗哗地淌着哀伤的泪，用劲地跺脚，这才有了伤害到既得利益者的新法的出台。青蛙能不能跳出温水，使用新法必能跳出。皇帝换了之后，王安石便掉进了既得利益者猎杀他的深渊。王安石，这位当过同中书门下平章事的人，是好官好人么？那是肯定的。录述这个开头并不长的不好看的历史资料时，我并没有急得像王安石一样跺脚。我就是凡夫俗子。不晓得你看到这些丧权辱国的文字时，会不会像王安石那样气得跺脚。

咸丰七年（1857），第二次鸦片战争时期。英法联军组织联合舰队攻下大沽口炮台，直逼天津。咸丰召见赶往天津谈判的大学士桂良、吏部尚书花沙纳说："英法两夷如果真心休兵议和，可从权办理，唯派使入京及长江内河航运断不能答应。"而惧于英法枪炮之威的两大臣仍然在包括了这两条的《中英天津条约》《中法天津条约》以及《中俄天津条约》《中美天津条约》上签了字。屈膝投降的两位大臣回到北京，咸丰居然安慰他们说："汝等潜入敌穴，巧于周旋，亦颇属不易，换得英法两夷退兵，最为得计。"

清代轶事中有一则笑话，说咸丰八年春，直隶总督谭廷襄向咸丰呈递了美国国书，咸丰看到汉文版里美国总统居然自称为"朕"，不禁大笑半晌，批曰："该国国王竟自称为朕，实属夜郎自大，不免可笑！"在咸丰眼中，中国皇帝是天下主宰者，美国"国王"只不过是大洋另端的藩国首领而已。

咸丰十年（1860）秋，英法联军的火枪火炮在八里桥大败清政府的满蒙骑兵劲旅，惶恐万状的咸丰完全丧失了夜郎自大的威风，携带妃嫔仓皇逃往承德避暑山庄。十多天后，世界上最伟大的园林之一——圆明园被侵略军掠光珍宝后付之一炬，大火烧了三天三夜不灭。清政府再次签下了《中英北京条约》《中法北京条约》《中俄北京条约》等卖国条约。

咸丰直到死于热河前都没有敢再回北京，而中国的命运从此交到了两宫太后和恭亲王奕䜣手中。

此期间，太平天国仍然在与清政府进行着最后的交战。

即使在这样一个风雨飘摇、内乱外患的时局下，吴引孙兄弟俩仍然坚持读书求学。

　　门外枪炮连连，腹中饥肠辘辘，而在一间不大的乡间瓦屋内，留着长辫穿着长袍马褂的举人依然斯斯文文地站在讲台上口吟之乎者也，手运纸墨笔砚，台下的二十名蒙童照常聚精会神地聆听《大学》《中庸》，修习《论语》，这一幅乱世读书图，令人感慨击节。

　　咸丰八年秋，太平军由天长向扬州进攻，黄珏桥镇每天晚上都有几次令人担惊受怕的警报。吴引孙的父亲经过再三思量后毅然决定向北避徙。一家人坐船沿邵伯、江都、泰州东行，他们在水中行，兵勇从陆地过，沿途真是提心吊胆，生怕不测。就这样紧赶慢赶，来到了宝应李堡的一位黄姓远房亲戚家。船靠岸后，父亲赶忙带着吴引孙兄弟拜见母舅周青士、舅母祁氏以及表兄实纯。不久后，吴引孙的祖父、继母、几位姑姑、叔叔十多人也都避难来到李堡。

　　吴引孙的母舅是道光十七年的拔贡、咸丰元年的举人，表兄已是秀才身份，吴氏兄弟又多了两位老师。

　　他们离开十天之后，太平军打到了黄珏桥，继续留在黄珏桥的亲戚逃到李堡，讲述了各种惊险见闻及遭遇。陈举人一家没有迁徙，结果陈举人面部受了枪伤。全家人于是特别感谢吴引孙的父亲，如果不是他的果断决策，吴家难免遭殃。

　　此后三年，他们一家人居无定所，食不甘味。先是由李堡迁寓高邮永安镇北边的倪家庄，借吴引孙长兄庆孙的奶妈吴氏之宅寄居了一段日子，不久又转迁到宝应南乡胡家营汤丽川姨丈那里，租了一户任姓住宅暂居。吴引孙的父亲先是在李堡一位做盐业生意的张柏亭家教小孩读书，不久歇业，往返于宝应氾水、界首之间觅活谋生。由于总是找不到糊口的行当，吴元植的情绪变得非常低落，常常愁眉不展，唉声叹气，想到自己一心追求的仕途从此断绝，性情变得忧郁而感伤。

　　即便如此，吴引孙兄弟仍然没有中断学业，他们先是在李堡师从由甘泉而来的许书云学四子书，兼习对。迁居任宅后，又跟着高邮詹姓老师学作试帖诗。

　　吴引孙祖孙一家十多口在李堡一待就是三年多时间，由于混乱的时局依然看不到缓和的希望，姑姑们相继在李堡嫁人。可见吴氏一族，在宝应李堡一带应有不少远亲。

咸丰十年二月十九日午时，吴家的又一位文曲星降生了。他便是吴引孙的弟弟吴筠孙。

这一年吴引孙11岁。

在兵荒马乱、生活极贫极苦的旧时代，人，吃一顿饱饭都难，不要说鱼肉补品了，油也是根本见不着的。吴元植不但精神消沉不振，平时也是体弱多病。那么，再说周太夫人，要照料全家人的一切生活事务，疲惫之余，只能吃全家人剩下来的稀粥白汤，可是，怀孕的频率如此之高，令人难解。

清朝的年号又换了。自英法联军逼迫清政府签订了中英、中法《北京条约》，中国丧失了大片领土和主权之后，咸丰便一直躲在热河行宫沉迷酒色，纵欲游乐。终于在咸丰十一年七月十七日病逝，时年30岁出头。当月，年仅6岁的长子载淳继位，第二年改号同治。值得一提的是，清朝有两位统治者是6岁即位，另一位便是顺治。而且这两位都是因患天花而早亡，顺治病死时24岁，同治死时年仅20岁。

历代帝王的寿命，罕有抗得过老百姓的。

同治元年（1862），吴引孙的祖父从李堡迁居宝应南乡胡家营汤姨丈家已近一年。不久，又暂居任宅。

吴家人为什么要不断地迁居？原因只有一个：乱世避难之人，如果固定于某一处亲戚家白吃白住久了，总会心生愧意。再说了，连年天灾兵祸，谁家也没有余粮。当年吴家数代人居住扬州，每年或多或少都有一份相对稳定的盐业生意进账，不但吃穿不愁，爷爷还买了满满一屋子的好书，曰"有福读书堂"。为考科举，为吴元植买了仪征籍贯。一般人家想也不敢想。那么风光富足的日子，毁于一把兵火，扬州故里再也回不去了，寄人篱下的日子，爷爷必然羞愧难当。游走于远离兵火的西北乡村，哪家能请得起他去当家庭先生？即使不要钱只管饭，也找不到一家。爷爷，满腹文章，性格傲慢，而今连低三下四乞得一口饭吃也不可能。所谓乱世人命不如狗，活着，平民，有几人能做到。

吴引孙12岁那年，詹师因事返回故里，老师空缺，祖父只得暂时充当。

这恰恰是吴引孙得益匪浅的日子。

如果说先前的陈举人等学究式的老师曾授予吴引孙严谨而缜密的治学要义，那么，祖父则教给了吴引孙灵活的思辨能力与巧妙的读书方法。

吴引孙的祖父吴次山从来没有打算过，也从来没有经历过刻板而教条的科举考试，他的学问是靠积累与悟性而获得。有福而读书，读书即有福，吴次山完全是在一种自由而放松的心境下享受着读书与求知的乐趣。当时他虽然已经64岁了，却是体健神清，乐观豁达。在那个乌云密布、天下怨苦的时代，祖父爽朗的性格与洒脱的举止，无疑给吴引孙稚嫩的心灵注入了精神活力。

外面的世界很乱，外面的世界很糟。今天还是鲜活的生命，明天也许就惨遭不测；今天兴许还能喝上一碗热腾腾的稀粥，明天也许就揭不开锅盖。但祖父才不管这些，他总是保持着乐呵呵、笑嘻嘻的神情。而且他的精力极其旺盛，自从承担了给孙子授课的任务之后，从早到晚，他一刻不停地给吴引孙授课，脸上却毫无教师爷的严肃。他是嗜书如命的人，因此，即使四处逃难，他依然随身带了许多书。他诱导吴引孙背《易经》《诗经》《周礼》《仪礼》《礼记》《春秋》《论语》《孝经》，给吴引孙讲《立教》《明伦》《敬身》《稽古》《嘉言》《善行》。这类枯燥文章，都是将来天下太平后科举考试时必考的内容，爷爷的要求十分严格，丝毫不肯将就。但在讲习古诗文时，他又特别提倡不拘陈规、尽意发挥，从而让12岁的吴引孙领略到了中国语言文字的无穷魅力与诸多趣味。以有趣的历史故事侃侃而谈书中核心内容，引得孙子起早摸黑去读原文。如果现时代的中小学生都能幸逢这样的好老师，还会有厌学者吗？

快乐读书，志趣读书；松紧得度，宽严相济。爷爷这位无师自通的教师令吴引孙领悟到了许多在私塾先生那里学不到的要义与真谛。

有关读书求学的重要性，爷爷从来不会直截了当地引经据典予以训导。坐在吴引孙面前，他会眯起眼睛，有滋有味地吟道："富贵必从勤苦得，男儿须读五本书。"然后望着吴引孙问道："这是谁的诗？"吴引孙则含笑告诉爷爷："哈哈！这还用问吗？杜甫的《柏学士茅屋》！"接着爷爷会对他说："你也来两句考考爷爷？"吴引孙便会摇头晃脑地吟道："三更灯火五更鸡，正是男儿读书时。"然后学着爷爷的样子瞪大眼睛问道："这是谁的诗？"这时候，爷爷会装模作样地想一想，问道："是颜真卿的《劝学》？"吴引孙会得意地回道："这么简单的问题还用想？"爷爷于是继续诱导他："'安房不用架高梁，书中自有黄金屋。'谁的诗？"吴引孙即刻便答："宋真宗的《劝学诗》！"接着回问："'旧书不厌百回读，熟读深思子自知。'谁的？"爷爷笑答："苏轼《送安惇秀才失解西归》。"紧接着便唱了起来："'青霄有路终须到，金榜无名誓不归。''十年窗下无人问，一举成名天下知。'这是谁的？"吴引孙更乐了："爷爷，原来你唱戏唱得这么好听啊！这段王实甫的《西厢记·长亭送别》和九山书会才人的《张协状元》太精彩了！"这时候爷爷会无比开心地把吴引孙搂进怀里，抚摸着他的脑袋说："嗯！孺子可教也！"

三、一切都会好起来吗？为什么一切越来越糟？死亡比活着更令我感觉真实。我走了，孩子交给你了。

如此快乐的日子，对吴引孙来说实在太短暂了。

吴引孙的父亲，本来就忧郁寡欢。数年含辛茹苦地挣苦钱、苦挣钱的日子里，身体瘦弱得连走路都喘气了。周太夫人常对他说："你不要太悲观，相信一切都会好起来的。夫君，你要挺住，你不能倒，全家人都靠你养活呢。"一天凌晨，日日失眠的吴元植坐在阴冷的门前河边，对周太夫人说："你总是说一切都会好起来的。一切都会好起来吗？为什么一切越来越糟？死亡比活着更让我感觉贴近。"周太夫人，这位自幼被父母娇惯着的美丽且聪慧的江都富家女孩，如今已经被生活折磨得不堪思睹。都说时事和命运会改变一个人，周太夫人的性格是愈艰苦愈坚强。当然，她不能没有相依相助的丈夫，她时刻担心丈夫会经受不住生活的苦难而遭遇不测。真可谓怕来什么，什么就来了。同治二年（1863）七月二十七日亥时，吴引孙年仅42岁的父亲忧郁成疾而亡。

父亲去世的前一天，吴引孙和哥哥被汤姨丈接到界首去看灯会，惊悉噩耗后急奔而回，却没有见到父亲的最后一面。

吴元植下葬于胡家营任氏田侧。原打算日后返扬迁葬，朱姓风水先生却说："是地水向西流，必占秀发。""秀发"者，本谓植物生长茂盛，喻其后辈必有前程。所以即使日后吴引孙兄弟显贵之后，父亲仍未迁葬。三十余年后，吴引孙由浙江回胡家营扫墓时，以千金重价买下了任氏这块田地。

这块田地还在么？吴元植的墓地还在么？事实上，绝大多数的普通人，去世60年后，便会烟消云散的。这是人类正常的生命规律。所以，某些村镇出了一个状元郎，便会建巨大的状元碑门，还一定会立石撰文，这位状元郎身外的生命永恒了吗？

这一年，65岁的祖父因为儿子的突然去世而悲伤不已，原本开朗的性格一下子变得忧郁寡欢。为了不使自己的情绪影响到孙辈，他独自去了角斜场给一位汪姓盐业商人的孩子当家教，以谋得一口饭吃。

一家人从此四处分居，日子更难熬了。幸好有亲戚偶尔接济，才免遭冻馁之苦。

亲戚资助总不是长久之计。家中的顶梁柱倒了，母亲周太夫人既要持家教子，又要给人家帮工挣钱。这位出身于书香之家的闺中之秀，从此以坚韧的毅力肩负起养活和教育三个孩子的重担。

同治二年的冬天，周太夫人带着吴引孙的弟弟借住在三年前迁居到界首的汤姨丈家。从前人是重亲情大义的。寄居，周太夫人给不了生活费，两个孩子那么能吃，汤姨丈家自己人都食难果腹，但从来没有让吴引孙兄弟少吃过一口，对于孩子刻骨铭心的爱他人、爱世界的教育，危难时候的经历尤为宝贵。一年后，周太夫人又携吴筠孙回到宝应胡家营，租了毛姓几间小屋住了下来。这一年吴筠孙4岁，天资聪慧，已能认识数百字。

同治四年初，吴引孙由界首回到胡家营，跟着任宅所请的一位贡生张筱衫读书。张师于授课之余时时勉励吴引孙努力上进，切不可染上乡野富家子弟的纨绔之习。到了四月份，吴引孙作文已能成篇。张师多次对他加以夸奖和勉励，并在秋冬两季执意不接受薪金。吴引孙在自序年谱中感恩道：张师"悯孤恤贫，施之虽薄，不能忘也"。

这年的夏天，周太夫人带着三个儿子回扬州扫墓。

自咸丰三年离扬避难至今，周太夫人漂泊他乡已经十三年了。十三年后重返扬州城，亲戚们个个都劝她把孩子们领回城里来读书。这样不但能够广见博闻，还可以延请更有学问的老师。

然而，在太平军与清军的战火中，吴家旧宅已经焚毁，吴次山的"有福读书堂"当然也不复存在。事实上，由于帝国主义列强的掠夺搜刮，清政府国库空虚，物价猛涨。吴家孤儿寡母如果回到扬州，吃住都难维持，哪里还请得起老师教子。而在乡下，日子过得再苦总还能够将就下去。而且吴引孙的老师张筱衫依然不肯收费，学业总还不至于荒废。在扬州的亲戚家待了一个多月，周太夫人母子四人又回到了胡家营。同治五年春，张师因事歇教，吴引孙又跟着王植之家延请的兴化季姓老师学作八股文。八股文是清朝科举考试中必考科目，每篇由破题、承题、起讲、入手、起股、中股、后股、束股八部分组成。"破题"用两句说破题目要义。"承题"是承接破题的意义而阐明之。"起讲"为议论的开始。"入手"为起讲后涉题笔墨。下自"起股"至"束股"才是正式议论，以"中股"为全篇中心。在这四段中，都有两股排比对偶的文字，合共八股，故称"八股文"。八股文的题目主要摘自四书，所谈内容也要根据宋朱熹的《四书章句集注》等书，不许作者自由发挥。

季师治学严谨，吴引孙的八股文进步很快。

为了节俭，一家人挤到了吴引孙父亲墓前的陈姓茅草房中。大概由于环境的过分恶劣，这年的七月，吴引孙全身害疮，"手足遍体无完肤，坐卧饮食，动辄需人"。学业只得中断。到了八月，清水潭堤溃，胡家营一带遭淹，斗米千钱，吴氏一家常常穷得揭不开锅。

即便如此，周太夫人仍然没有放弃督促儿子们读书习文。自父亲去世后，吴引孙的兄长一直就学于宝应王通河周姑丈家，这一年也因病回到父亲墓前的茅屋内团聚。一方面，周太夫人要迈着小脚行走在被淹过的田野里拣拾野菜回家给孩子们果腹；另一方面，周太夫人还要担负起督导三个儿子读书的责任。当然，为了生活，周太夫人还得起早摸黑帮人家洗衣服，纳鞋底，纺棉纱，搓麻绳。她那双原来白嫩纤细的手如今变得粗糙僵硬，布满裂痕。有一天，周太夫人帮人家打完工赚得两捧麦粉回家，刚刚迈入家门，便因又饿又累又困而晕倒在地上。三个儿子一起上前把母亲搀扶起来，安顿她躺下后，儿子们经过商量，摊了几张麦粉饼送到母亲床前。周太夫人不禁对儿子们急道："这可是全家人明后天的口粮啊，你们怎么可以擅作主张！"周太夫人强撑着瘦弱的身子走下床，将麦粉饼分成三份，对三个儿子说："我饿了忍一忍就挨过去了，你们饿了怎么读得进书？你们读不好书，将来没有前途，我怎么对得起你们的父亲？你们又怎么对得起自己的父亲？你们把饼子吃了，夜里给我多读几个时辰的书，就算是对我最大的孝敬！"三个儿子听了母亲的话，都止不住流下了热泪。这一夜，在捻得不能再小的昏暗油灯下，三个儿子看书习文一直坚持到天亮。周太夫人辛勤教子的这份良苦用心，怎能不令天下的学子感念母亲的功德！

同治六年的正月，17岁的吴引孙在村间路旁十分偶然地拾到了一只青花瓷饭碗，瓷碗内还印了一个"上"字。吴引孙细细端详，瓷碗质地很好，毫无损迹，心中感到十分奇异，便站在路中间等候了很长时间，居然一直无人前来找寻，于是只得带回家去。吴引孙觉得捡到这只刻有"上"字的青花瓷碗也许是个吉兆，便把它珍藏在家中。

结果，没有过几天，洪清卿姑丈与姑母一道前来劝周太夫人携子回城。

吴引孙从此确信这只瓷碗乃吉祥之物，以后每年腊月二十三日祀灶，都是用这只青花瓷碗盛灶饭供神，三十多年一直如此。有趣的是，无论后来吴引孙走到哪里，这只碗一直也没有丢失。吴引孙认为这简直是一件奇事。

四、世上最幸福的事，莫过于能吃饱饭读书，并且是在扬州故里，而且前程举目可见。

同治六年（1867）是丁卯年，这一年的二月，吴引孙全家终于迁回了久别的扬州。

初到扬州时，一家人暂居于金甸卿姨丈家中。虽说家贫如洗，无依无靠，但周太夫人毕竟是不愿给亲戚增添麻烦的人，为了减轻全家负担，周太夫人留下吴引孙附从北柳巷魏宅读书，自己搬到了距城十五里的施家桥张姑丈、姑母家居住。从这一年开始，吴引孙的命运有了重大转机。他凭借自己十多年来勤奋苦读的扎实功底，考取了扬州闻名海内的梅花书院。

书院是中国古代的一种学校类型，创始于唐代，明代全国有二百多所，逐渐成为科举的预习场所，清代则发展到数千所，多以应举作为目的。梅花书院在扬州左卫街（今广陵路）上，是由扬州盐商马曰琯兄弟出资筹建的，原先叫崇雅书院，后更名梅花书院。乾隆四十二年（1777），大约由于资金的原因，马氏后人呈请将书院归公，从此书院由盐官承办。"桐城派"作家、乾隆间进士姚鼐曾任梅花书院院长多年，《扬州画舫录·新城北录》载姚鼐在梅花书院主持时"风规雅峻，奖诱后学，赖以成名者甚多"。扬州学派中的刘文淇、凌曙都曾就读于梅花书院，嘉庆十四年（1809），据说梅花书院的学子洪莹在殿试中高中状元，后扬州特地建了文昌楼，设了孝廉堂，专供举人讲课。

吴引孙的哥哥庆孙再次患病，不得不中止学业。当时他还留在宝应，于是，便在宝应南乡任宅内教书糊口。他的弟弟筠孙从叔外祖读书。

同治七年（1868）初，吴引孙又碰上了一件奇事。他寄居的金姨丈家宅内设乩坛，由所谓仙家替人求神降示，释疑治病。吴引孙因事诣坛，仙家看出他相貌不凡，便赐名"觉孝"给他，又让他在坛执事四十天。其间，仙家告知吴引孙春闱必中。这似乎是一件很神秘而且迷信的事情，但吴引孙在日记中记述了这件事。那么，这是不是给了他本人强大的心理暗示呢？当然，在数年战乱和天灾时期，周太夫人没有一天放弃过逼子听课读书，这应该才是吴引孙获得深厚的超越别的学子的学问功底的根本原因。

这年二月，吴引孙赴仪征参加县试，得中；又于四月参加都试，再中；十月赴泰应院试，得正案第一名。回扬州一年多来，周太夫人一直在施家桥乡下靠纺纱、做针线活维持生计，供子读书。吴引孙在高中秀才后感慨道："余母抚孤极苦，数年以来，备尝艰辛。今余获一衿，聊慰母心。"

这年夏天，吴引孙的爷爷由角斜回扬州来，只是匆匆地看望了一下孙辈，哈哈哈地抚摸着由他调教出的小吴秀才的头，说了三遍"孺子可教"，便又回到乡下教书糊口去了。这年吴次山七十大寿，却没有在扬州过寿。他大概是不愿在自己的大寿之日陡生思子之痛，且费办寿之钱。扬州，他"有福读书堂"几十年积累的价钱难以估量的好书没了，他几代人陆续修建起来的城内豪宅片瓦不存，这都是他不愿回想的往事。一生乐观豁达的老文人躲避到乡下，点燃了七支秸秆，在亮堂堂的旷野月色下为自己庆贺古稀之寿。他默默地为自己流泪了。

吴次山豪放不羁的性格类似苏洵之父，苏轼、苏辙的祖父。苏洵的父亲性情豁达，常在醉酒后卧于牛背上低吟高唱。四川眉州一带以出仕者多而闻名，但苏洵的父亲并不强求苏洵苦读。苏洵在不惑之年陪着儿子一同赴京赶考，因为得到欧阳修的推举而以文章名重考场，父子三人不但同时中举，还一同被列入"唐宋八大家"，史上可谓绝无仅有。

吴元植本来是周太夫人的父亲周璜公的得意弟子，正是因为周公看中了吴元植过人的才智，才把自己心爱的女儿许配给他。推而想之，如果不是遭遇乱世，一心苦读求仕的吴元植一定会功成名就。战乱中苦等十年而无望，这对吴元植而言该是何等残酷的精神煎熬。在他怀怨而死后，周太夫人忍饥受累，承受种种磨难照顾三个儿子读书，她的内心当然也希望孩子们能完成夫君的未了志向。

吴引孙初试告捷，社会身份便由"童生"变成"生员"，俗称"秀才"。做到秀才，可算是在科举曲径上跨越了一个坚实的台阶。清代秀才享受不少优惠政策，还给予相应的再考俸禄，生活一下子变得阳光灿烂。顺治在顺治九年（1652）谕示："朝廷建立学校，选取生员，免除丁粮，厚以廪糈。"此外，秀才的官役和差徭也被免除了。吴引孙就读于梅花书院，除一切费用由官府支付，成绩优异还可领到奖金。吴引孙一家十多年来备受苦熬，如今可谓苦尽甘来。这不仅是对辛苦持家的周太夫人的慰藉，同时也给吴家带来了兴盛的希望。

五、"咣咣咣咣切咚切咚呛"的欢庆锣鼓响彻古城老巷。入神了，这可不是民间闹着玩的，这是由官府来办理的喜庆大事。吴引孙为扬州争得功名了。周太夫人满脸是泪，独自躲在房间门后，许久许久地，无声地，止不住地流泪，这一生的苦与喜，岂是一时一刻的泪表达得了的。

清代科举考试中有"科试"一项，即每届乡试之前，由各省学政巡回所属举行的考试。科考合格的生员才能应本省乡试。乡试每三年一次在各省举行，凡本省生员、贡生、荫生、官生，经科试、录科、录遗与大收考试合格者，方可应考。乡试逢子、午、卯、酉年为正科，遇朝廷庆典加科称为恩科。考期在八月，故又称"秋试""秋闱"。

同治九年（1870）四月，吴引孙赴泰应科试，正场六名，复试五名，为附生首列，廪有空缺，试后即补。廪生由科试取一等前列者，遇有空缺，按名次先后递补。廪生的职责为具结保证应考的童生无身家不清及冒籍、顶替、匿丧等弊。每年廪生可领银四两，称廪膳生。

吴引孙取得这样的成绩当然可喜可贺。但他在秋季的乡试中落榜了。他的考举之途顺中亦有曲折。

这一年，周太夫人回到扬州城，并住进官府公廨之中。她显然已经享受到了吴引孙的照拂，子显母贵的特殊待遇。这是多么不容易，这实在是太不容易了。

祖父因为角斜汪氏歇业，也返回扬州，借住在邻居费氏家中一处单独的厢房。这位整天哈哈哈的年逾七旬的老人，肩上挑的那两筐书，是他晚年的珍宝。所谓书读千遍，其义自见。吴引孙的爷爷在书中获得的快乐与享受，旁人打扰不得。独处的静闲，其中幸福又有几人知？

兄长庆孙在高邮金氏家教书谋生。10岁的弟弟筠孙则由吴引孙亲自授课。

同治十年二月，吴引孙赴仪征为童生县试保结，这是他第一次行使廪生职责。然而不幸的是，同堂保结的徐姓廪生被冒籍考试的童生殴打致伤，参与保结的廪生联名呈诉状给仪征县令，结果将该童生扣考惩罚。但按照清代法律，童生一旦被发现舞弊行为，廪生也要受到处罚。结果，吴引孙被扣在仪征达半月之久，总共花去的钱超过了一年的廪薪。

所幸的是，吴引孙读书之余开设的书塾教馆大受士子欢迎。吴引孙在他的日记里说，广东廖九锡、会稽陶凤威、丹徒曹茂登、桐乡颜贵钟，以及扬州府衙施震福的儿子施庆祥、侄子施庆杰等童生都成了他的学生。估计这些外籍来扬求学者的目的是考取扬州安定、梅花书院。据《扬州览胜录》中王振世所言："安、梅两院自清初以来，校课士子不限于一郡一邑，故四方来肄业者颇多通人硕士，而其后名满天下者亦不可胜数。"学业有成的吴引孙有幸居住在文化繁荣的扬州，谋生机遇自然远非在宝应乡间可比。所以一年下来所收的课徒之资，加上自己在梅花书院学习所获褒奖，比去仪征保结的损失要多一些。

弟弟吴筠孙仍然在吴引孙的馆中就读。

这年的夏天，他们一家人搬到了扬州大观音寺巷的苏宅中居住。显然，吴引孙靠自己的所得，已经能够担当起养家糊口的责任了。

同治十一年（1872）正月二十一日，吴引孙与江都钟夫人结婚。

江都佛成洲虹桥钟氏在江都算是名流。钟夫人的祖父钟小亭是道光十七年（1837）举人，咸丰三年（1853）阵亡于瓜洲，追赠知府内阁中书。钟夫人的父亲钟桐叔在当地也有相当高的地位，而且相当富有。钟家看中吴引孙必有前途，而且钟夫人又是独生女，小吴引孙4岁，因此遣媒议婚，一心想吴引孙入赘钟家。

吴引孙于新婚之日赴佛成洲虹桥钟宅。但他在言谈神色中表现出的思念母亲、思念家人的切切深情感动了岳父。正月二十四日，钟家送给独生女丰厚的嫁奁，令女儿与吴引孙一同回扬州居住。吴引孙回忆道：二十二、二十三日，天一直在连续下雨，而且还下得不小，二十四日清早，周太夫人望着门外的大雨祈道："倘日开霁，家或旺。"早饭过后，雨果然停了，而且艳阳高照，天晴气爽。这一天许多亲朋好友前来贺喜，周太夫人乐不可支。高兴的人当然还有吴引孙的祖父。吴次山已经74岁了，身体依然十分健康，忙前忙后地接待客人。

钟夫人虽然出生于富家，面对吴家朴素寒苦的生活却是十分地安然自得。周太夫人对这位儿媳非常喜欢。

这一年，吴引孙所授弟子施庆祥回苏州原籍应童生试，得县案第一、府案第二、院试第一。该生本可前程远大，可惜寿命不长。吴引孙因此伤心很久。

清代每次乡试之前都要进行科试。同治十二年（1873）四月，吴引孙应科试。正案诗、古韵第一名，此后又得府学拔贡第一名。但秋应乡试仍然未中。

所喜的是，这年七月二十五日午时，他和钟夫人的第一个女儿萃云降生了。这一年吴引孙23岁。

吴引孙的哥哥仍然以家教谋生。这一年，他本想参加童生试，却因体弱多病不能承受太重的修习之苦而作罢。周太夫人显然十分疼爱这个多病多难的长子，多次张罗为他议婚，终因其身体太过虚弱而未成。

同治十三年二月二日起，吴引孙启程赴京应考。

据商衍鎏《清代科举考试述录》所载，朝考的试卷一律是没有横竖格的白纸。"书时用套格，每页两面共十二行，每行十八个字。论题目低二格，文顶格写。疏题目与文皆低二格平写。留上二格为颂圣拾头之用，起用'臣闻'，收用'臣谨疏'。书法要求工楷，不点句勾股。即日交卷，不许继烛。派亲王监场，御史弥封。钦派阅卷大臣评定试卷，分列一、二、三等，将前十名卷进呈，送军机处请旨。""朝考后授官，前列者用庶吉士（入翰林院学习），等第次者分别用为主事、中书、知县三项。"

六月初一日吴引孙朝考入闱，一文一诗，获取二等九名。二十二日复试于保和殿，亦一文一诗，获取一等三名。七月初录取为内阁中书，被签分在刑部浙江司供职。清代内阁有三殿（保和、文华、武英）、三阁（文渊、体仁、东阁）大学士，内阁虽为清代最高级官署，但参与重要政务的人由统治者指派，不一定是内阁成员。至军机处成立后，内阁成为传达谕旨、公布文告的机关。内阁设中书若干人，掌撰拟、记载、翻译、缮写，官阶为从七品。

吴引孙在自序年谱中写道："凡殿廷考试，寻行数墨，规矩整齐，字无错落破体，诗求稳实，便可入壳。余楷字优人，幸无诸弊，偶得前列，事先不敢奢想也。"

这一年，他才 24 岁，便谋得了七品京官。然而，细细想来，自 5 岁发蒙，十九年来，他无时无刻不在孜孜求学，励志进取，如今终获功名。身为孝子，他心中急切想见的人，当然是为了他们三个弟兄付出无数心血的母亲。

在京待了一个半月处理好相关手续后，吴引孙请假于八月十六日取陆路回扬州。沿途秋雨绵绵，道路泥泞，节节阻滞。在往泰安城的路上，车轮陷进泥淖之中无法出来，吴引孙弃车冒雨步行四十里而毫不疲倦，他生平头一次长途奔跑，余兴盎然。

回到扬州时，祖父已重病多日，大约因为食道顽疾，痰积于喉而不能食，神志忽明忽昧。

吴引孙一边照料病危中的祖父，一边赶刻试卷挣钱，以弥补北京之行的亏空。

祖父于同治十三年（1874）十月初四日寅时去世，享年 76 岁。这位一生哈哈哈的放达文士，临终前见到如此年轻已经在京城为官的嫡孙和得意学生，却因为当时医术无法诊治的喉疾，不能发出哈哈哈的开心大笑。十二月，祖父安葬于詹家营，与祖母合墓。祖母已经去世很久，墓寻得处，竟见四周古藤缠绕，颜色黄而且紫。风水先生张亮甫说这是气暖而旺，吉兆也。在吴引孙的张罗下，他的伯父、伯母也合葬在詹家营。墓有三穴，中穴是吴引孙曾祖父母，东穴是祖父母，西穴是伯父母。数十年来，祖母之棺只是浅埋于此，如今了此合葬大事，吴引孙甚感慰藉。于是，又令坟地佃户买几十株松树、楠树栽于四周。

至今已经一百五十年过去了，不知道詹家营吴氏祖坟是否还能寻觅到踪迹？一个字：难。

岳父显然对他的功名看得很重，元月便催他回京复习功课，准备迎接顺天乡试。"顺天乡试"俗称"北闱"，据吴白匋致周世恩的信中所说，北闱"只要有'监生'名义，就可以应考，而监生是可以捐五两银子买来的（俗称'捐监'）。由于交通不便，赴北闱考试的生员反而比南闱少，中试也比较容易"。吴引孙三次考南闱而未中举，其中一个主要的原因是考生太多，往往近万人才录取三四百名，为全国最难。吴引孙诗文虽佳，但考运不济也是原因之一。

六、乱了，乱得很。心机比格局大许多的妇人掌控4岁幼儿垂帘主政，却掌控不了行将垂亡的清廷时局。沉默寡言的吴引孙，机遇、意外、前程，来了。

同治十三年十二月五日（1875年1月12日），同治死。关于同治，历史上留下的故事甚多。一直以来，同治是反对慈禧垂帘听政的。同治十一年，18岁的同治违背慈禧意愿，自主选定蒙古状元崇绮之女阿鲁特氏为后，九月举行大婚。第二年正月，同治正式亲政后，虽一度废止了垂帘听政，但摆脱不了慈禧对他婚姻的粗暴干涉。在苦闷而愤懑的心情下，同治常带太监到北京南城一带逛妓院，结果染上了梅毒，后来又染上了天花病毒。终于在20岁时六脉断绝，瞑目而逝。

因为同治无后，按照清朝祖制，应当从同治的子侄辈挑选继任者，但这样一来慈禧继续垂帘听政的理由就不充分了。于是决定从同治同辈兄弟中找一个人继位，并过继给咸丰为子，这样一来，慈禧就可以用太后的名义名正言顺地听政了。醇亲王4岁的儿子载湉就这样糊里糊涂继位了。慈禧为什么要选择载湉？载湉的父亲醇亲王奕譞是咸丰的亲弟弟，载湉的母亲是慈禧的亲妹妹，这种特殊的亲戚关系更利于慈禧掌控大权。由钦天监推算黄道吉日和吉利时辰的结果，登基的吉日吉时在半夜，就这样，4岁的孩子在梦中被抱上了统治者的宝座。这就是光绪。此后，清王朝继续由慈禧掌权。

就在光绪登基的这一年元月，吴引孙的岳父送给他十缗（一千文为一缗）钱以贴家用，催他由海路入京。吴引孙与钟夫人的长子粹贤于这年的十月初二日酉时出生在虹桥钟家。

刑部值月的职员一两个月才轮到一次，吴引孙有大量空闲时间用来读书和教书。春夏之际，则有十分热闹的友人文会，京城的生活过得并不寂寞。

光绪二年九月初，岳母李恭人送钟夫人来到京城。这一年他们的长女萃云4岁，继续留在钟家。长子粹贤虚两岁，已经断奶，随同来京。岳母在京城住了一个月就回去了。吴引孙夫妇俩第一次过起了小家庭的生活。由于收入有限，小两口日子过得很节俭。吴引孙北闱仍然未中。

翌年的六月，5岁的萃云定亲给江都李家。这在那个时代是十分正常的事情。

光绪四年（1878）三月，吴引孙升为额外主事。清朝凡考入各部办事，均须先补主事之官职，然后递升员外郎、郎中。

这年的夏天，各署保送军机章京，刑部吴引孙考取第一名。

七月初军机处复考，吴引孙名列第三。

军机处是清雍正七年（1729）正式命名的。军机处直接隶属统治者，是在内阁之上总揽朝廷机务的政枢部门。军机处有官无吏，且无定员。由统治者特召亲王、大学士、尚书、侍郎或总督等重臣入充军机大臣。军机大臣可随时晋见统治者，承办军国要务，以面奉谕旨名义对各部门、各地方发布指令。军机大臣之下设军机章京数员，或称军机章京上行走，俗称小军机。小军机一般从内阁、各部院的官员中选调，掌管缮写谕旨、记载档案、查核奏议，偶尔也撰拟谕旨。

吴引孙八月引见，记名以军机章京用。"引见"一词在清朝也是有讲究的。统治者接见臣下、少数民族首领以及外国使节，须由有关官员引导入见，这就叫引见。清时京官在五品以下授官时均须朝见统治者，文官由吏部引见，武官由兵部引见。当年光绪才8岁，离掌管朝政的日子还远得很，吴引孙这次所朝见的应该是慈禧太后。

吴引孙之所以如此琐碎地记录下这些朝廷规矩，是因为这都是他人生中的亲身经历。

十月，次女萃蓝与同乡京官胡信芳之子道枢订婚。是年男女均两岁。

我们大致明白古代总是习惯指腹为婚。两岁定亲，看中的当然是门当户对。这样未来的婚姻大多稳定久长。

十一月，年届18岁的弟弟吴筠孙遵周太夫人之命来京，吴引孙为了亲自给他授课而婉辞了好友之子的家教。

光绪五年（1879）八月，吴引孙补考北闱，九月十三日榜发，中第七十七名举人。

这年的十月，周太夫人为吴引孙长子粹贤作主，聘周颖孝次女为媳。周颖孝极有才华，善诗词，以廪生终老，与吴引孙感情深厚，表兄弟之间做亲，更是亲上加亲。

光绪六年，吴引孙已届而立之年。他再也放心不下在扬州的母亲了。在吴引孙的再三劝说后，周太夫人带着体弱的庆孙来到京城。

周太夫人在扬州时已为吴筠孙聘定了金甸卿的次女、周太夫人的姨侄女。金夫人小吴筠孙4岁，据吴白匋致周世恩信所载，由于她的父母去世都早，故一直与周太夫人为伴。光绪七年十月二十四日，吴筠孙与金夫人成婚。

九月二十九日，周太夫人六十大寿。此时一家人已团聚京城，儿孙满堂一起祝贺，加上京城同乡前来祝寿，大家饮酒叙旧，其乐融融。

十月二十五日戌时，吴引孙岳父病逝。

从这一年的年底开始，吴家一个凄婉伤感的爱情故事发生了。

光绪八年岁末，吴庆孙被吴引孙的亲家胡信芳请去为子授课，吴庆孙与胡宅婢女贾氏迅速产生了感情，并纳为侧室。所谓"侧室"，就是妾的意思，亦称偏房。吴庆孙为什么要纳贾氏为侧室？其中可能有两层意思。吴白匋在给周世恩的第二封信中说：周太夫人"将周氏家规'不中秀才进学不许结婚'一条施于吴氏"。吴庆孙因从小体弱多病，虽立志进取，但终因力不从心未能考中秀才，按照这条家规，年届33岁的吴庆孙仍在不许娶妻之列。再者，贾氏出身婢女，是封建社会专供主人役使的奴仆，她虽然是燕京本土人，但其身份是不宜娶为正室的。事实上，在他们认识之初，吴庆孙已经重病缠身，这年的冬夜他突然病情加重，吴引孙曾冒禁规深夜出城奔赴胡宅看望。贾氏明知吴庆孙的病情而甘愿委身于他，吴庆孙明知贾氏与吴家地位悬殊而决心接纳，其中唯一的理由就是他们相互之间已经有了至真的爱恋之情。

光绪十年四月初八日申时，35 岁的吴庆孙终于有了自己的儿子继贤。吴庆孙是吴氏全家担忧与同情的人物，从 18 岁起，他为了减轻家庭的沉重负担，一直抱病在宝应、高邮乡下，后来则在扬州城中以家教养活自己。他难道不想像两个弟弟那样苦学赶考吗？他曾经年复一年地这样奋发过，努力过，争取过，但他终究抗不过羸弱的身体，他只能一个人悄悄地独自伤心、独自落泪，眼睁睁地看着两个弟弟学业有成、家室美满。

如今好了，不管是正室还是侧室，他终于有了自己的后代了。《汉书·西南夷两粤朝鲜传》中有"朕，高帝侧室之子"的铮铮之辞。汉文帝刘恒的母亲薄姬就是侧室，她的儿子照样当上了皇帝！这个春天的吴庆孙赢得了他人生中最成功的岁月、最幸福的岁月、最快乐的岁月。从周太夫人到两个弟弟、弟媳，全家人都在为他高兴，为他庆贺。

然而，还不到七个月，这一年的十一月初一日，吴庆孙的儿子继贤患天花而殇。全家人为之悲痛不已。

性格内向而性情忧郁的吴庆孙的伤心悲痛更是可想而知。他身体的免疫力与抵抗力本来就很差，在丧子的沉重打击下，他的肺部出现了严重的问题。久咳不愈，服药无效，于光绪十一年二月初四日巳时辞世，年仅 36 岁。

从小到大，周太夫人一直对这个长子怜爱有加，呵护备至，如今先她而去，顿时悲伤欲绝。为了安抚母亲，在征得母亲的同意下，吴引孙将自己的长子粹贤过继给哥哥，为他穿重孝治丧。

光绪十三年十二月，吴庆孙的侧室贾氏悲哀成疾，执意要随吴庆孙而去。吴家虽多方求医问药、尽心医治，终难医治她的心病。贾氏于这月的十四日辰时去世。

吴引孙深深感动于贾氏的忠贞之情，呈请给予"旌表节烈"。"旌表"者，即旧时代对忠孝节义之人用立牌坊赐匾额等方式加以表扬。贾氏因此获准入仪征节孝祠。

不知道仪征的史志中是否还保存了完整的节孝名单，不知道贾氏之名是否会被仪征地方永久记住。

光绪二十七年，吴庆孙与贾氏同得二品封典。吴引孙在记录此事时称为"兄嫂"，可见，他们已被追认为正式夫妻。

光绪九年九月，吴引孙补军机处湖广司主事。主事是司官中最低一级的职务，但此后不久，由于他办事认真勤快，很快被提升为贵州司员外郎。员外郎是辅助侍郎，兼管本司簿籍的副职，根据不久后家人获封的级别推断，此时的吴引孙已经到了四品。

十二月，中法战争爆发，身处军机处的吴引孙一下子变得公务异常繁忙。

事实上，为了达到从中国云南境内向我国西南侵略扩张的目的，从同治十二年（1873）起，法国便派兵攻占越南河内，并于次年强迫越南阮朝订立《法越和平同盟条约》。光绪八年（1882）春，法国再次派兵攻占河内。清政府应阮朝政府请求，命云南边防派兵出境援助。光绪九年七月，法军攻占越南中部地区，迫使越南订立《法越新订和约》，获得对越南的"保护权"。十一月中旬，法军六千人进攻山西清军阵地，中法战争开始。到光绪十年三月止，清军接连失败，法军完全控制了红河三角洲地带。光绪十年四月，清廷派李鸿章在天津签订《中法简明条约》，承认法国对越南的保护权，同意在中越边境开埠通商。中法战争有两位关键的功臣，一位是新任两广总督张之洞，一位是老将冯子材。冯子材行伍出身，曾任广西、贵州提督。光绪八年"称疾"退职。张之洞重新起用冯子材为关外军务帮办，冯子材率兵奋勇击溃了法国三路军队，致使河内法军惊惶万分准备逃窜。李鸿章等却主张"乘胜即收"，于光绪十一年五月在天津与法国驻华公使巴德诺签下丧权辱国的《中法会订越南条约》，从此中国西南边省门户被打开，成为法国对华扩张的主要地域。

这段日子军机处书呈络绎，昼夜忙碌，吴引孙亦得以与左宗棠、张之洞、孙毓汶等朝廷重臣交往，并获得不少嘉许。正因为屡受朝廷封赏，吴引孙的父母、祖父母被同封至四品，当年尚在的长兄吴庆孙被封为五品，岳父也被援例赐封一次。

中举后，吴引孙又于光绪六年、九年会试两次，均未中，但此后官运亨通。光绪十二年四月应考御史，取第九名，引见以御史用。光绪十三年蒙刑部堂官保送，京察一等。什么叫京察？这是清朝对在京官员定期考察的制度，每三年由吏部考功清吏司举行。吴引孙荣获一等，这为他的道台之路开辟了通道。

吴引孙从小在乡村生活了十五年，因而能吃常人吃不了的苦，能干常人干不了的事。他眼勤、手勤、嘴勤、腿勤、脑勤，在朝廷最高权力机构军机处，每当国家发生了重大事情，大臣及要员们随处都可能见到一位青年人忙碌而敏捷的身影。这个人就是吴引孙。吴引孙干得多，说得少；或者只干事，不说话，所以大家对他的印象都很好、评价都很高。这也为他的道台之路创造了先决条件。光绪十四年三月初十日，吴引孙蒙召见一次。召见的人虽然是光绪，但实际上还是慈禧太后。光绪于光绪十三年二月亲政，而慈禧继续以"训政"的旗号统治着清王朝。这次召见其实是决定吴引孙能否赴任道台的一次考试。吴白匋在《无讳堂琐记》中写道："伯祖吴引孙为领班军机大臣礼亲王世铎所赏识，十年后升至四品汉领班章京，记名道府。光绪戊子，适逢宁绍台海关道出缺，世铎即以授之。"

光绪十四年九月初九日，吴引孙奉旨补授浙江宁绍台道道台。道台即省以下，府、州以上地区的行政长官。宁绍台，指宁波、绍兴、台州。宁绍台道道台即为管辖这三地的最高长官。光绪十四年九月初十日，吴引孙又蒙光绪召见一次，并问何时出京，吴引孙禀告还想请假一月回籍修墓。

这期间真可谓喜事连连。就在光绪召见吴引孙的第三天，北闱乡试榜发，吴筠孙中举。

作为外任的高级行政长官，吴引孙现在的身份与先前大不一样了。自消息传出之后，北京的同乡、同道、同僚、同窗争相邀约钱行。一个多月下来，才赴约过半。

十月十六日收拾出京，由通州乘船抵达天津。吴引孙首先拜会了北洋通商大臣李鸿章。

清廷于同治九年（1870）改三口通商大臣为北洋商务大臣，简称北洋大臣。例由直隶总督充任。北洋大臣虽设于总理衙门之内，但与之无隶属关系，只是所办事项例由总理衙门承转。其职掌为管理直隶（今河北）、奉天（今辽宁）、山东三省通商、交涉事务，监督海防和办理其他洋务。由于李鸿章担任直隶总督兼任北洋大臣达二十八年之久，并专办清政府外交、兴办北洋海陆军，还在北方和长江流域筹办轮船、电报、煤铁、纺织等企业，致使北洋大臣地位不断提高、职权不断扩大，势力在南洋大臣之上。作为行将就职的宁绍台道道台，途经天津，当然得拜谒这位朝廷重臣。

由天津乘轮船南下，不一日到达上海，一家人住在万安楼。恰好宁绍台道前任道台薛福成前往杭州顺便到上海来会晤，吴引孙对即将管辖地区的政事有了大略的了解。母亲周太夫人和弟弟筠孙都头一次到上海，吴引孙自然要陪着一家老小玩上数日。接着，吴引孙前往苏州府拜谒巡抚崧骏中丞，后又携友畅游留园，夜餐湖船。第二天中午由崧中丞设宴款待后方回上海。

从上海乘轮船到镇江，由镇江换船到扬州，岳母已等在码头。吴引孙第二天做的头一件大事，便是去詹家营拜祭祖坟。十四年前植下的松树、楠树如今已长得高大茂盛、郁郁葱葱。接着他又携夫人拜祭了岳父之墓。

回扬州后，一家人借住在东关街合肥人张氏空宅内，亲戚们十四年没有见面了，不免齐来道贺，热闹异常。

光绪十四年（1888）十一月十六日，吴引孙坐船前往宝应，二十日到父亲墓前拜祭，并以千金送任家，以答谢多年借地葬父之情。任家当时的经济状况已经很差，有卖田之意。吴引孙遂以高价购下，并答应等明年如数兑价。

长兄庆孙及贾氏之柩也随船运到扬州。在这之前，吴引孙曾托表兄周颖孝代购墓地，因地向欠利，只得改为送到天宁门外重宁寺寄柩的地方暂厝待葬，并各用砖椁藏之。

在那个年代，就业同样是各层人士关注的大事。吴引孙在京时，就有友人向他推荐了一大批随从人员，情面难却，收下九人。到了扬州，都是亲朋好友相求，迫于情面，又收下十多人。此外，族亲至交中又聘下多人。道台还未上任，已是仆从成群。

光绪十五年（1889）正月初四日，吴引孙前往金陵谒拜南洋大臣曾国荃。

南洋大臣设于咸丰十年底（1861年初），先由江苏巡抚兼任，同治四年（1865）又由两江总督兼任。其职掌除办理东南沿海及长江沿岸各口岸的通商、交涉事务，还监督海防，训练南洋海陆军和举办工矿交通等洋务。曾国荃是曾国藩的弟弟，曾国荃所率湘军于同治三年六月十六日（1864年7月19日）攻陷天京（今南京），击败太平天国。光绪十年（1884）春，曾国荃署礼部尚书，调署两江总督兼南洋大臣。吴引孙拜谒后的第三年，66岁的曾国荃死于任上。

正月十一日，吴引孙举家赴杭，中途再歇上海，于二月初三日寅时接印上任。

七、不得了，了不得，扬州有位在南方的省部级高干在运河边上盖了上百间私人住宅，还有一座洋楼，从前大盐商家未曾见过。吴引孙真的是有了归隐之意而在故乡建豪宅吗？

道台在各部门的人事任用上是有自主权的，除了刑事、钱谷等专业职务审慎选定相关人才，其余幕中各席，吴引孙交给十多位友人分担去了。

在宁绍台道道台的职务上，吴引孙依然以勤勉著称。每年五月鱼汛旺期，他都亲自乘兵轮往定海、海门、石浦、南田、岱山等地巡查。当然，中途也会去普陀山、会稽山、兰亭、大禹陵庙、越王宫台、南宋六陵等名胜之处赏游一番。鱼汛巡查直到光绪二十二年（1896）有了专职的水师统领巡查后才不再继续。

九月浙东多雨，晚稻被淹，吴引孙捐廉洋银三千元分助宁绍台三府施赈。

十一月，吴引孙因捐廉银还北洋洋款等业绩，奏请奖二品顶戴、三品衔花翎，先后经部核准。"顶戴"是清代用以区别官员等级的帽饰。通常可赏给无官的人某品顶戴，亦可对次一等的官员加较高级的顶戴。例如总督为从一品官，赏加头品顶戴，即等于按正一品待遇。"花翎"是清代官员的冠饰，用孔雀翎饰于冠后，以翎眼多者为贵。开始时唯有功勋及蒙特恩者方得赏戴；咸丰后，凡五品以上，虽无勋赏亦得由捐纳而戴一眼花翎，大臣有特恩的始赏戴双眼花翎；宗室如亲王、贝勒等始得戴三眼花翎。作为道台，享有从二品的待遇和三品等级的当属少有，而且他走马上任还不到一年时间。可见在清朝，政绩自然重要，但捐银更为捷径。

吴引孙上任伊始，整顿民风，善举善为，推诚相与，直道待人，在当地很快树立了威信，凡名流绅士、富商大贾，吴道台召见，百无一却。

吴道台最得人心之举是着力重振"崇实书院"，他动员洋药商捐助书院洋银一千六百元，为当时当地的学子提供了前所未有的优越条件。

光绪十六年四月，吴引孙的才干得到了崧中丞的赏识，因而派他兼办宁镇海防营务，总理镇海南北岸炮台事务。吴引孙的职权范围更大了，日常事务也更多了。

光绪十六年十月，因上年捐助宁绍台三府水灾赈款，吴引孙又呈请三代从一品封典，由部给照奏准。吴引孙在两年不到的时间内完成了光宗耀祖的大事。

这年十二月，吴筠孙考取总理各国事务衙门章京，奉旨记名。光绪十八年（1892），周太夫人七十大寿。身处异地的吴筠孙先期在京城致贺并演戏请客以祝。吴引孙在吉日邀官、商、文众客设宴喜庆，并在署中演戏四日。周太夫人得到这样两个有出息的儿子百般孝敬，实乃晚年大福。

这一年吴引孙喜得梅川坞吴氏十代排行系，即"崇、岩、文、正、国、万、世、应、朝、元"，接以"德、厚、能、常、在、庭、真、定、有、光"十字。于是议定出迁扬一支继以"孙、贤、征、泽、永、嗣、衍、受、恩、长"。

光绪二十年四月，吴筠孙北闱中三百五名进士，殿试二甲一名传胪，改翰林院庶吉士。传胪，本为科举时代皇帝宣布新进士名次的典礼名。传达语言曰传，将上级意思转述给下级为胪。后来专指传告皇帝的诏旨为传胪。传胪之制始于宋太宗雍熙二年（985）。科举殿试先由文武百官和新科进士聚集于殿下，皇帝亲临并宣唱名次，由阁门使转承以传于阶下，再由卫士六七人齐声唱其名而呼之，第一甲第一、第二、第三名，依次导引出班，受皇帝接见，又唱二甲前三名、三甲前三名，但不被导引出班受皇帝接见。清代则由鸿胪寺官员在太和殿宣唱名次。后世通称状元、榜眼、探花以下的第四名为传胪，即进士。吴引孙一生欲中进士的夙愿，弟弟终于帮他完成了。吴筠孙成为那个朝代吴家的骄傲。

这一年是甲午年，中日甲午战争开始。十月，侵华日军第一军攻陷九连城，占领安东（今丹东）直入辽东腹地；第二军渡海由花园口登陆，直犯金州，南攻辽东半岛，后连克大连、旅顺。次年一月，日本组成山东作战军，海陆两路夹击威海卫，二月占据刘公岛，北洋舰队全军覆没。三月，日军分兵三路，六天内连陷牛庄、营口、田庄台，吓得清政府于光绪二十一年（1895）三月在中日《马关条约》上签字，其内容包括中国割让台湾全岛及所有附属各岛屿、澎湖列岛和辽东半岛给日本等不平等条约。

在这样一个任凭侵略者宰割的衰弱国度为臣为政，吴引孙所能做的只能是尽力而为。

当时浙东的形势是，镇海口为第一门户，两岸炮台林立，虎蹲蛟门对峙，口门狭窄，各国兵舰吃水较深，须等潮水涨足方可驶入，但一旦有警，巨炮齐发，可谓有备无患。唯宁波地形复杂，像穿山、大嵩、蟹浦等处，敌兵均可登岸。吴引孙一边夜以继日布置海防，一边急报新任廖中丞调兵遣将，补充军力。直至中日《马关条约》签订后，防务才稍有松动。但自此以后，清政府对地方的税收大幅增长，财政入不敷出，吴引孙感到"无米之炊，实难运筹"。

光绪二十一年四月，吴筠孙散馆考试得一等一名，引见授职编修。

光绪二十二年六月，《吴氏宗谱》刊成。十一月中旬，吴引孙派粹贤回扬安葬吴庆孙、贾氏夫妇于詹家营祖坟附近新购的赵家山。

这期间，吴引孙曾奉廖中丞命代署杭州按察使四月余。

自从就任道台之后，每年岁末，吴引孙请人在扬州天宁寺散粥济贫，除夕散贫民钱，每人五十文。

在宁绍台道任职十多年来，吴引孙处理了大量民事案件以及乡民群众滋扰事件，基本都能妥善处理。这在当时外患内忧、世事混乱的年代，实属万分不易。为了平抑米价，吴引孙曾于光绪二十四年春，采取官绅合力筹措的方法，派人从汉口、香港提早购米储之，以备干旱时卖给乡民。凡此种种心系民众、服务民众的举措，使他的施政大抵赢得民心。但由于国弱民贫，聚众拥入道署之事难免。光绪二十四年，周太夫人早于麦收之前，领着孩子们躲避上海。吴筠孙因承修会典出力，得知府后加三品衔，并于四月出京赴沪看母。周太夫人虽随吴筠孙去宁波小住了数日，但仍对乡民闹事心有余悸，继续返回上海居住。吴筠孙原打算八月返京，因"变法"而滞留。

这一年是中国历史上的一个重要年份。光绪二十四年五月，光绪颁布《明定国是诏》，决定变法。任命康有为在总理各国事务衙门章京上行走，并许其专折奏事。维新派开始参与国家政务。其间，维新派通过光绪下了许多颁布新政的命令：废除八股，设立学堂，提倡兴办资本主义商业，奖励新著作、新发明，裁减绿营，采用新法操练陆军，精简京内外一些衙门和官员，允许民间办报等等。史称"戊戌变法"，又称"百日维新"。八月，慈禧幽禁光绪，废除新政，史称"戊戌政变"。康有为、梁启超逃到国外，参与变法的谭嗣同、刘光第、林旭、杨锐、杨深秀、康广仁六人被杀，史称"戊戌六君子"。

清朝政局动荡，人心不稳。对于这些，做了十几年地方官员的吴引孙比谁都看得清楚。但人在官场，身不由己，吴引孙有许多难言之苦。为此，他曾在自序年谱中吐露心声："余自（光绪二十四年）四月后屡有退志，公私棘手，欲归未得；一官七载，寸进难期。"接着他又写道："扬州北河下新购地基，甫经鸠工置料建屋，以本年方向不利，须得来年正月方可卜筑。"吴引孙在年谱的"光绪二十五年"开头记道,"扬州北河下屋正月初四日竖桩","二十七日扬州建屋上梁","弟及粹贤先期赴扬,越数日回沪"。

扬州北河下吴家大院于光绪二十五年十二月落成。

吴引孙有意归退的准备工作,还不光在修建吴家大院一项。这年的五月,吴引孙在得到升迁广东按察使电令,并赴京蒙慈禧三次召见回扬后,租船往宝应刘家堡、望直港、横沟,江都宜陵,姜堰白米镇,扬州附近金庄、卓楼、傅井等多处视看所购田产及粮仓。其实,他已经为归田后的生活做好了充分的准备。遗憾的是日后却未能隐于扬州。

自光绪二十五年七月二十二日赴广接印至光绪二十八年十二月十九日申时接京电补甘肃、新疆布政使,吴引孙在广东任职三年有余。其间,钟夫人曾两次来看望他,终因难以适应广东生活而回沪与周太夫人同住。

光绪二十九年八月十八日,吴筠孙接登州府印,周太夫人从此一直在他身边。

这一年的九月二十七日寅时,吴引孙夫妇携大媳及女儿女婿、孙子、孙女、外孙、外孙女住进扬州北河下新宅。这个新宅便是如今的吴道台宅第。

吴道台宅第共有一百多间,可谓规模宏大的官员私宅。其木料均从浙南采购,并基本按照浙派风格建造。宅内还有当时无疑是新潮时尚的小洋楼一座。洋楼内的布置,包括取暖设备在内,仿照法式风格。当然,宅第内最为耀眼之处当数仿范氏天一阁的测海楼。料想吴引孙在甬十年觅购的二十余万册藏书已随身运至。一时间,扬州人的目光几乎都投向了这个"新兴暴发户"的豪华大院。由于寻常之人无缘进入,而用人从仆也不敢细数。因此,扬州人后来便习惯于称这座大院为"九十九间半""吴道台府""吴家大院"。

吴引孙道台的为官清廉是十分著名的,那么,他哪里来这么一笔巨资建造这座豪宅呢?吴白匋在《扬州吴氏发家史》中有这样一段说明文字:"清制有不成文之陋规:外官除正俸外,有'养廉银'(实即办公费），主官可以自由调度。复有更大之收入称'调剂'，即国家赋税岁有定额，缴纳国库，额外收入，例由各级长官瓜分之，不在贪污之列……鸦片战争失败，五口通商各设海关道，关所收税银，先存票号（当时无银行），每月利息不入国库，道台分其大半，福茨公（吴引孙）在任十年，官囊积至四十万两，合乎陋规，心安理得，当时人亦无从责其贪者。"

八、你看你看，古时的世界真大，去个新疆，得五个半月才能抵达；你看你看，现在的世界真小，去个新疆，飞机一日可达。这些都不是重点，重点是吴引孙上任伊始，便有胆有谋与上司开战。此等重大事件，如今是可以写成一部电视连续剧的，更可以写成一部长篇小说，可谓惊险、刺激、悬念迭起。

光绪三十年（1904）正月，吴引孙携夫人等赴新疆途中，三次转雇车辆及轿，最多时雇三套大车二十辆，每辆价银一百五十两。途经汉口、樊城、西安、兰州、肃州、哈密、迪化，历时五个半月到达省城。

新疆的条件当然比不上内地，一席之费，竟需二三十金。吴引孙上任后概不宴客，往昔官场演戏、宴会之例一律废止，署衙之风得以纠正。

布政使简称"藩司""藩台"，是总督、巡抚的属官，专管一省的财赋和人事，与专管刑名的按察使并称两司。

吴引孙在新疆就任布政使后办理的一件大事，便是弹劾巡抚潘效苏私挪库银。潘效苏于光绪二十八年（1902）到任新疆布政使至升为巡抚期间，仗着自己是湘军左宗棠的部下，有恃无恐挪用公款达二十四万余两，据吴白匋《无讳堂琐记》载，吴引孙"查库知之，劝其退还，不应"。于是吴引孙"乃称病密修奏折，命仆曹喜单骑入关，托陕甘总督升允代奏朝廷，弹劾之"。自嘉庆、道光以来，百余年间，尚无布政使参劾巡抚的先例，吴引孙敢于直击高官腐败，正是他从政近三十年来洁身自好、奉公守法的浩然正气使然。幸运的是，密奏呈上后，军机处开会议决，外务部会办大臣那桐力主严惩。那桐为满州镶黄旗人，叶赫那拉氏，曾任总理各国事务衙门大臣。八国联军攻陷北京，慈禧西逃时那桐奉命任留京办事大臣，是慈禧的心腹。那桐主张将潘效苏革职充军，由吴引孙署理巡抚。牵涉此案，并因贪污而同判从军的还有另外三人。诏书告示天下，吴引孙清直勤廉之名大振。吴引孙署理巡抚之职后，将粮草加征、世袭兵站车等弊一一革除，并且赶练新军，改习洋操，开办高等学校，整顿巡警，设馆课吏，将罪犯入所习艺，一系列善举新政使刚刚建立不久的新省在吏治、边防等诸方面大见起色。

吴引孙卓尔不凡的气节还体现在对朝廷权要的敢顶敢抗方面。吴引孙在署理巡抚时整顿吏治的业绩有目共睹，他完全有资格获赏升迁。当时的首席军机大臣庆亲王奕劻派人向吴引孙授意，"纳银七千两，可加实授"，意即正式升为巡抚一职。奕劻是乾隆第十七子永璘孙，爱新觉罗氏。光绪十年（1884）任总理各国事务大臣，并封庆郡王，光绪二十年封庆亲王，光绪二十九年任军机大臣。奕劻为人贪鄙昏庸，结私揽权，如果吴引孙答应他的要求，不但可以即刻实授，而且还有继续升迁的可能。但吴引孙当场义正词严地回复来者：吾"生平为官，从不行贿当道。实授与否听其自然"。奕劻于是令他继续回到新疆布政使的位置上去，另派新的巡抚上任。

恰恰在此期间，吴筠孙电告吴引孙母亲患病已月余。极重孝道的吴引孙于是坚意奏请开缺，乞假赴山东省亲。光绪三十二年（1906）正月，吴筠孙已调任济南府知府。

光绪三十二年四月十三日，吴引孙交卸抚篆离开新疆。九月初十日，第二次住进扬州北河下吴家大院。子、媳、女、婿、孙男女、外孙男女济济一堂，尽享天伦之乐。

六天后赴沪滞留四日，又三日至济南省城，叩见慈母。同年十一月十一日，吴引孙第三次住进北河下吴家大院。这一次他住了近百日。

五月二十八日，吴引孙奉旨补皖藩，但按照清朝法规，如官任原籍，必须回避，于是调补闽藩，旋转为复补湘藩。藩即藩台，仍是布政使。这一回慈禧共召见过吴引孙三次，而且问话时间与内容较先前大不一样。先前召见，往往十几二十句话就命起去。这次召见，不但详问吏治民情，还垂问了周太夫人身体是否安康、睡眠及饮食如何。当谈及时事艰难之处，竟然伤心垂泪。

光绪二十七年七月，李鸿章跟德、美、英、法、俄、日、意、奥、西、比、荷十一国公使签订《辛丑条约》。条约规定：中国赔偿各国白银四亿五千万两，分三十九年还清，月息四厘，加上利息合计九亿八千多万两，以海关收入和盐税等作担保，史称"庚子赔款"。这些白银从哪里来？只有从百姓身上榨取。民族、民权、民生成为清王朝无法解决的三大矛盾。光绪三十一年十一月，中国同盟会总理孙中山在总部机关报《民报》的"发刊词"中首次提出了旧三民主义。清朝统治正如光绪、慈禧的生命一样，到了垂危时刻（光绪、慈禧先后于1908年11月去世）。

光绪三十三年八月初三日，吴引孙第四次住进扬州北河下吴家大院。这是他自同治十一年后，三十五年来第一次在扬州与家人一道欢庆中秋。这一年他已经五十有七，蓦然回首，驹光如驶，不觉屈指惊心。

这年的九月初二日，吴引孙在长沙省城接印上任。十月二十七日，弟弟吴筠孙上任直隶永定河道。

吴筠孙为政以清慎务实著称。光绪三十二年济南府考试优生，恰巧提学使出缺，巡抚经请示后让吴筠孙代理。提学使于雍正四年（1726）改提督学政，简称学政。光绪三十二年始改提学使，每省一人。按期至所属各府厅考试童生及生员，均由侍郎、京堂、翰林、科道及部属等官由进士出身者派任，三年一任。不问本人官阶大小，任内皆按钦差待遇，与督抚平行。这一年，凡吴筠孙荐举参加朝考者，皆知名士。其中廷试第一秦福淦，即吴筠孙首推者；考试军机章京的吕式斌，也是吴筠孙推举的科优生。该生录取不到两个月，便以名列前茅的成绩高中上任，一时传为美谈。

京城附近的水患，以永定河最为凶险。永定河是海河水系五大河之一，位于河北省西北部。永定河上游桑干河的源头出自山西省北部管涔山，东北流到河北省怀来县汇洋河后入官厅水库，出水库后始称永定河。永定河东南经北京市西部，到天津市入海河。长六百八十一公里，上游流经黄土高原，含沙量仅次于黄河，故有浑河、"小黄河"之称。下游淤浅，河道迁徙不定，故有"无定河"之称。清康熙时筑"永定大堤"以固河槽后定名永定河，但洪水仍经常决堤成灾。吴筠孙上任后，亲临现场勘查整个施工的过程与细节，购买的材料——过目核实，所筑堤岸务求坚固牢实。一旦发现质量问题，坚决返工，不留丝毫隐患。堤岸筑固后，夏秋季节大水猛涨，若在往年，必成大灾。这一年却是风平浪静，安然无恙，方圆数百里的百姓受益匪浅。

这是吴引孙在日记中对弟弟政绩的盛情褒扬。弟弟，按理说还真是他的亲传学生。吴引孙对弟弟的夸赞，暗含了一份内心的骄傲。

光绪三十四年，吴筠孙因功调任天津兵备道，兼督理钞关，周太夫人随行。二月初一日，吴引孙接到母亲病危的电讯，当时虽心急如焚，但因刚刚上任四个多月，一应事务头绪繁杂，难以即刻脱身。接着九日之内，每天都有吴筠孙从天津发来告知母亲病情的电报。周太夫人已85岁高龄，所以或好或坏，也许是因为年迈体衰。吴引孙一边抓紧交卸工作，一边虔诚地为慈母祈祷平安无事。

初十日亥时接到来自天津的凶电。吴氏兄弟至爱的母亲已于酉时仙逝。

知书达礼、勤苦一生的周太夫人是吴氏兄弟人生的楷模，更是他们生活的精神支柱。尤其是在咸丰年间的战乱年代，父亲英年早逝之后，周太夫人以替人家浆洗衣物、纺纱纳鞋维持生计，还要四处向亲戚借钱供他们兄弟三人读书。同治五年（1866），依然漂泊于乡村的母子四人身无御寒衣、家无隔夜粮。迫于无奈周太夫人只得领着三个儿子住到了吴元植坟前的陈姓草房中艰难度日。那一年的冬季，数九寒天，母亲给人家洗了一大堆衣物，连指甲都脱落了，一双粗糙的手上血迹斑斑。兄弟三人见状一起拥向母亲，大哥吴庆孙忙着替她包扎，吴引孙蹲下身子替她焐手，弟弟吴筠孙站着替她捶背。三位懂事的男孩抱着母亲痛哭流涕，请求母亲不要再为他们这么辛苦劳碌了，他们三兄弟甘愿为了母亲的幸福去承担一切苦难。周太夫人微笑着替三个可爱的儿子擦干了眼泪，拉着他们来到乡村草房的堂屋，为他们拨亮了油灯，又把三个人的书摊在了水缸的木盖上，对他们正色说道：你们知道怎么做才算是孝顺吗？你们的父亲为了读书求仕，宁愿过继到了仪征吴家，他一生最大的愿望，就是能入仕而耀粗。我这么吃苦受累，为的是什么？为的就是让你们去完成他的未了心愿。你们的父亲就葬在附近，他会在九泉之下看着你们的表现。你们现在把书读好了，将来有前途了、有出息了，那才是对你们父亲最大的孝顺，那也才是对你们母亲最大的孝顺。我可以为你们吃尽人间的苦头，你们也要为我挣得天下的荣耀！母亲的这些话，他们一辈子都不会忘记；母亲为他们的付出，他们一辈子也无法回报；母亲对他们的期望，他们一辈子都在追求；母亲对他们的教诲，他们一辈子都受用不尽；母亲对他们的牵挂，他们一辈子都觉得温馨。母亲在，他们一辈子都感到有劲头，有奔头，有盼头，有想头；母亲在，他们一辈子都感到有依靠，有依附，有依存，有依赖。"慈母手中线，游子身上衣。"这根线绝不仅仅是物质的，更是精神的、情感的、意念的、心灵的。只要这根线在，他们即使飞得再远，飞得再久，飞得再累，也会因为有这根伟大的精神线脉牵引而欣慰，而欣愉，而欣幸，而欣忭。多少年了，无论他们两兄弟任职的地方离母亲多远，在母亲生日的那天，他们一定会给母亲设宴，会给母亲制匾，会给母亲演戏，会给母亲祈祷。多少年了，只要母亲稍感不适，两兄弟就会心神不宁、寝食不安，千方百计让母亲过得舒适，过得舒心，过得舒坦，过得舒畅。吴引孙供职于京都时，很快把母亲接到了身边照料；吴引孙调任宁绍台时，依然把母亲接在身边。母亲难以适应甬城衙府不时的骚乱，吴引孙便花重金在上海为母亲安家养生，一住就是数年之久。吴引孙远赴广东、新疆、长沙任职，弟弟吴筠孙欣然地把母亲赡养起来。从洛阳到登州，从登州到泰安，从泰安到济南，从济南到天津，吴筠孙对母亲孝敬有加，吴引孙则日日致电以表牵挂。母亲成了连结两兄弟浓厚深情的纽带。"谁言寸草心，报得三春晖！"孝子永远都难以报偿慈母如山似海的恩情。

母亲就这么走了，吴引孙犹如五雷轰顶；母亲就这么走了，吴引孙内心痛悔不已。他痛悔自己没有及早启程，他痛悔自己轻视了母亲的病状，他痛悔在母亲的最后一刻自己没能陪在身边，他痛悔没能见到母亲最后一面。吴引孙在自述年谱中写道："余顿足捶胸，泣以不能亲视含殓为恨！自愧不可为人、不可为子，呜呼痛哉！"一位58岁的男人痛哭伤心到如此地步，可见他的丧母之痛有多剧烈。

二月十八日吴引孙抵达天津时，母亲已大殓。母亲灵柩四月初八日护至扬州，初十日遵例入城治丧，停柩万寿寺。四月二十八日出城登舟，移柩于宝应汜水南乡胡家营新购祠屋内。

吴元植葬于胡家营北首已有四十五年，遵照风俗已不可合葬。但两兄弟不忍心父母两柩相隔太远，恰好数年前买下了任姓田庄（俗称"水纤"），距父亲的墓不足二百步，地高土厚，若拆阳宅改阴宅，略做修整，可成吉壤。父亲的墓地原本比较狭小，如将河道向西挪动，前后可以宽出二丈有余，便于拜扫。于是开工迁移河道。于十一月十九日寅时安葬母亲，并在父母两墓旁各栽松柏等树，同时立有石志。不知道如今还能否在胡家营找到这块地方。

九、这是真的哦。吴引孙扬州私宅中的藏书楼"测海楼"收藏图书达二十四万七千余卷，是宁波天一阁总量的三倍有余。纵观当年东南，雄踞首位无疑。他用母亲去世后的丁忧时间，以收藏家的规范为楼里的书一一修辑编目。在那段漫长岁月里，如果有谁在他的耳边大声喊他，又大声喊他，说有件刻不容缓的大事急需他拍板。良久，他偶一抬头，会惊见面前有个谁。这个谁叫他，这个谁说了什么，他真心没有听见，后来听见了也不理睬。浩繁而且一个数字都不能排错的编目要务，一丝一毫都不能有误差。吴引孙，他心中记得天一阁，他相信自己的藏书会百年又百年地传承下去。这委实是一位弱世书生真真切切的心愿。

宣统元年（1909）二月二十二日，吴引孙在早年购买的北河下新宅东北首的闲地上修建梅川吴氏迁扬祠。这是吴引孙任宁绍台道道台时就有的计划，如今丁忧在家，可以从容实施了。

这是吴引孙第五次住进吴家大院。到了秋季，他开始足不出户，尽可能地谢绝外界应酬，专心致志地做一件自以为会流芳百世的雅事，那就是编修测海楼藏书书目。

吴引孙究竟是什么样的人？他毫无疑问是大孝子。尤其是对母亲的那份孝敬，可对天地，可对日月。吴引孙对爱情始终如一。他与钟夫人相伴相随四十三年，甘苦与共，形影相依，直到民国三年（1914）八月二十七日丑时钟夫人去世。吴引孙为政勤勉正直，凡关系国计民生的大事，必亲力亲为，绝不草率马虎。吴引孙对所辖地区的百姓宽厚仁爱，凡有民怒，尽力以诚说服，即使乡民闹事冲毁署衙，同样以温和策略平息骚乱。吴引孙好学上进，对于新生事物，只要有利于政务与社会，便迅速接受。如开设中西学堂、以西方训练方式操练军队等等。就连晚年在上海大世界看到西洋磅秤也甚感稀奇，曾三次在年谱中记录称体重的过程，最后终于买了一台回家。吴引孙心细如发，就连一生教过多少学生，学子的姓名、籍贯、成就等都一一记录在案，甚至晚年的食谱、每天运动次数也都细载于册。吴引孙的性格刚柔相济，对待同僚、朋友、亲戚、百姓、家人，他一律厚道谦和，但对于上司的卑劣与丑恶，他从来不会委曲求全、阿谀奉承，甚至敢于冒着丢官及性命危险见义勇为、直击权要。

吴引孙是中国旧时代知识分子追求理想、渴求闻达、祈求显贵、力求完美、探求真知、企求福祉的文官典型。因此，在他的身上，精神与物质是并重的，或者说，他在追求权贵以及物质富庶的同时，从来没有忽略过精神与信念的内省与完善。虽然他所企及的完善带有时代的局限性，但透过那段衰落甚至腐朽的历史背景来看这位乱世书生末世臣，我们不难发现，在他的身上确有许多值得后人敬佩与景仰的优秀品质。

尤其是他对于藏书的专注、执着、痴迷、投入。

毫无疑问，就任宁绍台道道台后，口袋里有了多余的钱，吴引孙首先想到的就是买书、搜书、藏书。

宁波天一阁是明朝兵部右侍郎范钦的藏书楼，建于明嘉靖四十年至四十五年（1561—1566）。其收藏之珍、建筑之奇、历时之久，人世罕见。天一阁规定不对外人开放，但身为道台的吴引孙则享有坐阅其中的特殊待遇。天一阁内的珍善本无疑诱惑着吴引孙的藏书欲望。太平天国运动初期，吴引孙祖父的藏书被战火焚尽。避乱于乡间时，少年吴引孙已初解读书之味，但当时连糊口都成问题，哪里会有钱买书？辗转借阅乡间学童的零星书籍，往往看过一半就会被人家索走。那种情状，犹如芳饴始尝滋味，立刻被人从口中夺去。其中的失落与伤痛，铭心刻骨，时刻难忘。等到重返扬州城后，一家人仍为生计逼得喘不过气来。母亲忙碌操劳，也只谋得可怜的油盐柴米之费。想要买上一本喜欢的书籍，是吴引孙少年时代梦寐以求的奢望。扬州城内富家子弟很多，他们的家中好书满屋，但不知珍惜，不愿阅读，视之如同摆设。外人要借得一本却是难上加难。当年吴引孙最大的心愿，就是有朝一日功成名就之后，随心所欲地购得天下好书。光绪十五年（1889）之后，年届不惑的吴引孙终于有钱可以买书了，但真正涉猎书市后他才发现，"寸珠尺璧，尚可猝获；若异书，虽悬重值，无购处也"。尤其是"宋元以前奇编异帙为稀世宝，悬价购求，所遇辄鲜"。

事实上，觅好书、觅珍书，是中国文人固有的情结。他们对于好书的渴求与追寻，完全到了痴迷的地步。南宋著名藏书家尤延之曾经这样说过：藏书"饥读之以当肉，寒读之以当裘，孤寂而读之以当友朋，幽忧而读之以当金石琴瑟"。尤延之是我国历史上第一位编写藏书目录时记录版本的人，他对收藏的每一种书都撰写提要，进行编排，他的这一做法为后来许多收藏家所效仿。

对于藏书之痴，吴引孙曾这样感叹："人各有所嗜，难为不知者道耳。"这句话实在是道出藏书家的心声。清代王定安有藏书之癖，有一天以千金高价购得宋版《孟子》，一直藏于密室不肯示人。有一天，他的挚友陈子应反复恳求，王定安不得已而拿了出来。打开红木箱之后，里面还有一只楠木匣子，王定安小心翼翼将书取出来，陈子应却故意逗他说："读这个宋版本比今刊本多长学问吗？"王定安说："不能。"陈子应又问："它比通行本多增了字数吗？"王定安说："没有。"陈子应笑道："如此说来，还不如读通行本，何必浪费千金去买古本呢？"王定安顿时气极，匆忙将宋本藏起，斥道："你不懂其中真趣，休与我为友！"

藏书鼎盛之时当数宋代。宋建隆初年，朝廷藏书不多，太祖昭示天下，凡献书三百卷以上者，可以升官；不足三百卷，"据卷帙多少，优给金帛"。真宗更是明码标价：献书一卷，赏钱一千；献书三百卷以上，量材赐官职。经过几朝搜寻，宋朝宫廷图书之盛，历代无比。因为皇帝与朝廷的重视，宋代藏书家日渐增多。清康乾盛世，也是藏书的风行时期，无论达官贵人还是富贾大亨，均以珍稀与丰富的藏书为荣。

那么，藏书的目的究竟是什么呢？历代文人学士都有不同的看法。许多醉心其中的人认为，被藏之书乃灵性之物，正是因为你深爱于它，才会不惜财资把它从世人的奴役中解救出来，并从此供于高台、藏于密处，以积无量之功德。这便是为藏书而藏书的一类。另一类人藏书是为了世间文士同赏共阅。尤其在清代鼎盛时期，扬州商贾中的儒雅之士多有可观的藏书供天下学子查阅。如盐商程晋芳，"罄其资购书五万卷，招致方闻缀学之士与共讨论"。大盐商江春家的藏书楼常有名士久阅其中，并成就了享誉海内的著述。大盐商马氏兄弟藏书十余万卷，卢见曾、全祖望等达官名流均得益于马氏兄弟的藏书楼小玲珑山馆。而大多数藏书家是为了子孙后代。明代藏书家祁承𤸁拥有藏书十万卷之多。他手书的藏书铭是这样的："淡生堂（藏书楼名）中储经籍，主人手核无朝夕。读之欣然忘饮食，典衣市书恒不给。后人但念阿翁癖，子孙益之守弗失。"他刻有一枚"子孙永珍"的藏书印，并定下规矩：子孙中若有读书成材者，一人尽居之；一人不能守，则以众人递守之。收藏入架之书不能再散出，若有蛀虫必速补缀。子孙读书，就在藏书楼中，看完便放回书架，不能带回自己房中。亲朋好友来借书，若有副本可以借给他们一阅，若无副本则应婉言拒绝，正本不得出家门、勿归商贾手。

丁忧于吴道台"九十九间半"私宅中，吴引孙几乎没日没夜埋头劳作于测海楼中，这一座楼凝聚了始于他祖父"有福读书堂"且延续至今的图书深情、真情、浓情。上了这座楼，十小时、二十小时瞬间即逝。书，是痴迷者最可靠、最亲密、最忠贞、最互懂的一世情人。省部级高干坚意回绝了地方上的所有应酬，专心致志地做一件流芳百世的雅事，那就是编修测海楼藏书书目。

当我们读到吴引孙"测海楼"所定的守则时就不难发现，天下藏书家的爱书之心是何等的相似。吴引孙藏书的目的，首先是满足少年时渴望读书而无书可读的欲求。因此，他每索得一本，"必钤藏印于首页，并手识曰几函几册几元几角，函以板，悬以签，无折角，无缺页，完好整洁，无虫鼠之蚀"，可见其珍惜之情。吴引孙藏书的另一个目的，则是让子孙有书可读。光绪十九年（1893），他第一次为自己的藏书编写书目，标以《仪征吴氏有福读书堂藏书简明总册》。书目分为经类、史类、子类、集类、艺类、丛类、医类、试类、说类、教类、阙类，共十一类。其中"试类"所藏是吴家后辈时文诗赋及举业所需各书。当年正是吴引孙公务最为繁忙的时期，同时也没有合适的处所可以上架存放，因此只能分箱盛装。十一类共计九千零二十八种，五百八十九箱。不知道是否有人这样推想过：一只木箱仅以 0.8 米计算，吴引孙书箱的排列长度将达 471 米。私人藏书竟有如此壮观的书阵，实在令人叹为观止。

显然，吴家大院内的"测海楼"是专为这二十余万册藏书而筑。周太夫人去世后，吴引孙在丁忧期间，耗费了大量心血用于对藏书的整理归类，将早在光绪三十年（1904）编定的第二本藏书目录《扬州吴氏测海楼藏书目录》十二卷，于宣统二年（1910）他 60 岁那年刊出。这次分类改用四部分类法，并增加"御制敕撰""杂著""丛书"三部，合为七部，收书八千零二十种二十四万七千七百五十九卷。与光绪十九年（1893）的抄本相比，宣统二年的刻本书目在数量上少了千种。吴引孙在丁忧期间，一定想到了藏书将流传于子孙后世，在正统观念的左右下，将"所藏各籍，间有稍涉鄙屑者，删之弗录，无贻大雅尔"。所谓"鄙屑者"，大多为通俗小说以及弹词、话本等。

事实上，测海楼藏书中存有不少善本。就雕版而言，其中殿版、桃花纸本、五色批本、朱墨套印本很多。此外还有许多流传极少的海内孤本。测海楼藏书中还有三百一十五种一万一千零五十二卷地方志。其中扬州地方志有十六种。而像天一阁散出的明弘治刊《八闽通志》

《延安府志》、明嘉靖刊《广西通志》等，均为海内孤本。

虽然吴引孙在《测海楼藏书守则》中特别强调"任何人均不得借故变卖"，然而时隔仅二十年，测海楼全部藏书由于种种历史原因，被北平富晋书社主人王富晋以三万元（一说四万元）价格买走，共计五百八十九箱，与吴引孙光绪十九年在宁波时的装箱数目完全相同。

测海楼第三本藏书目录由目录学家陈乃乾于 1930 年 12 月编成，标以《测海楼旧本书目》，共两册。1931 年 11 月，测海楼第四本藏书目录由富晋书社编成，标为《扬州吴氏测海楼藏书目录》，分四册出版。

测海楼藏书大部分被王富晋分别售于北京图书馆、上海商务印书馆涵芬楼、中华书局图书馆等处，其余则留在上海零售。有一部分流散到了台湾及海外，其中美国国会图书馆尚可见到测海楼《大乐律吕元声》《苏长公密语》《八闽通志》等藏书。

其实，纵观中国历史上的藏书楼，毁于乱世、战祸、兵灾以及火烛、霉蚀、虫鼠者不在少数，而能守护数代者更是凤毛麟角。

宣统二年（1910）二月，正屋三层的吴氏祠堂落成。六月，吴引孙调任浙藩。八月，吴筠孙简调湖北荆宜道。十月，吴引孙获赏头品顶戴，覃恩给三代及本身妻室正一品封典。

公元 1911 年 10 月 10 日武昌起义，辛亥革命爆发。不久，杭州兵变。吴引孙在清政府的末世臣位不复存在。宣统三年九月二十八日，吴引孙赴沪与十天前先期到达的钟夫人及家人团聚。民国三年（1914）八月二十七日丑时，钟夫人逝世，十月十二日灵柩返扬，十七日，吴引孙第六次住进吴家大院，十九日即返沪。民国四年三月二十八、二十九日，钟夫人灵柩安葬于扬州西乡詹家营东半里之魏庄高原新茔。这是吴引孙第七次，也是最后一次住进吴家大院。民国六年十二月二十二日亥时，三弟吴筠孙病逝于江西任上。民国九年六月十六日，吴引孙七十大寿，家人在上海惠中旅馆为他以西餐祝寿，并雇线提木偶演出。

吴引孙生命中的最后一个生日就这样在人生的迷茫与时事的困惑中悄然度过。

吴引孙生于乱世，逝于乱世。他出生后尚未懂事，便因战乱而被迫离开扬州。赶考宦游在外三十八年，他的终极愿景便是晚年归隐扬州，徜徉于测海楼的书洲之上颐养天年。然而时运弄人，在民国初期军阀争霸，袁世凯、黎元洪、冯国璋、徐世昌等短命总统你方唱罢我登台的混战之秋，一生谨慎的末世遗臣吴引孙最后还是在上海租界隐避至终。寄居于上海租界，他游魂牵故里、清梦系书乡。吴道台宅第，成了他越江遥望的精神家园；测海楼的藏书阁，更是他隔世而恋的心灵仙岛。他在无声无息中离去，但他留下的宅第已成为今世的东南胜境，他所苦心经营的藏书更是香飘四海、永泽后人。

根据吴引孙生平笔记撰写

我和在异地陪我的他们

一、在那边，在路上（祭文）

先生还在

先生，走了，至今，没有回过神来。确定先生不会回来，那心坎，思也是难，避也是难，这番苦，堪与谁言？

第一个打电话告诉我消息的人，是春阳。春阳的低泣，今生听也未曾听过。数语，大多是昨日他跟先生的对话。先生告诉他，微恙，并不碍事。春阳当时陡惊，心慌得难熬。他从《春水》始，虔诚受先生日日教诲，四十年，春阳比谁都知道，先生，那种刚强的性格，绝不肯说身体有了些小的毛病。春阳在电话里说：恨不能当时奔过去！恨不能！因为疫情，封控了！恨不能！

疫情暴发之前，我们还聚会过。之后的那段日子，先生早晨骑着顶高的旧得很干净的自行车去菜场买到了又大又稀罕又好看的江鱼，总是会让马恒福拍照私信给我。先生一生喜欢热闹，尤其晚年，不管白天还是晚上，有人去玩，他就开心得话语滔滔。疫情严控初期，我们的整条街，所有的大街小巷，都被铁皮封了。就在这个初期，先生微恙，必须住院。这个初期，能住进医院，会经历怎样艰辛的过程，先生没有说。日常的每天，都会有学生们问候他。其间，先生说，略有不适，住两天医院。虽然说得轻描淡写，大家都了解先生好强的性格，感觉情况一定不妙。若是平常，早有一群一群的人奔向先生的病房了。可是，这个全城封控的初期，谁也出不去。第二天，打电话的人越来越多，已经无人接听了。一向好热闹的先生，寂寞地走了，走得那么快那么突然。我们，无法通宵守他，我们，无法送他最后一程。

先生八十大寿，是春阳一人主办的，地方在萃园，放两张大桌子的豪华包厢，先生同他的学生都开心至极。于是，这往后的数年来，凡聚，我们都会说：先生的九十岁，必须还是我们来，还是春阳独立主办，后援团那是今非昔比，得讲个大排场！先生回回听到这里便笑，顺手摸出一根烟，细的，回回说明：这个烟焦油含量只零点几。吸一口，淡淡地吐出，同时说：你看，我没有吸进去。先生其实语气也是淡淡的，在极淡的烟幕后头，露出他乐滋滋的笑来。先生心里面是向往着那场并不算远的九十大寿的。这些不是往事，就在疫前，近得顺时间回几步就望得见，一群人正在逗他乐，畅谈先生九十大寿的安排，先生依然是在薄薄的烟幕后面乐滋滋地笑。就在疫前，就那么紧紧地挨着疫。这么一说，你应该懂得，春阳这个大男人告知我消息时在电话那头的低泣了吗？你懂春阳的那几句"恨不能"了吗？

恨不能，谁心里还没有恨不能？认识先生，算算，有近四十年了，在老市政府西侧二幢，先生有间干净整洁的办公室。当时为什么感觉大，是因为他创办的拥有国家出版刊号的《扬州文学》正当盛年。去曙光厂或者一些经济发达的镇子筹经费，他大多带着我。他去向人家取钱，却从来没有一字半语奉承之辞。那些干部对先生都深怀敬意，从去到走，均由专车接送，从不提一个钱字。但很快，足额的款就入了文联的账。因为接触频繁，先生个性中风骨硬朗的一面经常见到。某些级别颇高且分管这个方面的干部在圆桌抑或方桌会议上板着面孔侧脸非议先生时，先生现场的反击快疾而且锋利，从不给对方一级两级台阶缓缓下来。每当回忆这些事，他会说：他懂还是我懂？我惧他什么！而对待他所喜欢的晚辈，无论男女，凡是捣鼓文字的，他都视为朋友。先生一般不去评论别人的文章，也不会去修改。他一定会对你十分热情地招待，为素不相识慕名而来的年轻人泡上他珍藏的最好的茶叶，不停地替你续水。遇见抽烟的人，他会从抽屉里掏出最贵的那种递给你，还要替你点上。许多寻常后辈，从此瞅见了自己人生的光。

我是幼稚且固执地以为，这样，先生还在。当然还在。

我们的一生都在憧憬，都在向往，都在追寻最好的时光。我们坐在最好的时光里，庆贺先生生命中最好的时光。

我们，在最好的时光里感谢先生，先生熏陶与润泽我们的，不只是纯粹的学养与天地文章，更多的，是先生怀抱大爱的无畏担当；先生教诲我们的，不只是如何应对生活的坎坷与彷徨，更多的，是如何在世态炎凉中坚守既定的向往；先生昭示我们的，不只是对学问的严谨与守望，更多的，是做人的正直阳光、做事的健行勇往。

在最好的时光里看先生，先生的心理与精神年龄比我们还活跃时尚！再来十年，先生将以他九零后的年华，与我们把蛋糕分享、为青春高唱；赏桃李情味，醉最好时光。

我们的小舒

关于小舒，心里想说的太多。在此，我想屏住呼吸，沉默片刻。

扬师院中文系毕业之后，我们的交往应该是最多且最富激情的。我们曾两次去南京的小平住处，通宵达旦地狂饮豪侃，醉而始终醒着。他在山东大学中文系任教时，曾数次来过扬州，我们，就两个人，饮酒，深谈。他是明清文学研究的行家，谈及扬州王士禛的诗文时，随时诵读，慷慨激昂。聊到虹桥诗会，长篇大论，感慨良多。说到兴奋处，口袋里突然有了响声，小舒的手机总是很不时尚的那种，却很珍惜地藏着。单调低沉的铃声响了又响，他似乎一下子想起来了，急急地掏出来，摆在掌中，用力捺下按钮，同时告诉我：小包打过来的。接着，扯着嗓门对着手机高喊："还在伯达这块那，马就嘎扣，马就嘎扣！""嘎扣"是扬州方言的"回家"。小舒这位上海人，扬州话说得很溜。记得刚入学那年，我、小平、小舒晚上去看何园，徒步去的。瘦西湖畔的扬师院离何园几公里路程，赶到时月色正浓，何园在月光胧照下尤显精美。在二楼上看碧蓝水池边画檐翘角的戏台，在古色古香的回廊听红木地板上如弦的足音，流连忘返。当年应该是免费的，夜间任意进出，对于我们穷大学生而言是一份巨大的福利。深夜回校，大门锁了，小舒尖着嗓子喊："师傅麻烦了！"进门时小舒又尖着嗓子喊："难为难为！"当年，我们由衷的佩服小舒扬州方言的功夫。小舒在手机里说完后，起身匆匆告辞，那急促的样子十足地验证着小舒怕小包的大众说辞。

　　小舒怕小包吗？那就说说小舒的小包吧。我带着脊椎手术留下的一身治不好的伤痛毕业，分配，成家，腰疼依然日夜折磨着我，身体虚弱不堪，免疫力极差导致时常感冒，成年累月受尽煎熬。小包叫包君君，苏北医院妇产科最美的护士，她给我送来了提升免疫力有奇效的紫河车。她说：你们自己是弄不好的，很难处理，我清洗好了煨好了你来拿。她说：汤，是要喝光的，肉，最好也吃光。她还说："弗要去多想，闭起眼睛，把肉吃光。"那年从秋到冬，我每周都能吃到小包煨好的补品。春天到了，我的免疫力神奇地恢复了。包君君，略略显圆的脸，戴一副淡色的眼镜，皮肤很白，爱笑，很安静的那种笑，每一次笑，都能看见她整齐洁白的牙齿。她是无锡人，姨妈是当时扬州卫校化学系主任，姨夫是曾经给我初诊过的苏北医院骨科主任潘明德，他们都特别地喜欢小包，想方设法把她安排在苏北医院工作，并且把她介绍给了还在读大二的王小舒。小舒的父母都在上海社会科学院任研究员，家庭条件很优越。小舒，是被小包的美丽打动了，事事依着她，与"怕"毫不相干。如此详细地说小包，是因为她后来与小舒相同的不幸的命运。小包，先于小舒患上了子宫癌，理论上讲可以活得很长，那时候她已经随小舒去了山东大学医务室上班。小舒在电话里反复强调："不碍事的，不碍事的，能治好。"这样过去了约四年，我们中文系一九七七届三班在扬州聚会，几个同学打电话约小舒都没人接。我打给他，他立马接了，他说："伯达，绝密，不要告诉任何人，我得了骨癌。譬如说：从楼梯上下来，稍微磕到、碰到，那个地方的骨头就会碎裂，这是一种存在于骨髓中的癌病。"我沉默了很久。小舒说得那么轻描淡写，对于我，是一个晴天霹雳。我哽咽了，嗓子被堵塞，眼中有了泪水。小舒说："伯达，不跟你多聊了，聚会去不了了，就说我有电视台约好的讲座。"小舒不算天资很高，但特别勤奋，锲而不舍，终于在明清文学领域业绩骄人，他在中央电视台作过系列讲座，常在山东各地电视台作讲座，并且就任山东大学中文系古典文学研究主任。六十出头的小舒，这是多好的岁月、多好的成就。半年后，他一定是忍受不了顽疾的折磨，住进上海中山医院，接受一种国际最先进的治疗。小舒在电话里说：医生告诉他有风险，但，不试，也没有什么更好的办法。小舒，一米八零的身高，肌肉非常发达，长方脸，络腮胡有点浓，戴一副很深的近视眼镜，容易激动，谈及他熟悉的任何一位历史人物，即使史料平平，他也能激动地表述，这样一种风格，想来他的电视演讲一定深受欢迎。他是太渴望回到山大熟悉且热爱的岗位了。他出版过《中国文学精神的轨迹》《神韵诗史研究》《中国审美文化史 元明清卷》《神韵诗学论稿》等论著，获得过教育部人文社会科学优秀成果一等奖、教育部优秀教学成果两次二等奖等十多项大奖。2017年，他64岁，他还有计划好的研究项目需要著书立说，他是多么渴望新疗法能够拯救他的生命。然而，小舒进去了就没能出来，他从此瘫痪在床，病情急速恶化。有医生说过，如果保守治，他可能会活两年。他太想搏一搏了，他的研究生一直陪在床边目送他远去，他顽强的意志没有斗过生命的厄运。我的三位同学奔赴北京为他送行，他的弟弟问道："殷伯达呢？"他的小包问道："殷伯达呢？"这是一个无法弥补的遗憾，走路很困难的我没有能送他最后一程。

半年后，包君君去世。

我的发小 一路走好

就是这么快，殷圣元离开我们一周了。5月23日上午10点多，我去他家送行。他大哥、二哥、三哥还有姐姐全家人，他夫人几姐妹，挤满了灵堂，悲哭的声音震耳。他真真切切地走了，朋友圈里隔天必发的他的诗或者词，再也见不到了。人，那么突兀地走了。世事无常，生命亦无常。死亡，这是任何人走到最后绕不开的，绕不开。所以，才总是想为身后的自己留下点让世人想起你的东西。啊,活着或者死亡，太沉重的话题。

22日晚将近10点，我站起，手机突然莫名地滑落在大理石地板，声音很怪异，心便猛地一悸。接着便惊悉噩耗，我的发小殷圣元于2022 年 5 月 22 日晚 9 时许因心脏骤停离去。当时感觉整个人都空了，许久许久，回不过神来。

我与殷圣元从小住在一排村庄上，上小学起，一共 4 人去捡猪草，大致篮子里有了一层，便巧妙地撑得很高，然后去殷圣元家打扑克至晚回家。晚上，还是在殷圣元家，4 人共一盏油灯看书，特别能静下来。后来，我们 4 个人一起考上了很有名气、淘汰率极高的河头庄中学。殷圣元是特别讨老师喜欢的一类学生，他晚上熄灯后在被窝里打着手电筒看《红楼梦》，老师查房发现了居然不管他，他后来精警美妙的语言，《红楼梦》有一份功劳。高中毕业后，他被安排到王庄煤矿上班，然而，他几乎没有下过井，老板对他的文章非常赏识，调他到团委任职，凡上报的矿上总结、宣传材料、公文，老板免检，直接发。每年扬州市政府都有副市长带队去慰问，殷圣元也在接待之列，老板会朗声对市领导说：殷圣元是我的大才子！那时候，我已经考取了一九七七届扬师院中文系，我和他的通信很频繁，他每次都会在信封里夹 5 角，我拿到钱，会直奔新华书店买契诃夫数十本文集中的两本或者三本，后来居然聚齐了全集。我的毕业论文就是写契诃夫的，教外国文学的老师说，你咋就占有这么多一手资料，我留下你的论文可以么？再后来，殷圣元考取扬州职大，关系还在王庄煤矿。老板月月发他工资，他在扬州则有了固定的居所。他的爱人叫李荣华，脾气很好，憨憨地笑，我还在上学，时不时去甘泉路南巷的他家吃饭。不久，殷圣元被赴王庄煤矿调研的副市长看中，直接调到市政府办公室做秘书。当时的年度市政府报告很长，要求极严，原先都会数易其稿还继续挨骂。殷圣元参与后情况改观了，要求严格的施市长在看完殷圣元的稿子后，会在文后用红笔写上"很好"，后面几个惊叹号。殷圣元后从秘书到副秘书长再到经贸委主任直至任市政协秘书长，虽步步高升，但我们的友谊如初。

三年前，他得了小中风，我打电话给他，那边的声音洪亮得很，我知道他是安全的，立马赶去他家，李荣华陪着他，中午为他做了精致的菜，他拿来了五粮液，大病初愈的他居然陪我喝了二两。这之后，他天天锻炼，身体比我好很多。这是太令人开心的事情了。昨晚，太突然了，太突然了。我手足无措，不知道用什么方式来祭奠我60多年特殊情感的老邻居、老同学、老同仁。

我们为什么会泪流不止，是因为无法相信你不再回来瞬间远去；我们为什么会泪流不止，是因为你的善良每一个朋友都将铭记；我们为什么会泪流不止，是因为中秋来了，春节来了，再也听不到你的笑语；我们为什么会泪流不止，是因为你不辞而别，人间再也没有了你的消息；我们为什么会泪流不止，是因为所有人都在赞美你纯粹的品质。

二、不说咋能行

如果命运让我重新选择一下人生，我会茫然。虽然，命运曾经三次穷凶极恶地想夺走我的生命。但是，必须很重量级地说但是，骄傲地说但是，但是，我，活下来了。虽然，我在与命运的争斗中留下了身体的残疾。但是，我，有尊严地活下来了。我，在青年和壮年的时代，蔑视神，蔑视命运，蔑视各种权威，以一种超强大的精神平衡着肉体的缺憾，这是外表。而内在的信念，我一直觉得活着很难很累很苦很无奈很无助很无望，我必须用全部的牙齿，每一颗都不能闲着，咬着每一天、每一个醒着的时辰。我一直觉得，我，不久就会死去，死亡是离我最近的邻居。我熟悉死亡，太熟悉死亡了。在苏北医院误诊致使我生命两度临近终止的若干个日与夜，我，至今，依然清楚地记得自己怎样飘然而又沉重地一步一步徘徊在死亡边缘。走近死亡，仿佛有两个自己，一个自己很清醒，但双眼以及思想被一层朦胧的梦罩着，却能看见另一个自己渐行渐暗，在朦胧的虚幻中往下沉，往下沉，一直往下沉。必须感谢另一个自己，一刻也不停地在对下沉的自己谈世界的模样，说，一个人有一个世界，让我慢慢跟你谈。那个下沉的自己，便被这些话语托着，没有沉到底。沉到底是什么意思？沉到底，就是断气了，死了。我从死亡到昏迷到苏醒过来，历经二十三天，众人都认定我要死了。我的父母也默认我要死了，又执意不肯相信，我妈哭过一百次都不止，哭得心脏撕裂般的痛。我苏醒过来时，村庄上的许多邻居赶到扬州苏北医院病床前看我最后一面。我醒过来睁开眼看着他们，他们也看着我，我因为虚弱说不出话来，他们知道我快死了不合适说话。一波一波的老邻居，默默地离开我的病房时，都在摇头，不停地摇头。他们是被时刻看护我的弟弟殷伯年和侄子大山子赶走的。两人眼看妇女们想号啕大哭了，那还了得？她们的哭丧极其恐怖。所有人都很惊异，连医生都说了：做好最坏的准备。沉睡二十三天的人，怎么还能活过来？怎么可能？当年，我在扬州师范学院中文系刚刚读大二，突然，下肢就有了放射性的、从股骨到足底的剧痛。坐着痛，躺着痛，站起来更痛，二十四小时连续性的。可恨的是，这种夺命的钻心的无法忍受的痛，外表丝毫看不出一点点来。王小舒看出来情况不对，便请他的姨夫、苏北医院骨科主任潘明德给我诊断，一切都被排除了，可是，我的疼痛愈加剧烈，我已经有将近一个月无法睡觉了。潘明德便找了脑神经外科主任给我看。潘说，你看他，站着就会倒下去醒不过来了，肯定肯定是有病的。这样，我就在苏北医院住下来了。等了一周，没有动静。事实上，二十世纪八十年代初期，中国还没有多层螺旋CT和核磁共振，根本无法诊查脑部和脊椎内的肿瘤，要等一位上海专家。当年，我这样贫穷的农村家庭没钱请专家，碍于潘主任的面子，我只能蹭一个专家顺便看一眼。不得不服专家，他看了我一分钟，就告诉等候在旁边一言不发的神外科主任说：他脊椎底部有肿瘤。哪个部位？多大？怎么查？专家告诉苏北的医生：先抽他的一大针管骨髓，打入增强剂，再用大针管打入脊椎内，形成显影作用，再做增强CT，就能确定肿瘤位置了。检查结束后，我被推上手术台。当年，没有显微镜下手术，医生手术的时候是看不见患者中枢神经的，而中枢神经一旦被手术刀切断，将是不可修复的各种残疾。所以，不能打麻药。为什么不能打麻药，是为了手术刀碰到你中枢神经时，你会剧痛得厉声尖叫，医生的手术刀就会让开。手术刀数次碰到我中枢神经，我痛得晕过去了。医生就说，等一下，等他醒过来再做。我被痛晕过去十多次，手术才结束。术后二十二天，我的下肢再次像手术前一样放射性剧痛，只得重新检查确定位置再手术，上次手术确实没有发现肿瘤。所谓晴天遭雷击，绝对没有我当时遭受的重击强烈。想到第一次的十多次痛死，现在还要再来一次，我彻底崩溃了。第二次向下割开脊椎三十厘米，肿瘤找到了，是易发性马尾椎索瘤。再健壮的身体承受能力也是有极限的，我是在第一次手术身体完全虚脱后紧接着做的第二次手术，这一次从手术台抬到病床，我重度昏迷无法醒来，跟死亡没有区别。病区患者家属们纷纷来看我最后一面，人人都叹息说，好好一个大学生，就这么没有了。我是改革开放后首届高考录取的，当年，我们被社会称为天之骄子。天之骄子的生命落难了。在许多素不相识的好人为我流泪难过的时候，我被扔进了鬼门关，恍惚中，又被阎王爷踢了出来，飘啊飘，又进了鬼门关，又被踢出来，阎王爷是咋的了，来来回回踢了我二十多回，印象中是那种温柔地踢，带着些许微笑地踢。这世上，有谁见过阎王爷笑过？我见过，而且是面对面地笑，略带一点慈祥温和的笑，无边无际的既幽远又贴近的笑。这世面，有谁见过，我知道，有许多人经历过垂死然后生，你们，回想一下，这期间，你见过阎王爷笑吗？我相信，我是人间独一个。在死亡的弥留中，自我意识被无限放大，那是一个热闹而又静谧的闹腾，那是一个敞亮又阴暗的天地。我又回来了，与死亡交往二十三天后，亲人们以无微不至的爱欢迎我回来。其中何广陵全家人对我无微不至的呵护令我终生难忘。当然，我的弟弟和侄子全天候的照料始终如一。班长华学诚还安排男生们在第一次手术后的一段时间里轮流值夜。复活之后，我在病床上平躺了九十七天，被锯开过两次的脊椎骨黏合非常缓慢，所有人都在想：我即使痊愈了，也会下半身瘫痪。出院的时候，我真的不会走路。然后，在持续三年的时间里，我完全知道了什么是忧郁症，我许多次想了结复活回来的生命，因为，在我目及的视界，每个人都那么正常，每个人都能快疾地行走，但我不能。由于手术时还是割断了我的运动神经，脊椎尾部没有触感，左腿抬不起来，走路时无法蹬动。看着正常的人，我内心极端悲伤，不如别人地活着，我不愿意。我开始离群索居，一个人蹲在无人可见的偏僻角落，一整天，一个月，就这么蹲着，无助无望地蹲着，像废人那样失落地熬过每时每刻。后来许多年，只要站立超过一刻钟，脊椎就会疼痛。

我挨过来了。我明白了原谅别人是一种情怀。我想，在当年这样一个地市级医院，苏北的神外科主任尽力了。虽然误诊几乎断送了我的性命，这不是都过去了吗？都过去了，过去了。当然，也有终身过不去的，那就是稍稍受凉就必发作的神经性放射性的从底椎到脚面的无法忍受的剧痛。我必须敏感地快速地吞下三种药片，不吃你试试，不能试。我还活着，这便是一件了不得的事。我还会活下去，来日无多，于是，写下这些，放在墓志铭的旁边，让后人看见一个永远会呼吸的我。多么幼稚的想法。肉体逝去之后，你留下什么也不再属于你。

第三篇章

颂

唱词

张若虚

掠过盛唐，空中偶见你模样，脸阔身长，锦衣飘香，人中凤凰。也有传闻，你暗恋国色天香的姑娘，相思不得，日夜悲伤，神志混沌，疯想姑娘。独上城墙，瞅那花上月亮，坐着那姑娘。那么近、那么远，一下欢喜、一下绝望。年年岁岁情比江海空荡。

穿越盛唐，江畔瞧见你模样。慈眉善目，羽扇轻晃，富家独郎，事事好强。真有传闻，你穷追撑花纸伞的姑娘，遭拒千趟，深受重创。完美盛唐，绝顶俊郎，诗酒狂浪，相思愁肠，痛彻心脏。瞅那白沙滩头，伫立那姑娘，梦也像她醒也像她，都是幻象。岁岁年年心比江海空荡。

平山堂

唤醒江南诸峰，尽来揖手。安排明月留肩头，伴我饮酒。携美人围坐，采邵伯新荷数舟，击鼓传花，摘香万朵；嫩瓣入河，十里红透。

人生谁无坎坷，何惧迁左？遭贬笑傲怨与愁，呼众邀友共赏薄暮，都知道君拥一书一琴一壶酒，平山堂吩咐建造是我。一夜放浪，满冈诗和；文章太守，风流千秋。

衣冠冢

一冠一衣，从未分离，三百八十年相偎相依。心香魂曦，梅花岭上你的名字耸入云里，默立遐思，你是亿万华夏子孙心中时尚盖世的冠和衣。

一冠一衣，永为一体。十万清兵破城侵汉地，飞刀电马，孤冲独驰你的战姿威风凌立。千载祭你，你是亿万华夏子孙心中时尚盖世的冠和衣。

瓜洲渡（一）

船来船走，船上人，一生一世装运穷和愁
浪狂涛吼，遥见桅杆端处挑亮灯火万朵
扶夕阳，登高坡，小旅馆寻客坐独浇乏愁
一碗豆，两壶酒，细嚼慢啜挨到三更时候
仰天轻叹人生太短劳苦总不休
瓜洲渡，渡货渡人渡炎凉春秋

舟动舟留，舟上人，也曾见过各朝名流
古渡神游，燃情写下诗文千首好赖都有
草民只懂踏浪尖专为活着奔波
一码头，两岸瘦，三弦慢弹泪自流
街塌了、人散了，花钱重造漂亮洲
瓜洲渡，渡命渡运渡平安白头

高邮嫁妆

车水号子车水唱
汉子飙音飞天上
千年风流西北乡
小伙姑娘歌里浪
家酿金曲比酒香

来首新调当嫁妆

乡里号子乡里唱
村头一喊村尾响
鸭蛋数出国家奖
舟舟好词赛诗章
八百里湖当音箱
子孙相传乐满堂

瓜洲渡（二）

万簇灯火，暖了江波。南船北舟，最恋是瓜洲。一碗豆，两壶酒，三层楼，瞅平生似水流，短得惹人忧。瓜洲渡，渡他渡你渡自我。

千载街口，踏出乡愁。问我所求，最念是自由。一码头，两岸陡，三巷瘦，瞅风物已旧，不见了瓜洲。瓜洲渡，渡命渡运渡欲求。

广陵潮

烁古广陵潮，英雄个个折腰。而今那潮何处找，文字里稀少。更朝迭朝好多朝，不见了曲江古啸。没事闲侃也是好，非常美食呱呱叫。何必再忆汉唐潮。

奇观广陵潮，豪杰人人折腰。而今那潮何处找，路途也太遥。换代易代无数代，不见了拍岸浪击霄。日常漫聊也是好，扬州祖上我骄傲。稀罕再谈广陵潮。

郑板桥

租茅屋两间，漏雨处，赏天外山又山。饥饿日，窗前梅花当早餐；无盐了，幻抛渔竿钓水咸。撰《道情十首》，醉斜阳唱晚。

修瘦竹一竿，植幽兰，崛奇石弯而弯。裂地墨六分半书惊世间，震天笔诗书画印绝人寰。傲骨厌俗汉，壮我文人胆。

村丫

墨染江山的画，怎敌村丫，眉间一点泪砂。举眼望天下，即便遍地丽佳，不如她，田埂光脚，一身泥巴。七年诀别，鄙视名都繁华，决绝鸿雁传话。难忍苦恋泪下，低吟残诗暗哑。清茶红袖琵琶，一眼千层碎沙，情梦倾塌。　　是说痴恋小丫，坎坷无涯，瞎子断言，命犯桃花。这一卦，满襟悲伤飘洒。村上小丫，小河钓鱼虾，土炕啃地瓜。村丫短辫狭脸，矬体无华，却倾了一怀城、暗了盈天霞。一身心思，漂泊无家。

忆痕成荒

倚栏对望，眉间凝霜；乳白月光，姣好脸庞；陪你天亮，那又何妨。烟雨微芒，兰亭远望；一抹苍黄，波澜大江；锦帆摇浪，心思荡漾。

后来你赴他乡，临别泪雨流淌，为我神伤。彩绣霓裳，长发飘扬，面若春光，绿袖红香；西楼景象，你立画上；细饮琼浆，醉卧身旁。

后来树掩门窗，乱了新妆；含羞模样，如何相忘？后来很长，悬尘幻想；孤栏旧廊，守着过往；瞭望他乡，忆痕成荒。

风雅颂

那一夜春江花月溢彩流光，
相思远方，张若虚岸边瞭望，
便赢得孤篇压了全唐。
唐代的诗，宋朝的词，
扬州的姑娘，

一丛丛烟花三月里绽放，
天下无双。
一扇扇老墙千年的画窗，
琴醉古巷，
娇艳了隋堤桃柳水韵花香，
西湖瘦出了俏模样。

那一年马蹄声疾马上吴王，
邗沟挥鞭，金戈响破土开疆，
便令那河水改变方向。
谁派时光，穿越沧浪，
运河贯京杭。
一帆帆传奇拍岸呈现辉煌，
千舟浩荡，
一程程征途百姓的梦想，
万桨铿锵。

阅尽了古运河水源远流长，
绿杨城郭是我故乡。

穹上观

我有一个梦，想买万丈穹，云朵与彩虹，都在其中。一池星，一页舟，俯昂笑看天地风流万种。做一个乱弹尘戏的扯幕老翁。咚。咚。咚。

陇之边

我有一个梦，想拥千顷陇，旧书与陈墨，躬耕其中。一壶酒，一捧豆，弄醉晨昏悄然种晚风，做一个垅畔垂钓的糊涂渔翁。嘣。嘣。嘣。

歌吹古运河

京杭运河出邗沟，脉通南北越千秋，长岸舞作倚天笔，泼墨东南第一州；东南第一州，江左海西头，汉唐遗雄风，圣贤美名留；诗画铺街巷，十里春风播；几度逐繁华，景色甲天秀。

窈窕运河月上流，亲水人家春满楼。烟花三月折新柳，廿四桥畔放轻舟；万灯耀轻舟，桨影摇春秋。赏花香惹衣，戏水景拂手；煮茶邀顽友，船娘温好酒；古今风流曲，千船载不走。

流金叠翠古运河，一涟一漪缀锦绣；竖琴弦涨广陵潮，弄箫歌吹新扬州。

沸天歌吹新扬州，盛世万象奏谐和；古今文明共辉映，携江挟海竞风流。

再写广陵潮

且将那广陵潮揽入我怀抱
千重雪　万丈高　击岸任咆哮
率性名都　贤达皆折腰
汉唐第一潮　美人挟诗闹通宵
从前我扬州　怎不骄而傲

且将那广陵潮拥进我怀抱
夜来到　人人闹　金钱划哈全花了
十里街市　灌倒算英豪
汉唐第一潮　天下好汉都来了
从前我扬州　怎不骄而傲

谢安的埭

顾盼成诗的埭，宋时众贤赋斗野。旱涝从此走开，你是良臣宏才。香茶烈酒亭内亭外，瞭望细波柔浪过淮海，再无洪灾，因为有埭。

风物敞亮的埭，东晋至今仍还在。黎民富足欢颜，你的格局襟怀。天宁地瑞寺内寺外，想那邵伯传奇谁书写。旧燕归来，记得姓谢。

柳七与玉英

柳永，北宋婉约派开山词人，因排行老七，世人皆称柳七，为天下歌妓追捧，词坛与青楼盛名，与神无异。故有"不愿君王召，愿得柳七叫""不愿千黄金，愿得柳七心"等俗语风行于当世。南宋叶梦得是这样形容的："凡有井水处，即能歌柳词。"皇帝语录也远远不及。

柳永的父亲官至南唐监察御史，当然能为儿子请得起最好的老师。柳永聪明过人，自以为一考必中，然而非也。金榜屡次无名后，他便耍小孩脾气，怨曰："忍把浮名，换了浅斟低唱。"后来考得很好，名单到了皇帝手上，宋仁宗想起他的牢骚词，在他的名字上打了个叉。

官二代出身的柳七还是做官了，为余杭县宰，卑微得使柳七羞于向人言。赴任途中，在江州造访名妓谢玉英的绣楼。绣楼里挂满了柳七的词。当年，永哥一旦有新词问世，便会有日行千里的快马背负新墨的笺香奔向四面八方，天下歌妓争相竞唱的便是柳七的那首新词。玉英爱永哥的词，爱到神魂皆痴；玉英迷永哥的才，迷到日夜不分。玉英优雅清丽，满腹诗书，一身才艺，性情似柔水，谈吐皆珠玑。可永哥是躺在自己幽香绵柔的怀中，只愿沉醉不愿醒的傻孩子。其实，男人如果只为一个女人醉，那一定是爱上她了。柳永说：我不去赴任了。官，我所不齿；你，是我想要的世界。谢玉英坚拒了柳七。身为江南名妓，玉英阅人无数、阅世精深。玉英问他：跟了我，谁来养活你？

活着，是所有理想之河上的扁舟。不能养活自己，哪有尊严与自由可言。柳七当那个赖以活命的小官去了。三年，如坐牢狱。三年，柳七心里只有玉英。有一种说法，柳永的《雨霖铃》即为谢玉英所作。"多情自古伤离别""今宵酒醒何处？杨柳岸，晓风残月""执手相看泪眼，竟无语凝噎"，哪一句不在撕心？三年期满后，柳七打马奔江州，玉英却在一个丑陋的富翁怀里。柳七妒火中烧，抢出玉英，挥鞭策马直赴京城。

柳七一生，拥过名妓无数，就在玉英的裙边。玉英，靠达官贵人的银两谋生，就在柳七的眼前。这是一种比死还要残酷的爱恋。柳七在情感的炼狱中化痛为词，那些香脆如酥的好词都是滴血的痛与快。

一贫如洗的柳七死后无钱下葬，"群妓合金葬柳永"，玉英名列其中。这些，史书上都有记载。这些，被时光之刃雕刻成永恒的美谈。

遇见一个人，首先不是遇见一种貌，首先应该是遇见一颗心。柳七与玉英是见着了彼此一颗心的，只是一颗在此岸，一颗在彼岸。玉英成全了柳七，让他远离了官场俗流，用一生精神的泅渡登上了宋词的无极巅峰。地老天荒，无人可及。

传说，谢玉英曾在柳永墓前制碑石一块，上书"侍妾谢玉英泣立"。又传说，两个月后，爱情毁灭了的谢玉英大醉后对碑痛哭，昏倒后头顶击碑而亡。这一击，天地回响，彼岸的柳永是一定听得见的。一定，一定。

一种婉约
一夜暖雨，落散梨花朵朵
彼岸倩影，此岸烧酒
骑云凝醉眸，心思消瘦
孤星寂寥，为谁闪，为谁忧
坠入湖心化成愁
我也懂你，你也懂我
情漫十三楼
虽姿色只在神宫有
一个守清斋，一个任猥搂
纵然红颜羡煞万千倜傥骚客、千万富贵王侯

我心有你，你心有我

只能够烧红嫉胆铸干戈，寂寞为你守

一床新柔，耗尽岁月蹉跎

我在这头，你在那头

闻香携红袖，已无所求

屈指忘川，一江帆，一树果

修剪烦恼事事休

我中有你，你中有我

难辨无数错

望风尘迷乱遮烟火

梦醒唤旧酒，梦醒添新愁

纵然素笺铺满，苍茫茫山岳回峰，茫苍苍江海兰舟

寻得你手，寻得我手

终难握玉指逐流水，洗白首

穹窿赋

你用五战五胜

赢得了吴国的兴盛

世界给了你两千五百岁的不老青春

你在冰雪之岭崛起十三座绝顶奇峰

人类为你在天地之间繁衍出生生不息的鲜活生命

你想在灵秀的穹窿山仙居独隐

却迎来五湖四海虔诚瞻仰的如潮人流

你是穹隆的骄子

你是穿越时空的圣人

有谁知道

你那六千字胜过多少部军事、哲学、文化、思想的浩瀚巨著

有谁知道

你那十三篇赢得多少古今中外帝王将相的顶礼膜拜

有谁知道

你那攻心为上的上善之法

护佑了多少无辜平民的生命

你创作了世界上第一部伟大的军事理论专著

你那片片竹简已被几十种文字译成几百种版本

至今依然雄居美国十大畅销书的龙虎榜

《孙子兵法》 一部跨越国界的圣书

三茅峰是你的凉亭

东西铜岭是你的书童

浩渺太湖是你的墨砚

参天林木是你的彩笔

双膝泉　百丈泉　法雨泉　茅蓬坞涧水

你灵感的源流亘古清新

你书写在两万亩天然氧吧间的警言妙语

西汉名臣朱买臣读过

抗金名将韩世忠读过

一代明君唐太宗读过

传奇仙家施亮生读过

学问大师章太炎读过

而真正读懂你

且大彻大悟的第一人，是孙武

是孙子把你的大智慧诠释为兵学第一史诗

穹窿　是你成就了世界第一兵圣

你是天下第一智慧之山

你是万世流芳的圣地

中篇扬州评话：

板桥之恋

邂逅真情

茅屋两间，漏雨处，看天外万重山。笑对贫寒，饥饿了，窗前梅花当早餐。也曾想，摇一叶孤舟，扛一把渔竿，不钓千古名，只慕圣贤闲。逍遥在水湾，写《道情十首》，醉斜阳唱晚。

修竹几竿，傍幽兰，崛千仞不畏寒。一枝青峰笔，狂草水云间。诗词歌赋，顶天立地上霄汉；六分半书，闪电迅雷惊人寰；嬉笑怒骂，鬼怕神愁成美谈。一官辞归去，两百年来奇香弥漫；三绝诗书画，无古无今壮我中华文胆！

列位：我这番开场白，你一听就晓得我说的是哪一位了。不错，他就是扬州八怪的头号人物郑板桥。不过啊，现在社会上晓得的郑板桥，都是传说里的郑板桥，著作里的郑板桥，论文里的郑板桥，博物馆里的郑板桥，民间故事里的郑板桥，电视剧里的郑板桥，拍卖行天价字画里的郑板桥，只会写字作画赋诗说"难得糊涂"，说"吃亏是福"，爱吃狗肉欢喜唱道情，不跟奸商画画，做了县令只为民作主，辞官归来仍然一贫如洗的郑板桥。

我今儿个说的可就不一样了。我今儿个说的郑板桥是活的，能说能谈能笑能唱。

诸位请听，他来了：（唱道情）出扬州，去郊外，雷塘北，玉钩斜，炀帝宫女土里埋。三千年来说兴衰，乱世盛世轮流来，多少英雄入尘埃。一路走追古问今，人间可有真情在。

诸位也许听出来了，这个曲子就叫道情，这种味道的道情，是扬州清曲里的一种小唱，元朝的时候就有了。清康熙年间，数百岁的道情遇上了三十岁的板桥，板桥就把它抱在怀头，放在床头，藏在心头，用心血去养它，喂它，孕育了十多年的时间，产下十首，一吟一叹，一笔一画，豪放潇洒，清新优雅，朗朗上口，韵味无穷。一晃，这《道情十首》已经在社会上流传了三年，特别是那首"老渔翁，一钓竿，靠山崖，傍水湾"，上自京城，下至乡村，是人人传唱、个个喜爱，流传到而今，已经三百二十岁了。诸位刚才听到了，好听不好听？板桥道情，不但好听，唱词也好懂哪，说的就是当时板桥的行踪。

这是雍正十三年的早春二月，板桥大早醒来，就想出去晃晃。到哪块去呢？板桥想到了北郊十里外的玉钩斜。玉钩斜，是当年隋炀帝埋葬宫女的地方，历史上李白、白居易、欧阳修、苏东坡、秦少游都在这个地方留下过诗篇，板桥就想趁这大好的天气，一路踏青，去寻思古之幽情。

板桥从小秦淮河边的傍花村出门，哼着道情曲，兴步而行。

走出去不远，就看到一位白发苍苍的老太太，年龄看上去八十岁开外了，右膊弯头挎个小篓子，左手拄个拐杖，走路摇摇晃晃的，嘴里抖抖颤颤地："卖茶叶蛋噢，一文钱三个。"

板桥看到这位老太走路都打趔了，砖头子一绊，恐怕就歪倒下来了。心想：老人家可怜哪，假如家里儿孙好好的，肯定不会让她遭这份罪的。板桥急行几步，走到老太面前："老人家啊，一起买了，几文啊？""两个铜板，带篓子把你！"板桥伸手在胸前的粗布口袋里头摸摸，抓出十个铜板："老人家，你收好了！"老太把左手的拐杖递到右手上，接过这一把铜板，一脸的皱纹笑成了一朵花："乖乖啊，你把这么些钱，买龙蛋哪！"板桥看到老人家笑了，心里头快活哪，这一快活，情绪上来了，探手又抓出一把："老人家，还有地方放啊？""咦歪，相公啊，这么些钱，你想买我人哪，把我买家去是个累赘噢！""哈哈！哈！我就想买你个一年半载的安逸日子！"一年半载，板桥想想，这几文恐怕不够，探手到粗布袋里头摸摸，就剩七八个铜板了。板桥抓出来，递过去：

"老人家啊，现在你是富裕达人，我是身无分文了！"

板桥说自己身无分文，这不是虚话。板桥出行时在门上贴了首打油诗，写的是什么？念把大家听下子："最怕剥啄敲门声，囊中叮当无分文。还债不差三五日，拜托替我看好门。"板桥还真欠债啊？板桥真欠债哪，数额还不小哪。康熙六十一年，他父亲去世了，办丧事，买墓地，欠了一笔钱；第二年，也就是雍正元年，他最疼爱的儿子去世了，板桥伤心欲绝，办丧事，又欠一笔债；雍正九年，他的结发妻子徐氏因病去世了，给她治病办丧事，又花了一大笔钱。板桥有没有盐商富豪请他作画？有哪，但凡他看不惯的，拂袖而去，再多的钱，不要。平时赚一些钱，看到穷人了，倾囊相助，分文不剩。所以说呢，欠的债还在哪块哪，赚的钱，用光掉咧。

"相公啊，篓子把你，我家去睡觉了。""老人家啊，你家在哪块啊？""大水湾那块。""咦歪，走还要走半天哪。这样吧，我拿一个尝尝，你一路回去，卖得掉哪。"板桥从篓子里头拿了一只茶叶蛋，走了。"啊咦歪，老天爷保佑，我今儿个碰到菩萨了，相公啊，菩萨保佑你今儿个鸿运当头，大吉大利！"板桥出门得吉言，开心哪，把茶叶蛋放到鼻尖子上闻闻："嗯，香！"当然了，早饭没有吃，肚子里头造着反哪，当然香了！板桥正想剥了吃哪，就看到眼前有个七八岁的小女伢子，蓬头垢面，破衣烂衫，两只眼睛睁得像铜铃似的盯住他手上的茶叶蛋哪，板桥哪块吃得下去呢？"唉，我跟你，一老一小两个饿鬼，你吃我吃一回事，拿去拿去！"小女伢子还不伸手，把小脑袋一歪："你把我，我没得钱把你，你不吃亏了嘛！""哈哈！哈！小乖乖啊，你吃的是蛋，挡饥；我吃的是亏，得福！"板桥把茶叶蛋往小女伢子手上一塞，咽了一嘴的口水，继续上路。

板桥一路北上，走了七八里地，忽然地觉得口干得舌头都拉不动咧，饥饿得两腿都打软了。板桥四处望望，就看到西北的方向是一片清澈碧蓝的湖，再往北还是湖，靠近的叫黄子湖、赤岸湖、新柳湖，远些的叫白沙湖、莲澄湖、朱家湖，这些湖都与珠湖相通，扬州统称这一带叫北湖。这一带啊，如今已是面目全非了，但在清朝初年，这里可是明末文士贤人隐居的地方，其中史书上记载的有王玉藻，还有他的儿子王方魏，大学问家吴梅村、卓子任、张元拱，还有一位更了不得了，大画家石涛。这些人呐，当年的扬州人称他们是北湖十隐士，他们不肯在朝廷为官，不肯跟官吏来往，靠捕鱼种田为生，做千古不朽学问，有些人甚至一辈子没有踏入扬州城一步。所以说扬州这座古城啊，不管你走到哪块，即使是一片静湖、几处荒滩，都可能是表面看去不起眼，骨子里头不等闲。

这不是嘛，板桥再往前走了里把路，就看到一处小小的丛林。这个丛林，一看就晓得是人造的，中间有一条紫竹片铺成的羊肠小道，有七八百米，这竹片有薄有厚，有宽有窄，有长有短，悬空而筑，踩上去咯吱咯吱地作响。踩轻了，踩重了，踩快了，踩慢了，响声不一样，就好像一张长长的竹琴，能踩出不同的节奏、不同的旋律、不同的音韵、不同的曲调。板桥急走缓行，足下妙音如流，心中顿悟；竹乐，暗藏了知足常乐之意，这屋中主人，简直是太有才了！再往前走，就到了门口，大门的两边各挂了一盏长长的丝绢灯笼，上面绣了一副对联，上联是："陋室中，残杯斟酒，醉赋二月春。"下联是："寒窗里，陈雪烹茶，读史一碗灯。"

板桥看着这对联，禁不住一阵大笑："哈哈哈哈……"

板桥正乐着哪，两扇黑漆大门"吱呀"一声，开了。门里面站着一位妇人，朝板桥昂头一声断喝："呔！你个老道士，笑什么子啊笑？"

板桥猛听得这一声高喊，回过头来，把眼前这位女士快速地上下扫瞄一番：长瓜脸略施脂粉，丝绸衫半成新，胸前挂一串彩珠，腕上戴一枚玉镯，仰着头，挺着胸，神情傲慢，两眼惺忪，目光集中，盯住他不放松。

板桥心想：这位夫人眼神怪怪地盯住我看，我身上哪块有风景哪？板桥低下头来看看自己的衣服：是布衫，粗布衫，藏青色的粗布衫，洗得已经有点发灰发白的藏青色的粗布衫，肩膀上胳肘头上腰下摆上都有已故的原配夫人徐氏给他加的大块大块补丁的，三十一岁那年第一次踏进繁华扬州来卖画谋生时，请兴化老家的老裁缝做的穿了一十二年的藏青色的粗布衫。

板桥只看了自己这一眼，就明白眼前这位女士为什么这么傲慢地瞄他了：就看这件破长衫，不是要饭的，就是穷光蛋。板桥就想了，做人也不能太低调，赶紧告诉她我是哪一个吧，否则她会把我当穷叫花子看的，弄不好连一碗水都讨不到了。

"夫人，本人郑板桥，这副对联，是板桥三年前雍正十年壬子乡试南闱中举后所作。"

乡试，是古时候科举考试的一种形式，分南北两地举行。南闱，就是说考试的地点在金陵，也就是现在的南京。板桥在雍正十年他四十岁时中举。当然了，中举没得用，还要进京参加会试，中了进士才有希望做官哪，不过这个地方来不及细说了。眼前这位夫人来话了，她想弄两句气下子面前这个看上去像老头子、其实不是老头子的老道人，让他知难而退，省得在这块七个三八个四地啰里八嗦地烦人。

"老道人啊，你抬头望望天好啊，天上的那个东西，圆圆的，暖暖的，它叫太阳，不叫月亮。懂我的意思啦？现在是白天，不是夜里头，做梦在月亮下头是正常人，在太阳底下就是个痴子。痴人说梦恐怕就是说的你吧？嘿嘿，还乡试！还南闱！还中举！还扬州八怪的头儿郑板桥？"

"鄙人正是板桥道人！"

"你是板桥道人，我还是金桥仙姑咧！"

板桥看出来了，这是个苦轴的人，认死理的人，只能玩绝招了。板桥从胸前的粗布口袋里取出一方印章，往印面呵了一口气："夫人，请把你的手掌伸过来。"板桥轻轻一按，夫人手掌上清清楚楚两个大红的字："板桥"。印章是什么？就好似现在政府文件上的公章，有文件没得公章，没得人买你账，给你一幅画没得印章，等于废纸一张。女士果真是见过大世面的，懂哪："板桥，板桥，真的是板桥！这只手，十天半个月舍不得洗了！"

女士做梦似的，自言自语着，两只眼睛睁得差不多眼眶都装不住眼珠子了，脚下是一步一步往院内退去。

板桥随女士往院内走去，就看见这院内的回廊也不同凡响，墙，是用竹简做的。板桥看得出来，这个竹是有考究的，是潇湘竹，点点的泪痕，滴滴的斑迹，不是相思泪，胜似相思泪。潇湘竹本身并不粗壮，所以主人在一片一片的竹片上都穿了眼，用蚕丝线串联起来。高一丈八尺、长百五十步的潇湘墙上一行一行如行云似流水的行书，一眼望过去，一篇一篇的文字，全都是板桥的《道情》，一共十首，那书法的功夫，可说是笔笔如香兰、字字似珠玉，笔力透竹背、风韵惊清波！

这刻儿工夫，两个人都呆了。

板桥人站在原地，魂魄掉进书法里头，出不来了。嘴里是窃窃私语，滔滔不绝，好像面前站了无数的老朋友，故友重逢，唠叨不断。

女士看着这老道士，外貌像个乞丐，神情像个仙家，亦真亦幻，亦梦亦醒，不晓得今儿个大早遇见的这个人是从地底下冒出来的呢，还是从云头上飘下来的。

"板桥大人，板桥举人。"

"啊啊，叫我板桥道人更觉顺耳。"

"来来来，请请请……"

女士碎步急行，板桥紧随其后，来到庭院西北角的僻静之处，面前是五间青砖黛瓦的高墙大屋。

板桥抬头看看门额，上书"摘雨轩"三字，摘是摘东西的摘，我们平常人只听说过摘桃子、摘苹果、摘葡萄、摘蚕豆，没有听说过下雨天落下来的雨还好摘的哪。

再看看两边的对联："闭门守捕漏天风，锁心拙摘檐下雨。"板桥读着这副对联，心里头明白"摘雨轩"的含义了，这屋子的主人，应该是做考注学问的。什么叫考注，那就是要把上下五千年疑难的文字解释清楚了让后人读得懂。这样的学养功夫，太难得了。板桥再看落款，落款是个甲骨文的"饶"字。板桥心里有数了：女士把他领到这块来，是想进一步考他是真板桥，还是假板桥。板桥面朝对联深深作揖："饶君辛宁，甘泉才子，板桥仰慕已久，一部《后汉书》考注，默默著述十余年，最终仙逝在灯下案头。此等文人品质，感天地，泣鬼神。辛宁君，请受板桥一拜！"

"啊呀呀呀呀呀……饶辛宁正是我的夫君！想不到你果然是扬州八怪郑板桥！郑举人，来来来来来，请厅堂高坐，我这就去把崇拜郑举人多年的小女叫来。小女性格腼腆、害羞内向、木讷少言寡语，还望郑举人多多指教！"

说着，饶夫人把板桥引进一处接待游客的茶厅坐定，便急匆匆往外奔去："五娘啊，我的小乖乖呀，郑板桥来了！是真的郑板桥，不是假的郑板桥，不是骗子郑板桥，不是上回拿假画来冒充郑板桥，被你一眼识破的郑板桥！这个真的郑板桥，比假的郑板桥穷多咧，矮多咧，丑多咧！小乖乖啊，你快点个出来嘞……"

这间茶室，四壁挂满了刺绣。扬州刺绣，汉代就已经很牛了，到了唐宋的时候，已经到了独步天下的水平。清朝的时候，更神了，高邮一位女伢子，能把一根头发丝劈成四份！乖乖隆地咚，这种神功，绣出来的人物像，你走到他面前，一不小心，能把你吓一跳，给他一口气，能跟你聊天。这个茶室的人物绣，仿的是宋绣人物画的技法，又称乱针绣，是以针代笔，以线代墨，配上彩色，有直逼西洋油画的效果。这些画跟真人差不多大小，用长方形的红木画屏嵌起来，真可以说是神韵天成、惟妙惟肖、栩栩如生、活灵活现，只要咯吱他下子，他就要笑了。板桥虽说是孤傲狂放，却不敢惊动这些人物，自左往右望过去：屈原，再望过去：孔子，再望过去：杜甫，再望过去：李白，再望过去：欧阳修，再望过去：苏东坡，再望过去，一下子就呆在那块咧！咦哟歪，这是哪一个呢？在历史人物图里头还没有见过这个人。板桥定了定神，仔细看看：身高一米五六的样子，是个矮子；画面里头就占了三分之一，是个瘦子；脸上坑坑洼洼的，是个麻子；一身脏兮兮的粗布衫，像个浪子。板桥禁不住自言自语了：矮瘦穷丑，你是哪个？不说便罢，这一说，面前那个人也说了；板桥把头这么一歪，面前这个人的脑袋瓜子也歪了；板桥伸手这么一摸，面前这个人也来摸他了，这一摸，光光滑滑，冰冰凉凉，板桥一下子醒了，原来这个玩意儿就是在扬州八大盐商商会会长马秋玉家里头见到过的。

马大人从西洋花大价钱买回来的西洋镜虽说十分的稀罕，板桥却是十二分不肯靠近那面把真人照得跟真人丝毫不差的镜子。

因为长得丑，见镜子他就躲。今儿个就这么糊里糊涂地有生以来第一回被上镜了。

人生总有第一次，板桥平生第一次看到自己的长相容貌了。世上什么事情都是这样的，第一次有了，第二次就不躲了。板桥第一次明镜里目睹真容，这一看，第一眼是有点被自己蒙住了，心里话你也长得太糟蹋男人了吧！再看第二眼，忍不住就是一阵朗声的大笑："哈哈！哈！哈哈哈哈……纵观天地人寰，有几人奇相异貌敢跟我板桥叫板！"

板桥这一阵闭眼狂笑，睁开眼来，算是第三次在镜子里头看到自己。这一回这一看，不是蒙了，是晕了。

镜子里面除了自己，眨眼之间多出一个人来了。

那是一位少女，美少女，亭亭玉立的美少女，不施脂粉、素颜简装、肤若雪玉、面似桃花、幽香如兰、一笑百媚的美少女。更让板桥着迷的是她那双眼睛。那双眼睛不是最大的，不过你如果跟她对视一眼，就如同神游在一望无际的湖水之上，这湖水波澜不惊，这湖水清澈见底，这湖水纯净无瑕。说句夸张的话，见到这双眼睛，恐怕上天都抗拒不了凡间之美的神采了。

身边这位美少女比板桥高出了一肩，幸好是面对明镜，板桥不需要抬头也能看到她阳光一般灿烂的笑容。

"姑娘。"

"板桥先生，请叫我饶五娘吧。"

"五娘，门前那条知足常乐之道，是你的创意？"

"家父仙逝之后，小女子悲痛之情难以自拔，娘为了排解五娘心中忧伤，特将寒舍辟为茶馆，一路北来的游客偶尔光顾，还能赚得几文。修建之时，小女子作此雕虫小技之竹道以自慰，不足挂齿。"

"那廊下潇湘竹上板桥《道情十首》，是你所书？"

"小女子不才，因为太喜欢先生的《道情十首》，习作而已。"

"那，那这些足以乱真的刺绣？"

"五娘从小拜名师传授,如今只想凭此手艺,供养我娘,赖以度日。"

"啊啊啊,世人都说扬州出美女,又有谁见过如五娘这般内外兼修、才貌俱佳、藏在深闺人不识的扬州美女?板桥今日一见,敬佩不已。"

"先生此言令五娘受宠若惊。五娘虽自幼受家父教诲,琴棋书画礼仪、女红史学诗文略知皮毛,但心中所敬所仪,乃板桥先生也。先生之为人为文为诗为画,非常人之所能,五娘常在梦中与先生神会。正所谓心诚则灵,今日果然梦想成真,五娘今生所期所盼,足矣!"

两人镜中一邂逅,胜过世间许多年;心动何须互寒暄,彼此句句肺腑言。

人世间是否真有一见钟情的美事?本人没有经历过,在这里不好妄加评说,只是此时此刻此境此情,两个人一问一答、一唱一和,板桥忘了饥渴,五娘忘了主客之礼。

"啊呀呀呀呀,这个死丫头,一提到郑板桥三个字,脚底下抹油,兔子都没得她奔得快!丫头啊,这个人就是真郑板桥!"

两个人听得这一阵喊,都从镜里的梦中醒过来了。

"先生请坐,五娘这就去沏茶。"

"来人啊,小他啊,到厨房间头把陈年玉液酒、沛县酱狗肉、红烧狮子头、清蒸大鳜鱼拿过来,脚头放快些子!郑举人啊,若是外来的游客城里的大款,这一顿招待少了不能再少也要半两银子哪。五娘是你的粉丝,你,就收粉丝的钱了!"

"娘,先生这一顿,五娘请了。"

"呵呵呵呀呀呀,小他啊!等等我,我亲自来拿!"

饶五娘看着娘一阵风似的奔过去,心里头有数了,为板桥斟着茶,笑着打招呼:"先生,娘自从开了这个茶馆,都快成财迷了,还请先生见谅!"

"哪里哪里,今日板桥布囊中分文全无,若不是五娘请客,板桥这刻儿就该开溜了!"

"五娘躬谢先生的布囊,若不是它空了,五娘哪里有机会表这份仰慕之情!"

"哈哈！哈！原来君子囊空也是福啊！"

说话的工夫，饶五娘的娘端一个托盘来了，托盘里有几个小碟子，五娘看看：一碟花生米，一碟蚕豆瓣，一碟炒黄豆，一碟酱黄瓜，一碟萝卜皮，一碟拌豆腐。外加一壶市面上最便宜的扬州老白干酒。

"娘！"

"儿啊，娘差点儿忘记掉了，今儿个晚上，马公子来哪。郑举人啊，马公子兴许你也听说过的，就是扬州头号大盐商马秋玉的大公子。"

"板桥晓得哪，马氏二兄弟最大的憾事便是无后，马公子马耀祖是马秋玉继子，今年二十六七了吧？据说马公子已娶三妻两妾，可惜只生下五个女儿……"

"嘿，呀呀呀呀呀，你说那万贯万贯万万贯的家产，没得个后人继承真正是天大的烦心事啊！那马公子一心欢喜的人，就是我们家五娘了……"

"娘！"

"那马公子追她追得脚底板都抽筋了。半年前马公子请相面大师给五娘看过相了，说她命中头胎必生男孩，那马公子这下子追得呀，人都快疯了，什么成担的金子、成筐的珠宝……"

"娘！"

"成……"饶五娘的娘突然之间一下子把话咽下去了，憋回去了："乖乖呀乖乖呀，娘不说了。上菜，倒酒。郑举人啊，满桌的下酒菜，管饱的扬州白，今儿个我陪你醉一场！"

板桥正觉得奇怪哪：怎么饶夫人说了一半，咔嚓一下子停住了，调头看看五娘，明白了：五娘哭了。五娘一双明眸里头储满了泪，涌涌的，往下直掉。

"唉，夫君临终有句遗嘱，要我一辈子不许让女儿掉泪。做娘的，难哪！来来来，郑举人，陪我干个满杯！"饶夫人说住，把一杯酒干了。

这是什么杯子？酱紫色的陶瓷高脚杯，一杯五六钱呐。饶夫人干完一杯，又给自己斟满了，眼睛盯住板桥。

"先生一定是饿了，吃点小菜再喝吧。"饶五娘把拌豆腐放到板桥面前，又把调羹递到他手上，看住板桥吃了两口；又把花生米递到他面前，看住他吃了两口；又把蚕豆瓣递到他面前，看住他吃了两口。

"先生，娘拿的这酒杯太大了。先生如果不胜酒力，不必干的，五娘不想看到先生醉了。"

自见到板桥后，五娘的目光就没有离开过板桥，看得板桥是脸也发烫，心也发烫。

"啊啊啊，板桥一定要满饮此杯！"板桥一抬手，一倾杯，干了：

"哈哈！哈！醉也美，醉也美，有谁能解，醉中滋味！"

"说得好，说得妙，就为郑举人这句话，我再干一杯！"饶夫人又是一杯，这才先替板桥斟满了，又给自己斟满了。

"五娘敬先生！"五娘看着板桥，眼睛里头依然是泪光闪闪，目光含情，好像有许多话想说。五娘浅浅地咪了一口，放下杯子，声音很轻很柔："潇湘泪，潇湘泪，有谁能解，泪中滋味。"

"酒，真是个好东西啊！郑举人，这一杯，你得陪我一起干了！"

"板桥借酒谢盛情，这一杯敬夫人，干了！"

这一回两个人同时饮尽，饶夫人先给板桥斟了满杯，又给自己斟满了。

"痴情累，痴情累，有谁能解，累中滋味！郑举人啊，你听得懂我这句话吗？"

"娘，你醉了！"

"乖乖呀，娘没有醉，娘只是想说话。郑举人，你能看出来，我三十年前曾经是扬州盐商家里头娇生惯养、要风得风、要雨得雨的千金大小姐、宝贝独生女儿吗？看不出来吧？干一杯！"

"娘，你醉了，不能再喝了！"

"乖乖呀，娘半杯半杯喝，一段一段说。我十五岁那年爱上了、嫁给了仪表堂堂、风度翩翩、才华横溢、为人谦和的甘泉才子饶辛宁。当时，做梦也不会想到一个"穷"字。三年之后，父亲被人陷害，诬告他贩运私盐，贩运私盐是杀头之罪。父亲是个烈性汉子，自尽以证清白，娘深爱父亲，随之而去。从此，我跟夫君失去了生活依靠。夫君一生所迷，只有学问，一生所求，只有尊严，丝毫不知生活的艰难。为了夫君的尊严，我变卖了所有值钱的东西艰苦度日，后来没有东西可卖了，只能卖苦力维持生计。再后来，多亏了大盐商马大人的关照，生活才有了转机，马府的恩情，饶家今生今世无以报答。那马公子……啊，啊，啊，我不能让我的五娘流泪，不能让她流泪！喝！喝！喝！干！干！干！"五娘想阻止哪，来不及了。饶夫人又是一杯饮尽，一时间苦泪纵横。

"啊呀呀呀，乖乖呀，娘原来也会流泪哪，娘累了，连眼泪水都管不住了，娘是真的累了，娘去睡了！"饶夫人站起身，摇摇晃晃地往外走。

"娘！"

"不要管娘，娘认得床哪！"

"先生，我娘喝多了，让你见笑了！不知先生可愿意去父亲的书房小坐片刻？"

"甘泉才子饶辛宁的书房，当然愿意！"

这个书房的建筑太特殊了，五间房，中间无一根木柱，挑高达一丈八尺，东南两壁上方各两扇三尺见方的活页窗，下面有绳索控制，拉开来，一缕一缕的阳光照进来，明亮，温暖。西北两壁是顶天立地的书架，从上到下，由左往右，整整齐齐摆满了书，东墙下有一张床，枕头两旁各摞了一堆书。南墙下一张大的书桌，用厚厚的酱紫色丝绒布罩住，五娘掀开丝绒布，就见书桌靠墙的半边摞的是书；向外，靠左手边的一半，是一叠四尺多高的书稿。一册线装的《后汉书》，翻在一半的位置上头。向外，靠右手边，铺了一页淞江蜜色稿纸，写了有半张纸的字。稿纸的上首，是一方紫端石砚，石砚上头，搁了一支湖颖毛笔，搁了一支徽州墨。紫端石砚的上首，是一只青花瓷的洗笔盆，洗笔盆的旁边是一只绘有梅兰竹菊的紫砂壶，壶里装了清水，壶外是一枚白色的长条形镇纸玉。

饶辛宁是康熙四十六年的举人，做过扬州甘泉县的主簿。主簿，相当于如今政府秘书长的职位，因为他博古通今，才华卓绝，人称甘泉才子，后来辞官归隐，一心修撰《后汉书》考注，一十三年隔绝世事，孤守书斋，可惜只完成了一半，便因病仙逝。

板桥面对饶辛宁的书桌，深深地一揖："久仰先生美名，只是先生一向为人清高，从不愿赴诗会歌宴荒废光阴，板桥错失了与先生交往的机会。今日见先生书稿，如晤君面，如与先生神交。敬望先生接受板桥一拜！再拜！"

板桥深深地拜过后，抬起头来，就看见五娘已是泪流满面。

"板桥先生，想看看父亲最后半年的书稿吗？"

"当然！"

"父亲生前有过交代，那些书稿，绝不让世人知道，包括大盐商马秋玉伯伯。其实，这个'摘雨轩'书斋，是马伯伯亲自设计、出资修建的。包括这书斋中的大半珍贵书籍，都由马伯伯出资购买。板桥先生对父亲如此敬重，让小女子十分感动，其实父亲生前最敬重的人里也有先生。我相信，如果父亲地下有知，也会愿意让先生看这些书稿的。"

五娘走到床头，打开一只大木箱，捧出一叠书稿，放在桌上。

"这是父亲肺病发作后写的书稿。"

板桥坐在书桌前的木椅上，五娘站在一旁。板桥翻开这些书稿，每隔两三页就看见蚕豆大小的酱紫色斑点，不多，有的一块，有的两块。

"这是父亲咳嗽时咳出的血块。父亲刚开始想隐瞒病情，想把这些带血的书稿揉成团扔掉。我是时时刻刻跟随父亲的，我给父亲研墨，我给父亲续茶，我给父亲查找各种书籍，我怎么会发现不了这些带血的书稿呢？父亲说了，不要告诉我娘，不要让她为我心疼，她已经为我吃了太多的苦了。"

"先生，你能看得出来，我娘曾经是扬州盐商家的千金小姐，千万富翁的独生女吗？娘当年看中了父亲出众的才华，外公外婆无论怎样反对都没有用。娘嫁给父亲的头三年，接连生了三个女儿，都先后夭折了，第四个，那时外公外婆已经惨死，家产也被抄得精光，娘悲痛欲绝，无法抚养这个孩子，父亲和娘是含着眼泪把我的四姐送人了。我出生的时候，父亲已经在马伯伯的鼎力举荐下，在甘泉县做了三年的主簿，父亲从此把我当成掌心里的宝来疼爱。父亲对娘更好，父亲在世时，绝不让娘干任何苦活脏活累活，可是，父亲并不知道，虽然我们的家用，马伯伯会定期补贴，但并不够用。在他闷头做学问的那些年，娘一直在瞒着父亲向外公外婆以前的老朋友借钱维持家用。父亲去世后，母亲为了还债，把男人干的脏活累活苦活全干了。娘的手掌上头全是又硬又大、又厚又坚的老茧，比干粗活的男人手还粗呢。"

"母亲长年累月地劳累过度，后来患了关节痛，手关节、腿关节，只要受了凉，就会疼得满地打滚，冷汗淌得把浑身的衣服都湿透了。医生给她开了一种药酒，娘越是疼得厉害，就喝得越多。医生说了，你不能干重活了，歇歇，会好些的，娘哪里肯听，就这么日子久了，喝酒成瘾了。"

"父亲也是这样。刚开始瞒住娘看病时，医生说了，我跟你开副方子，你要长期坚持吃药，你不能再没日没夜地劳神了，多歇歇，多睡觉，多走路，出去散散心，静养一两年，会慢慢好些的。哪晓得，父亲比以前睡得更晚、起得更早了。就为了这个，我天天跟父亲吵，跟父亲闹，跟父亲喊，跟父亲叫。那段日子，我眼睛都哭肿了，眼泪都哭干了，我跪在父亲面前，苦苦地求他，我说：父亲，留得青山在，总有花盛开，灯油燃尽了，哪还有未来。父亲说：女儿啊，你当我不晓得这些道理啊。父亲这一辈子就生活在千年的历史里头，晓得生命有多短暂、时间有多宝贵，父亲钻在古书堆里，总是在想，我要像古人那样为后人留下点什么。可是，做学问太难了。为了弄清楚一个字的对与错、一个词的来龙去脉，我可能要看十本二十本书，要花费十天半月的时间。胸闷得喘不上气来的时候，心口疼得如同刀绞的时候，父亲是想睡他个一天半天，什么也不想，什么也不做，就是躺着，就是睡觉。可是，一躺下来，满脑子里想的还是古书里头某一个字的正确的注解、某一句话的准确的答案。父亲说了，如果我留下了这些疑惑不去注解，留下了这些贻误不去校正，就会愧对后来的读书人。想到这些地方，父亲就觉得躺着是一种罪过。父亲说：女儿啊，你愿意父亲成为这样的罪人吗？"

"到了病情严重的时候，父亲跟我讲这些道理已经是累得气喘吁吁、呼吸急促，我知道父亲因为不能如愿以偿地按计划完成他的学问心里有多焦急，我不敢再劝他了，我能做的就是守在父亲的身边，他拿不动书了，我替他捧着；他看不清字了，我替他读出来；他举不起笔了，我手把手地帮他写字；他咳血了，我给他擦干净。到了最后的那段日子，父亲的鼻子里也往下滴血了，我来不及用纸，就用手替他接住，这样，血就从手指缝里一滴一滴地滴在书稿上。我把父亲扶上床，父亲总是强撑着坐起来，心疼地看着，不住地说：血弄脏那段文字了，怎么办？看不清那句话了，怎么办？女儿，你还记得吗，你一定记得，你不要管我，赶快把它们重抄一遍，要抄清楚了，一个字都不能出差错！千万千万不可贻误后人！父亲心疼这些被血弄糊的文字，一着急，常常就晕过去了。到后来，父亲坐在椅子上就晕过去了，我背着昏迷过去的父亲，只走了几步，就跌下来了。其实，我也很累，累得手足无力，累得头昏眼花，累得筋疲力尽。我只能跪着，一步一步地爬，把父亲背到床上去。有时候刚刚替父亲把被子盖好，他又醒了，父亲看到我手肘跌破了，流血了，就会心疼地跟我说：啊呀，女儿呀，你看你看你看看，你受伤了，你流血了，你疼吗？你不要管我了，快些去用药水洗洗，包扎好，不要感染了，你看你看，你淌眼泪水了，疼得厉害呢吧。乖乖呀，父亲让你受苦了，你再扶我一把，有两句话，我要把它写下来。我怕躺着躺着，睡着了，再醒过来，记不得了，忘掉了，那可就是了不得的遗憾了。到最后，父亲的手膊已经没有一点力气了，父亲的两条腿已经迈不开步了，不过，父亲的脑子还是很清醒，父亲的脾气更急了，我若是不依他，我若是稍有迟缓，他就会气喘，一喘，就会吐血。我唯一能做的，就是什么都依他，什么都顺从他。父亲从来没有叫过苦，没有说过累，没有叹过穷，没有喊过痛，只要往书桌前一坐，父亲的脸上就有了微笑。只要找到一个字的注解，他就开心，他就兴奋。他每天都过得很满足，很幸福。那年的秋天，太阳很好。娘说：儿啊，你把父亲的被褥捧出来，捧到门口，娘替他晒一晒，睡了舒服些。父亲正在书桌前埋头看书，我把被褥卷成一团送到门口交给母亲，我看着母亲晒被褥，看着有一个东西掉在地上。娘蹲下去捡那个东西，半天没有站起来，头埋在胸前呜呜地哭。娘不敢大声地哭，娘怕父亲听到会心烦。我走到母亲身边，看到了娘为父亲绣的一块手帕，手帕揉成了一团，已经被父亲的牙齿咬得稀烂，娘把手帕抖开来，看到了密密层层的牙咬的小洞，斑斑点点的都是血迹。"

"'五娘！你个不孝的孩子！你个木头人！你就不晓得父亲有多痛吗？你是怎么做女儿的！你就这么不懂事吗？你是想把娘气死吗？'五娘从来没有见娘那么伤心地哭过，娘不敢大声哭，娘怕父亲听到。娘压着嗓子哭，娘压着嗓子骂我，娘悲痛得半天半天站不起来。娘说：'我不放心你了，我不相信你了，我要进去照料他，我不能让他这么痛，我要替他痛！'"

"进屋后，父亲看到了我脸上的泪痕。父亲看到被褥拿出去晒了，父亲太聪明了，他知道一直藏在被褥下面的手帕一定是被娘发现了。父亲说："把你娘叫进来！""

"父亲对娘说：'也许我来不及留下遗嘱就走了。现在，我交代你两件事：一是不要让女儿受委屈，不要让五娘哭，五娘哭了，我在地下也会听到，我的灵魂会疼的。二是如果我生前不能完成《后汉书》的校注，即使有人愿意出资刊印，也要坚决拒绝。这本百万字的书稿，即使完成了，也必须从头到尾逐字逐句核查一遍，或许其中还有笔误或者遗漏。辛宁一辈子追求完美，若是有错处流传于世，我在地下，灵魂也会羞愧。这两条，就算是我的遗嘱了。'"

"父亲最后一次坐在书桌前的这张椅子，是那一天拂晓的时辰。父亲把我从旁边的小床上叫醒，说：今儿个天气太好了，一定是个大晴天，你看，这么早外面就亮堂堂的了，鸟儿都在叫了，快扶我起床。我把父亲扶起床，出门去端来娘为他熬好的红枣莲子木耳枸杞人参汤。其实，父亲起初发现了自己的病情之后，就不许娘进他的书斋了。自从那次立了遗嘱后，父亲给娘立了更严的规矩，绝不允许她走近书斋一步。我心里明白，父亲是害怕让娘看到他发病时吐血不止的样子。娘对父亲的那份情，是心甘情愿为他付出一切的。娘知道父亲的病情之后，曾经哭了几天几夜，流着泪跟我说：儿啊，如果能治好你父亲的

病，娘愿意把肺子掏出来给他，他有个三长两短，娘活在这世上跟死
了有什么差别。父亲是懂得娘的心的，父亲不想让娘看到他受苦的样
子。娘从来都是对父亲的话言听计从。娘为父亲熬汤，是不分昼夜的，
因为娘不知道父亲什么时候一下子想起来要喝。熬早了，凉的，不能
给父亲喝，要热下子，又会耽误时间，哪怕是一点点时间娘都不想耽误。
现熬，肯定来不及，娘怎么会让父亲等那么长时间呢？所以说，娘白
天就不提了，夜里头通宵都不肯睡，就守在熬汤的砂锅旁边，冷了，
加把火热一下，温度正适合了，就在那儿守着，只要一看见我从远处
走过来了，立马盛上满满的一碗走到门口送到我手上。"

"我端了汤进来的时候，父亲已经趴在桌上睡着了，永远地睡
着了……"

"啊啊，对不住了，五娘，板桥把你父亲的书稿弄湿了！"

板桥听五娘说着，手上把那些血迹斑斑的书稿翻着，忍不住流下
了眼泪，泪水打湿了书稿。

"板桥也是一介穷书生，板桥也尝遍过人间艰辛，板桥也有一份追
求理想的痴情。听了五娘所述饶先生以血撰写的往事，板桥愧不敢比，
敬重有加。板桥这几串泪，就算是对饶先生由衷的祭奠了。"

"父亲自幼钻研书法，自成一体，追求自己的个性风格。马秋玉
伯伯说过的，如果父亲肯把自己的画作放到市场上去卖，价格一定不
菲。父亲是康熙年举人，如果一心专注赶考，也许会高中金榜步入仕
途。父亲做甘泉县主簿的时候，也会分到养廉的银子，过日子足足有余，
可父亲看不惯官场的虚伪贪婪、钩心斗角，毅然辞官隐退。父亲迷上
了默默无闻的穷途，心中唯有浩如烟海、无利可图的学问考注。不过，
父亲也有开心的时候，开心的时候他会唱先生的板桥道情；父亲也有
欣赏的东西，父亲特别欣赏先生的六分半书。"

"好吧，板桥愿为饶辛宁先生、为五娘写下《道情十首》，用我的
六分半书。板桥当着辛宁先生的书稿发誓：今日之后，绝不再用六分
半书写我的《道情十首》！"

"天色已晚了，先生一定饿了吧？我去准备饭菜。"

"不必了，我有充饥之物。"

"哦？在哪里呀？"

板桥胸前挂着的粗布袋有两层，一层装着铜钱，路上碰到穷人，随手散发。还有一层装的是什么？是地瓜子。

板桥从布袋中抓出一把地瓜子："就是它了！"

"这个，能抵挡一顿饭啊？"

"哈哈！哈！板桥来到扬州的第三年，有一富商身价过亿，家中养了一批门客，里头有文人、画家、名伶、诗人。那一回请我去赴堂会，其中还有不少的高官权贵，所付银两足够板桥过上三年无忧无虑的日子。饮酒欢宴之间，板桥看他对高官阿谀奉承、对门客吆三喝四，还强求板桥在一张宣纸上画满修竹。板桥心里头一团火是熊熊怒烧，提笔画了一纸的竹，用一砚的墨把整张宣纸泼得纯黑，提笔在墙上写下了一首打油诗。你听啊：'一杆竹嫌少，两杆竹不好，三杆四杆，恶风来了，五杆六杆，西歪东倒，七杆八杆，气节不保，九杆十杆，乱七八糟，索性把满纸泼焦，遮了你的贪婪羞臊。银子不要了，老郑回家睡觉！'板桥想不想钱？想哪！板桥缺不缺钱，缺哪，可板桥的人格骨气，金山银山也买不到的。那段日子是真穷，板桥在路上买了两斤地瓜子，在家熬过了三天的饥饿。所以说啊：五娘，板桥袋中地瓜子够呢，今晚饿不着的。"

"哈哈，小女子相信，这就是扬州街头巷尾传说中的真郑板桥，这也是小女子心中仰慕已久的真郑板桥！"

"五娘，你笑了！自从见到五娘到现在，第一次看到你笑，你笑了，天就晴了，板桥的心里也亮堂了。快，快，快，铺纸，研墨，板桥要写出一生中最欢喜的六分半书"道情十首"！"

什么叫"六分半书"？在这块我要做个简单的交代。板桥早年千遍万遍地苦心研习过崔瑗、蔡邕、钟繇、王羲之、王献之、欧阳询、颜真卿、柳宗元、怀素、苏东坡、黄庭坚、米芾、蔡京、沈周、徐渭、高其佩、石涛诸人的书法，楷书、行书、行草、狂草、隶书、草隶、魏碑、柳叶书样样皆通，板桥有句名言，叫作"十分学七分要抛三"，意思是学人家七分,还觉得多了,其中有一分还得学一半、撇一半,这样算一算,就成了"六分半"了。即使这样,板桥还觉得不满足,他又自创了一种"破格体",那就是整幅字的行走,不按横平竖直来,板桥又给它取了个名称,叫"乱石铺街",但乱中有列序、乱中有妙趣,观看整幅的字,犹如波澜起伏,惊涛汹涌,百舸争流,千舟竞发,酣畅淋漓,回肠荡气,风云变幻,日月争辉。

后来的二百多年间,有数不尽的世俗画家以模仿板桥体为生,但是板桥聪明哪,板桥跟五娘说过的:如果看见哪一个在学我的"六分半书",你就用烂泥把他的脸抹平了。艺术跟人的脸一样,世间千万人万万人,哪两张脸是相同的?他连自己的脸都不要了,还怎么做人?

诸位可以想象一下,那年那天那时,板桥用"六分半书"为五娘激情书写"乱石铺街"道情篇的场景,该是多么地感天动地,惊世骇俗!

五娘替他把地瓜子嗑好了,十粒、二十粒,开始是先递到板桥手里,从板桥的手里再送到板桥的嘴里,板桥写到狂放忘情的时候,五娘就直接把手里的地瓜子送到板桥的嘴里了。五娘倚在板桥身旁,就好像又回到了当年与父亲相依相守的日子。

父亲在病危的时候,曾经对五姑娘说:我的宝贝女儿啊,父亲是看不到你嫁人了,父亲只能乞求上苍:我女儿这么漂亮,这么有才,这么善良,一定要一辈子幸福,一定要是这个世界上最快乐的、最幸福的人!女儿,父亲唯一的心愿,就是希望上天能送给你一个男人,他会像父亲一样爱你,像父亲一样疼你。

难道父亲的在天之灵显灵了?难道?……

五娘深情地注视了板桥一眼,就看见他累得脸上渗满了汗水。五娘掏出一方洁白的丝绢手巾:"你歇一歇,擦一把汗,喝一杯茶吧。"

板桥搁下笔,转过身伸手接过丝巾,手伸到半路上,缩回去了。板桥心里话,我这张麻脸瘦脸,不要说不讨旁人欢喜了,连我自己都不想照应它,记得了洗下子,记不得三天两天赖得理它,今儿个大早出门洗脸还是没有洗脸呢?板桥真是难得糊涂,忘掉了。记不得恐怕就没有洗，没有洗，这一路风尘而来，用这方雪白的手帕一擦一抹，咦，乖乖，恐怕黑得连它的主人都认不得它了。

"这方手巾，有五娘的刺绣，世间独此一方，先生如不嫌弃，用后请笑纳。"

"啊啊，啊，这，这，这……"板桥接过手帕，展开来，大红的双面绣，绣了两行字："人间应有真爱在，愿用一生等一人。"

板桥双手托着这方丝巾，面对面地看着五娘，心中不光是欢喜，不光是爱怜，不光是欣赏，更多的是发自内心的敬佩。清朝盛世的扬州，富翁满城，人杰遍地，稍有姿色的女孩，哪个不是攀龙附凤，专拣富二代官二代、有钱有势有权的人嫁了？像五娘这样才貌俱绝的纯真少女，追求的人恐怕不只痴情的马公子吧？可为什么偏偏要将这块丝巾送给板桥呢？这方丝巾，无疑就如同定情的信物，板桥不禁为之心动了。

"五娘，板桥舍不得用它来擦脸。"

"啊，先生……"

"五娘就直接叫我板桥吧。"

"好，好，好，板桥，你一定累了吧，坐下来休息片刻吧，五娘为板桥沏壶正宗的蜀冈茶。"

"啊啊，免了免了，五娘也请坐，五娘也累了，五娘也休息片刻吧。"

夜很静，灯微明，两人对面而坐，四目相向，含情脉脉。

"如果五娘能够一辈子为板桥沏茶、研墨、擦汗、嗑地瓜子，那就是五娘前世修得的福分了！"

"啊啊，五娘芳龄几何？"

"五娘一十七岁。"

"板桥四十有三了。"

"四十三好啊，正是男儿登高时。"

"呵呵，五娘，你知道板桥有多矮吗？"

"板桥的气节，高山仰止！"

"你知道板桥有多穷吗？"

"板桥学富五车，富敌万贯！"

"你知道板桥满脸的麻子有多丑吗？"

"板桥一脸的标点符号，就是天下无双的著名商标啊！"

"哈哈！哈！五姑娘，板桥不是在做梦吧？"

"一片女儿心，只为情郎醉；纵有万贯财，不如寸心贵。"

"五娘，板桥四岁丧母，三十岁丧父，三十一岁丧子，三十九岁丧妻，虽三年前中了举人，可一生坎坷不幸，深夜独醒难眠。隔日债主催逼，常常借酒麻醉自己，几乎丧失了奋斗与追求的雄心大志。今日遇见五娘，犹如拨云见日，雄心重振。明年即是赴京大考之期，板桥誓将闭门发奋，面壁苦读，待高中进士、荣归扬州之日，定当娶你，爱你终身！"

"板桥此言当真？"

"板桥从来一言九鼎！只是你娘说的那马公子……"

"五娘只想真爱一个人，一爱就是一辈子；五娘只想被一个人真心地爱着，一爱也是一辈子。"

"板桥一生所剩，已经不足半辈子了，板桥愿用十倍的真爱，来补偿五娘的一辈子！"

"板桥，太阳已经出来了，你愿意让我牵起你的手一路往前走吗？"

"啊啊，好像只是一眨眼的工夫，怎么就一夜了呢！"板桥站起身，两个人并排而立，板桥要仰起头，才能看到五娘的脸。"五娘，板桥要去特制一双半尺的高跷穿上，这样我们就可以比肩而行了！"

"呵呵，只要板桥赴京赶考高中之后，不要低看了五娘，五娘甘愿俯身一世，伴随板桥！"

两个人牵手走出书斋，眼前除了大好的太阳，还有饶夫人阴沉的脸色。

他们两个人，真的能一路牵手，成就美梦吗？

焦山探班

nà ná 一小舟，pāng páng 水上游。zì gá 一声响，tì tuò 到润州。这四句话好懂不好懂？太好懂了，哪个都听得懂。每句话开头的两个字怎么写？你会啊？哦不会。我会不会？我也不会。你跟我不会都没得事，这叫冷僻字，蹊跷古怪的字，有奇才的人挖空心思想出来捉弄人的，不会就告诉人家不会。不过，有个人他说不会还没得过生。

"难为，难为，麻烦仁德大师，帮我写下子噢！"

"板桥，你就不要为难贫僧了，贫僧把你安排在别峰庵里头读书迎考，地方是安静幽深，伙食是顿顿翻新丰盛，你不思感恩，倒是一天接到一天地来为难贫僧。呵呵，阿弥陀佛，善哉善哉！"

仁德大师是哪一个？海内知名寺院定慧寺的住持，仁德方面大耳，宽额厚唇，枣眼塌鼻，削肩猿膊，身高体胖，白皮龇牙。俗话说，人生异相，必有奇福。皇帝亲授他紫衣、银钵、禅杖、玉如意，可谓得道高僧，学养深厚，禅理精通，才智过人，能言善辩，机趣高妙。不过跟板桥在一起，算是遇到克星咧，玩文字游戏，玩一回输一回。玩还不是白玩的，板桥初上焦山时跟仁德签下了君子协定，谁输了，现掏制线二百文。板桥上山半年多，连仁德大师自己都记不清到底输了多少钱了。弄得仁德大师是一天见不到板桥又想板桥，隔天见着板桥了又烦板桥，心里话你个促刮佬儿刁板桥，我们就闲坐品茶、谈古论道，多惬意啊，多快活啊，谈谈谈谈，就跟我玩花式点子了，又想掏我的钱了。

"仁德大师，板桥不急，板桥容你慢慢地想，写出来了，板桥输你二百文。"

"恐怕如来显灵，也写不出你这些怪字的，贫僧不想了。"

"哈哈！哈！谢大师慷慨，二百文拿来！"

"今儿个我不上你当了，还真不晓得这世上有没得这几个字哪，你写出来，贫僧再给不迟。"

"大师此言差矣！凡认输，现掏钱，大师总不想让你的弟子们知道仁德不守信誉吧？"

"罢罢罢，贫僧暂且把二百文摆在这块。""啪"，仁德是爽快哪，二百文，掏出来，搁在桌子上。

"这算是输的钱了？"

"算输的钱了。板桥若是写不出来，这二百文原数奉还。"

"不对不对，板桥，你又来糊弄我了！若是你写不出来，这二百文钱收回来，你再掏二百文才对哪！"

"仁德大师果然是不糊涂，板桥写不出来，这桌上的二百文，给你，板桥再掏二百文把你。那么，如果板桥写出来了，就该是这二百文，板桥收回来了，仁德大师再掏二百。"

"嗯嗯，说得好像有道理哪！"

"那就君子一言……"

"驷马难追！"

板桥不慌不忙把那二百文装进胸前粗衣袋中，铺开纸，拿起笔："仁德大师，看好了！"

"贫僧会好好看的，看古今未闻未见之字！"

"看好啊:nà，一竖一撇，小，大小的小少右边一点;ná，一竖一点，小，大小的小少左边一小捺。"

"呵呵，世上真有这两个字啊？"

"不要打岔，接着看: pāng，水，山水的水左边半个, páng，水，山水的水，右边半个; zì，門，門左边半个, gá，門，門右边半个, tì，東，東西南北的東少右下方一捺; tuò，東少左下方一撇。小小一小舟，才㇏水上游;門一声响，㬚㬚到润州。大师，有何高见？"

"呵呵呵，亏你想得出来，亏你念得出来，亏你写得出来！"仁德大师看着这些一辈子没有见过的字，摇头晃脑地自言自语，不知不觉地掏出二百文递给板桥。

仁德大师输了就掏钱，输了就掏钱，下意识地，都掏出习惯来了。

"多谢大师又掏二百文！"板桥说着，"哈哈！哈！"得意地一阵笑，把钱往粗布袋里头一放，站起来，不辞而别了。

"又掏二百文？不对啊，今个儿就赌了一桩事，我怎么好输他四百文呢！啊喂喂喂……"仁德大师追出门外："郑施主，请留步，账算错掉咧，你留步！"

板桥瘦小，一路飘飘而去。仁德体胖，咚咚咚急步追赶。拐一个弯，要耽误一点时间，拐一个弯，又要耽误一点时间。仁德心想，你老郑坏哪，我也跟你学下坏，焦山的路，我比你熟，我抄小路追你。

仁德拐过去，再拐过来；上一道坡，再下一道坎，咦歪，一道坡才往下冲，跟一位美女撞了个满怀。

"呵呵呵阿弥陀佛，女施主，多有得罪，善哉善哉！"仁德被撞得满脸通红，低头合十，连连道歉。

"这不是仁德大师吗？数年不见，大师又加倍发福了！"

"女施主是？"

"小女子饶五娘，五年前曾随扬州大盐商马秋玉登拜贵寺，为父亲饶辛宁顽疾烧香祈福。"

"辛宁兄仙逝，贫僧早在定慧寺内为他遥度。马秋玉是贫僧多年挚友，想必盐运的生意做得很好吧？我这里住了姑娘的一位扬州老乡，也是马秋玉的好友，他经营生意更有绝招妙法，层出不穷。他赚了贫僧的钱，不思闭门读书迎考，却是日日欢歌夜夜风流。无奈无奈，善哉善哉！"

"大师，此人可叫郑板桥？日日欢歌、夜夜风流？此等人物，怎么会是板桥？绝不会是板桥。"

"呵——呵，呵呵呵，嘿嘿嘿嘿。"仁德故作憨笑之状，心里头清爽得很哪：这个小丫头，中招了。这半年来，板桥常与仁德抵足而眠，彻夜长谈，知心朋友之间当然是无话不说、无事不聊，板桥跟五娘一见钟情，隔岸相思，必然是个常谈常新的话题。仁德今儿个算是没得法子再巧了，迎面撞见五娘，撞出个灵感来了：你老郑不是老欢喜捉弄我呢嘛，我今儿个也弄点小苦头把你尝尝。看看小对象怎么来治你个老滑头。

"怪不得的呢，原来如此。"五娘黛眉紧锁，心里已有了一团的怨气。

"五娘难道跟郑施主很熟，要不要贫僧带五娘过去见他一面？"

"呵呵，有烦大师！"

板桥隐居读书的别峰庵是焦山十六景之一，位置在焦山双峰之北的别峰之上，所以叫别峰庵。这别峰庵的四周是林花碧柳，微风熏香，青葱叠翠，鸟飞莺鸣，岚影水光，松浪竹雨，泉流石岩，日照古径。

不一刻的工夫，仁德领着饶五娘来到别峰庵。别峰庵北首有三间小屋，僻静得很，是仁德特地安排给板桥读书的起居之所。

仁德一本正经地轻声细语地跟五娘说了："女施主，你先不着忙，贫僧先在门外跟郑施主说两句话。"

"也好，小女子来得突然，烦请大师先招呼一声。"

"笃笃笃，笃笃，笃笃！""郑施主啊，贫僧从门缝里细听，好似有道情之声。你一个闭门读书赶考之人，怎么日里夜里都有故事啊？"

"哈哈！哈！赚了仁德的钱，板桥当然是日日欢歌、夜夜风流了！"

仁德心中是一阵的偷着乐："五娘啊，你可不要见怪，这板桥的性情，就欢喜说大实话。"仁德这句话是话中有话哪：饶五娘啊小丫头啊，仁德刚才的话句句是真吧？

五娘听板桥在门内这么一说，心头的怨气又多了一成。

其实啊，板桥藏身焦山读书，一是傍花村房租到期了，没有钱再续了，到这来是可以省掉食宿费用，二是债主隔日催逼，隐居这里可以躲债。不过板桥不好意思跟五娘这样说哟，板桥告诉五娘是应仁德大师盛情邀约，到这里来静心读书，励志迎考。

自板桥离开扬州之后，饶五娘是时时刻刻地思念牵挂，曾赋诗一首，粉纸香笺，速递过江，诗是这样写的："相思方知心也疼，长夜枕巾沾泪痕。平山焦山两相望，如闻吾君读书声。"板桥怎么回五娘的？板桥在一张纸上划了一条横线，上半页画一张竹床，竹床上躺着一个瘦子枕书酣睡；下半页画一片丛山密林，一瘦翁狂奔其间。空白的地方歪歪斜斜地也写了四句诗："一生痛恨八股文，四平八稳害死人。面壁只想猛撞壁，昏过好去当山神。"清代，考题都在四书五经上头，你先要把它背得滚瓜烂熟，然后考试的内容字数是固定的，句法是固定的，句数是固定的，文章的意思还不好随意发挥，必须按题目模仿古人的语气，按步骤按规矩按格式按套路成百篇上千篇地练习。你说，郑板桥，一位孤傲狂放、独立不羁的四十三岁的人，让他整天关在房间里头受这种折磨，他要受得了，那就不是真板桥，是假板桥了。饶五娘理解板桥的苦啊，也就不再写信来打扰他了。让他安心读书吧。可五娘自己安心不了啊：娘晓得她跟板桥定情了，心里头急得呀，如同烈火煎油，熬不住了，日日当她面哭，夜夜当她面哭，哭把哪个听？哭把亡夫饶辛宁听：夫君啊，你丢下我们孤儿寡母在这个世上受苦受难不谈了，我们母女俩还有七百两银子的债务哪。这么些债，即使这辈子卖血卖肉，下辈子卖五脏六腑，再下辈子卖皮卖骨都还不清啊！夫君啊，马公子多好的一个伢子啊，不谈帮我们还债了，就是金山银山他都舍得自己背过来送把这个丫头的啊！现在好咧，高富帅不肯嫁，要嫁把个矮穷丑，这往后的日子怎么过啊！死丫头啊，你图那个穷光蛋什么啊！

娘哭着喊着，五娘还不敢流泪，为什么？娘看到她流泪，把一肚子的怨气憋回去了，这闷气着得伤到哪块就更坏咧！想到想到，坏事还真来咧，从上个月开始，娘开哭一会工夫，就晕厥过去了。五娘刚开始还以为是娘装假吓她的哪，哪晓得不是装的，是真的。有一回，娘在烧一锅子水，哭着哭着晕过去了，水开了溅出来了，把她大腿上的皮烫掉了两个巴掌大的地方。幸好马公子那回子过来送好吃的看望娘，赶紧地请名医开好药治愈了。最近这些天，娘眩晕的次数增多了，醒来的时间更迟了，五娘才决定来焦山拜佛求安的。由于来得匆忙，就没有告诉板桥，想不到板桥在门内居然说出了这一番话，五娘心里当然是气了。

不过，等下子，仁德还没有解气哪，他又说了："郑施主，你的五娘来了。"

"哈哈！哈！她来了，又怎样？"

"她专程来看你，你难道一点都不开心？"

"她来了，哪里比得上赚仁德和尚的钱开心。"

"你赚了贫僧的钱，日日欢歌，夜夜风流，你就不怕五娘知道了心寒？"

"板桥早已心寒了，板桥不读这些腐朽的书了，板桥再赚你些钱，打道回府了！"

饶五娘听到这里，三把无名火已经烧到眉心了。五娘一脚蹬开那双开的木门，冲了进去。

"呵呵呵……和尚怎生此等无礼，板桥……"

"板桥！我眼前的板桥是真的板桥，还是那一晚如梦相遇的板桥是真的板桥？"

"五娘！你怎么……呵呵，你个仁德胖子，大腹如鼓，本以为满腹经纶，原来是一肚子的坏水！"

仁德有没有解气哪？看到老郑见到小美人时惊慌失措的样子，解气了。解气了，还要逗板桥一句："呵呵，请教郑施主，贫僧哪里错了？嘿嘿嘿嘿嘿。"仁德一龇牙，笑起来，一脸的肥肉好像开了花，看上去，一副幸灾乐祸的得意样子。

"日日欢歌，夜夜风流。五娘心中钟爱的真板桥，原来只是个假君子！"五娘如同是自言自语，泪水就滴下来了。

"呃呀呀呀呀，五娘，记得我给你画的画吗？上半页枕书而眠，即日日昏昏沉沉而过。日日昏过，即日日欢歌的谐音，日日与仁德和尚交谈，都是这样感慨的。夜夜风流，正如画中下半页一人在丛山密林中疾风而行，板桥是借夜夜迎风而奔作八股文腹稿。仁德，如果你有仁心，为何不替老郑正名？"

"嘿嘿嘿，急了急了，脸色都发青了。老郑你气了仁德半年，仁德始终以笑相迎，平常心，嘿嘿，平常心，嘿嘿嘿嘿……"

"大师，是你骗了五娘？"

"骗字言重了！你们家这位老郑，日复一日地绞尽脑汁骗仁德。仁德被他骗输了半年的钱，只想借此撞得来的机会，逗自己开一回心而已。呵呵，平常心，平常心，嘿嘿嘿！"

"哼！"五娘这一哼，心里头是在说，你个仁德大和尚，看上去慈眉善目、老实巴交，原来老实人使坏，竟然看不出半点的痕迹。那好吧，你大和尚不是输了半年的钱心里有气呢嘛，五娘也帮着板桥来再气你一气。"板桥，这半年来，你跟大师斗智斗谋，赢了几回？输了几回？赢了多少钱，输了多少钱？"

五娘蹬门进来的时候，板桥正把那赢来的两百文钱往一只陶罐里头装哪。板桥是在门内看着这满罐的铜钱，快快活活地与门外的仁德斗嘴玩的。现在听五娘这一问，再看看五娘转怒为喜的那一双亮烁烁的眼睛，心里懂了："板桥赢了几回，记不清了，仁德大师啊，你记得啊？"

"呵呵呵呵，平常心，平常心。"

"输了几回？记得哪，一回没有。仁德大和尚啊，板桥此言可真？"

"呵呵呵呵，平常心！嘿嘿嘿，平常心。"

"板桥输了多少呢？板桥记性不太好，仁德住持啊，板桥可曾输给你过啊？"

"呵呵呵呵，平常心，平常心。"

"赢了多少呢？"板桥把那陶罐捧起来摇摇，"嗯，钱的声音，胜似日日欢歌！仁德大师，板桥赢了多少？"

"呵呵呵呵，平常心，平常心。"

"板桥记得哪：一十二两整了！"

"呵呵呵呵，郑施主，好像有误差。"

"哦？仁德大师记账了？请问，误差几文？"

仁德从身上掏出一张细目账单子，狭长狭长的，有多长？有二尺多长，一笔一笔，蝇头小字记得是清清爽爽："郑施主请过目，你少算了十文钱！"

"哈哈！哈！十文，仁德，你还好意思说哪，上个月十二清晨时分，板桥夜夜风溜回来，正在整理赶考笔记，你说睡不着，饿了，来敲我门，说很想很想吃素油煮干丝、蘑菇炖蚕豆。老郑跑到山下找了个熟人开的小店，把人家从梦中喊醒，十二文给你买了两大砂锅，你吃了三天，可记得这回事这份情这笔钱？"

"呵呵呵呵，是贫僧误以为郑施主做东请客了，故未入账。阿弥陀佛，平常心，平常心！改日仁德补还你二文钱！"

五娘看着这两人一问一答的，气也消了，人也乐了："板桥，还不请大师坐下说话。"

"啊，哈哈！哈！请，请坐，请上坐；喝，喝水，喝清水！"

仁德是大胖子，朝一张矮矮的长条木板凳上一坐，看上去还真有点累哪。不过这半年以来，仁德已经在这张矮板凳上坐习惯了。仁德坐下来，细细地端详饶五娘。定慧寺是天下闻名的寺院，仁德交往的各色人等不计其数，正所谓观千剑而识器、阅万人而知心，仁德看人，称得上入木三分，精准得很。仁德一脸欢喜地微笑，望着五娘，禁不住连连地点头赞许：这个女子，真正是像一碗清水，纯啊，纯得是一清见底，能跟这样的清纯伢子结为连理，真正是好友板桥一辈子的福分了！

仁德接过五娘递上的杯子，喝一口清水，看一眼五娘，心里头是越看越欢喜，忍不住把不想说的秘密说出来了："郑施主，若不是你的五娘今日与贫僧撞了个满怀，贫僧怀中还有一份账单，差些子就忘了。"

"还有什么账单，仁德，你请我来的时候可是说好了的，吃住免费，老郑除了吃住，没有消费。"

"呵呵呵，郑施主见过便知。"

"今收到郑板桥所欠纹银二百两，特立此据……""大师，这是……"

"呵呵呵郑施主别激动。还记得三个月前贫僧跟你说过一句上联：'山光扑面因新雨'，向你求下联么？"

"记得，板桥所对'江水回头为晚潮'，也就是转个身的工夫啊，难道大师如此大方？"

"呵呵，贫僧哪有这么些钱啊：事情是这样的，扬州大盐商马秋玉自偶得这首上联后，难觅下联，冥思苦想，夜不成眠，三个月前来会贫僧，丢下二百两银子，说：哪一个对出绝妙下联，这就是赏银。仁德与板桥日日促膝长谈，探得你债主是谁，私下派人用板桥应得的赏金，还清了板桥的陈年旧债。此事本想瞒你到进京赶考之日的，见了五娘，太开心了，忍不住了，提前说了，呵呵，仁德也是欠缺平常心也！"

关于仁德，板桥后来做了县官，在回忆文章里有四句评语，叫作："精通经典，谈吐高妙，悲天悯文，德行绝好。"仁德慧心睿智，难道每回与板桥斗智斗谋全都是真的输了吗？仁德一是让板桥枯燥乏味的闭门读书生活多些乐趣，二是知道板桥贫穷，不日赴京盘缠也是一笔不小的费用，这样故意地一点一点地输给他钱，长期积蓄起来，也免得到时候为旅资犯愁了。所谓大仁大德，总是让人不易觉察，这也是做人的一种境界。

"多谢仁德暗中相助！只是这样一来，我与五娘，又欠马家一份情了！"

"板桥，五娘懂你的话里之话，你是想说，这笔大大的人情欠下来，五娘恐难回绝马公子的苦苦追求了。板桥，娘自从知道了我们两人的事之后，曾一回一回地逼问五娘：你认定了那个又老又穷又丑的怪人，图的是什么？娘其实是被生活的不幸和艰难折磨得忘记了她跟父亲的至真至纯之情。娘是苦怕了，累怕了，穷怕了，根本就理解不了，五娘所图乃人生在世最难得、最稀罕、最珍贵之求，那就是：五娘要独享板桥一辈子的欢喜珍惜！只是，只是，只是这次板桥进京赶考，假若名落孙山，五娘依然决然嫁给板桥，娘的心里一定过不去这道坎，娘也是一个认死理的人，娘一定会因此断送了性命。若是如此，父亲地下有灵，也不会原谅五娘。五娘心中之苦，板桥知道吗？"

五娘坐在板桥的竹床之上，双手掩面，泪水从指缝中流了出来。

"五娘，板桥知晓你心中之苦。板桥这一生，绝不负五娘，也望五娘不负板桥！"

"负与不负，既在人心，亦托天运。板桥，五娘今日登焦山，是急急地要请仁德大师为娘祈福，娘一日重于一日地晕厥不醒，五娘心急如焚。五娘这回来，乘的是马家的画舫大船……"

"马公子陪你来了吗？"

"马公子留在船中，五娘给你带来了一袋地瓜子，两箱沛县酱狗肉，三坛玉液好酒。马公子非要给你银两不可，五娘断然拒绝了。一会儿有人把东西给你搬运过来，你在屋中等候吧，我随大师去了。"

"你还来吗？你即刻就要回去了吗？"

"娘的病，五娘放心不下。"

"你就放心得了板桥吗？"

"板桥之心，该在书中。大师，我们走吧。"

"好好好，五娘啊，今日午间，有位江西儒商程羽宸远道来访，此人豪放豁达，心地善良，爱交天下文人墨客，五娘可想见他一面？"仁德大智大德，心中早有盘算，这刻儿当板桥面说出来，表面上是在逗他，骨子里头是想帮他一个大忙。此事后文自有交代。

"仁德，五娘的性情，是不欢喜与陌生人交往的，你让她与什么江西商人会面？板桥放心不下！"

"板桥，五娘临别前看到你面壁静坐，才会放心得下。"

"呵呵！五娘！"

"郑施主，平常心，阿弥陀佛，平常心！哈哈哈哈！"

仁德跟板桥逗趣的工夫，五娘已经疾步迈出别峰庵。仁德爽心一笑，拖着一身的肥肉，蹬蹬蹬追五娘而去。

福禧满堂

乾隆二年二月初六，这个天蹊跷哪，一声不吭下了一场大雪。细细考究下来，从前的雪跟现在的雪还真大不一样。从前的雪，白而柔，柔而细，细而绵，绵而温，脚底板踩上去的声音，都比现在好听。用坛子收起来，摆到第二年的春上，用它来煮蜀冈贡茶，闻到那股子香味，人就有飘飘欲仙的感觉了。现在能不能收集陈雪煮茶呢？不能了！你看那个街上的汽车，到了上下班高峰期，路上要找到一人蹲的空隙都没得了，那个尾气，把个天熏的，脸色都灰了。字典上说的雪白雪白，那种纯天然的白，现在的人，很难有福气看到了。所以说从前的扬州人快活哪，雪下下来了，踏雪寻梅，那种纯白底色上梅红的颜色，能把大字不识一个的人美啊、美得美成个诗人了。

这一天，兴奋的人多哪。有多少，等下子细谈。这刻儿，在小秦淮河边天宁寺南首的御码头岸上，有三个人在那块晃打晃打地说到噱子哪。"康熙爷六回南巡从这块登岸，我们都不曾有工夫来等他，老郑今儿个面子大了，马先生说的，要盛情迎候。乖乖隆地咚，郑进士，小不下来了，等哦。"说话的哪一个？扬州八怪之一的黄慎。黄慎这一年五十一岁，头发已经半白了，从前也没得个染发膏子，只好随它白，一不小心看上去以为六七十了。你不要看他当年粗布的棉袍打补丁的鞋，那就是个外表而已。晓得当代绘画大师齐白石啊？齐白石在世的时候说了句由衷的话，说这世上有三位大师他连学都学不会，不敢学。头一个是哪个，就是在御码头躬着个腰、拢着个袖子、说牢骚怪话的黄慎老大人！当时他们已经站了多久了？两个多时辰了，一个都不敢离开。为什么？扬州大盐商马秋玉是天下文人敬重的文化大亨，他说下来的话，即使性情狂放、愤世嫉俗、离经叛道、蔑视权贵的扬州八怪都不会不听的。马秋玉凭的是什么？以德服人，大凡在全国有影响有成就的贫寒名士，都得到过他的鼎力相助。

"啊哟歪，等就等咧，哪块有那么冷哪！"劝黄慎的是哪一个，大肚佛面，怀里抱一只仙鹤取暖的扬州八怪金农。金农这一年也是五十一岁，可惜双目已经看不清世界了。但是他独创的书法，后人有话呐，说是向前看一千年，向后走二百年，无人可及！扬州八怪的最后一个人物罗聘，就是他的弟子。不过金农当年也穷得很呐，后来更穷，仙逝之后连买棺材的钱都没得。旷世奇才，绝代大家，能不能用金钱来衡量他当年的成就地位？只有世俗平庸之辈才会这样想呐。

"喂喂喂喂喂喂喂，望噢望噢，来咧来咧！"手膀子挥到眼睛子瞄到，尖嗓子喊到的这个人是哪个？板桥一生中最贴己的至真好友兴化同乡李鱓李复堂。李鱓这一年多大？五十二岁了，不要以为五十二岁就衰老了，再过一个月，他就要被朝廷安排到山东临淄去做县长了。李鱓的画怎么样？当年有句赞词叫作"丹青纵横三千里"，可见已经天下闻名了。

从雍正十三年冬天赴京赶考高中进士到如今，板桥已经阔别扬州一年多了。

"嗬嗬，板桥啊，你本来就瘦，许久不见，又瘦了一半，衣带更宽终不弃，为伊消得人憔悴啊！嗬嗬嗬！"

"复堂兄，连你也取笑我，这世上还有公道没有？"

"板桥啊，所谓人生三大快事，头一个，金榜题名时，你老弟，占上了。"金农曾经跟郑板桥同住天宁寺很久，两个人也算是知心朋友了。

"第二个,他乡遇故知。黄慎福建的,板桥兴化的,老朋友相会扬州,算不算他乡遇故知啊?"

"这第三个……"

"复堂兄,这第三个是板桥的伤口,你想往上头撒盐啊!"

"这个,五娘她?"

"复堂,旁人我不把他们看了,你看看吧!"

板桥从怀里掏出一张纸来,抹平了,递把李鱓。李鱓的兴化下河腔浓得很哪:"情痴意迷,终不敌月黑星稀。穷相逼,债相逼,娘已命不保夕。五娘心里,爱君切切,思君切切,纵有金榜报捷,怎抵得寒夜阴风冷似铁。卖了家中所藏,卖了栖身之地,马府里,暂安息。君在京城红酒金碟,一朝成名春风疾,大不必为扬州小女着急。五娘揖别!"

"哼,不把我看我也晓得,肯定是饶五娘与马公子的佳话,全扬州城的人,哪一个不晓得啊? 老郑,你完了! 饶五娘一脚把你蹬掉咧!"说话的是同住了多年的老朋友金农。

"板桥啊,五娘这封信,你几时收到的撒?"

"半个月前。"

"你晓得她半年前不光是卖了房,卖了地,卖了所有值钱的东西,连身上穿的好衣裳都卖掉了? 一是为她娘看病,二是寄把你在京城生活之用。这些,你晓得啊?"

"板桥实在不知道这些情况!"

"你上封信是几时写给五娘的啊?"

"半年有余了。板桥太过坚信五娘,原以为她会海枯石烂心不变,想不到山穷水尽便移情。"

"板桥啊,旁人也许不了解你,我金农跟你同住多年,太了解你了。你这个人,欢喜独来独往,欢喜不受管束,欢喜放任自由,这个脾气,你一辈子改不掉了。五娘对你的真爱是什么啊? 是需要时时的关怀、刻刻的牵挂,你半年不给人家一封信……"

"金农兄,京城的书画大家,诗文名流,古迹胜地,浩如烟海,板桥沉浸其中……"

李鱓把板桥一挡："不许岔话，听金农兄说完！"

"板桥啊，你天性爱自由，晓得五娘气了，赶快奔回头。真爱跟自由，你究竟要哪一个？这么好的一个姑娘，你不晓得珍惜，迟了！晚了！你惨了！"

"现在说这些，为时已太晚，马公子有金山有银山，五娘怎会还爱板桥穷光蛋？这世间，有没有一座忘情山，忘情山上一深潭，深潭深处忘情丹，一服绝尘烦，二服催泪干，三服四服变痴汉，五服六服忘世艰，忘悲忘痛无牵绊，长啸一声烟消云散，酒壶儿相伴醉人寰！"板桥仰天长叹，眼中涌出了泪水。

"嘀嘀嘀，嗨嗨，这篇失恋的顺口溜，也写得太烂了吧！黄慎，来来来，你左边，我右边，把他架起来，马先生主持召集的，今个儿以雪以梅为题，饮酒赋诗去吧！"

"好哪好哪，我有仙鹤带路哪，不要让一帮朋友等得心焦了！"金农的两只眼睛已经病得看路都模糊不清了，这刻儿兴冲冲地执杖带路。

"呵呵，你们两个，晓得我没有什么体重，还这么用劲架住我飘啊飘地走，拿老郑耍着玩呢噢。喂喂喂，去哪块？"

"马秋玉马公子马宅！今日除了诗会，还有新婚大宴哪！嘀嘀嘀，嗨嗨嗨！"李鱓笑得是格外开心。

"让老郑去见五娘与马公子成亲吗？你们杀了板桥吧！"

"过了今日良宵，你板桥如何死法，随意了！"黄慎也跟到一路地瞎起哄哪。

扬州大盐商马秋玉在东关街有一座很大很大的私家花园。有多大？诸位一定去过个园吧？如今的个园，只抵到当年马宅的一个部分。马秋玉兄弟两个建了一座全国一等一的藏书楼，专供天下有名的文人读书著述。还有一座梅花书院，类似现在的私立学院，不过是全部免费的，聘请了全国知名的学者为有才学的后生授课应考。还有一座装潢考究的星级宾馆，免费供外地的名士住宿生活。还有一座小玲珑山馆，专供文人名流诗酒聚会。还有一个硬件设施一流的刻书处，谁写出了有品位有质量有水平的诗词歌赋，免费替你刻印出来，及时赠送给全扬州城全国各地的读书人。

假如摆到现在，像马秋玉这样的商人应该给他安排一个什么样的荣誉称号才算合适呢？这话谈不起来了。不过在当年，马先生的话在扬州名流圈子里头真正是一呼百应。马秋玉知道不知道今儿个郑板桥会到扬州呢？知道哪，当年送信，有快马兼程，板桥回扬州的信，写了三封，一封给五娘，一封给马秋玉，一封给老乡李鱓，信的内容是同一句话：某日乘船回扬。当年的班船也是有时间表的，多晚子到哪块，一般不会讹错，加之马秋玉慎重了，派了快马沿途探准行程，所以说，板桥几日几时到扬州，大差不差是准的。

马秋玉踩住这个时间，把小玲珑山馆的豪华厅布置成一个富丽堂皇、喜气洋洋的诗酒兼婚宴场面，四周围一圈上百的红灯笼，红灯笼上头都贴了双喜的字，满地都铺了红地毯，阿拉伯进口的，红地毯上还绣了各式各样吉祥的金丝图案。

板桥被黄慎、李鱓一左一右架进了小玲珑山馆，迎面第一个见到的就是扬州第一盐商马秋玉。马秋玉不高不矮，不胖不瘦，白净的面皮，尽显斯文，国字形的脸上全是微笑，天生不长胡子，典型的男身女相，声音是细而洪亮："板桥老弟，一路辛苦了！"

"呵呵，马先生，板桥不是辛苦，是心痛啊！"

"哦——心受伤了？秋玉给你请了一位治心的大师！"

马秋玉回身一指，板桥看到了：仁德大和尚。今儿个仁德穿的是崭新的海青，披的是红鲜鲜的袈裟。

板桥心想：马先生啊，你是菩萨心肠，今儿个又请一尊菩萨来，是存心为了你继子纳妾之喜给板桥疗伤的呀！

"郑施主，恭喜恭喜！嘿嘿嘿，也不要太激动了，平常心，平常心。"

"仁德大师，板桥不是激动，是急得心都快跳不动了！"

"嗨！还急什么呀急，贫僧跟你引见一个人，你就不急了！"

说话的工夫，这个人已经站到了板桥面前："郑先生，鄙人程羽宸，江西商人。羽宸仰慕先生诗画书三绝久矣，今日终得一见，万幸万幸！"

"郑施主，程施主见你是万幸，你遇程施主也是万幸！五娘所欠七百两陈年旧债，程施主已替她还了。还有啊……"

"还有你的一帮故朋老友，全都来了！"马秋玉一直跟着板桥哪，这时候打断了仁德的话，牵住板桥的手往前走去。

高凤翰，扬州八怪中个子最高的一位，长的是长眉如仙，宽额似佛，虽魁伟高大，却是性情温和。只可惜因病废了右臂，改用左手作画，照样的艺盖群杰，板桥曾经写了一首诗夸奖他："睡后醒龙才伸爪，抓破南山一片青。"可见其功力惊人。

"西园兄！"高凤翰长板桥五岁，字西园，也是扬州八怪中的人物之一。

"郑老弟，贺喜高中进士！"

"过下子再叙吧，先给你一个一个地叙下子。"高凤翰跟板桥情同手足，两个人还要叙哪，马秋玉推着板桥往前而去。

"巢林兄，久违了！"巢林是谁？扬州八怪里头的汪士慎，比板桥大七岁。人称"汪梅"，是画梅花的高手，写诗方面跟金农一样留下不少佳作。汪巢林一生淡泊名利、甘于清贫。郑板桥说了：他的诗、书、画值一坛黄金，但是他只跟人家讨一壶茶喝，所以又是八怪里面的茶仙。

"见过高翔兄！"高翔是大画家石涛的传人，长的是瘦骨削肩，高颧凹眼，傲视权贵，愤世嫉俗，却数十年从未间断的每年替石涛扫墓烧钱。高翔既是扬州风景画的名家，也是扬州八怪中治印的奇才，板桥对他同样敬重有加。

最后一位是扬州八怪里的边寿民，以画大雁名闻天下，马秋玉是专门派了宝马锦车把他从淮安乡下的芦苇荡里接上来的。

板桥回头数数，扬州八怪，今儿个一个不差，算是聚齐了。其他还有几十位全国知名的诗人学者，就不一一地说了。故友欢聚，板桥心中不得不喜；可满眼的灯笼上头双写的喜字，又着实让板桥喜不起来。心头话：马先生啊，你对我们千好万好，大家都心存感激哪。可是，你明明知道五娘是板桥的心上人，却让老郑来参加五娘跟你继子的喜宴，这个，这个……

"这个，这个，饶五娘，马耀祖！"

马秋玉这一喊，五娘与马公子应声而出。怎么出来的？五娘是挎住马公子的膀子出来的，两个人是喜得眉开眼笑，乐得满面春风。

板桥想不想看这两个人？不想看，也看到了。马公子生的是英俊清秀，一表人才，笑看五娘，呵护有加。看到这样的情景，板桥不得不想了：五娘如果嫁把他，这一生就不必受苦受累受穷受罪了，可五娘若是真的嫁把他，板桥的心可就不是伤了、痛了，而是碎了、空了、毁了、死了。

就在板桥愣住的工夫，饶五娘和马公子两个人把南壁的天蓝色真丝窗帘拉开了。南壁其实不是壁，南墙也不是墙，是自上而下向从左往右一大整块的西洋玻璃。这一拉开了，外面的世界一目了然：一尊一尊的太湖石错落有致，一眼一眼的清泉水曲折流淌，一株一株的蜡梅树繁花似锦，一片一片的鹅毛雪缤纷飘飞。

"哇——良辰美景别样天，雪白桃红胜仙境啊！酒！酒！酒！高凤翰要大醉一场！"

高凤翰话音刚落，一排一排的美女俊男搬酒托菜鱼贯而入。

"今日我们以雪以梅为题作诗，优胜者，有大喜特喜相赠，哪一位先来？"

马秋玉的开场白刚刚说完，第一个响应的是大诗人金农：

"金农抛砖引玉了：呵呵，想下子，嘀哒的工夫啊。嗯嗯，来了：瑞雪开了花，墙外便是仙人家；记得八仙坐云间，云上朵朵是梅花。神仙喝酒不喝茶，怀中抱仙鹤，万山在脚下。来来来，我是如来最小弟，代佛举杯敬大家！来来来，共举杯，少废话，醉他一千岁，不醉是傻瓜！"为什么说扬州八怪，个个都是旷世奇才？不要以为这首诗不上规矩不合格律，当年的学者对金农就有个评价哪，说他一向以拾人牙后之字为耻。金农自幼记忆力过人，十六岁时能背诵万首古诗。只有满腹都是学问的人，才会信手拈来皆成文章。

金农这首煽情诗既合了雪与梅的题目，又烘热了气氛。高吟豪唱过后，现场的气氛不得了了，狂笑震房梁，豪饮皆满杯。

这一帮狂放文人欢聚啊，人人都是大嗓门高音量的神侃欢聊，后头的人作诗，说话斯文些子的都听不清了，好在有笔记官记录哪，不去细说了。

闹到傍晚时分，大家基本上都喝高了，高得特别明显的是板桥的老乡李鱓。李鱓看看一个一个地把瓦片子都要吵得飞起来了，玩了个绝招，爬到一张太师椅上头，尽量地站稳了，不让身了摇晃得太厉害，左手拿一只酒瓶，右手在空中一挥："哇呀呀呀呀，听复堂吟诗！"这一声断喝，大伙儿都围上来笑看他的醉姿了。李鱓举起酒瓶，猛饮一阵，脸若火盆，声似洪钟："雪片儿还在飞，恋的是粉白娇梅，嫉杀了我李老头，把瓶儿痛饮三斤买醉！君若不信，拿秤来称，一斤是酒，一斤是瓶，一斤是水！"

李鱓这样的诗体，也是怪得出奇哪，但见奇不奇，古有先例。李白喝醉之后的诗，就是这么自由奔放不拘一格的，只是李白的诗没得李鱓这么可笑罢了。李鱓高唱酒诗，纵身从太师椅上跳下，单腿着地，一个三百六十度旋转，搂起身边一位妙龄女郎，翩翩起舞。那份潇洒，用他自己的话来说：真是"风流自在盖世狂"。顿时掌声四起，喝彩声雷动，一屋的人都疯了。

厅内有座水晶制成的圆柱台，高有一丈，直径六尺，九级纯银台阶可拾级而上。这是专为主人或者重要嘉宾讲话时设置的，马秋玉缓步登上高台，尚未开口，下面已经一片寂静。

"诸位，今天的盛会，马某专为板桥所设，也不尽为板桥所设。现在，大家都已有诗作记录在案，唯缺者，板桥也。下面，有请板桥赋诗一首，接下来，便可请仁德大师评出获奖者了。"

若在平时，板桥比李鱓更狂更疯，今日却是闷头喝酒，斜眼看人。看哪个？当然是看五娘了。五娘与马公子，一步一随，欢喜相依，板桥斜一眼，一杯酒，斜一眼，酒一杯，这刻儿已经醉了大半，迷迷糊糊听得马先生邀他作诗，昏昏沉沉看着大家把目光都聚到他身上，晓得推不过去了，只得强打精神，一字一句地轻吟慢诵：

"一片两片三四片，五六七八九十片……"

李鱓听到这个地方，跟身边的金农说了："今儿个板桥的魂丢把饶五娘了，小伢子似地数到数字充诗了。"

"慢慌慢慌，复堂不必担心，板桥之才，常会出人意外，慢慢听到。"金农一边喂着仙鹤，一边侧耳静听。

"千片万片无数片……"

"啊啊，板桥直接的是糊涂了，一直就在数数字，一直就在数数字，最后这句恐怕仙家来了，也难有神来之笔补救了。"说话的是哪一个？汪士慎。汪士慎不擅饮酒，马秋玉专门为他准备了极品的蜀冈贡茶让他品尝，他算是最清醒的人了，这刻儿着实地替板桥担心哪。

当然了，最最担心的人还不是他，是她，女旁的她，大家不用猜也晓得是哪一个了。今儿个这场戏，是场妙戏，妙戏的节骨眼子，就在板桥这首诗。这首诗糟了，戏就不妙了。这场戏是什么戏，接下来要演什么？所有人都晓得哪，就板桥不晓得。板桥在那块迷迷糊糊地数数充诗，所有人都替他着急哪，就板桥自个儿不着急。这刻儿，醉歪歪的板桥还漫不经心地停下来了，随手拈了一块狗肉，吃起来了。大家一个都不敢吭声了，把目光齐刷刷地瞄向五娘，这刻儿的五娘，是万分紧张，急得眼泪汪汪。

"千片万片无数片，"板桥吃着狗肉，把手往墙外一指，抬高了声音，朗声诵道："飞入梅花都不见！"

现场有两秒钟寂静无声。等大家都悟出其中妙意了，顿时掌声如涛，喝声如潮。

诸位可以闭上眼睛想象下子：数不尽但是细数也数得出来的，一片两片千片万片的纯白的雪花飘入梅林，与粉白相间的梅花浑然一体，你还能见到如片的雪花吗？你所看到的，是雪花与梅花融为胜景的大趣大妙、大奇大美之境！

"好啊！"

"妙啊！"

"绝啊！"

"咋想得出来的啊！"

"头等奖，非板桥莫属了！"

"呆子才会跟他争哪，旁人没得可比性咧！"

"马施主，贫僧要登孔雀台了！"

"大师请！"

仁德胖哪，爬高不方便，五娘早就一阵风似的走过来了，小心地搀住大师，扶着他一步一步登上高台。

"诸位施主，今个儿以雪与梅为题的诗会，获胜者是哪一个呢？"

"板桥！"

"郑板桥！"

"非老郑莫属！"

"今日诗会，先前已有说法，获胜者有大喜特喜相授。胜者为谁，已无悬念了，贫僧仁德财力有限，只能给板桥一份小喜。有请俊男靓女，赠板桥新衣新鞋新帽一套！"

厅内鼓乐齐鸣，众人让开通道，一群少男少女捧纯貂皮大袄一件，长筒小牛皮靴一双，红缎圆形棉帽一顶，直接走到板桥面前，围住他，七手八脚，一刻儿工夫，一个新鲜人变魔术似的变出来了。

"复堂兄啊，板桥是在做梦吧？"

"人这个一辈子，能够站着做梦，都是美事。"

"板桥还是糊涂得很，板桥晓得自己是站着呢，就不晓得这个美梦究竟是哪一个的了。"

"贫僧现在宣布大喜之事了。今儿个大家初次相识的新朋友，江西儒商程羽宸先生，敬慕板桥才情人格久矣，半年前，他已慷慨解囊，助板桥替五娘还清家中七百两旧债。这件事，是贫僧与马先生商量好了不让板桥晓得的，只是今日之事板桥不可不知了。程羽宸先生今日远道赶来，是庆贺板桥人生第三大快事的，他带了五百两喜钱赠予板桥，祝他从今往后，脱贫脱穷，尽享人生幸福！"

"程兄！板桥与兄素昧平生，怎敢受此大礼！"

"板桥之才，羽宸三生莫及。羽宸力所能及，仅此薄礼，板桥笑纳，即羽宸之幸！"

"啊啊啊……这个红封子里头的银票数额实在太大了，板桥拿着，还真有点惶恐不安！"

"板桥啊，你要实在不欢喜银子，把我吵！"李鱓逗他玩哪，说着，伸手来拿了。

五娘身手快哪。五娘什么时候站到板桥身边的，不曾有人注意。五娘飞快地从李鱓手中抢回红封，塞进板桥怀中，又飞快地溜走了。

"仁德刚刚说板桥今夜有人生第三大快事，不会连这个胖和尚也要我吧？"板桥这么想着，鼓足了勇气抬眼去看五娘，发觉五娘那双天使般的眼睛还是笑得那么清纯，那么天真，那么质朴，那么善良。

就在这个时候，仁德嗓门提得更高了："下面，有请新娘在她的娘陪同下，来到台前。"

说话的工夫，婚礼进行曲就开始了，而且是现场伴奏，有古琴、古筝、三弦、琵琶、笛子、二胡、箫，二十美女，二十俊男，还有一个指挥，是当年扬州作曲第一人，特为这场婚礼写的曲子，旋律是这个样子的："……"美不美？美透了！

饶夫人今儿个也美哪，全身上下都是红底碎花的丝绸衣裳，头饰是珍珠翡翠的，五颜六色，光彩照人，领着五娘来到台前。

"下面，有请……"这个仁德，表面上一脸的憨笑，骨子里头坏哪，故意地咳嗽了，眼睛还斜过来瞄着马公子。

大家的眼睛都望到板桥哪。郑板桥，你平时不是借酒骂座，狂放孤傲，目无权贵，笑灭古今呢嘛，今儿个这是什么表情呢？虽说一身新装，可初春雪寒，天气冷得很哪，你淌什么汗呢？脸上淌汗就罢咧，眼睛里头淌什么汗呢，淌汗就淌汗咧，你往角落头躲做啥呢？

"下面，有请……啊啊啊，贫僧宣布，马公子……啊哟歪，贫僧一激动就要咳几下子。"仁德声音停下来了，婚礼进行曲奏得更欢噪了。

板桥听到"马公子"这三个字，加上这一阵烦人的音乐，顿时感到房子有点转了，天地有点眩了，心里有点乱了，身子凉了一大半了。

"马公子作为饶五娘相认不久的哥哥，陪伴新郎郑板桥隆隆重重、轰轰烈烈登场！"

马公子人高马大，满脸欢笑，架住板桥就走，板桥用劲把屁股赖到："复堂兄，板桥到底是不是在做梦？"

"是马先生让大家瞒住你的，你个倒霉催的、又穷又矮、又老又怪、又丑又呆的板桥，凭什么他乡遇故知、金榜题名时、洞房花烛夜人生三大快事占的是一桩不少啊！金农、高翔、汪士慎、高凤翰、黄慎、边寿民！"咦乖乖，加上李鱓李复堂自个儿，加上新郎板桥，今儿个是全了。齐声地高喊："闹！闹！闹！今儿个要跟你闹个通宵！"

扬州八怪这一起哄，不得了咧，也用不着马公子咧，一大群醉儿马呼的文化名人，把板桥抬到前台，往下一甩，正好跟五娘抱了个满怀。

每人从怀中掏出一个大红的红封子，板桥看得是眼睛发亮了："哈哈！哈！平常这帮家伙，抠得很哪，今儿个大方起来了。五娘，拆开来望望瞧，一个人多少啊？"

"做什么这么吼啊你！"五娘没有跟这帮闹鬼玩过，还有些害羞不好意思哪。

"我来！"板桥拿到红封子，先拆金农的，红封子里面一张红纸，红纸有人这么大，展开来，红纸上就一个字"新"，众人一瞧，齐声大笑。

马秋玉是格外地开心，他用心策划了半个月的戏，太成功了。马先生一声招呼："小的们带快些子，把红封子拆开来！"

一群美女靓男一刻儿工夫就把八个大红的字展开来了："新郎新娘，福禧满堂。"

几十位文人名流，都把怀里藏着的当年京城皇宫里头才用得起的，马秋玉请行家特制的微型的满天星礼炮拿出来点着放了。

一时间喜炮齐鸣，彩花满天，每一声炮，每一丛花火，都落在新娘新郎身边了。

五娘胆小，吓得钻到板桥怀里去了。满屋的人，相互闹起来了，闹得是喝声如雷，笑声震天，这一对新人，乐得说悄悄话了：

"五娘，你吓得我魂都丢失半月有余了！"

"我捡到了，锁在我心里头了。"

"钥匙呢？"

"这把钥匙，无形无状无色无味。"

"噢？有说法啊？"

"有说法啊，也是八个字：平平淡淡，爱我一生！"

"这把钥匙太金贵了，板桥买不起戒指，你就当它是宝石钻戒，板桥给你戴上了！"

"五娘一生所图，就你这句话了！你，从今往后，不是在我手心之中，是套在我无名指上了！"

"五娘，板桥今宵不醉不归。"

"板桥，五娘今夜要把你们这群怪人统统灌倒，让你们一辈子醉在美梦里！"

这一夜，婚宴现场变成了旅舍，除了仁德和黄慎二人，统统醉倒在地了。

板桥与五娘相依相偎，醉得是头靠头、脸靠脸，就连微笑的样子都好像在做同一个梦。

"呵呵呵，最累的人，就是醒着的贫僧仁德了。"

"谁说的呀，五娘也醒着呢，五娘不累也不醉！"

"五娘啊，我们醒着的人，是看不懂醉了的扬州八怪的，即使后世的人，后世后世的人，恐怕也看不懂他们醉里乾坤的。贫僧有一封秘诀给你，不到万不得已，不可拆视！"

"是什么子啊！"

"把我望下子！"

"要望大家一起望！"原来大家只在半梦半醒之间，听说仁德有秘诀要给五娘哪，呼地都起来了，一哄而上，李鱓手脚最快，抢了下来，拆开来一看，只三个字："平常心！"

说书，按规矩都有个结尾哪。板桥之恋的结尾放在乾隆三十年的早春二月，搭头搭尾，板桥与五娘恩爱牵手三十年了。三十年了，板桥居然还没有为五娘苦到一处安身之所。板桥隐归故里之后，还在揩老乡李鱓李复堂的油，住在他的庄园里头，吃饭住宿都不把钱。有一天上午，五娘陪着板桥在池塘边晒太阳哪，板桥说了："五娘啊，有桩事，想跟你商量哪。"

"少来这一套，几十年了，你做的哪一桩事真的跟我商量过的啊！"

"这桩事，必须五娘大人恩准。"

"咦歪，我听得浑身汗毛都立正了，戳手了！"

"还记得我们邂逅定情之夜，我为你和你的父亲所写板桥《道情十首》六分半书吗？"

"废话，你不是都写成文章公诸世了吗？"

"那是一件纯情之物，我想请你陪我去扬州你父母坟前烧了它。"

五娘不说话，右手抬起来往左边袖里头钻。

板桥一把按住五娘的右手，两手把它捧在掌心："谢五娘！"

"谢我什么子啊？"

"你袖笼里头仁德写的'平常心'那三个字，都给你看烂了，看了这三个字，你什么事都会依我的。"

"仁德大和尚说了，连后世再后世的人都难看懂你们，我不管不问，就图个让你开心罢了。"

"五娘，板桥想说的，正是后世再后世的事。板桥今年七十三岁了，老了，看这个世界更清爽了，你看自汉唐至明清的名人书画，哪一件不被人家贩卖灵魂似的在受苦受难啊？"

"这种比喻，也只有你们八怪这帮人想得出来！"

"我见得多了，心里面愤恨啊！你说那些见字见画如见人面的大家之作，卖就卖咧，还拍着卖，拍着卖就罢咧，还一帮人拍、一群人拍，灵魂痛是不痛？拍卖也就罢了，最后的归宿，往小里说，小半都在作假画卖假书玩江湖的生意人、玩权术的贪官手中捏着，灵魂羞是不羞？作为我与五娘真心相爱的情物，板桥不想让那《道情十首》绝世独一的'六分半书'的魂魄遭此罪、受此辱！"

"五娘懂了！五娘这一生没有爱错人，五娘代父母谢谢板桥！"

这一年的十二月十二日板桥仙逝的前一个月，五娘搀扶着板桥，在父母的坟前烧了那《道情十首》绝世真迹。那一缕香烟，随平常之心，平常之恋，漂流人间，旷世不散。

这正是：

一个真字值几斤？天地为秤称不清。

返璞归真最难得，福禧但属平常心。

短篇扬州评话：

风雨五更天

距离是长度啊？是的，也不全是。距离它还是宽度、厚度、高度、深度、精度、力度。嗨，你或许是第一次听说吧？不用着急，有关距离啊，你没有听说的还多哪，譬如带有科幻色彩的时空穿越，如果你看过《侏罗纪公园》，我们就有得谈了。那里面的恐龙，活恐龙，各式各样的恐龙，绝对的身临其境，绝对的置身其中。但是，那是距今大约 2.3 亿年前的动物。咿乖乖，2.3 亿年，你就在其中，你就在其境，这就是穿越时空了。不过呢，那毕竟是银幕上的远古历史。如今，根据前沿科技量子纠缠的理论，时间，真的能回到从前。譬如你想看到晚清 1863 年 11 月 7 日宝应乡村胡家营庄野外五里处一所摇摇欲坠、破烂不堪的牛棚从一更天到五更天的真实现场，啪，前沿科技的设备按照指令按下去。那就来了，真的来了。不是犹如身临其境，而是真的身处其境。哎哟妈耶，比看恐怖片还怕人哪。

那真是：

　　　　旱涝频发天下慌，晚清乱世民遭殃。
　　　　母爱如海护三子，雷震五更盼天亮。

呼——沙沙沙——狂风夹着暴雨的狂泻，持续半天了。眼下，天也没有了，方圆几十里一片漆黑。咔嚓，一道刺眼的闪电划过，震耳欲聋的巨雷从头顶劈向低矮漏破的草棚。破草棚原先农人养牛的。太平军路过一趟，猪、羊、兔、鸡、鸭、鹅、牛，捡回一根毛来算你本事。牛棚在村里的偏远荒凉之地，常年失修，毛竹架子裂了，天顶破了，门关不上了，四壁十来个破洞。那狂风暴雨，是一阵阵揪心烦人；

咔——嚓——那电闪雷鸣,是一串串动魄惊魂。"啊呀呀,引孙哥,这草棚晃得厉害,要倒了!""放心吧,筠孙弟,有哥在,它倒不了!"说话之间,只见一位十六岁少年跃身而起,双手紧紧地抱住了草棚当中一根摇摇欲倾的毛竹柱子。闪电亮处,就看那六岁的筠孙一脸的惊恐:"哥,这草棚一倒,我们没有了藏身之处事小,书本全被水浸烂了,娘所指望的读书求仕,不就成泡影了吗?""弟啊,你要相信,哥这副肩膀,就是龙卷风,也扛得住的!"哥哥的话音未落,又是两道刺眼的闪电划过,紧接着,惊雷震耳,暴雨倾盆,狂风大作。弟弟大叫一声:"哥啊,这草棚,真得要倒了!"说着,翻身下床,帮哥哥抵住了那根柱子。"小弟,你快去躺下,娘说了,你疟疾还未痊愈,得静养才是!""哥,弟弟虽人小体弱,可也有一副肩膀呢!你看,这不就顶住了吗!"哥哥一把将弟弟搂在怀中:"我的好弟弟,扛过这阵风雨,娘就要带我们回扬州了。春风十里扬州路,更思念,东关深巷读书处……""哥啊,父亲在世时常念叨的这句话,你别再说了。想到父亲,弟就心痛!"哥哥引孙摸摸弟弟的小脸,不觉得摸了一手的泪水。"唉,我的好兄弟,若不是英法联军侵我华夏,若不是太平军起时局荡,凭父亲的满腹才学,早就该高中进士,成就大业了。父亲是报国无望,忧郁而死啊!所以,小弟,我们一定要……啊!小弟!筠孙弟!"说话的工夫,弟弟已经从哥哥的怀中瘫软下去,倒在地上了。哥哥引孙赶忙把他抱上一张小木板床,在草棚内角角落落处翻了又翻、找了又找。弟弟为什么昏倒的呢?是饿的。一整天了,兄弟俩每人仅喝了一碗糠皮粥,就是糠皮稻米的外壳,可以说是毫无营养。一天的时间都拐了弯了,弟弟那小小年纪,哪里还坚持得住啊。现在锣敲二更了,若是平常,一更天之前,替当地富人家打工的娘早就带着一点可怜的充饥之食回家了,今儿个却是迟迟未归。

哥哥引孙站起身来,昏暗之中,就觉得这漏雨又漏风的草棚在摇着晃着,飘着转着。少年引孙心里清楚得很哪,其实啊,不是这破草棚在旋,而是他肚子里头空了,陡然地站立起来,饿得头晕目眩,两腿发软了。自己的脑袋得打转了。引孙心里想道:我不能倒,千千万万不能倒下去。我一倒，那根毛竹柱子一倒，这草棚一倒，他们母子只能露宿荒野了。各位也许有所不知，晚清的同治五年，也就是公元1866年的秋天，苏中苏北洪涝肆虐，泽国千里，难民无数，饿鬼遍野。好不容易熬到同治六年的早春，方圆百里的乡村，连树皮草根都被灾民吃光了。再遇上这连天的狂风暴雨，假如连个栖身之地都没有，别说是读书求学了，恐怕是连母子的性命都难保了。想到这里，引孙是咬紧了牙关，强打起精神，一步一步挪近那棵毛竹柱子。他的双手刚刚抓住这柱子，陡然间是两眼一片漆黑，就抱住这根柱子，身子瘫下去了，人也昏过去了。

风、雨、雷、电，一下子是全停住了。草棚里头是一片的寂静。迷迷糊糊的引孙听到了母亲的歌声，这歌声由低到高、由远而近，就好像贴在引孙的耳朵边上了。引孙慢慢地睁开双眼，发觉自己已经躺在床上，母亲那双红肿的笑眯眯的眼睛正看着自己呢。"娘！"引孙从床上坐了起来。"娘，快去扶牢那根毛竹柱子！""哈哈，我的乖儿子啊，不必慌张，娘把你从那根柱子旁抱上床之后，已经拿草绳把它固定住了。""娘，灯！灯怎么会亮了？我们家大半年没有看到灯光了，这油灯，怎么会亮了？！"引孙的母亲，周太夫人听到儿子这一声问啊，不觉得心头一阵的酸痛难受。说的也是啊，书生点不起油灯，这夜书怎么个读法子啊？还记得去年秋天那场洪灾之后，家中无油点灯的头一个晚上，周太夫人告诉儿子：一千四百多年前的晋朝，有个叫车胤的小孩，家穷无油点灯，他就收集了许多萤火虫的亮光来读书，后来做上了吏部尚书；还有一个叫孙康的孩子，家穷无油点灯，是借助冬天白雪映出的光来读书，他后来当上了御史大夫……嘿，哪晓得啊，周太夫人借光的故事还没有来得及说完，儿子引孙就打断了她的话题："娘啊，我们何必借光，只需借脑足矣！"周太夫人晓得这两个儿子自幼敏慧过人，就故意地不去询问引孙，而是转身望着坐在黑暗中的小筠孙："我的小儿啊，哥哥说借脑便可，你能猜得出他的想法吗？""娘，筠孙猜想，哥的意思，是借娘的脑，帮哥温书；借哥的脑，帮弟习文。这样一来，管它有灯无灯，我们兄弟两个都能在黑夜里温书习文了！"诸位不禁要问了：这周太夫人的脑子能借来帮孩子们温书习文吗？嗨，你还别小看了这位母亲。这周太夫人的父亲是江都县名重一方的举人，姓周名？？为什么称引孙、筠孙的母亲周太夫人？正是从周举人这个姓来的。到了后来，周太夫人仙逝之后，清廷还封她为正一品周太夫人呢。这是后话，我们就不提了。自从去年秋天的那个夜晚之后，这大半年来，每当夜里头伸手不见五指的时候，这一家人是你诵典籍我背诗文，心里头灯火通明透亮。今儿个晚上，终于有灯光了，而且周太夫人还特地地把灯光挑得比平时亮了一倍。亮光之下，娘端详着儿子：一顶瓜皮帽，一身旧夹袄，棉裤裂了缝，布鞋……再看他那张脸，浓眉大眼有灵气，面目清秀显英俊。灯光下细细端详这位少年书生，娘笑了。引孙也在看着娘哪：对襟海棠花丝绸上装，青色碎花绸缎长裤，云头锦缎三寸便鞋。十三年前，这一身衣服是清丽高雅、光艳照人，再配上玉簪、玉坠、玉镯、玉链，那便是锦衣玉饰，华贵耀眼。可面前的母亲，衣服上是补丁连着补丁、补丁盖了补丁，身上的所有玉软配器，早已变卖一空。母亲那一头乌黑油亮的长发，早已是一半雪白一半枯。母亲那洁白细嫩的肌肤，早已是几分黄黑几分粗。母亲四十五岁的年纪，看上去就像是六十多岁的老太婆了。看着母亲艰难悲苦中始终不变的那一脸乐观开朗的微笑，引孙哪里笑得出来。灯光之下，两行热泪不禁夺眶而出！"娘啊！"引孙从床上起身，跪在被雨水漏湿了的泥地上，连叩了三个响头："娘，儿斗胆不孝了！娘，从明日起，儿不读书了！娘啊，儿敬请娘待在家中，儿去打工，让儿来供小弟读书，让儿来养活娘吧！""引孙！你这不孝的逆子！你想气死为娘吗！"

"是娘回来了吗？"周太夫人这一声断喝，惊醒了昏迷中的六岁筠孙。"啊，我的乖小儿，娘回来了！"周太夫人从身后搂住了小筠孙，小筠孙一把抓住了娘的两只手。"啊呀呀！"周太夫人忍不住一声疼痛难忍的大叫。"娘啊娘，你的大拇指指甲没有了，你的食指指甲也没有了。娘，是儿弄痛你了！"俗话说十指连心哪，刚刚掀掉了两个指甲的手，被想娘的小儿这么用力地一抓，周太夫人一阵的钻心剧痛！痛得是两行泪水止不住地挂在满是皱纹的清瘦脸上。"啊哈哈哈！儿啊，娘不痛，娘今儿个给东家干活干得开心，脱了上身，还觉得暖，就把这指甲也脱了！""娘啊，你就为了这点灯油，想把命都搭上吗！"跪在地上的引孙心疼娘啊，一腔的心酸站了起来。"跪下！娘让你起身了吗？"儿子引孙心疼的泪水已经浸湿了衣衫。引孙抬头望望草棚之上。草棚之上，悬了一根一尺有余的紫檀木板，是当年周太夫人的丈夫吴秀才日夜攻读的镇书之物，如今则成了对儿子的责罚之器，凡当日功课不能完成，周太夫人一板子打在掌心，能疼得他们眼冒金星、脸色发青。引孙站起身来，取下紫檀木戒尺，一路跪到母亲的面前："娘，你打儿多少下都行，打得再重再狠儿也愿意。娘打完了，能让儿看看娘的手吗？"周太夫人不听这话也就罢了，一听这番话，心中对两个孝子的爱意，翻江倒海般涌上心头。周太夫人一把将两个乖儿搂在怀中。这一左一右动情地一搂，两个儿子是止不住地失声痛哭："娘啊，儿外出打工，照样可以读书啊，只待时局变了，恢复了科举，儿定能完成父亲的遗愿，替娘争光，金榜题名！""娘啊，你就让哥哥代你去打工吧，儿一定乖乖地在家听娘教授功课。娘啊，让儿替娘揉揉手指吧！"

"引孙啊，起身吧，坐上床来！"周太夫人脸上虽说泪痕还在，却又是满面微笑望着坐在床头的两个儿子："儿啊，娘知道你们今日粒米未进，特地带回来一大惊喜！"说着，周太夫人从怀中取出一块麻粗布，打开来，又是一层麻粗布。再打开来，是一层锡箔纸。这锡箔纸一打开，嘿，味道出来了！这味道是怎么出来的，说出来恐怕你还不大容易相信哪，是飞出来的！是蹦出来的！两个儿子闻到这股味道啊，四只眼睛瞪得只只都比油灯还亮。"娘！香！扑鼻子的香！""娘，究竟是什么好吃的啊，香得都冲鼻子咧！"这回子你相信这味道是飞出来的、是蹦出来的了吧！"儿啊，娘天亮时分出门之前说的，今儿个有四喜，还记得吧？""记得哪记得哪，一喜，东家儿子过十岁生日；二喜，筠孙我是六年前的今日降生；三喜，今儿个还是母亲大人的四十五大寿之日，这香喷喷的油煎面饼，定然是东家让娘带回来贺娘和小儿生日的了。当然啦，哥哥少少地吃上一口也无妨了！只是这第四喜……""这第四喜啊，等天交五更之时，你们自然就明白了！"

正说着哪，远处已是锣敲四更了。"娘啊，儿可管不了那五更四喜了，儿已是饿得辨不出南北东西了，儿要吃了这块饼，才有力气跟娘说话呢！"

小儿筠孙饿得是着实挨不住了，伸手就要来抓那又香又酥的白面薄饼。

"且慢！"周太夫人说了一声且慢，把那锡箔纸中的薄饼取了出来。两兄弟望望，可怜，也就巴掌大的四块。周太夫人把四块薄饼让哥哥引孙拿着，又将锡箔纸裁成八块，一块一块叠起了元宝。

周太夫人为什么要叠元宝，等分把钟再说。就在那元宝刚刚折叠成之时，突然间就是几个悄无声息的闷闪。这闷闪是刺眼耀目，一个连着一个，一个接着一个，一个大似一个，一个亮似一个。紧接着，便是雷声爆起，犹如千钧压顶，利剑劈石。刹那之间，狂风大作，暴雨倾盆，那个风，简直比八头老牛的劲还大哪。狂风呼啸的当儿，就听得嘣、嘣、嘣三声闷响，哥哥引孙是手疾眼快："娘啊，坏了，草绳断了，毛竹柱子要倒了。"嘴里喊着，顺手就把那四块薄饼放在床上，飞身跃起，冲到柱子旁边，手臂腰腿并用，死死地抱在怀里。"儿啊，别慌，娘来了！"周太夫人应声而起，抱起一捆草绳："小儿筠孙，帮娘来接草绳！"母子三人一阵忙碌，总算从四面八方使草绳固定住了这根柱子。

雨声风声雷声之中，周太夫人朗声道："小儿筠孙，把那盏灯拿到你们父亲的灵位前来！""儿子，你们二人可还记得，今日，就是你们父亲的周年祭日！""儿记得，今儿个中午，儿已经领着弟弟给父亲磕过头了！""你们果然是娘疼爱的孝子。那么，你们可还记得，父亲临终之前，一口气说了四个死不瞑目？""儿一字一句铭刻在心！""我不要你说，我要小儿筠孙说给娘听！""娘啊，小儿筠孙也是日日不忘父亲的四个死不瞑目。一、英法联军、外国列强欺辱中国，软弱无能的清政府签下了大小三十四项丧权辱国的割地赔钱不平等条约，我华夏儿女从此生活在水深火热之中，中国不强，父亲死不瞑目。二、吴氏祖辈在扬州经营盐业百年有余，内乱外患，战火连天，如今故里扬州是地无一寸土、房无一根梁，流浪漂泊十年有余，回不了扬州，父亲死不瞑目。三、爷爷一生爱书如命，几乎把大半积蓄购得万卷好书，可惜被乱军大火焚尽，无书可读，父亲死不瞑目。四、父亲一生的心愿是求学致仕，欲以知识报国图强，如今虽自身没有指望了，看不到儿辈读书成才，父亲死不瞑目！"

"我儿果然记得只字不差！两个儿啊，来来来，跪到父亲的灵位前来，一份薄饼，几叠元宝，祭奠你们的父亲之后，你们可还有什么话想告慰父亲，让他在天之灵死而瞑目。"

烧过元宝，磕过响头，哥哥引孙恭恭敬敬跪在父亲的灵位之前："父亲，宋代大家朱子有言：'为学之道，莫先于穷理；穷理之要，必先于读书。'儿要在其后加上两句：读书之要，在于立志；立志之义，在于报国。儿日后定当苦读成才，让父亲死而瞑目！"

"轮到小儿筠孙了。父亲，古人云：'三更灯火五更鸡，正是男儿读书时。'儿今日也读书、夜也读书。儿成栋梁之日，必日日焚香、夜夜焚香，敬请父亲死而瞑目！"

说话之时，已是锣鸣五更。雨停风住之后，春天的晨曦已经照亮了草屋。周太夫人看着爱子，爽朗地一笑："我的儿啊，经历了今夜这风雨五更天，娘相信你们日后定成栋梁之材。因此说啊，娘要告诉你们那第四喜了：一月之前，娘去扬州时，已跟姨丈商定，让你们回扬州住在他家，与姨兄一道拜师习文。儿啊，快快地吃了那薄饼，收拾行装，打道回扬！"

光绪二十年，弟弟吴筠孙中二甲第一名赐进士出身，官至济南府知府；哥哥吴引孙早弟弟十年任宁绍台道道台。为了孝敬母亲，在扬州古运河畔购地三十亩，建成了如今成为全国重点文物单位的吴道台宅第。中共中央原总书记江泽民曾多次提到家乡的这座晚清民宅。巧得很哪，2008年，时任中共中央总书记胡锦涛亲手将科学大奖授予周太夫人的嫡孙，我国享誉世界的植物学大家吴征镒院士。说到中国科学院院士，吴征镒的亲兄弟，为原子弹作出过重大贡献的我国著名物理化学家吴征铠同样获此殊荣。说到亲兄弟，还有两位哪，一位是海内外知名的医学昆虫学家吴征鉴，一位是全国知名的文学家、戏剧家、教育家吴白匋。改革开放后的首届全国科技大会，亲兄弟四人同时参加，吴氏四杰齐聚人民大会堂，深情感慨的，正是周太夫人的育子美德。

一生 一生 一生

从真实的板桥到虚构的皮五看人生命运的确定性与不确定性

性格与命运 一生 无法诠释成败因果

清代嘉庆二十四年夏，即公元1819年5月，署名为梅溪主人者，首次刻印出《清风闸》发售于市场。书4卷32回，7万余字，标明为浦琳撰，说："乃以己所历之境，假名皮五，撰为《清风闸》故事。"进而强调："惟《清风闸》一书，既实有其事，复实有其人，为宋民一大冤案，借皮奉山以雪之。"在这本署名浦琳所撰的《清风闸》刻印本里，直到第11回，皮奉山才正式登场。皮五这个人物，只是一件奸杀案中最终引发包公断案的重要人物。作者只是试图以公案的故事吸引世人，以因果报应教化世人。恶有恶报，善有善果，这是中国传统道德哲学。那么，百姓去听什么？听浦琳的绝技，听他异于其他书家的独特表演技巧，其中尤以模仿女子说话为极妙。浦琳塑造的皮五，是与文化沾边的人，他会唱《醉打山门》，会唱《卧雪归窑》，论人讲究急智，赌钱见好便收。他穷途而邪恶，富足而济贫。一个身无长物的无赖之徒陡然间家拥万贯，只是因为带有迷信色彩的偶然，无法用性格决定命运来诠释。

到了清代咸丰以后的龚午亭，《清风闸》有了质的飞跃。皮五成为全书的主角。辣子，在各种无赖行径之外表现出行侠仗义的善举，正是老百姓最为喜爱的民间英雄的侧影。龚午亭饱读各类野史小说，有过目不忘之能；同时每说必有变化，有日变日新之才。龚午亭在扬州说《清风闸》长达30年之久，而且每年整部书要反复演说多次，每次都有突破与创新，"故闻者终身倾倒而不厌"。龚午亭的独特之处，还在于他活了 70 多岁，终身拒收徒弟，他说："道贵自得，可以神悟，不可以迹求也。"由于其终其一生励志出奇，龚午亭的《清风闸》与浦琳的《清风闸》相比已经有了巨大的变化，其中，最为突出的应该是皮五的性格与命运。求变，求新，求突破，这是所有文化艺术得以延续与发展的本源。这里，我们就要说到杨明坤先生说的《皮五辣子》了。正如季培均局长在杨版《皮五辣子》序言中所说：在杨明坤的评话中，我们又欣喜地遇见了自浦琳的无赖皮五、龚午亭的侠义皮五之后的又一个皮五：凡人皮五。这是一个归真的皮五，这是一个生活在我们身边的皮五，这是一个随处可见的皮五，这是一个会令你生发许许多多人生感悟的皮五，他就栖息在你从小到大尔后到老没有离开过的那条旧巷里……杨明坤的《皮五》紧紧围绕情感这条主线，寻常百姓的情，穷苦民众的情，贴切细腻，真实可信，生动感人。皮五的举手投足、言行举止，都会让人联想到当今的生活，联想到身边的人物。尤其是皮五性格的发展变化，脉络清晰，合情合理。性格推动着他命运的发展变化，而命运也由浅入深地改变着他的性格。

　　性格决定命运，我们太熟悉这句话了。性格决定命运，是瑞士分析心理学大师荣格的名言。荣格认为，人并非自己的主宰，在很大程度上受不为我们所知的潜在意识的控制，正是这种意识构成了每个人不同的独特性格，它是每个人在现实的稳定态度和习惯化的行为方式中表现出来的个性心理特征。"思想决定行为，行为决定习惯，习惯决定性格，性格决定命运。"荣格这个"经典四决定"理论早已成为世界的一种文化共识，运用荣格分析心理学对人的心理疾病进行临床治疗业已形成了新的学科。性格决定命运，从某种意义上来说，这句名言甚至影响了我们对身边同事、朋友、熟人的概括性判断。当然，在更长的一段时期里，它还影响着我们对文学、戏曲作品中人物的解读与评述。更加令人感慨的是，我们会看到高考、中考试卷中许多对历史人物性格认知的提问，那些近似幼稚的标准答案令我们对人的解读简单到难以置信、复杂到无以应答。性格，一个多么简单的意义界定；

性格，一个多么神秘的人性分类。那么，你真的能准确地辨别出一个人的性格吗？人的命运，真的会沿着性格的路线图往前走吗？其实，并不需要明确的答案。当你尝试着去询问自己这些问题的时候，你便会发觉，有一层一层的疑云渐渐浮出，迷惑着你的判断。事实上，性格，只会为你的命运提供某种可能性；事实上，一个人的性格，往往有着不可确定的多面性；事实上，一个人的性格，会随着外界因素的猛烈搓压或者不可预测的突发冲击而发生根本性改变；事实上，我们往往只是通过看到的或者听到的某个人的故事来辨别他的性格。但是，人往往隐藏着许多当事人才会知道的故事，所以，人的性格就如同一个看似稳固但目测不到边际的多棱体，你从见到的那个侧面去为它命名，只是说对了一部分。好吧，还是来说具体人吧。扬州人所熟悉的人物隋炀帝杨广，史书上说他年少的时候便有心机，书房的墙壁上悬一把生锈的剑。为什么？因为隋文帝杨坚立了长子杨勇为太子，是接班人，而杨广只封为晋王。悬一把积尘的锈剑，是表明无争夺龙椅的野心。《隋书》，是由灭隋的唐人修的，杨广的功绩自然会避而讳言。事实上，杨广十二岁领兵打仗，二十岁成为数十万军的统帅，而且战无不胜，英武盖世。他在那个嗜杀成瘾的战乱年代，率兵攻下金陵后，令人起敬地严令全军对草民封刀、禁抢。他是在毫不隐讳地讨好天下人心。显然，他丝毫没有掩饰威盖兄长的帝王之气。那么，壁悬锈剑的韬晦与虚伪，便成了与他尽显雄风、赢取民心截然不同的性格特征。后来的民间传说以及小说演义里说他先弑父后杀兄夺得皇位，《隋书》却并无记载，杨广凶残无情的性格给我们留下了许多谜点。首先，《隋书》上说，他与萧后维持了 36 年的婚姻，"恩隆好合，始终不渝"，他是重情之人。他这样写过扬州："流波将月去，潮水带星来"。板桥的那首"山光扑面因新雨，江水回头为晚潮"，有没有受过杨广的启发？好吧，下面要更多地提到板桥，这里还说杨广的诗。他说："借问扬州在何处？淮南江北海西头"。扬州的这个定位，被后人沿用至今。他的文名并非虚得，由他设立的科考制度沿袭到清末，他的创新天赋被历史所验证。他为丝绸之路开辟了最早的通道，他的远见卓尔不凡。还要提开凿贯穿南北的中国大运河吗？大多数史学家认为，他最大的败笔是三征高句丽，其实，他是想完成父亲的心愿。他不是小看了高句丽，他是忽略了一支超级大军最基本的后勤保障体系。当然，他也低估了天时的恶变，忽略了国家内部的异派势力，他一心想让这个国家强大无敌，但他不明白民意才是无敌的。事实上，他是一个性格的矛盾体。他性格的任何一个特征的演绎，都可能是另一种完全不同的命运。历史不可以重写，但如果征高句丽一次完胜，科举制度的完善实施使济国之才层出不穷，《隋书》由隋人自己来写，那就一定是另外一个完全不一样的杨广，他骄横、暴劣、荒淫的性格会有一连串褒义词语替代。

历史人物的性格，细细地看史料，都能从中看到截然不同的两面。

那么，我们就要说到郑板桥了。

关于郑板桥，我们一半用流传于民间的故事，一半用他自己编纂的文集。郑板桥的文集，应该是相对准确的，他自己曾在《后刻诗序》中这样地放下狠话："板桥诗刻止于此矣，此后如有托名翻版，将平日应酬之作改窜烂入，吾必为厉鬼以击其头！"板桥要发一个咒语，都是这样的悍狠。这样骇人的辣性，让你联想到评话中皮五的做派了吗？

直率到从不去考究骂人或者抨击人的方式，这是板桥性格的一个方面。他当然还有与之相反的性格的另一个方面。后面再说。他怒骂袁枚的凶恶程度，在他的文集中都详细刻印在册。先说他毫不留情地怒斥身边的文人，那也是为一般人所不敢为的，在他文集中一篇《与起林上人》书中，直言抨击讨好富商者黄某、杜某、金某的无耻之行，又说："更有一班无赖文人，日奔走于彼等之门，依附阿谀，说石为玉，指铁为金，谓某诗近古、某诗逼唐，才由天授、非关人力，谁说商贾中无才乎……特如黄、朱二子，学力俱优，在扬州薄有声名，愚素钦仰，乃亦追逐其间，随声附和……"板桥的这些文字，都是刻印而传于世的，想想当事者看到，会是何等地生恨于他。但板桥是毫不顾忌的。"使酒骂座，目无卿相"，这似乎是他的禀性。但事实并非完全如此，在《与卢雅雨》一文中，他为推介一个精指头画者托卢照顾，是这样歌而颂之的："窃念本朝风雅一席，自新城王公以后，六十年来，主者无人，广陵绝响，四海同嗟。天降我公，以硕德峻望起而继之，且又居东南之胜地、掌财赋之均输，书生面目，菩萨心肠，爱才如命，求贤若渴……"是不是感觉阿谀得有些肉麻？实事求是地说，禀赋天性只适宜做文人者，最理智的选择还是不要去为官，为大官，掌重权。其实，官也是一种特殊的职业，并非人人都具备这方面的性格要素。不适宜者走上这条路，到头来，其命运大多惨不忍睹。单说卢雅雨，一个文人，非要当两淮盐运使不可，结果，先被流放边疆数年，后因盐商窝案，以受贿罪沦为阶下囚，不久惨死狱中。这位，就是郑板桥赞颂的"硕德峻望"者。当然，话说回头，文人要感恩，也只有说几句溢美之词的能耐，譬如郑板桥的感恩。郑板桥中举时，已年近半百。在当年，中举不一定就能当官，吏部有长长一串名单，有闲挂一生而不能赴任的进士，不足为奇。郑板桥一方面恃才傲物，一方面则巴望着仕途荣华，这就是人的性格的复杂性。郑板桥于乾隆六年九月第三次进京，结识了一位贵人，他便是慎郡王允禧，字廉斋，号紫琼崖道人，是康熙之子，乾隆的叔父。他们有过数次亲密的交往，板桥为紫琼崖道人所著《随猎诗草》《花间堂诗草》所作的序显示了他别出心裁的捧人智慧，他夸慎郡王的超凡脱俗与字字珠玑，是这样说的："胸中无一点富贵气，故笔下无半点尘埃气。专与山林隐逸、破屋寒儒争一篇一句一字之短，是其虚心善下处，即是其辣手不肯让人处。"你闻得到丝毫的媚气吗？当然，在这篇文章里，我们还是省略掉了板桥为王爷所序的许多意思相近的溢美讨好之辞，事实上，当年即使中了进士，依然有许多人无法等到上任为官的机会。郑板桥在他那个可怜的年纪，自中进士后，苦苦等候了七年之久。这是一种多么无奈的苦熬。很明显，被板桥在序里称为"主人"的慎郡王允禧，为板桥渴盼七年后赴山东坐上县太爷的交椅起到了决定性的作用。在这里，我们可以顺便提一下板桥的一生。按板桥欢喜骂人的性格，尤其是擅长刻薄地骂人的性格，板桥应该是贫穷的古怪卖画人；但板桥吹捧权贵的才华并不亚于他骂人的天赋，如果他走乖巧门客的路线，将会是富有而且显达的一生；他后来是坐上了县衙一把手的位置，政绩不凡，有口皆碑，如果他遇上一位懂他的上司，他必有理想的仕途。

半醉与半醒　一生　有多少故事可以流传

皮五辣子的前半生，可以概括为一半清醒一半醉。醉的时候，他连普通平民都得讹上二百文，他讹过种田人菜园的菜，甚至连挑菜的担子都是讹来的。他讹过倪四的草屋当新房，扰得这对忠厚老实的夫妻日夜不得安宁。他讹人家绷子床，讹人家汤圆，洗个澡还讹人家一套衣服，醉后做得最混账的事情，则是口袋中有几文必去赌场，而且每赌必输、输了再讹。但在清醒的时候，他又是随时随地为弱者排忧解难的勇者。譬如敲盆"救火"、智当活宝、散钱救穷人、劝匪走正道等等。足见当平民百姓遭遇苦难时，都希望身边能有皮五突然现身来救他们于水火之中。这些故事流行了两百多年，至今仍然为百姓所熟知、所喜爱，并且一代一代地广泛流传。

处于半醉半醒之间的人是最有故事的。板桥曾经这样自况过："今日醉，明日饱，说我情形颇颠倒，那知腹中皆画稿。"斜眼所看的世界，角度可能正好。因为其目光恰巧避开了俗辈的虚伪与陋习，自己的言行便会与常人大不同。

"衙斋卧听萧萧竹，疑是民间疾苦声；些小吾曹州县吏，一枝一叶总关情。"这首传世久远的名诗，正是板桥任潍县县令时写的。潍县素以富庶闻名，然而他在任的前后数年却连续遭遇了大灾难，第二年更是百年未遇的大旱，甚至出现了"人相食"的惨状。板桥是感性的激情盖过理性的冷漠的文学家、艺术家，对做官的门眼经以及办事的机巧丝毫不通，于是拍板决定打开粮仓，让尚未饿死的百姓打借条领粮。一批畏首畏尾、循规蹈矩的部门领导反复提醒过他：程序，程序，程序。重要的事情说了三遍，板桥执意不听，以他一米五几的瘦小身体爆发出骇人的怒吼：你们这帮迂腐平庸的混账东西，人都吃人了，还在跟我谈一级一级的审批候复！开仓！放粮！有责任我一人承担！板桥其实骂对了，中国自古以来，清官能官众多，但大多被熟读政策条例、畏上欺下的中转机构执权者给损伤了。最终，板桥以"为民请赈忤大使"解职而归之时，驱三头毛驴出城门，一头自骑，一头小童引路，一头载书。出城门时，有绵延不绝的百姓沿途挥泪送别，板桥面对新上任的县令，说："我郑燮之以萎败"，看看我回家的行囊吧，希望你上任潍县后，不要忘了我卸任时的清贫！在板桥自己选编的文集里，有许多思归的诗与文，但他真实的苦衷是"进又无能退又难"。"三绝诗书画，一官归去来"，事实上，对于以莫须有的过错被解职，板桥是心怀怨尤的，他是头脑清醒的好官，但没有遇上懂自己的清醒上司，如果运气好碰上了，他的破规突矩救难民理应被誉为救民于生死一线的好官美德，那么，他可能被提拔到济南府委以重任。请相信，板桥一定是乐意的，那是另一种人生。板桥幸运的是有慎郡王这样的举荐者，这个背景相当了得，所以没有被重判，否则，他也许会冤困铁窗，那又是另一种人生。而以上的两种命运，都将成就不了八怪之首的郑板桥真实走过的一生，当然也成就不了被世人永久传颂的板桥故事。

皮五在为穷苦百姓解困救援时，也曾数次冒过银铛入狱之险。其事，处以诓骗、欺诈、豪夺、赖讹之罪，并不为过。当然，他也因此被羁押过。但，没有人把他看成是有前科的人。"五爹爹"的尊称响遍街头巷尾。皮五与板桥给我们的终极启示是：绝不要去做平庸的人，绝不要去做猥琐的人，即使如板桥那样到了"琐事家贫日万端，破裘唱补不禁寒。瓶中白水供先祀，窗外梅花当早餐"的人生窘境，也不屈尊于富贵金钱。接下来，我们就要讲到郑板桥类似皮奉山捉弄有钱人的，为穷苦人所津津乐道的故事了。

与皮五捉弄、智讹有钱人仿佛，板桥这方面的传说甚至事实真的不少。板桥来扬州不久，卖画的情况很不理想，"写来竹柏无颜色，卖与东风不合时"。他的墨色画常常遭遇冷眼。有一回，三位暴富的盐商兄弟盖了豪宅，跑来买板桥的字。银子是足够重的，但态度十分傲慢，言辞粗鲁狂妄。板桥就想羞辱他们一番，给他们的华堂取了三个字："竹苞堂"。兄弟三人配了金匾悬于大堂之上，邀众多权贵名流前来欣赏，谁知众人看后皆大笑不语。这个故事，在《清朝野史大观》中记载的是纪昀耍弄和珅。竹，用隶书写，即可分解成"个个"。苞，上草下包，暗喻草包。很明显即"个个草包"的意思。其实，野史大多是道听途说。和珅的书法功夫，史有记载，纪昀捉弄不了他，且个个非指一人，用于单指和珅，更不能显示纪晓岚之才智。人们倒是更多地相信板桥如此地嘲弄富家三兄弟。

另有一个故事更加值得相信，因为这是板桥的亲笔记载。"板桥独处无侣，买小舟泛湖，轻摇慢荡，寻觅诗料。"忽见迎面开来一条豪华大船，在湖中"任意将篙戳人或船"，"撞船骂人，综计有五六次之多"。而众船皆唯恐避之不及，无一人敢言。打听后方知，是知府在大宴宾客，"仗势欺压良懦"。板桥当时的生活状态与皮五类似，出门躲债时需在出租屋上贴一张字条，告诉催债者不可敲门，门又破又烂，板桥因事外出，你一敲，门破了，难免丢失屋中财物。这是板桥类似皮五的才智。他是在暗示逼债者，你用力打门，门打开了，里面值钱的东西丢了，你可赔偿不起。这当然也是一种无法之法，"乞食山僧庙，缝衣歌妓家。"被生活逼到食不果腹的地步，聪明绝顶的板桥总有他一套异于常人的生存方式。生活在如此艰难状态的落魄文人，丝毫没有丧失与权势抗争的勇气与智慧。板桥令划小舟者猛撞知府大船，知府令府役架板桥至船厅，欲"立加笞责"，板桥面无惧色，厉声呵斥：今日乃先皇之祭日，你身为朝廷要臣，大行歌舞酒宴于湖面，"国典俱在，岂容饶恕！"布衣面无惧色，知府一惧；布衣厉声呵斥，知府二惧；布衣深谙国家法律，知府三惧；布衣知晓今日"适为国恤"，歌舞声色一律严禁，一旦告至朝廷，必将大祸临头，知府四惧。此时的知府，早已吓得魂飞魄散，威武之气旋即化为一脸可怜媚色。板桥提笔写下一首杀气重重的诗，扬长而去。"越日"，知府派人"恳求板桥谨秘此事"，板桥如皮五般的辣性毕显，他讹得了知府"三百两金足数"，又如皮五当活宝把所得五两银子给了一对穷夫妇一样，板桥把所"讹"三百金散给了湖滨一带贫苦人家。

开始与结局 一生 行走的远近决定于执念

人生总是不可预测的，人生总是不可确定的，但，冥冥之中，人生总有一种潜在的路线图。看板桥的传记，从他少年时代开始，就有一顶非凡的艺术家桂冠，在看不见的远方，为他挂在陋室破壁之上。人生，其实也有其可以推而成理的确定性。

丁家桐先生在他所著的《扬州八怪全传》中是这样写的：板桥先世，三代都是读书人。曾祖父新万，庠生；祖父，清之，儒官；父亲立本，字立庵，廪生。儒官，我们姑且把它看作一个虚衔，而庠生、廪生都是俗说的秀才。板桥的父亲以教书为业，板桥随父读塾长达 10 年以上。可见，板桥所受的教育远远胜过皮五。但青少年时代的贫穷，板桥是尝遍其苦的。"今年父殁遗书卖，剩卷残编看不快。"连父亲最好最值钱的书都拿去卖了，却依然"时缺一升半升米"。板桥少年时代顽主的性格与皮五亦有仿佛处。他无钱买墨买纸练字学画，便去净土庵揩油。老僧见这个让人头疼的男孩一来，便会吓得低语：阿弥陀佛，快快地，离他远些。随手便把纸拿个干净，严严实实地藏起来。板桥是知道老僧避他并且惜纸的，便在大殿的墙上、神龛的板壁上，以及香案、门窗上到处写字作画。老僧躲在偏远处，不住地默诵阿弥陀佛，却不敢出来阻止这个"胡作非为"的狂生。据说,这些涂鸦一直保存到1921年。

这就是板桥人生的开始。板桥说自己幼年读书"自刻苦、自愤激、自竖立"。他这样的勤苦发奋，内心所想还是做官。他康熙五十五年中秀才，时隔 16 年之久，于雍正十年中举人，接着在乾隆元年中二甲第 88 名进士，这一切的跋涉行走，都是朝着当官的方向。而事实上，他诗书画的才华远远超过仕途的能力。他虽然只活了 73 岁，但二百余年来，他的故事以及他的诗书画依然活着。

郑板桥曾经这样感叹过："十载名场困，走江湖盲风怪雨，孤舟破艇。"矮小、瘦弱、贫困、厄运、疾病缠身的麻子板桥，内心的英雄情结是强大无比的。在七十二岁的时候，他这样傲视无物地评价自己惊世骇俗的文学与艺术才华："掀天揭地之文，震电惊雷之字，呵神骂鬼之谈，无古无今之画，固不在寻常蹊径中也。"客观地说，当时代的人大都是以势利眼光观人的，板桥一生豪放不羁，"所入润笔钱随手辄尽"，所以，他一生都是物质的贫困者，以致"晚年竟无立锥"，寄居于同乡李鱓之家。世人看这样一个穷画家，哪如看如今脑满肠肥的画匠。但，又有谁知，比谁都清醒地认识了这个世界的板桥，是一位绝世而立的英雄好汉。"黄金避我竟如仇，湖海英雄不自由"，所以，他便在书诗画中寻找自由的天地，他非此非彼的"六分半书"，他天马行空般的"乱石铺街"体，他世人争相传唱的"板桥道情"，都是一种傲世蔑群的英雄情结的外化。中国民间传奇中，往往充满了伪英雄情结。林冲是英雄吗？武松是英雄吗？宋江是英雄吗？为什么二百余年来，普通百姓仍然会一代接一代地喜欢郑板桥、喜欢皮五辣子了？

皮五的少年时代，与板桥有些相似处。他有过富裕的生活，接触过上流社会的各式人等，父亲还请了最好的老师，让他读了私塾。家财破败后，孤儿皮五浪迹街头，饱受饥寒交迫之苦，他熟悉下层贫民的艰难生活。在大街小巷、远郊近邻，皮五认识大家，大家也认识皮五。口袋里面有几文的人都怕他，老远看着要绕道走，否则，一碰面，二百文就会被他讹走。《皮五辣子》（《清风闸》）这部书里的二百文，究竟相当于现在的多少钱？这是一个很难说清的问题。首先，浦琳口中的皮五，生于北宋包龙图年代，大概地说，在其前后时期，一百文，可以买一支写大字的毛笔，或一斤淡水鱼，或一斤牛肉。当然，无法说清各地以及某时段物价的差异。在浦琳生活的清代乾隆年间，一文钱大约是现在的 0.2 元到 0.4 元。众所周知，钱的比值即使只有几十年，也可能会有巨大的变化。在古代货币与如今人民币的换算上，我们也只能听从板桥的那句警言："难得糊涂"。那么，糊涂地说，皮五讹二百文，相当于三四十元人民币。无缘无故被他讹去几十元钱，不疼，痒，心里不舒服。当然，这只是开头我们对皮五的认识，到了后来，我们才渐渐看出来，皮五并不是谁都讹的，相反的，遇见比他穷的人，每回每回，他都能急中生智，把富人的钱讹给活不下去的弱者。其实，这就是能走进百姓心中的英雄情结，一种向善惩恶的精神执念下的英雄情结，一种与百姓呼吸与共的再寻常不过的英雄情结，一种存活于时空之间永远为普通百姓津津乐道的英雄情结，一种无论是谁只要你愿意就可能去践行的英雄情结，一种随时随地都能出手救助生活在水深火热之中的芸芸众生的英雄情结，一种人们愿意把他作为最美的故事温暖内心的英雄情结。

有关皮五的结局，三位说书家各有不同。在浦琳那里，皮五活了80岁，还儿孙满堂。在龚午亭那里，这位终身没有收徒的倔强艺人，并没有留下具体的文字记载，但依据余版《皮五辣子》推而度之，应该是隐居于秘处，无人知晓。在杨明坤的书中，皮五竟然活到100岁，笑而善终。

在不同历史时期的评话艺术家那里，皮五的一生虽各有不同，但都被文学的逻辑性合理地支撑着，并且温和地表达着中国传统文化中亘古不变的崇尚真善美的祈求。

其实，无论板桥还是皮五，结局怎样并不重要。人生，关键的还是过程。他们的人生历程，或远或近，都为我们留下了无尽的文化与精神财富。

题外絮语

虽然对《清风闸》，以及后来的余又春版《皮五辣子》早有涉猎，但第一次与杨明坤先生谋面，是在2013年的秋天。那是于海邀约的小聚会。席间，我说：杨先生，我想跟你录制全本的《皮五辣子》。杨明坤只是将信将疑地看着我，然后说：我想请你代我写本传记。

有关杨明坤版《皮五辣子》影像、书籍出版的意义与目的，我在2014年4月呈给季培均局长的汇报文案中，曾以"经典性、紧迫性""标志性、拓展性"做了简略阐述。季局的肯定与支持成为日后启动这项文化工程的动力。

说是文化工程，是因为它的规模性、完整性、多元性、创新性、严谨性、代表性。尤其是杨明坤在原先作品的基础上扩展为百集影像、

.一生 一生 一生

十回书目，其中的艰辛与坚守，几乎处处都有故事。特别是尽可能保留扬州方言的原汁原味、在文字上保持扬州传统文化独有的韵味风貌，一批人所耗费的精力与心血，只需将余版与杨版做一个比较，便可不言而明。当然，虽然我们对影像及字幕作过五次校对，对书籍文字作过七次校对，由于个别扬州方言落实到文字时，历史遗留的口口相传的模糊性，存疑依然难免，但我们一直恪守的对当今、对未来、对传统文化宝贵遗产负责任的态度渗透在字字句句之中。

记录、传承、创新、弘扬，是我们在完成这项工程中清晰的目标。文化事业，我们首先是为今人做，关键是为后人做。我们的初衷是，百年之后，依然会有百姓喜欢杨明坤先生所创造性塑造的皮五。那时的皮五，应该感谢由季培均局长为我们提供的优越的人文氛围，他的全力支持使得杨明坤塑造的皮五辣子被激发出全新的生命活力。

写到这里，我突然想到了杨明坤先生有关一生的话题。在后来密集的交往中，杨明坤不止一次提到遇见的三位好局长。一位，是林竞亚局长，他破常规地把当时只是业余评话爱好者的小青年杨明坤招进了曲艺团，让杨明坤由此走上了专业之路，也由此改变了杨明坤的一生。一位，是吴星飞局长。当年，是"文革"后首次举办全国最高规格的评话评书大赛。当时，送往省一级被筛选的名单中没有杨明坤。吴星飞力排众议，竭尽努力为杨明坤的《吞钩》争得了一个省里的增补名额，为他夺得全国大赛一等奖第一名赢得了宝贵机会。如果不是吴星飞的挽救性力挺，也许杨明坤的一生将在默默无闻中度过。一位，是现任季培均局长。杨明坤先生说，在这之前，他荒废了十年人生岁月。季局全力支持杨版《皮五》的出版发行，为他赢回了不止十五年的艺术生命，否则，他的一生将留下历史的遗憾。

一生，有机遇的不确定性，也有矢志不渝攀登艺术巅峰的确定性因果关系。机遇改变命运，似乎带有不确定的偶然性，但归根结底，机遇更含有倾向崇高追求者的必然性与确定性。

确定性与不确定性另外一个具体的例子，便是杨版《皮五辣子》的录制、整理、出版。我最初的计划，只是制作一套光盘、出一本书。

而 100 集的超级体量完全没有确定性的目标。2014 年夏末收工时，是
93 集，这已经是超出预期的体量了。光盘送到省音像出版社，音像制
作领域的"获奖专业户"欧阳长莲主任倾注了高度的关注，她主动为我
们向集团申请了 10 万元专项资金补贴《皮五》的出版，她主动提出了
免除出版、审稿、编辑、设计一切费用，她的目标，是把它打造成文
化影像的精品之作。她做过一系列获得全国音像制品大奖的题材，她
知道杨版《皮五》的艺术价值。正是因为冲着这个目标去精耕细作，即
使影像录制中有零点几秒肉眼根本看不到、只有在专业性高档仪器下
才能发现的讹误或者停滞，她也会不厌其烦地执着地返回扬州来精确
修补，这样的过程是很"折磨"人的，而且有时候一周有几次返还。起
初，我们考虑的是在保证质量的前提下提高效率，所以是录制完一部
分送给她一部分。谁知道她"苛刻"的质量要求让我们不断地停在原
地打转数圈才能缓慢地前行。与我们平常的影像制作规程比较，欧阳
式的"规矩"真正让我们领略到了什么叫专业化的严苛。当然，欧阳
式的坚守也给了我们文化艺术工作一种提醒：那些急功近利的艺术产
生，虽然依托关系与运作，可以拿到所谓的大奖，可以炒作得风生水起，
但短暂"辉煌"之后的销声匿迹，是文化艺术追求的主旨与本义吗？我
们为什么要去拿奖？我们为什么要去打造精品？目标与企求是那样的
功利与世俗，又怎么可能真正打造出流传于世的走心力作？在我们已
经习惯了欧阳式的"折磨"时，93 集终于录制完成，随即率数交给了
欧阳主任。一个半月后，我接到了欧阳主任的电话，她说，这部作品，
我们有可能会送全国展，但，93 集，说出来，总感觉没劲。她说，有
没有这种可能，再录 7 集,这样,就成了一部叫得响的百集名作。这句话,
在我心里实实在在地引发了共鸣。我放下欧阳主任的电话，便拨通了
杨明坤先生的手机，手机那一头的共鸣更为洪亮。杨明坤是这样说的：
录 93 集尾声部分时，正值高温酷暑，连续地紧张劳作，确实有身心疲
惫的感觉，心头想，就这么收了吧。就这么收了，秋凉时节，冷静回想，
总感觉意犹未尽，皮五的人生命运，好像还没有被完全说尽说透。杨
明坤说：再添 7 集，正合我意！后面 7 集的录制异常顺利，可谓一气

颂·一生 一生 一生

263

呵成。百集《皮五》，在停下来一个半月后，更为理想地得以圆满。

我又要说到确定性与不确定性了。在先期录制期间，由于我们在《扬州晚报》上做了连续报道，曾经有几家音像制作公司找过我，在保证质量（当然不是欧阳式标准）的前提下，价格极具诱惑力。还是用如果吧，如果当时答应了这些"价廉物美"的公司，《皮五》，不会是今天的模样。在这里，我还是要感谢我最好的同学，凤凰出版集团的老总吴小平。数十年来，我有事找他帮忙，打电话从来不拟腹稿、从来不添加虚词，一两句直言说得明明白白。小平的答复一向干净利落，从未有过一字半字的托词。我们的性情始终保持着书生年代的融洽与契合。《皮五》的系列出版当然要找他帮忙。小平说：伯达，你有什么要求，告诉我，我来找社长。这样优越的条件，我当然不会考虑其他公司。其实，做任何事情，最初确定的标高，直接决定着未来的最终的走向与结果。小平对《皮五》出版的鼎力支持，在这里，不必说感谢，那会感觉别扭，因为我们是最好的同学。

所有的不确定性，都是由潜在的确定性决定的。

从容不迫的坚守，缘于非功利的文化心态。

譬如《皮五》的文字整理。在2013年的准备期间，我们上网购买了十多本20世纪80年代由江苏文艺出版社出版的《皮五》（37万余字），其中三分之一是复印件，价格却比原书要高几倍，这说明，这部经典的扬州评话传统书目依然深受广大书迷的喜爱。那么，决定扬州评话图书历久弥新生命力的主因是什么呢？我们认为，原汁原味的扬州话、生动精彩的扬州风土人情的细腻展现，才是地方文化的本源，才是可与世界上任何一种精粹文化平等交流的价值所在。这样，就给我们的文字整理提出了极高的要求。当然，在如何处理去文学性、去普通话标准化的口语表述与文字及语言的教科书式的规范标准的关系上，一直存在两种观点的碰撞。在文字整理的团队中，有些人并不赞同口语化的表达方式，那么，整理出来的回目虽然符合汉语言文字的标准化表述，却缺乏了扬州方言的肌理。经过几番讨论之后，我们毅然舍弃了十多万字的整理书稿，让另一部分熟谙扬州方言的人重新开头，全面恢复扬州地方方言的特质与风味。我们没有追求速成，我们没有规定具体的时间节点，我们的目标只有一个：用最高标准打造出扬州传统文化艺术真正意义上的精品。

杨版《皮五辣子》百集影像、十回目（120万字）线装书与平装书、论文集四系列终于如期出版发行了。皮五，是一位老人；皮五，如今，正焕发出新的生命。传统文化艺术，总是在求索、创新、突破中不断地得以传承、得以弘扬，从而在世界文化艺术之林中站立成独有的生机勃发的风景。

一生，在历史的长河中，不是任性更换，而是不断长大，永远鲜活，无限焕新。

也许，杨版《皮五》还有一些尚未发现的缺失与遗憾。这不要紧，要相信后来人。后来人一定会比我们做得更好。

送我青锋剑　仗法上华山

重温扬州评话艺术家杨明坤问鼎之作《吞钩》的二度创作

拜师门有缝　偷艺法无穷

1982 年的盛夏，酷热一直在高调上演。在扬州旧巷一处 8 平方米的陋室里，蒸笼般的闷热延续到黑夜时，饥饿的蚊虫开始登门群舞。李真先生在火柴盒般的房间内点了 4 支具有高强度杀伤力的蚊香，在呛鼻的烟雾中奋笔疾书。他完全忘记了身边的环境，沉浸在思如泉涌的创作之中。

令他不写不快的，是 20 世纪扬州 30 年代末期的禁烟运动。烟，就是林则徐力禁的鸦片，无数中国人为之倾家荡产、身心俱毁。当年，上至国民政府显要大官、县长、警察局长、缉查队长，下至大小烟贩、有钱没钱的烟民，扬州百姓都能叫得出他们的名字、说得出他们长串长串的故事。李真先生的腹中装满了这些人和事，历经数十年的酝酿发酵，在这个火烧火燎的夏天，灵感爆发，不能遏止。他用一个月夜以继日的苦战，完成了 24.4 万字的长篇扬州评话《广陵禁烟记》。

评话作家，好似铸剑者。李真在高温下锻打出的这柄青锋剑，必须找到一位懂它的舞剑人。先生想到了年仅 33 岁，只有 8 年正式演龄，尚未被书坛认可的年轻人杨明坤。1975 年，由于杨明坤自创自演的短篇评话在群众性文艺比赛中崭露头角，当时的文化局局长"特事特办"将他破例招收到曲艺团。进团后，他左眼瞄准一代大师王少堂，右眼盯住了《清风闸》（后改名为《皮五辣子》）第 8 代传人余又春。他恳求拜入余又春门下时，余先生对他说：与其在一幅画上涂涂改改，不如在白纸上作画。显然，这是明拒。于是，杨明坤想了一个妙招，请求领导在余又春说全本《清风闸》时，让他先说一小段开场书。这样，他就可以一场不落地旁听了。余又春先生目光往台下扫扫，就晓得杨明坤从头至尾在下头听着哪，说到奥妙之处，会故意地顿一顿，装住不经意地望上他一眼。杨明坤心里有数，先生这是在暗授。正所谓拜师无门门有缝，偷艺有法法无穷。杨明坤拜师遭拒，只得私下里追随余又春，于门缝处旁听偷学，格外地入神用心，听一段，回家悟一段，没有办法到先生面前还书求教，便结合自己熟悉的市井民情、人物百态，循法而变，破法求新，天长日久，便觉得，变法就是在一系列约定俗成的传统程式与规矩中融入自己的思考与理解，不拘一格，放胆谋异，逐渐在书台上形成看得见表演者自身的个性风格，这是一个演员终其一生也未必能达到的目标。有了这样的准确定位，杨明坤自己登台说《清风闸》时，就有了与余又春不一样的精彩。一个熟悉而又全新的皮五辣子赢得了听众的赞赏。余又春当众这样鼓励道：杨明坤比我说得好。

李真先生也关注到了这位年轻的后生，他觉得杨明坤是最有可能理想呈现《广陵禁烟记》的人选。就这样，在 1983 年，他把作品郑重地交给了杨明坤。

三年磨剑刃　不使他人见

杨明坤在后来的创作心得中这样说过："由作家为评话艺人提供的话本，即使内容再精彩、故事再新颖、人物再典型、情节再生动，也不可能直接搬上书台照本宣科。那不叫评话艺术，那叫故事演讲。当然，话本话本，评话之本，看一遍两遍三遍时，千万别忙着去想上台怎么说。看三遍，还没有到那一步。起初的熟读，是为了吃透作家为什么要写这部书、他想在这部书中表达什么、他的情感脉络有几条、他的主干人物有几位。说句到底的话，尊重作者的原创意图是说好这部书的头道关。这道关你过得马虎、过得草率，往下走就一定会误入迷途。"

事实上，如今我们的很多中青年曲艺演员还没有真正确立清醒的文本深读意识，甚至还不具备基本的文本阅读能力。他们拿到一个文本，会无所适从、茫然无措，恨不得作家们提供的文本一字不多、一字不少，刚刚好够他们登台说表。在这种无奈的状况下，一些对曲艺这门艺术涉猎肤浅的人员也会自以为是地挥动拙笔，任性而为，东改西补，切膊削足，导致原作面目全非、元气难存。这样的作品，就形成了艺术的二重割裂。一是原作者深思熟虑的创作结构的完整性被割裂，二是作家与演员之间一度二度创作交流的必然过程被割裂。

正是因为存在这样的现象，今天，我们重温杨明坤先生严谨而纯正的求艺之路，就显得尤其地重要。经典重温的意义与价值是启迪而警醒今人今事。只有始终走在正道上，艺术才会常兴常盛。

杨明坤熟读《广陵禁烟记》之后，开始花大量时间深入旧巷，拜访老人，了解20世纪30年代扬州禁烟的详情与细节。这是一件耗时的活儿，这是一件费神的活儿，这也是一件杨明坤乐在其中的活儿。当年那位县长、那位警察局长是什么长相、什么性格，欢喜耍什么姿势、说什么口头禅，哪一年的什么季节他们干了什么事、老百姓有什么反应，一个人一个人地拜访，一件事一件事地记，轮廓大致就在心里搭建成型了。接下来，开始着重采访烟民的情况，譬如富人、官员怎样吸食大烟，穷人、懒汉怎样吸食大烟，情况是有天壤之别的。就连工具都大不相同，鸦片的质量也分三六九等。那些成千上万的瘾君子，富得淌油的家庭，吸个一年半载，家里边的雕花床都拿去卖了，睡个冰冷的硬板床；吸食劣质辣毒的剩脚子大烟，人很快骨瘦如柴，不用过多久就一命呜呼了。查访得多了，情感就自然地进入其中，醒里梦里，就有人物靠近他，就有故事呼之欲出。

杨明坤说这部书的欲望越来越强烈。但是，他忍住了。他觉得李真先生赐给他的那把青锋剑，利刃还欠光泽，还欠磨砺。有时候，他会对着墙壁说上一段，对着镜子说上一段，再坐下来回味揣摩，把点滴的感悟写在笔记本上。将近3年的漫长岁月里，表演者是他自己，听众也是他自己，评论者还是他自己。杨明坤说：演员，要学会分身术。

一个杨明坤在说，一个杨明坤在听，一个杨明坤在评，这个功课，要不厌其烦、铁面无私。对那个说书的杨明坤要狠，要往角角落落头找碴子，这样子才能找到不足，不断地修正、不断地完善，来让那个听众杨明坤有时哭，有时笑，有时怒，有时痴，有时欢呼南北，有时泪洒东西。但顶顶重要的还是铁面无私的判官杨明坤。这个杨明坤不作兴掺杂一丝一毫的仁慈之念，对书台上的杨明坤，该骂则骂、该训则训，越苛刻、越刁钻，越能知不足然后求精进。现在的中青年一代说新书好像不是这样，才把个书说得半生不熟，就要登台去亮相，一心巴望别人说好话，这样做，就完全失去了自身的内在动力，进步就很难。还有一些年轻人，说传统书目，就会程咬金的三斧子，一上台就捶胸顿足、卖弄几句现挂的噱头，骗些观众的笑声，一年两年，三年五年，还是那老三斧，几年弄不出一部新书目出来。

杨明坤正经把《广陵禁烟记》书外的功夫、书台下的功夫做足了，但还是只对自己说，只对家中的墙壁说，就是不肯面对观众说。

耐得住寂寞，才能出得了精品。杨明坤先生对艺术的严谨态度，值得我们现在的年轻演员好好学习。

把来试青锋　舞剑辟新径

杨明坤苦磨《广陵禁烟记》而不肯示人，自然有他的道理。杨明坤在《水浒》作者施耐庵的故乡插队数年，不但对里下河地区的民间歌舞、民间故事、民间谚语、民间传说熟记于心，直至今日，犹能侃侃而谈。此外，他体察了最底层的民情，阅读了大量的古典小说，背诵了历代的诗词歌赋，正所谓"粗缯大布裹生涯，腹有诗书气自华"，正因为肚里有货，杨明坤登台说书的风度气质便显得别开生面、意蕴不凡。20世纪80年代初期，我国的舞台艺术正处于复兴时期，传统的经典书目焕发新生，老一辈曲艺演员得到特别的尊重，扬州评话《水浒》《三国》《清风闸》等纷纷献演，大放异彩。而新创书目，尤其是高质量的新创作品，还处于改革开放后的成长期。

如何使新书《广陵禁烟记》说出新时期扬州评话的新风采、新气象、新特色、新活力？底蕴深厚的杨明坤仍然感到火候不到。

会说书，是一种技巧；说好书，是一种技艺；把说书当成一门雅俗共赏的舞台艺术，那是一种境界。

在把这部新书搬上舞台、呈现给书客之前，杨明坤陷入了痛苦的深思。他在后来的一篇谈说书心得中写道："说书，不是一门孤立存在的行当，要想提升评话的艺术品位与档次，就必须用心借鉴歌舞、书画、词赋、琴筝、影视、话剧、歌剧、昆曲、滑稽戏、相声、快板书等各门艺术，博采众长为我所用，说人话、表人情，生动形象地反映人性的真善美与假丑恶……"

董耀鹏书记在为基层曲艺工作者传授曲艺的创作与说表理论知识时讲述了一个典型的例子，他说，当年梅兰芳大师曾经发出过这样的感慨：我酷爱上舞台，不习惯上讲台。为什么呢？因为演员更擅长于感性的形象表演，而疏于理性的抽象思维。正因为如此，我们今天看到的梅兰芳先生有关戏剧表演的经验阐述，都是那样的质朴简捷。譬如他在 1932 年 5 月国剧传习所开学仪式的致辞中说：……戏剧站在艺术的立场上，她除去表现上所用的介体用文字，音乐表现用声音节奏，舞蹈表现用动作节奏，绘画表现用色彩线条。戏剧表现用语言、动作、色彩、线条、节奏……同时，她是接近人生，更是接近大众……

艺术从来都是相通的，梅兰芳先生对戏剧的经验之谈与杨明坤对评话的内心感悟十分相似，但，问题的关键，是怎样把对的理念完美地呈现在舞台之上。

杨明坤把精力集中在钻研、揣摩《广陵禁烟记》中每一个具体人物的性格特点上，并且通过设计不同的固定动作、独特语调、典型神态来区分各类人物的鲜明个性，同时创造性地引进话剧、滑稽戏、相声等，在理性与感性的融合下，借鉴诸多艺术门类的可用之处，从而使南方传统评话艺术在传承的基础上有了新的发展、新的突破。

譬如《广陵禁烟记》中"夜审马二寡妇"这一段，杨明坤把双簧戏的表演精髓机巧地移植过来，从而使得人物之间的矛盾冲突更具生动性、形象性。马二寡妇是刁蛮、精明、狡猾、强硬的贩毒头目，以前的缉毒者无人能够降服她，因而她气焰更嚣张、态度更张狂。这一晚，前台，审她的人是高大、威武、凶悍的侦察参谋花友武，隐于后台的则是文静、淡定、足智多谋、沉着冷静的新任县长麻震江。花友武与麻震江，一前一后演的是双簧，戏场里加上马二寡妇，则又是一幕小话剧的样式，双方斗智斗勇、斗胆斗谋，是前场戏；幕后麻震江的攻心大法则是短短 40 分钟书的戏核所在。夜审，从难上加难到迎刃而解，合情合理，引人入胜，波澜迭起，精彩纷呈。

当然，在杨明坤说表的长篇扬州评话《广陵禁烟记》中，这类全新的二度创作几乎贯穿全篇。

只会模仿不会动脑的曲艺演员，不是好演员；只有嘴上功夫没有笔头能力的曲艺演员，不是好演员；只会表述故事不会塑造人物的曲艺演员，不是好演员。杨明坤在不同场合多次表达过这样的理论观点。

这也正是杨明坤的《广陵禁烟记》大获成功的秘籍之一。

仗法会群英　问鼎华山巅

让我们把时间拉回到 30 多年前的 1986 年。由文化部主办的全国曲艺新书（曲）目比赛将在北京举行，这是改革开放以来的一次曲艺文化盛会，据载，全国有 400 多个曲种、2700 多名优秀曲艺演员层层参赛。杨明坤在扬州曲艺团送省评选的审核中没有被列入名单。原因也是很实在的，第一，扬州曲艺团有多位师出名门的好演员，他们功底扎实、表演成熟，参加如此重要的国家级大赛，推送他们把握更大；第二，年轻的杨明坤在曲艺界名不见经传，说的还是新创书目，保险系数谁也不敢预测。参加全国大赛的名单已经报到了省里，杨明坤呕心沥血准备了 3 年的新作似乎已经完全失去了亮剑的最佳机会。事情峰回路转，得益于当时的扬州市文化局局长吴星飞。他因为出差在外，没有看到选送的节目，觉得心里没有底，便来到曲艺团，把初选时的全部节目过了一回堂。看完后，他激动地说：杨明坤这么好的节目，

271

一定要送上去。并且当即打电话给省里的相关负责人，软磨硬泡争得了一个额外名额。杨明坤曾经这样感慨道：一个有文化、懂理论的领导，在关键问题上的一个决断，将对文化事业的繁荣发展起到举足轻重的作用。

杨明坤能进京参加全国最高级别、最大规模、最强评委阵容、最严打分规则的曲艺大赛，扬州人没有想到，省里人没当回事，北京人更不知道这个愣头后生是哪门哪派的传人。这次的大赛，何止是高手如林，评委的规格与阵容也是空前绝后。杨明坤回忆说：27 位评委现场打分评选，玩不得半点虚招假术，耍不了半分人情关系，那真叫一个硬正，就如同金庸笔下的华山论剑，法对法，锋对锋，神技对真功，针眼大的讹错失误，跌下去 0.5 分，你就刀剑入库、打道回府。

在 2015 年 8 月，事隔近 30 年后的采访中，杨明坤说起那段参赛作品，《广陵禁烟记》中的节选《吞钩》，依然是张口便来、流畅自如。尤其是那些倾注了他 3 年心血的创新桥段，那些赢得过 27 位素不相识的评委 7 次一致掌声的华彩表说，真可谓声情并茂、引人入胜。

故事很简单：20 世纪 30 年代，扬州是吸食鸦片的重灾区。国民政府内权重职高的显赫人物汪中委特意招来一心追求上进、正义且疾恶如仇的年轻人麻震江任县长，要他迅速彻底铲除毒根。麻震江有汪中委撑腰，便大刀阔斧，智勇兼施，雷厉风行，惩恶斩凶。就在降服了臭名昭著的贩毒头目马二寡妇后，平日里从不公开露面的汪中委紧急约见麻震江。麻震江从卧室门外窥见汪中委的那一刻，却犹如五雷轰顶，三魂出窍。事实上，汪中委不仅是大烟鬼子，还是中国南方最大的鸦片贩子。对比与反差，在咫尺天地间变得强烈无比。最终，在汪中委权、名、利的恩威兼施下，血气方刚的年轻县长躺在了汪中委的烟床上。吞钩的意思，便是麻震江吞下了汪中委的鱼饵之钩。作品客观而真实地反映出人性的弱点，同时警示世人，反腐反贪，反恶反奸，现实是多么的残酷而且艰难。3 年闭门修炼，《吞钩》从思想到艺术，几近完美。在众目睽睽的比赛现场，27 位评委一致通过：《吞钩》获得创作、表演双双一等奖，排名第一。接下来的一段日子里，中国曲艺界的理论工作者们曾经研究过杨明坤这位黑马式的扬州小子，但极少有人关注到 3 年面壁磨一剑的意义。如今，在市场经济大潮的冲击与影响下，有多少年轻演员甘愿沉寂 3 年去打磨一部作品？如今，在曲艺演员日渐忽略文本解读与拓展的形势下，有多少年轻演员乐意花 3 年时间去倾尽心力从事二度创作？

中国曲艺的真正繁荣，希望在年轻一代身上；中国曲艺的登峰之路，关键是年轻演员一步一个脚印的基本功磨砺与创新意识的觉醒。

还得补说一个故事外的花絮。《吞钩》获奖之后，杨明坤偕夫人，带上奖金，专程赴余又春先生的老家海安去拜望先生。现在回想起来，年迈的余又春应该是一直在等着杨明坤的。扬州评话，代代传承有序，问题的关键是，谁能扛得起下一代传人的重担。先生把早已准备好的《清风闸》谱系表打开，郑重地在第 9 代传人的空位上写下了杨明坤的名字。

山岭有奇峰　不与诸岳同

简述扬州评话康派《中三国》变革、融合、创新的艺术特质

兼纪念康重华一百周年诞辰

　　苏轼在他的《东坡志林》中，详细记述了评话《三国》流布于当年凤翔府大街小巷的旧事。那时，东坡年仅二十四岁，高中进士后首次赴外任凤翔府判官。初入职场，与他关系最好的人是官三代王彭，王彭的祖父曾是宋朝开国元勋，王彭本人则通晓军事、深谙文史，东坡与他"居相邻，日相从"。情谊笃厚，无所不谈，而东坡所记，只是王彭告诉他有关评话《三国》的故事，说左邻右舍有许多顽劣胡闹的孩子，根本管制不住，就掏钱给他们，让他们结伴去听评话，于是太平无事。谈及此事，不是想探究评话《三国》的起源，想说明的是，自北宋始，听众对《三国》中的人物已经有了明显的情感趋向。《东坡志林》说：当说到刘玄德失败，现场竟有悲伤到哭出声者；而说到曹操被打败，听客包括顽劣之童均快乐得击掌而歌。我们知道，最早记载汉晋时期史实的专著，是西晋时陈寿的《三国志》，后人认为当与《史记》《汉书》并重。在这部书中，陈寿评价诸葛亮"应变将略，非其所长"。这显然与后来演义中卧龙军师的神奇形象截然不同。自古以来，民众总喜欢把曲艺以及戏剧中的人物用好人、坏人来区分，在戏台之下以及在生活之中，每个人都有一个英雄梦，康派《中三国》"三把火"的熊熊燃起，为人们幻想、神往、崇拜、陶醉的英雄梦创造了一个天马行空任我游的雄阔天地。康派《中三国》百多年独领风骚、长盛不衰，其原动力正在于变革、融合、创新的自信精神与艺术特质。

变革 无中生有

　　康派《中三国》为我们留下的，不仅是仍然需要去挖掘、发现、搜集、探究、整理、传承的经典之作，其更令我们感佩与激赏的，是在已经建成的巅峰之上另辟蹊径、独立奇峰。康派《中三国》始祖李国辉（史称"李门"）创编的《三国》，智峰如剑，剑锋如舞，语言精警而不失通畅，故事惊险而悬念迭起，人物鲜活而栩栩如生。他的徒弟们只要用心仿习与领悟，一生会拥有足够的书客。然而，李门的众弟子［当然，与之鼎立的任（德成）门《三国》同样如此］，他们绝不满足于学师爷、似师爷、传师爷，他们的志向与目标，是探索新径、开辟属于自己的一片新天地。李国辉先生如果活在当今，无疑是当之无愧的国家级"名师"，由他的徒弟们造就出来的流派大致有八个，这八位各领风骚的杰出弟子被书迷们爱称为"八骏马"。以康国华肇始，至康派第三代传人康重华，均是李门独开一派的佼佼者。

　　以口传心授为主要习艺方式的扬州评话，看一个晚辈能不能学有所成，有三个至关重要的必备条件，一是禀赋超凡，悟性过人；二是痴爱至深，心无杂念；三是品质仁厚，正义善良。康国华原本是一家金珠店的得力伙计，桩桩事办得灵活机巧，只有一件事令店主头疼不已，那就是听起评话来就把全世界忘了，以致常常耽误了生意，主管怒斥他是不务正业。可在少年康国华的心中，评话才是神圣不可侵犯的，他抓起算盘砸了主管，老板把他赶出了店门。当时，李国辉已经是如日中天的当红名家，但，他毫不犹豫地把这位闯过大祸的愣头小子收入门下。日后的漫长岁月充分证明了他的独具慧眼。首先，康国华具备扬州评话艺人最宝贵的仁厚美德。"五虎大战康国华"，说的是在同一个场地，儒将康国华面对包括王少堂在内的五位年轻虎将围击，依然从容胜出的故事。在这个发生在民国初年的美谈中，康国华不只是赢得了同行和书客对扬州曲艺人操守与品质的拥戴尊重，更重要的是赢得了特殊历史时期市场竞争中的声誉与名望。

　　康派《中三国》由刘备三顾茅庐始，以曹操兵败华容终。客观地说，在以《三国演义》为参照的全本扬州评话《三国》中，这个历史时段不能算是最精彩的，但是，从康国华到康又华，再到康重华，他们几代人的个性风格、表演特色、情节内容、呈现方式都不一样。不一样，让听客们似乎发现了一部又一部全新的《三国》；不一样，是康派每个人不同阶段不同时期描述情境与刻画人物的技巧和手段都力求变化；不一样，不仅是评话表演艺术应该努力做到年年新、月月新、日日新，更重要的，是听众的心理祈求与审美期待总是希望艺人们变师传之技、革前辈之法。变革，在传承艺术中是最难的，但这恰恰是文化艺术良性发展的必由之路。

在前不久南京的一次会议中，省文联刘旭东先生谈到如何实现变革之法时特别提到了无中生有。无中生有，的确是康派《中三国》显著的特质。康派的"三把火"选取了《三国演义》中十万字左右的篇幅，而其口述文字多达一百二十万字，无中生有，高达十多倍，且构思与叙述皆令人拍案叫绝。仅举曹操兵败华容道为例。孔明点将杀曹，至终未提关羽，关将军又气又急，怒而请命。孔明将最后一道关卡交给关羽，立下生死状后，反复提醒关羽："你（由埋伏处）领兵出来，见了曹操，切不可跟他答话，上去一刀将曹操挥为两段……""切不可跟他答话"，这是前期铺垫悬念中的金句。孔明作了一而再、再而三的反复交代：将军，你千万不可跟曹操说话。然而，在生死关卡，关羽面对"恩公"曹操，全然忘记了军师的叮嘱，与足智善辩的曹操展开了长篇对话。这样的诱导性对话，听众是知道关羽正被曹操一步一步骗入歧途，听众是急得心都提到嗓子眼的，这个无中生有正是康派《中三国》精心谋划的高妙之处。在关羽刹那之间就可以挥刀将曹操劈为两段的要紧关头，胸有成府的曹操步步紧逼三激关云长，句句锋如利刃、字字力重千钧。在"忠"与"义"的矛盾争斗中，关羽宁愿受孔明杀头之罚，毅然放走了曹操。康派《中三国》的这个无中生有，一波三折、扣人心弦、层层推进、高潮迭现，而这段书最终的目的是体现关云长这个人物精神与道德的终极升华。这从一个侧面彰显了康派《中三国》变革的高尚境界与宽阔胸襟。

融合　有容乃大

其实，人类拥有语言之时，评话（北方则为评书）就诞生了。在一群人里，在一族人里，在一国人里，在九州大地，在不断繁衍的人类之中，有许多精灵一般神奇的语言天才，他们凭一张嘴再现大千世界的传奇与史实，他们让无数的人笑，让无数的人哭，让无数的人欢喜，让无数的人痴迷，这些精灵，就是说书艺人的前身。他们演说的故事像蒲公英一样随风飞扬、入土生长，太过偏执地去敲实一部传统评话的源头，是尴尬的；太过偏执地固守经典书目，是徒劳的。扬州评话艺人，从不担心旁门别派会搬走他们的表演程式与艺术技巧。康派《中三国》的深院豪宅，从不关门，从不上锁，从不设槛，从不闭窗。所有往上走的艺术，胸怀都是敞开的。康国华先生曾经倾心倾力向著名弹词演员张幼夫传授自己的说书经验与心得，当然，他也曾用心向一代名家张丽夫借鉴过吐词咬字等等高难度的表演技巧。康又华十九岁时，父亲康国华于1916年六十三岁时不幸去世，当时又华在钱店忙碌，父亲还没有来得及将所创之书悉数传授给儿子，于是，为康又华排练《中三国》全书的人居然是父亲的一位铁粉。千万不要忽略扬州评话那些胜似侠客的非职业说书家。竭尽心力一字一句教授康又华的钱店管事江子瑜让我们想到了两件事。第一，入李门《三国》之前的康国华，原本姓江，是江子瑜管事的本家，这个背后有没有令人动容的真实故事，在一百多年后的今天，我们依然怀抱着热切的猜想。第二，清朝一代通儒焦循的好友叶霜林，他是扬州评话的神级串客，擅说《靖康南渡故事》，其中又以《宗留守交印》最为摄人魂魄，连名噪一时的职业艺人听后都会不由自主地顶礼膜拜，尤其说到主战派忠诚老将宗泽临终前交出留守印信时，在奄奄一息的弥留之际，突然怒目圆睁，气夺霄汉，悲壮激昂地喊出"渡河"二字时，胜千钧之力，震天地之心。"每一作，神与气并竭，半月始复"。我们这里特别赞赏的，还不是他超凡卓绝的书艺，而是他对说书艺术的通透评述。他说："……一叙事文，一画，一评话，一演剧，道虽不同，而所以摹神绘色、造微入妙者，实出一辙。"

所谓万物互通，这不是根本；人通万物，这也不是根本。那么，什么是根本呢？那就是借互融互通之理，以我之情，以我之心，化身为你须表现的各类人物独一的身心，唯是如此，叶霜林先生那老将宗泽临终前一声撕心裂肺的泣血之情，才不是表象的、做作的、虚假的应付式表演。大学问家焦循满怀崇敬之情为他撰写了《叶霜林传》，从而让我们有幸知道他生于 1733 年，卒于 1798 年。这样，我们也就知道了，康国华先生在 1853 年诞生时，距叶霜林先生的离去才半个世纪略多。这样，我们也就知道了，康国华以"演剧"入评话，移植当年非常时尚的京剧表演到康派《中三国》中，从而使人物显得逼真生动、形象丰富，与叶霜林的评话理论如有神通。据说，被誉为"红生鼻祖"，培养了周信芳等高足，京、昆、梆、徽全通，编剧书法皆精的一代大师王鸿寿，一日在父辈好友处获六十六张关羽马上舞刀画像，日夜熟读揣摩，时刻化自身为关羽，先后共演出《白马坡》《华容道》《战长沙》《过五关》《灞桥挑袍》《水淹七军》《走麦城》等文武俱佳的三十多部关羽戏，被天下人称为"活关公"。一次他正好路过扬州，听说康国华引京戏于说书，便特地进场听书，当康国华说到关羽"显圣"时，猛一声京腔："还我头来！"王鸿寿惊叹不已，连连谦称："我不如也！"事实上，康国华还是公认的"活孔明"，活缘于通，通缘于悟，悟缘于容。康派有容，故终成大器。

创新　大道行简

说到《火烧博望坡》《火烧新野》《火烧赤壁》，书迷都知道，这就是康氏三代创造的"三把火"。《中三国》"三把火"，好听，好懂，好记，好传，简单到了极致，诞生一百余年来，扬州书迷，抑或非书迷，知道康《中三国》"三把火"者，应该远超亿万。"三把火"这座说书艺术中与诸峰群岳相异而傲立的独特奇峰，无论文士还是巷民，人听人爱，人听人喜，似乎真的简单到极易，而事实上，作者经历了常人难以想象的艰辛与困苦。终其一生甘守寂寞，面壁静思苦其心智，远避诱惑尝遍清贫，"三把火"作为一次成功的文化艺术创新，背后有着不必与世人道的苦与难。

自康国华首创《中三国》"三把火"至民国年间，扬州等地，长期以来，仅是说评话《三国》的艺人，有名有姓的好手就有几十位之多。他们都有父母妻儿要养活，家里的那许多张嘴，指望的就是艺人们能令听客掏钱的那张说书的嘴。这是一个良性的适者生存的残酷得掺不得半点虚名，容不了一丝偷懒的文化市场。有一则故事曾经使我心酸良久，李门《三国》中与康国华齐名的"八骏马"之一吴国良，是吴派《三国》开山者、李国辉的关门弟子，擅说前、中、后全部《三国》，常在一处说书一年之久依然听客盈门，他与康国华关系最为友好，数十年亲如兄弟。很巧的是，吴国良之子吴少良与康国华之子康又华同样亲如兄弟，两位后生并马驰骋三十年，书坛携手留美名，均为深受听客欢迎的《三国》传人。然而就在吴国良六十三岁那年，四十七岁的壮年名角吴少良因遭遇歹人敲诈不从，在报纸上被人捏造桃色丑闻。扬州评话《三国》传人，第一要义便是做人，吴少良是有口皆碑的品行优秀者，见到丑闻后，性情刚直不阿的吴少良吐血而亡，结束了风华正茂的宝贵生命。康氏父子虽万般安慰、照拂年逾古稀的书坛才子吴国良，可是，儿子含冤而去之后，儿媳妇、孙子的生活都需要吴国良说书维持。七十三岁那年的除夕，吴国良先生在海安做年档时因思子心痛，加之劳累过度，在冰冷的码头上悄然结束了自己的艺术生涯。后来，人们在吴氏父子的遗文中发现，除了每年都在撰写破旧立新的文稿，还有自创或者收集的有关《三国》的骈文、韵文、典章、掌故、诗词、楹联资料，可以确定，这些创新内容，康氏父子与吴氏父子曾经数十年如一日地交流过、争辩过、互相启发、互相梳理、互相激赏过。创新与创造，从来就没有止境，赢不了市场，就一定会被市场踢出门外。毫无疑问，听客是评话艺术无可替代的评委，市场是鉴别说书艺人水平高低的金标准，所以，我们在感谢当今文化繁荣盛世的同时，不应该忘记那些年代先辈们编创的如《飞跎传》《八窍珠》《绿牡丹》《清风闸》《西游记》《万年青》《施公案》《伍子胥》等一系列传统经典。

让我们明白了一个简单真理：所有创新，都是心血的结晶。

创新存在于细节处置之中。评论家们在谈及这个话题时，往往会举"草船借箭"一回中，孔明与鲁肃在船舱中谈笑自若，诸葛军师只从放在桌上的酒斗倾斜度便精确地算出了曹操中计后"借"出的利箭总数为例。事实上，"三把火"细节的创新与铺陈无处不在，譬如"舌战群儒"，康氏将每一位东吴谋士名儒所坐的具体位置首先作了细致交代，每一位儒士的腔调、语速、个性，在以孔明为中心的舌战场合无须一一复述，说书人一个细微的转头与审视，听客便能完全明白那是谁。这场弘阔壮大的智斗章节真可谓痛快过瘾、酣畅淋漓。这便是康氏过硬的细节处置功夫。

创新存在于人物塑造之中。康派《中三国》的成功之一，是没有把人物脸谱化、概念化。所有的人物，从刘备、曹操、孙权、诸葛亮、周瑜到关云长、张翼德、赵子龙，人物性格的多面性、内心活动的丰富性、面临大事的表现性，"三把火"说了几十年，人物的形象和语言，在总体规定性之下，一直在变化。这种变化甚至包括人物的表情、神态、动作，一年有一年的不同，一人有一人的不同。为了最大程度体现人物的鲜活性与生动性，康国华与康又华都将京剧舞台表演艺术融入说书，且康国华有意改变祖父与父亲的模式，用更为亲切感人的语式替代了京腔，呈现出了另一种风味。

创新存在于情感的激活之中。你演所有的古人，仅凭一个人一张嘴，就能把书客带进特设的历史人物内心世界。在一场又一场的书艺展现中，你得将书客们一会儿变成常山赵子龙的超帅与战无不胜，一会儿变成曹操的壮志中暗藏机心、横槊赋诗气吞山河，同时又心胸狭窄、疑心如病。在这样的场合中，说书人已不是说书人，听客已不是听客，台上与台下，大家都在同时复活着某个人物、激活着某个人的情感，以至离场许久，仍然不能走出那个神奇遥远的书中世界。

这是多么令人神往的简单而又复杂的艺术创新与创造。

由康重华先生口述整理的《火烧赤壁》，1983 年由李真、张棣华整理，总字数五十三万，显然删除很多，所以，两位郑重地在后记中说：

"我们已将这一话本的原始口述稿，一字不漏地恭笔誊抄了一份，留存于中国曲艺家协会江苏分会的艺术档案里，以待后人查阅评说。"我们坚信，两位先生的整理是认真严谨的。因为自 1959 年启动至 1982 年定稿，对于康重华口述整理本《火烧赤壁》，他们"整整耗蚀了二十三年"。我们同时坚信，一字不漏的口述本应该还有许多值得我们期待的惊喜。

小剧场实验剧:

致敬若虚

序

【朗诵】

甲：天幕启动，我是那个拉幕的人

乙：天幕开启，我是那个穿越天幕来到盛唐的人

甲：推开盛唐门，运河边看见我男神

乙：掏出笔记本，许多问题急急地想问问

甲：张若虚先生，你历经高宗、中宗、睿宗、武后、玄宗五代君主更替

乙：人生一甲子，默默无所闻

甲：打捞无踪迹，愁煞后来人

乙：运河岸上解悬疑，故事写满笔记本

一

1

【唱】

甲：站在天幕肩上看扬州盛唐

乙：夜空中云被烧红万灯齐亮

丙：红袖骚客熙熙攘攘

丁：一日千金买醉买浪

甲：风流狂放胭脂激荡

乙：楼上俏娘对窗梳妆

丙：洪流滚滚名人豪商

丁：富甲天下唯我维扬

甲：扬州盛唐傲视八坊

乙：当年长街七里为方

丙：九里三十步为长

丁：健马锦车穿城如翔

甲：万种美食烧烤路旁

丁：淮左名都祥和景象

丙：琴棋书画小巷寻常

丁：格律诗小儿在行

甲：最寻常的是天亮后豆浆的清香

乙：最诱人的是满街豆浆的清香

丙：长条桌百十张油漆光亮

丁：小火炉大铁锅豆浆滚烫

甲：都市繁华、清晨豆浆十里飘香

乙：十里飘香引来一位神奇姑娘

丙：白马白剑白衣裳

丁：一人一骑从北方到南方

甲：三天三夜吃光了馍、喝光了水辘辘饥肠

乙：百人千人大碗，畅饮热腾腾的香

丙：徘徊复徘徊，白马停在大路旁

丁：徘徊复徘徊，二十年隐居女孩下山独闯

甲：徘徊复徘徊，从朴实北方到繁华南方

乙：徘徊复徘徊，想看这世界美好风光

丙：饥饿难当，不容女孩多想

丁：下马走在扬州清晨犹如七彩霞光

甲：她说我要一碗这个香给你一块银两

乙：这么美、这么靓惊艳了百人千人目光

丙：这么纯、这么傻谁会用银两买豆浆

丁：哈哈哈，不要钱、随便喝，扬州人花钱偶尔很大方

甲：还有小菜十几个，每个你都要尝

乙：再来一碗豆浆，还有油条和蟹黄

丙：从天而降的姑娘

丁：男人女人围着她热情飞扬

甲：一座城把殷勤奉给了前所未见的漂亮

乙：这世间的人如此善良

丙：笑容敞亮在姑娘脸上

丁：名都拥有了姑娘

甲：所有花儿也躲着开放

乙：姑娘会遇见名都第一傻郎

丙：感人的故事即将开场

丁：一对恋人有了自己九曲回肠的盛唐

一
2

【朗诵】

甲：那匹白马，纯色的白马

乙：高昂着头挺立树下

丙：二十年前它是一匹呼啸中原的战马

丁：它的主人曾是叱咤沙场的女侠

甲：而今陪晚辈一起南下

乙：女孩的安危依靠它

丙：树很高、树很密，拂动晨霞

丁：贴着树有个人走近白马

甲：他身高一米九八

乙：七十岁年纪满头华发

丙：看见马的一侧，他陡生惊讶

丁：那挂着的白剑、白琴都是稀世名玉制成

甲：老人刚刚凑近想看个究竟

乙：白马扭头一蹄，力大无比

丙：老人自幼习武一身功夫

丁：闪挪向前把缰绳抓住

甲：战马引颈、嘶鸣长啸威武

乙：这匹有灵魂的神驹是在警示女孩

丙：险情袭来不可耽误

丁：女孩子身如脱兔飞步奔赴

甲：一群一群豆浆客顿时呆在原地

乙：女子有武功胜过诸枭雄

丙：吃浆的扬州人一片唏嘘

丁：女孩轻点白马背部

甲：跃上三丈多高飞腿踢向白发老人

乙：老人一个移石推磨将这力沉势猛得一腿化开

丙：女孩旋即一记肘击短手呼呼生风

丁：老人侧身避过衣服竟被划破

甲：老人瞬间遭遇两个惊愕

乙：一是白马所驮琴剑双绝

丙：二是这小小女孩的武功更是上乘一流

丁：武当腿太极肘纯青炉火

二

1

【唱】

甲：大门高，高过三丈三尺七

乙：大门宽，宽过三辆马车并驾行

丙：大门白银装裱铜作底

丁：大门富丽奢侈无人比

甲：四周红墙比门高

乙：延绵十里遥不可及

丙：墙内茶园三千亩

丁：青翠碧绿香沁脾

甲：富豪墙内皆神秘

乙：公主惊讶在原地

丙：张氏产业不在此

丁：张家百年深耕制船业

甲：乱世之秋有收敛

乙：盛唐天子频更迭

丙：政策一变，第一富豪朝不保夕

丁：年轻张若虚突发奇招开了茶园

甲：张公子经营茶场，老父亲由衷欣喜

乙：张若虚爱写诗、爱书法、爱琵琶、爱紫燕绕梁啼

丙：家燕三千，华堂高檐任栖息

丁：看巢中吐哺二十多年不变是痴迷

二

2

甲：谷呆子盛邀龙姑娘把茶园看遍

乙：那千年古茶树清香落满肩

丙：珍稀茶古树生山巅

丁：棵棵搬运如登天

甲：两千八百六十株

乙：移入茶园花两年

丙：从此奇香治百病

丁：从此海内传美名

甲：天下富豪争相购

乙：世间最怕稀缺货

丙：供不应求排长队

丁：若虚父亲有主张

甲：说通府督联营售

乙：只需挂名不需累

丙：五成银子归宅内

丁：谷呆子笑言三年前茶事心中美

甲：赞美张若虚大智慧

乙：女孩问谁是张若虚，他在茶园吗？他到底是谁

丙：谷呆子说他去福建搬古树，近日便能回

三
1

【唱】

甲：七角楼通天塔耸立茶园中央

乙：造型是紫燕展翅向天飞翔

丙：紫檀木刨得油光滑亮

丁：一层一层抒情诗般舒展向上

甲：九九八十一层震惊海内能工巧匠

乙：登顶远望能观江，能观海，来去流云拂胸膛

丙：这还不算神奇，塔尖共三层，三百六十度旋转环视八方

丁：这三层合一层如殿堂辉煌

甲：这是若虚独立设计举世无双

乙：尖塔内写诗练字弹琴舞剑，一壶香茗昼夜吟唱

丙：若虚陶醉青春隐居时光

丁：尽享园内世界，哪管世间荒唐

甲：这还不算神奇、不算最迷人的想象

乙：每片飞檐都是回家的燕子、精致的住房

丙：三千燕齐鸣唱醉了日日夕阳

丁：这是张若虚七岁始不变的欢喜

三
2

【朗诵】

甲：少年便怨鸿鹄志，不愿入官场

乙：多事之秋，熬到冬叶黄了又黄

丙：未来不敢想媚娘杀天子、废天子、灭了多少忠良

丁：且将江山放一旁

甲：若虚一腔豪情托飞燕深藏

乙：那紫燕终身相依、终身成双

丙：越季飞过两千里

丁：北去南返痴恋依然是旧梁

甲：最喜老燕哺雏燕，一家欢喜在梁上

乙：通天塔层层留飞檐

丙：三千云燕三千巢

丁：三千燕语啼夕阳

甲：若虚坐爱紫塔旁

乙：若虚闻惯燕泥香

丙：若虚爱听燕合唱

丁：一燕一鸣一鸣一韵，人有痴爱心会慈祥

甲：那么多诗作、那么多书法、那么多文章

乙："吴中四杰"厌炫耀，我才自有我欣赏

丙：若虚并无隐士意，也无颓废念想

丁：二十多岁直男还没遇见迷情的姑娘

甲：龙公主就这么无声无息地来了

乙：龙公主是天上才有的仙女，天上的姑娘与凡间的当然不一样

丙：从福建一路押着古茶树回来，这是宝贝呀，张若虚满心欢畅

丁：他也没想到，让他一辈子呵护一辈子钟情的姑娘降临身旁

三
3

【唱】

甲：张若虚心跳加剧，对视的这一眼撞得太突然

乙：面前一缕女孩香摄魄追魂

丙：龙公主心跳加剧，对视的这一眼撞得太突然

丁：茶园中飘进的男孩正是梦里情人

甲：这一眼等了生命的一轮又一轮

乙：不用细看、不用细想、冥冥中追寻的就是这个人

丙：两个世界的两个人

丁：两双目光的偶遇注定了永恒

甲：心跳骤快的两个人

乙：踏着梦的脚步贴近到彼此呼吸可闻

丙：谷叔给若虚飞马传书说有一个女孩世间无伦

丁：还说无法形容她的美丽、她的睿智、她的清纯

甲：若虚想谷叔从未关心过我要找的女神

乙：他为什么字里行间如此焦急、如此不能

丙：对视的那一瞬间，张若虚满心只有一个欲望不能等

甲：对视的那一刻，姑娘激情沸腾这样的俊男不能等

乙：比闪电还要速疾地确认

丙：爱居然神奇到荒废了理论

丁：这样的遇见十亿年轻中难有一对

甲：上帝是先见着他俩了，上帝兴奋了、陶醉了

乙：上帝把这对两颗心一相撞就会着火的北方女孩、南方男孩轻轻一凑安排了

丙：否则谁能解释这样的奇巧

丁：谷叔看见两个人相视时柔情万种的模样心也热腾了

甲：姑娘隐居山崖二十年从未见过年轻男人

乙：张若虚见过无数姑娘，从未见过这样的女神

丙：毫无抵抗地爱上喜欢的男孩，缘自天性本能

丁：姑娘泪湿眼眶却不知泪为何而生

甲：张若虚瞬间冲开了爱的闸门

乙：姑娘不可遏止地想，我的爱来了吗？

丙：张若虚想，我想牵她的手，走到生命尽头。

三
4

【朗诵】

从相遇，到相知，到初恋，到热恋，总共的时长，差不多是一个瞬间。两个人加起来一个瞬间。甚至不需要语言的交流，不需要了解身份经历，不需要去规划实实在在的未来。我愿意把我的生命给你，我希望你把生命给我。只是一个对视，两颗心的电光石火撞击在一起，融合在一起。一米九七武功过人，掌管张氏家产，自幼视若虚如己出的谷叔，惊喜地发现自家这位绝品级的优质男，看过数不尽的女孩的若虚，他大步走向遮天蔽日、千年茂盛的古茶树，楚楚站立的姑娘也从树下走向若虚公子。叫我龙公主吧，你一定是张若虚了。公子居然伸出了手，公主居然伸出了手，两个人的手牵在一起的时候，谷叔哭了。谷叔想，这个许多年来拒绝男女情感的孩子奇迹般地恋爱了。深深茶园，处处皆风景。落日金黄金黄地涂在通天塔顶部可旋转的三层，橘红色的霞光打在他们的脸上，再昂贵的舞美也映照不出他们彼此欣赏的神情。世界上还有这么美的画吗？没有。这是绝世绝版。他们下楼了，他们，牵着手坐在通天塔西侧古色古香的巨型凉亭内。三百八十个风铃是用翡翠磨制的，风起，铃响，如果你心不静，如果你对音乐不熟谙，你就听不出韵味，因为三百八十个风铃大小不同，差落悬挂，风起，犹如玉手轻轻拨动玉铃，特别的声音设计，隽永，悠扬，如玉人的柔言絮语。龙公主开心地叫道："我听出来了，这是古琴曲《平沙落雁》，你真是个天才。"这个风铃曲，从来就没有人听出来过。所谓知音难觅，现在，知音就在他手中。若虚说：你听到远处的另一种声音了吗？公

主说：听到了，只是猜不出是哪种乐器。若虚笑了，是那种朗声的开怀的豪放的尽情的大笑。从未见过世面，从未接触过帅哥的单纯的龙公主被这笑声感染了，她睁着那双碧泉般清澈的眼睛看着张若虚的脸。其实，从牵手开始，她就一直看着这张英俊的脸，始终看不够的脸。"哎呀，告诉我呀，那是什么乐器？"张若虚指着通天塔的六个气派不凡的翘檐，说：这是我的三千只紫燕大合唱。每一只燕子，都有它们特别的美。当然，只有我能够辨别，只有我认识它们。而它们，每一只都认识我。我二十多天不在家了。它们的大欢唱，是在欢迎我回家。公主说："这么神奇吗？我也酷喜燕子，能让我上去看它们吗？"若虚说："当然，我要让你看一辈子，我想分秒不离地陪你一辈子。"

四
1

【唱】

甲：晨曦醒了，那么抒情的醒

乙：晨曦很乖，守着通天塔顶美丽的幽静

丙：通天塔九十九层被装饰一新

丁：这是龙公主的家谁也不能进

甲：能进的只能是旋转的美景

乙：天际美景遇见龙姑娘也会动心

丙：龙公主那一袭蚕丝的白裙

丁：竟比不过天上来的女孩的白净

甲：走下与世隔绝二十年的悬崖秘境

乙：本想瞧瞧人世间麦的香，土的黏，江河的波光粼粼

丙：不曾料撞进了爱情

丁：田园佳境的爱情

甲：百般呵护的爱情

乙：恩爱到无边无际的爱情

丙：这人间怎么会有一个男孩

丁：上天给她留着的男孩

甲：为她建造了通天塔顶宫殿的男孩

乙：除了入睡，分分秒秒不能离开的男孩

丙：那晨曦送来的奢侈的光芒

丁：是张若虚挚爱的哀情

四

2

【唱】

甲：荒塞马上催

乙：琵琶夜光杯

丙：拔剑出关去

丁：弦鸣凯旋归

甲：琵琶越千岁

乙：高手在男辈

丙：春江花月夜

丁：摇情逐流水

甲：公主睡姿美

乙：晨霞唤沉梦

丙：正念龙公子

丁：塔下琵琶脆。

甲：一弦一音入心扉

乙：弄弦必是心中谁

丙：谷叔赞他城里琵琶出翘萃

丁：公子神遇在他八岁

甲：谷叔带他冈上密林练几回

乙：谷叔年轻时操琴运弦无敌配

丙：陡坡处公子一滑悬身速坠

丁：谷叔命人搜救七日七夜、不吃不睡

甲：七天七夜踪迹不见，无异撞鬼

乙：八日清晨大雨倾盆闪电惊雷

丙：谷叔喜见公子突然显现

丁：身后老仙白发垂胸紧紧跟随

甲：黑檀珍稀琵琶绝色千岁

乙：世人都说古物贵

丙：不知古物心很脆

丁：古物若入俗人手，不如废柴垃圾堆

甲：古物若入商人手

乙：颠沛流离叹其毁

丙：古物若入腐儒手

丁：托天托地容易碎

甲：古物自古有灵性

乙：敬它惜它通人情

丙：古物本应属一人

丁：公子拥趸能夺魁

甲：八岁若虚有记忆

乙：依稀只是瞬间睡

丙：瞬间老人弄弦飞

丁：似听石径流泉水

甲：其中低吟只一句

乙：破故独新琴精髓

丙：谷叔大惊问公子

丁：七日何止瞬间睡

甲：谷叔严令知情人

乙：禁传禁言知进退

丙：世间并无七日事

丁：公子也未遇前辈

甲：此事已去二十载

乙：从此无人再提起

丙：二十年犹如神相随

丁：若虚指动天地醉

甲：天籁之音操墙内

乙：墙外有耳享其美

丙：如今弹弦为公主

丁：草木皆醉人更醉

四
3

【唱】

甲：热恋百日如同眼皮一眨

乙：情相悦，共朝夕，两心照日月

丙：梦中只有彼此在

丁：醒来形影不肯离

甲：公主抚琴古树下

乙：七弦翻飞指上雅

丙：江海潮声皆隐去

丁：只留两人叙韶华

（白）甲：龙姑娘说，喂，我要唱歌了

乙：张公子说，请公主且弹且唱境更佳

（唱）丙：今生愿闻公主唱

丁：顿觉银嗓追帝骅

（白）公主自编自唱了

（唱）甲：崖上有朵花

乙：日也瞧它，夜也瞧它

丙：那朵花独守壁崖

丁：以崖为家，啊，以崖为家

（白）甲：张若虚定神静坐

乙：惊讶地看着她

丙：我的龙姑娘，你哪里是在写花

丁：你是在倾诉自己的孤独无涯

（唱）甲：那是凌霄花

乙：红颜清雅

丙：不争春与冬

丁：不念秋与夏

（白）甲：张若虚提神危坐

乙：英俊的脸上凝重有加

丙：他心疼、心爱的她隐居崖上

丁：二十年来是怎样的春、怎样的夏

甲：若虚想从今往后我要好好补偿她，带着她游遍春夏

乙：带她去看苏州的园林、杭州的传奇、桂林山水甲天下

丙：当然还有各地名胜古迹，还有蓝色大海的无边无涯

丁：我要用一生来陪她看耕地的牛，看世界的传奇角落

甲：张若虚接着听公主唱道

（唱）乙：崖上有朵花

丙：依云想有家

丁：有家不用大

甲：笑语话桑麻

（白）乙：张若虚眼含泪花

丙：高大的身躯倾向前方听公主继续唱道

丁：想要有个家

甲：这个心愿很小也很大

乙：二人的世界

丙：是你的家也是我的家

丁：这世界彼此欢喜

甲：这世界只容得下你我的笑颜绽放幸福花

乙：这天下有你在便是须臾无涯

丙：公主突然古怪地问道：公子，能接受突然分离，一生无家吗

（白）丁：张若虚回道：不能，不能。如若心还跳，彼此便是家

<h1 style="text-align:center">五</h1>
<h2 style="text-align:center">1</h2>

【朗诵】

龙公主古怪的发问，解惑必须追述二十年前的龙族。

一年前龙姑娘闹腾着要下山看世界，二十多位武功高强的师伯师叔围着她，守着她，不还手，不吱声，他们是龙公主二十年来日日守护的教练和师父。出不去的龙公主哭声喊声震荡山谷，龙姑娘十天里几乎未眠。为了这个任性的孩子下山后的保护措施，她的姑姑缜密到每位隐世高手都安排了任务。这些悍将，当年随"龙族八侠"征战四方，所向无敌，数代人都受过龙族恩惠。朝纲混乱之际，他们被龙氏族长秘密安排到这里，正是预防龙氏灭族之祸。保护龙公主，是这批忠义之师一生的使命，他们，真的会为龙之女的安危献出性命。自龙公主下山之后，时刻都有三名高手暗中保护，一年零五个月，安然无事。张若虚带心爱的龙公主游遍全国好风景时，该来的还是来了。秘密恶仗发生在桂州。话说当年武媚娘统治的国家，的确有过和平与繁荣，但武周统领天下，总恐惧天下人谋反。于是，特务遍布天下所有角落，天下人，噤声才能生存。谁说过不满武氏的话，第二天谁就消失了。这些御林军的耳目探员，年年扩增，新老相继。张若虚带龙公主游达桂州时，在兴坪古镇，恰逢两人热恋一年零五个月纪念日。他们，相遇即热恋，时时是热恋。这世界，遇上对的恋人，已属不易，遇上彼此倾情的人，又有几人见过。在仙境般的美食之地兴坪古镇，诗酒琴和，他们玩疯了。龙公主把祖传玉佩宝剑放在窗口，太巧了。探龄长达二十六年的御林高手聂彪，竟然发现了剑上精致的龙图案。一年前，谷呆子也发现过这柄世间罕有的宝剑，从此龙姑娘相遇了一生唯一的爱。今日不同了，今日发现宝剑的是御林军中贼坏贼坏的老探员聂彪。他差点当场惊叫起来，"天哪，龙族还有余脉生！"当年灭龙族，他参与了，

此后，他花了五年时间追杀龙族三代遗留在外的所有人。杀人属实能成性，能成瘾，作为特务头目，五年后，聂彪向武周朝廷打了一份报告，说，龙族三代已灭尽。这是有奖赏的，包括职务、年薪。今日，居然在兴坪古镇惊现龙族后人，聂彪是要被杀头的。

五
2

聂彪知道，自己不会被杀头。他身边有八十个训练有素的杀手，剿灭年轻的一男一女，跟砍两根胡萝卜没有分别。故事讲到这里，简直平铺直叙了，一点都不好玩。平心而论，真不好玩。但是，后面的太精彩了，怎样来呈现如此惊心动魄的画面，篇幅会特别长，我只能简要地说。其实，龙姑姑安排暗中保护龙公主的三大高手一直在，张若虚与龙公主一刻也没有离开过他们的视线。我们来比较一下。八十名御林军杀手，他们几乎用不着练功夫，亮晃晃的大刀，暗中偷杀一群可疑的人，手起刀落，完事。侠士，那可是天壤之别，一名侠客面对面搏杀百人，绝不会有什么声音，谁也近不了身，百尺之内，秒杀，秒杀，轻功略展，飞起，点击，三成功力足矣。那些杀人如麻的特务，常年来，砍杀的民众是谁，他们并不知道。而今，他们被击毙时，也没看见是谁。眼睛还没眨完，自己就没了。侠士，仗剑天下，也许终身不杀一人，也许一人瞬间能杀万众。那个功夫精深的老探员，第一个被轻松击杀，确实有啪的一声，八十人丧命，这是唯一的声响。身经百战的三大高手以迅雷不及掩耳之势埋好了八十具恶人之尸，兴坪古镇，居然太平如常日。神奇吗？在古代百年又数百年灭城灭国的浩大战争中，绝顶高手都是打出来的，龙氏家族暗中保护公主的悍将，不要说我们今天见不到了，在张若虚的时代，已经见不到了。张若虚、龙公主还真的没有见着这个场面。龙公主的师伯师叔们，不忍心打扰这对热恋中的情侣，但是，他们火速把这个险情告诉了远在北方山崖的龙姑姑。身为龙族唯一根脉的龙公主，不能有万一，绝对不能有。这突发的事件，虽然处理得波澜不惊、滴水不漏、干净利落，但是，

万一有一个外围放风者急马奔回朝廷报案了呢？那就是一万个龙公主
也会被灭了。那么万分的悲痛，必然落到这对恋人的心上、身上。当
然，三大侠客有所不知的是，大总管谷呆子也暗中安排了一百六十名
经验丰富的保镖，分二十个小组八面守护公子和公主，万一有漏网之徒，
也会被干掉。但是，三侠不敢有丝毫松懈，他们通知了百里外的协防者，
令其火速将桂州敌情及危险告知崖上统领龙姑姑。

六
1

甲：平地一声惊雷起

乙：公主不见了，通天塔顶成空地

丙：公主消失了，清香犹在人不在

丁：痴痴等痴痴守，公主不再回家来

甲：公主曾夸若虚智

乙：一步一景费设计

丙：赋诗能写处处奇

丁：公主昼夜笑眯眯

甲：音容倩影留宅里

乙：一夜情话万种昵

丙：一回一忆全是你

丁：而今你人在哪里

甲：无征兆无预示

乙：无一丝一毫你要离开的信息

丙：昨夜通宵缠绵绵

丁：彼此欢喜复欢喜

甲：昨夜琵琶和古琴

乙：一弦一曲迎晨曦

丙：一夜四目相对未曾移

丁：公主啊，细细端详你的脸

甲：每时每刻都新鲜

乙：睫毛长长，长且密

丙：一挑一闭换天地

丁：双眸清清，清如洗

甲：一流一盼让人迷

乙：嘴角只是微扬起

丙：百媚艳艳，艳无比

丁：皓齿笑开都是喜

甲：一脸甜蜜皆好戏

乙：两腮酒窝有若无

丙：无妆粉色羞霞霓

丁：总会兴起跳新舞

甲：跳得嫦娥羞色舞起

乙：公主，你在哪里

丙：我已经不能呼吸

丁：公主，你在哪里

甲：我已经心跳加剧

乙：公主，你在哪里

丙：我要寻你到天际

丁：踏碎野山与险地

六

2

（唱）甲：姑姑来时无声息

乙：姑姑轻功无人及

（白）姑姑亲自下山来到张宅

（唱）丙：姑姑手中一柄剑

丁：曾令千军胆丧尽

甲：天黑屋黑看不见

乙：谷叔挥棒如闪电

丙：若是平常武功人

丁：顷刻遭击必倒地

甲：姑姑剑柄稍稍移

乙：谷叔顿觉万斤抵

丙：手麻膊麻无力气

丁：谷叔硬功本无敌

甲：挪身一跺地震裂

乙：谷叔身高一七九

丙：定在原地被地吸

丁：谷叔心中一阵悸

甲：来者神功堪绝世

乙：平生从未遭此袭

丙：怒意起，愧难当

丁：不服对手无妙技

甲：姑姑抽剑划石壁

乙：星火竟入灯笼里

丙：顿时满屋亮光起

丁：亮光烁烁照得见

甲：一尊女神威无比

（白）乙：谷叔啊，姑姑此刻表谢意

丙：姑姑多谢谷叔慈祥心

丁：多谢谷叔有大义

甲：公主经年得照应

乙：日日欢喜复欢喜

丙：谷叔一下跺脚起

丁：啊呀呀啊呀呀

甲：姑姑果然世间传奇

乙：谷呆子对姑姑久生敬意

丙：姑姑专程下山

丁：对鄙人有何明示

甲：姑姑亮出举世无双龙家宝剑

乙：抱拳起身作揖

丙：长话短说

丁：此事太过危急

甲：朝廷很快会打探出龙姑娘行迹

乙：姑姑想与谷叔同演一场戏

丙：不可让两个孩子得到一点讯息

丁：迷昏他们瞬间易事

甲：姑姑叹气道，若让探子搜到张家宅邸

乙：此祸张家必是三族尽灭

丙：谷叔啊，还不能告诉你二十年前龙族血海深仇

丁：我带走公主方可万事大吉

六
3

甲：白马、白马

乙：你别流泪

丙：你别趴下

丁：白马、白马

甲：站起来，站起来

乙：你还要带我回扬州的家

丙：带我去见心爱的他

丁：白马呀，你是我长辈是我牵挂

甲：你怎么舍得把我丢下

乙：没有你我还活个啥

丙：姑姑，师祖，你们别移走它

丁：你们让它偷载我狂奔回悬崖

甲：是你们把它彻底累垮

乙：它是一匹老马比人还聪明的宝马

丙：它怎么舍得我离开它

丁：它像老人疼孩子一样不忍让我离开它

甲：白马、白马

乙：你走了我会迷路

丙：我一个人孤苦伶仃

丁：我一个人找不着扬州的家

甲：若虚，这不辞而别是姑姑谷叔的合谋

乙：我们都吃了药，瞬间昏迷在通天塔

丙：两个最疼爱我们的长辈岂会让我们分居天涯

丁：我从小没有故乡、没妈没爸

甲：隐约听到龙氏三族惨遭剿杀

乙：灭族深仇大江大海装不下

丙：原本想有了若虚就有了永远的家

丁：念的也是他，想的也是他

甲：梦里也是他，醒来也是他

乙：我被他痴情融化

丙：我被他照拂有加

丁：我敬他低调谦逊、卓越才华

甲：我盼他刻刻相思在悬崖

乙：我瘦了吗，我傻了吗

丙：我忘了梳妆，忘了饥饿

丁：忘了哭泣，忘了所有

甲：忘了师祖，忘了姑姑

乙：师祖痛哭满襟泪洒

丙：姑姑痛哭满襟泪洒

丁：姑姑说：我的女孩

甲：你不能为情入魔变痴傻

乙：姑姑说：我的女孩，你不能爱火攻心忘龙家

丙：我把你前辈统统请到悬崖来

丁：姑姑要给你细说当年旧话

七

1

（唱）甲：自从崖上避难世外

乙：龙姑我日日夜夜向北祭拜

丙：心滴血，泪横流，向北祭拜

丁：三岁的你紧紧贴在姑姑胸怀

甲：孩子，你必须活下来

乙：孩子，你是龙族唯一的根脉

丙：孩子，你还是龙家精神的承载

丁：孩子，你更是龙族信念的存在

甲：你将成为龙氏数百年英雄史的书写者

乙：你是繁枝茂叶希望所在

丙：你是忠良大义、永世不灭的未来

丁：我的女孩，姑姑一一对你讲明白

甲：讲那二十一年前的灭族之夜

乙：讲你的父亲、你的爷爷

丙：讲二十多个春秋对你的培养和期待

丁：期待你活到九十岁、一百岁、大唐改朝换代

甲：改朝换代、龙族重新站起来

乙：站起来，龙氏宝剑在手造福后代

丙：造福后代，铸剑秘诀唯你独在

丁：唯你独在，姑姑传你，代代续脉

甲：公主，姑姑今生今世必须爱的女孩

乙：你若因爱痴呆

丙：姑姑命将不在

丁：姑姑无奈

甲：召集来众师祖、众师爷

乙：悬崖上面向你详说那一夜

丙：即使你眼下为情痴呆

丁：你也要睁眼醒来

甲：龙家命运就如这悬崖内与外

乙：姑姑不宣而袭让你扬州割爱

丙：听我说尽那一夜

丁：你定能体谅姑姑彻底释怀

七
2

（唱）甲：那一夜，月明星繁蓝天蓝

乙：那一夜，情浓酒香烟花盛开

丙：那一夜，公主爷爷八十寿辰喜宴摆

丁：龙家千人唱和，万人喝彩

甲：儿孙举家围拢行跪拜

乙：龙氏家族笑开颜

丙：忽然间寒风狂起满天乌霾

丁：羽林凶徒晃刀枪

甲：一层一层亮御牌

乙：天子手谕卷轴开

丙：上书剿灭龙族三代

丁：挺立当头是爷爷

甲：爷爷当年军中王

乙：剑出强敌脑袋开

丙：朝廷命官厉声喝

丁：龙家谁人来接旨

（白）甲：爷爷说：我

乙：朝廷命官厉声大喝

丙：皇帝手谕，即刻剿灭龙族三代，务必斩草除根

丁：爷爷说：第一个杀了我，请留下一个三岁小孩

甲：哈哈哈，官员笑得都岔气了，你想抗旨

乙：爷爷说：身为唐室有功之臣，我八十高龄的龙族掌舵人，愿以先死之举，换我孙女无恙，她才三岁

丙：八旬大侠护孙女大义凛然

丁：爷爷八子——中原八剑侠——把父亲围在中间，齐声道：谁敢杀我父亲，我们立斩万众狗军

丙：八旬奇侠闪腾之间再立贼前

丁：面对众子，道：违天子之命，当为不忠，抗君者何以面对天下？你们八人，违父之意，当为不孝，即使能杀尽天下狗军，龙氏何以傲立天地

甲：爷爷话音刚落，贼兵刀起，血溅满地，爷爷死得太冤

乙：你父亲挡住众弟

丙：你父亲乃八子长兄，侠中豪杰，为李唐江山御外寇，勇当马前先锋，砍万敌面无倦色。你父亲说：君要臣死臣赴死

丁：必须留下我三岁……

甲：你父亲话未说完，便身首分离

乙：突然一声断喝，如拔地雷起

丙：你二叔神功过人脾气暴急

丁：你二叔宝剑出鞘

甲：利刃划去

乙：数十贼兵瞬间倒地

丙：你二叔依然立于原地

丁：手膊微展十丈无空隙

甲：一个贼兵没了呼吸

乙：又一个贼兵没了呼吸

丙：二叔如若发怒

丁：能把一座岩石剁细

甲：二叔发怒

乙：贼军逃之不及

丙：你七个叔叔里

丁：五叔才是智勇双卓的灵侠

甲：五叔已经包好九把宝剑

乙：九把秘制宝剑挂在白马身上

丙：你五叔对我说

丁：小妹，包袱里是咱家三岁的公主

甲：小妹，你和公主是龙族两辈人，一大一小的女孩

乙：爷爷宠你，八兄弟宠你

丙：你是龙族宝剑唯一传承的女性

丁：你要把秘籍传给公主

甲：小妹，你，公主，白马冲出去之前

乙：我们七个哥哥都不会死

丙：我的龙公主啊，你仔细听好

丁：你，白马，还有姑姑我

甲：疾若闪电般飞出

乙：两侧都是血腥的味道

丙：两侧都是束手被杀的龙族家人

丁：两侧血流成河满地悲歌

甲：这是龙氏大家族三代人的血

乙：这是中原第一正义之侠的血

丙：我的公主，姑姑抱着你隐居悬崖

丁：整整半年，姑姑和一群遁世高手

甲：日日夜夜向北祭拜

乙：抱着三岁的你向北祭拜

丙：公主，你或者

丁：不只是龙族宝剑秘传的根脉

甲：你将是龙族自立自强精神的传载

乙：你将是龙族为世人开太平家族信念的存在

丙：你将是龙族三代尽灭后数百年历史的传述

丁：你是我们用二十多年岁月锤炼出来的无敌侠女

甲：你已经熟练掌握了宝剑锻造秘法

乙：你肩负的使命沉重、艰难

丙：你会活到九十岁、一百岁

丁：我的公主，你会活到改朝换代、明君当政

甲：为了绝对不被鹰犬发现

乙：我的公主，你将一生痛失爱人

丙：我的公主，你将一生孤独生存

丁：当然，云开日出的新朝代

甲：你会书写龙族英雄史流布天下

乙：你会领养全天下最优秀的后辈

丙：让宝剑秘籍得以流传百代千载

甲：我的公主，我们会护送你秘行扬州

乙：我的公主，我们给你三天蜜月期

丙：这是你们最后的相会

甲：这是你们痛苦的告别

乙：你可以告诉他全部真相

丙：条件是从此真分离

丁：从此隔两地

甲：从此不苦思

乙：抹净恋爱史

丙：藏痛在心里

丁：藏苦在命里

甲：我的公主，你闪亮的眼神回来了

乙：我的公主，你敏慧的心思复活了

丙：我们明天就去扬州

丁：给你三天，完全归你们两人的三天

七
3

【朗诵】

　　龙公主，又能手挽手，肩依肩，琴声一起，三千紫燕檐上挤，叽叽喳喳赞不已。琵琶漫弹，千株老树莫等闲，飘飘摇摇香胜兰。花前月下，要追叙别离三十六天苦和怨，要倾诉被消失后彼此的无奈与绝望。多少突然，突然降临在这一对清纯而执着的恋人身上。他们是四目对视的那一秒，就同时决定了一生相守，一生相恋，一生相爱。但是，他俩又是一路崎岖到山无路、水无舟的绝境，重逢，突然地重逢，从此坦途了吗？不，不，这次的重逢，是最后的诀别。谁会相信，这是最后的诀别。

七
4

【唱】

甲：通天塔八十一层

乙：龙公主的梦幻宫殿八十一层

丙：张若虚花尽心血、巧夺天工的八十一层

丁：一对恋人情浓如酒的八十一层

甲：公主，我要看着你的眼睛

乙：我想知道，你的心有没有回到这里

丙：若虚，我要看着你的眼睛

丁：我想知道，那三十六天的分离

甲：你的心有没有天天在哭泣

乙：公主，你不辞而别的三十六天

丙：我已经丧失了思考的能力

丁：若虚，谷叔心疼你

甲：谷叔说你昨夜焚烧了你所有的五百八十首诗篇

乙：公主，失去你的爱

丙：若虚身内身外都失去意义

丁：若虚，你是爱之极、丧之极

甲：你是想烧掉你和我的一切记忆

乙：公主，我已经知道了龙族的一切

丙：你冒险见我是为了真爱的永别

甲：若虚，你不要悲伤不要哭泣

乙：你要活成我为你骄傲的你

甲：若虚，我在崖巅，岁岁年年忍受孤寂

乙：我必须感受到你年年岁岁的一呼一吸

丙：若虚，我可以一路有艰险、一路有荆棘

丁：我会把你的名字刻在云与崖的间隙

甲：若虚，咱俩要隔空合奏心曲

乙：若虚，咱俩要隔空对视朝夕

丙：若虚，我会把你的容貌印在岩壁

丁：若虚，我会把彼此的爱恋写在书里

甲：公主，恍惚相会只三日，人间似百年

乙：八十一层如通天

丙：通天塔上赛神仙

丁：一来一往两凝望

甲：胜过平凡几春秋

乙：咱俩相爱本天赐

丙：地上哪得此圆满

丁：上天从不喜平庸

甲：咱俩聚散本由天

乙：回想一百八十九日天下游

丙：一日胜过一年头

丁：谁人能活一百八十九

甲：有，而且咱俩一同有

乙：今日咱俩看天地

丙：沧海桑田都活过

丁：往后人生一路随

甲：踩着祥云沐爱河

乙：涤洗种种无谓忧

丙：坐爱云中拥你我

甲：海上潮头赏明月

乙：同见江风逗树头

丙：同闻春来花香透

丁：同将一星枕两首

甲：公主，谁人能享此人生

乙：若虚，你的紫燕，你的古树，梦中咱俩同享到永久

丙：你的琵琶，你的高塔

丁：梦中咱俩同享到永久

七

5

【唱】

甲：今生来把爱寻求

乙：你来真是好时候

丙：东边霞晕正红透

丁：西边古树舞婆娑

甲：南边塔上泥燕啁

乙：北边茶园三千亩

丙：中间，中间两千古树同相守

丁：天降公主，古茶树下喜邂逅

甲：公主有多美

乙：太阳的辉，月亮的辉，星星的辉不再闪烁

丙：若虚一眼闯进你明眸

丁：今生认定随你

甲：从此后，春采新茶为你焙

乙：从此后，夏酿美酒与你醉

丙：雨来风来登塔楼

丁：看朗月西归

甲：看湖波柔水

乙：陪你运河边上

丙：寻巷探陌闻千家餐味

丁：晨起观渔舟

甲：你看鸬鹚捕大鱼

乙：我看公主乐不归

丙：公主相伴随

丁：时光尽消退

甲：紧握你的手

乙：紧握我的手

丙：梦里也相追

丁：你和我，都要坚信天长地久

甲：捧着你的脸，从暮色初降

乙：到阳光斜照你香闺

丙：不敢放手不敢睡

丁：公主，你和我，一定可以天长地久

甲：虽然说，三天后

乙：牵不了你的手

丙：牵不了我的手

丁：相思从此梦里回

甲：坠入江心解愁眉

乙：抽刀斩水水还去

丙：断也是归逐也是归

丁：春晓流露催心蕊

甲：那头是你，这头是我

乙：遣雁传消息　鸿雁会飞回

丙：相约何言再无期

丁：江边滩头我守候

甲：公主，我会为你选一艘兰舟

乙：你从平原来　你从江上归

丙：我已知晓你身世

丁：我把归舟做成塔楼

甲：一世耸立大江口

乙：令情楼载你的爱、载我的爱

丙：江海潮涌筑碧垒

丁：我和你，同枕时光同面对

甲：妆镜台上放铜镜

乙：铜镜里，你我相视、相拥、相凝眉

丙：有情人哪有什么常离别

丁：两心化鹊桥天涯咫尺永相会

七

6

【唱】

甲：不敢看鸟飞起

乙：不敢看日偏西

丙：三天三宵无睡意

丁：但恐公主到归期

甲：谷叔，我观若虚行与止

乙：儒雅阳光好纯洁

丙：他与公主配成双

丁：龙族满堂皆欣喜

甲：可怜如今厄运在

乙：不得圆满言恩爱

丙：龙姑我心急如焚

丁：不忍当面话别离

甲：三日相处如知己

乙：龙姑啊，我懂你心思

丙：高冈远离长江堤

丁：我陪姑姑看好戏

甲：白沙滩头月正起

乙：朗照江水潮声稀

丙：遥望滩上五百米

丁：月染细沙白如洗

甲：姑姑啊，咱数一数

乙：那长江沿岸多少盏灯笼瞬间亮起

丙：天地同辉红了天际

丁：谷叔，三十九盏真豪气

甲：碧云浸染，犹如公主新嫁衣

乙：这是若虚为公主办婚礼

丙：姑姑，你这一说我泪眼迷离

丁：若虚他总有些创意惊天动地

甲：这江边婚礼世上还有谁能比

乙：谷叔，你看你看

丙：你睁大眼睛看仔细

丁：这三人高的灯笼已亮起

甲：谷叔你能否看清那上面的字

乙：姑姑，你看这字体

丙：正是若虚的真迹

丁：若虚书法追魏晋

甲：大气遒劲拔地立

乙：一笔一画显新意

丙：一字一句写真义

丁：可怜昨夜痛之切

甲：半生心血半生诗

乙：统统焚毁成永祭

丙：今日闭门挥椽笔

丁：灯笼上面书心迹

甲：啊啊，谷叔，我看见了

乙：第一盏灯笼，是"春江"

丙：姑姑啊，我也看见了

丁："潮水"

甲：谷叔，下面是"连海平"

乙：连海平，见江又见海

丙：是啊，谷叔，这果真是大江奇观啊

丁：大红的灯笼、大红的字如虹的气势

甲：下一句更像他俩共赏了

乙："海上明月共潮升"

丙：姑姑啊，若虚这首离别诗

丁：这么宏大无边的壮景怎么能忘

甲：姑姑啊，若非他俩亲眼所见

乙：天地动容啊

丙：谷叔，若虚果真是扬州俊杰

丁：姑姑，你看你看，他俩来了

甲：看到了谷叔，一帅一美，月下双绝

乙：姑姑，他俩手握着手十指紧扣

丙：谷叔啊，他俩拥抱了

丁：是啊，姑姑，多希望这一瞬间便是千载

甲：千载一相逢，孤月照离愁

乙：姑姑也是诗人哪

丙：岁月何曾念慈悲，春去落花无人归

丁：姑姑，谷呆子我眼泪水又淌下来了

甲：啊，谷叔你看这是为什么

乙：这是为什么？前面几盏灯笼上的几行书法、几句诗都烧成烈火了

丙：后面的紧接着烧了

丁：烧到最后一盏灯笼了

甲：顷刻之间烧光了

丙：白沙滩也应该滚烫了

丁：长江水滚烫了

甲：春上月滚烫了

乙：姑姑啊，咱两个古稀老人的心滚烫了

丙：他俩的情又何尝不是滚烫

丁：这是要把两个人所有的记忆烧毁吗？姑姑

甲：不，这是要把爱用烈火烙印在两人的心上

乙：即使永不相望，那也永不相忘

丙：即使隔海隔江，那也同享流光

（白）丁：可是，谷叔，"春江花月夜"这三十六句人间绝唱

甲：从此成为绝唱了吗

乙：嘿嘿，姑姑啊，不会的

丙：不会的，我不信，他俩不会留下抄本

丁：姑姑啊，他俩不会，我的六个儿子会

甲：谷叔有六个儿子

乙：姑姑啊，你看沙滩上一刷水高大俊朗的六个汉子

丙：他们是撑起了张氏巨大产业的六大金刚

丁：他们也是我谷呆子的六个亲生儿子

甲：他们的才华智慧比不上若虚

乙：但是能力与忠诚有口皆碑

丙：可是谷叔，这跟焚烧的诗有什么关系

315

丁：姑姑啊，他们全都是扬州的书法同仁

甲：速记是他们的拿手本事

乙：我看得清清楚楚，他们全记下来了

丙：谷叔，他们会交给若虚吗

丁：不会。焚尽记忆，烧掉诀别心曲，是他俩的离别仪式

甲：公主活着，这六个孩子会谨慎考虑什么时候还给若虚为宜

乙：如果若虚一盏禅灯照两头，从此不问人间事

丙：六个孩子会当张氏传家宝珍藏这首诗

丁：有世间无双的纯真爱情

甲：有世间无双的悲欢故事

乙：这首世间无双的诗会永久流芳

七
7

【朗诵】

甲：姑姑啊，姑姑啊，你往前看，往远处看

乙：这是一艘楼船，谷叔，高到云上去了啊

丙：姑姑，这是若虚一年前设计制造的

丁：张氏以造船业闻名天下

甲：精美豪华巧夺天工

乙：造船巨匠比比皆是

丙：大型订单络绎不绝

丁：若虚为公主设计了茶园里的八十一层通天塔

甲：最好的木材质轻坚固

乙：缩小的塔楼美轮美奂

丙：若虚原本想载着公主周游江海

丁：今晚成了公主和姑姑的永别之舟

甲：谷叔，你不要说下去了

乙：谷叔只见姑姑忽施轻功

丙：腾挪飘飞若云若鹰

丁：眨眼间已与公主会合

甲：守护公主二十多年的师祖师爷瞬间围拢公主

乙：公主归舟不再来

丙：独留若虚空徘徊

甲：斜月沉沉怜离人

乙：三十六句今还在

【三十年后】

【诵】他已经白发苍苍，却更显俊朗，魁梧如一棵白杨，静静地守望在白沙滩旁。他喜欢独处独行、独来独往。他富甲一方，却素面隐藏。谷叔走了，龙姑姑已亡，那艘龙公主坐过的通天塔兰舟，被安置在江边高冈。谷叔六子的后辈，暗中守护着这位独身的老人。那首《春江花月夜》，被列为张、谷两家传世宝藏，在传人的手中始终滚烫。

【唱】

甲：你白发苍苍

乙：你满面红光

丙：江边高冈

丁：依着兰舟遥望

甲：心思在不可到达的崖上

乙：他在心里说，公主，你要活得比我长

丙：你要承续龙族的荣光

丁：姑姑师爷们都已走光

甲：公主你要独自坚强

乙：人生短、人生长

丙：有念想不彷徨

丁：赶着日子闯

甲：公主，你创下的历史便是日月星光

乙：我对家业功名无奢望

丙：偏爱长江边上伴归舟

丁：日也想夜也想

甲：用一生思念我们的过往

【又三十年后】

【诵】江边的通天塔兰舟已不见踪影，谷叔后辈经营着惨淡的张氏产业。扬州少年后生不再有人知道曾经有位"吴中四杰"张若虚，也毫无兴趣知道他与龙公主的爱情故事。不是一个时代结束了才会忘却，而是忘却之后才会有一个新的时代。张若虚，朝代更迭，江海横流，他依然在原来的地方。

【唱】

甲：六十一甲子

乙：故人难忆起

丙：穿越数百年

丁：巅峰之上站着你

甲：你是诗的神奇

乙：你是爱的传奇

丙：纵使一笔千万里

丁：很难还原你

【后记】

古今中外的名人，如果没有非比寻常的故事流传于世，他的著述，读来便缺了味道。他的一生，想必也很无趣。譬如海明威，立誓当作家，于是参军打仗，身上多处留有弹片，这一生，被肉体与精神的疼痛困扰，死的心就有了，这位获得诺贝尔文学奖的巨匠自杀身亡。知道了这些故事，再去看他的《太阳照常升起》《老人与海》，感受会不一样。张若虚，他的《春江花月夜》至明清才被人熟知。这位生活于盛唐的诗人，身世便成了迷。是迷，就会有人去猜度、去臆想他的人生故事。还有些闲杂人等，居然言辞凿凿认定张若虚这首诗就创作于某地。据说，张若虚曾托梦给他们，问：你们咋知道的？我咋不知道的？张若虚，曾狂达豪放于盛唐，却没有留下丝毫人生故事。这怎么可能？这绝对不可能。果真是日有所思，夜有所梦，在一个酷热难当的仲夏之夜，張若虛來到我的夢裡，飄飄的，若仙若道，與我徹夜暢談，於是，便有了他的行跡。原來，他擁有的人生故事，是那麼的驚世駭俗，振聾發聵。恍惚中，我在時空挪騰的當年揚州看見，張若虛，曾經那麼痴情、那麼瘋魔地愛過一位美貌與智慧舉世無雙的女孩，卻因戀不逢時而分離。張若虛從此覺得生命空了，人生虛幻，生活中沒有一樁事情能引起興趣。總有一簇一簇的人說自己放下了，其實不然，就連陶淵明也沒有真正放下。張若虛是真得放下了。人，一輩子，有誰經歷過如他這樣純美又淒慘的愛情。迷醉的愛情，是劇毒嗎？偶爾覺得，是的。這種愛，進去了，走不出來。張若虛中毒至深，他心甘情願被圍困，終身不變。如此，我們或許能明白他隱遁於當世、消失於後來的緣故。為了那個亦真亦幻的托夢，我試圖讓他活過來，無論他願意還是不願意，活著才是最要緊的。我們一直在說有故事的人生。所有不平凡的人，都有屬於他的獨有的不平凡的故事。這裡簡簡單單寫成的張若虛的愛情故事，熾熱到世間無雙，純粹到世間無雙，親密到世間無雙，忠貞到世間無雙，突然的必須分離，永久地分離。這是肉體被撕裂的聲音，心靈被撕裂的聲音。如果能夠拯救，如果還有挽回的絲毫希望，這兩個二十多歲的熱血青年會毫不猶豫付出生命的代價去雙向奔赴。可是，盛唐政治這道無法逾越的鐵牆鴻溝，令他倆不得不徹底絕望。什麼是生命之重？並非名利財政，當然，必須是直男與烈女。張若虛萬念俱灰，忘卻了一切，包括《春江花月夜》。

风雅颂

一

  趁太阳还没有升起，趁月亮还没有隐去，浴一身醒后的晨曦，闲步古巷。盈尺的路，顶好是青石板的，老的那一种，油滑，凹凸，纹理的行止有岁月的痕。逾丈的壁，透过密布的紫藤，拴马的铁环不肯告诉它的年岁，一如黑漆大门两侧寂寞蹲守的石狮，一袭目光的无意交织，让你顿悟时间并不透明。穿能踩出声音的鞋，柔婉的、轻灵的为宜，这样，敲入你耳帘的，才是清脆的古音。如琴的敲击，会唤醒高墙内的兰花草与桂花树，它们把风起舞，在你脚步起落的静处旋成一缕香。是那般多半是梦、少半是醒的幽香，诱你的心跌入一幅修长的轴卷，以为人也是风景画里一滴似融非融的墨。

  在喧嚣未起、晨色微漾的静谧时分，古巷是活的，是有呼吸的生命。迎着它曼妙的微笑寻去，也许你将邂逅近清代中国南方的画坛泰斗石涛。石涛生命中的最后十年是在扬州度过的，并且留下许多类似神话的水墨传奇。此外，他还是园林设计大师，他令一组巨石赴何园化为奇观。这便是被园林界称为独步天下的杰作"片石山房"。有一天，石涛感冒了，身边没有家佣，便独自拿了一只瓷盘去巷口买豆腐。石涛看着卖豆腐的半老徐娘，心里有些欢喜，便跟她打趣说："你喊我一声，我给你画两个馒头。"南方画派第一人笔下的馒头当是怎样的非凡惊绝，无缘欣赏到了。豆腐徐娘把装了豆腐的瓷盘塞进僧人怀里，脆声道："去死吧！你个臭和尚！"这一声骂，竟令石涛痛快淋漓地狂放大笑，风寒

顿时痊愈。这一幕场景，应该发生在城西大东门外，只是他的寓所大
涤堂，用自己的积蓄为安度晚年买下的寻常民居，如今已无踪迹。包
括郑板桥的枝上村，包括黄慎寄居的三山草堂和刻竹草堂，李鱓暂栖
的小东门内西雷坛，汪士慎的巢林书屋，心里是极想进入的。这些零
星散布的画屋，是最接地气的文脉，即使不如新建的盐商豪宅落地得
那么富丽堂皇，但是，如果它们能醒在那个从前的地方，你将会真切
地感悟到石涛笑声中人性的本真，郑板桥"瓶中白水供先祀，窗外梅
花当早餐"的那份贫而且清的心境，金农那股"我今常饥鹤缺粮，携鹤
且抱梅花睡"的别样情操，汪士慎 67 岁全盲后"双扉久不闻人声"时
"忧贫不碍狂"的人杰风范，以及"八怪"诸君借贫耍酷的超然幽默。
历史的印痕跟人的记忆一样，是有限的，是沉浮不定的，是缥缈恍惚的，
甚至是以某个别人的臆断而存亡的。但在当今旅游业烂漫生长的境况
下，缺失的历史被克隆成古色古香的历代镜像，市场经济与人文情怀
被一条错乱了时空的浮桥勾连成举国雷同的旅途。扬州八怪们的陋室
是不会这样还俗的，因为它们不可能形成规模经济的优势，容纳不了
大批购门票进入的人群。而进去的人才知道它们的精神天地有多深邃、
辽阔，以至你访过一遍，一生都走不出那扇记忆的门。扬州八怪，不
只有原创的天赋、不羁的个性、自由的精神、孤傲的风骨，更有隐于
俗而显于雅、耐于贫而乐于守的独特而复杂的人格，谁想东施效颦都
会成为笑谈。所以，这是别的任何一个城市都无法仿造的扬州文化的
奇山异峰。从这个意义上说，一座城市的文化，虽然华丽的外壳是要
有的，但主体应该是人以及人所张扬的个性风格。或许在某一个清晨，
这些非景点式的陋舍，会醒在它们曾经的寂寞处，甚至不需要费心设
计流行广告词，也会有接踵的游人慕名而来。静，也是一种吸引力。

二

　　成群成群的游客赶集一般匆匆走过"修旧如旧"的古街时，站在
旧巷的幽静处，旁观如潮的人流浩荡游览于崭新的古街上，你会觉得

如今的人对一个"古"字的盲从性，表现得多么的可爱无极。古人似乎并不这样。有一位叫刘应宾的清朝人是这样写扬州的：城廓全非古，怀古须寻图。清时的古，没有人为了渔利而折腾它们，在"六街化作流苏结"的锦绣扬州，城西北九曲池上李广听自己创作的《水调九曲歌》的木兰亭，城东南的孔融故宅高士坊，城北为吴王夫差构筑的邗沟庙，以及隋炀帝的行宫山光寺等等，应该还能寻到遗踪遗迹。扬州这座淮左名都，曾经遭遇三次血腥的洗城，一次是南北朝，一次是南宋，最后一次是明末的十日屠城。屠城十日，惨烈到"十家已烧九室空"，摧毁性的洗劫，使得这座城市地面上存活的明以前古存，面目不非的，便是传奇。传奇，不是无聊文史者煞有介事的对点式的迂腐而又做作的考据；传奇，不是流行写手恣意演绎的悬疑俗志。传奇，就在你眼前，就在你脚下，就在那些无语的老巷深处。老巷深处，一旦有人与你对语，你便感觉到一丝心灵的微醺。虽然，他们的祖先，在清以前，都完全不是扬州人，而成为完全的扬州人，只是数代子孙的繁衍生息。扬州这片故土生长出来的人，淡定、从容、敏慧、自信、心净、达观、风趣、执着、仁厚。听其对语，犹如高墙狭巷里漾起的晨风，清新，雅香，略带一丝甜意。只轻轻一吹，已到唐朝。

唐开元十三年，李白游历扬州不到一年，散金三十多万。当时的扬州，有怎样的豪华酒店可供他享用？这笔巨款究竟是怎么花掉的？这里有许多值得我们猜想的空间。接着是天宝十载年，他又来了。这一次，结识了一个朋友叫做魏万，估计酒量和口才都是顶尖的人物，否则李白不会那么放心地把行囊里所有的诗文尽数托付给他，请为编集。魏万替他出书了吗？反正你我不可能见到了。唐朝的扬州人见过吗？其实，未必。唐，是一个出传奇的王朝。传奇，是由一层一层的谜包裹的，李白，在扬州逗留最长的一次长达一年，谁经历过与他有关的故事？谁书写过他与扬州古巷深处的故事？他迷倒过谁？谁迷倒过他？太能诱惑我们的想象力了。唐代的扬州，是一座天下文豪向往的开放的大都会。唐宝历二年的冬天，刘禹锡罢了和州刺史，白居易病辞苏州刺史，那时没有 E-Mail，没有手机，没有 BP 机，没有座式电话，刘禹锡与白居易竟然在一处酒楼邂逅了。两位文豪，没有约定的偶遇，多么文雅的惊喜。唐时扬州的旅游业应该是极其兴旺的。二人携手登上栖灵塔第九层时开怀大笑，俯看地面，竟有数不尽的游人在看他们。那时的扬州，已经有了眼下旅游新词"慢生活"的最佳人居环境，所以白居易畅游半月而余兴未尽。那时究竟有怎样的休闲项目拴得住人的心、留得住人的情，当然？不会是麻将，也不会是掼蛋。但有一点可以确定，那时的官员，为一位风尘名妓销魂迷情，不是糗事，而是雅事。刘禹锡从冬天玩到春天还不想离去，某春某夜，那一夜，他们是酒醉在被唐代许多诗人提及的一家水馆。这座当年名闻遐迩的酒店是怎样的形状？坐落在何处？你可以在古巷口找一处茶馆，搭着烫干丝、抿着魁龙珠惬意地猜想。那一夜，刘禹锡与扬州名流，当然，陪酒的美姬是不可或缺的。那一夜，群贤狂饮，众人大醉，衣衫不整，就地沉睡。那一夜，独醒的五十五岁的刘公得意非常，童心大发，在一位地方官员的枕头上挥毫泼墨，纵情题诗。这是何等的狂雅。

曾十余次来过扬州的苏东坡，元祐七年以龙图阁学士充淮南东路兵马钤辖知扬州事。那年他五十七岁。二月上任，八月以兵部尚书召还。这位豪放派词人在扬州酒宴上精于示弱，常常狡猾地"颓然坐睡"以示醉，从眼缝里悠然地窥视满座皆醉的百态，清醒而快乐地欣赏主人所献歌妓的"娇后眼，舞时腰"，在"美人微笑转星眸"的惬意中发问"江南春伴侣"："谁似我，醉扬州。"也许正是以这种拿捏得恰到好处的微醺状态俯瞰风景，东坡太守才会写出"山与歌眉敛，波同醉眼流"这等唯美的扬州印象。这应该说是历代文人咏扬州中特别文雅的遣词。

三

你即使蹲守很久又很久，也不太可能，甚至没有可能，见到一位国色天香的女孩款款地从扬州深巷走出。我说的国色天香，必须是纯天然的，素颜的。当今，人造美女可谓司空见惯。扬州出美女，是古人说的吗？这一个"出"字，用得实在是太技术了。扬州美女，没有必要去搜罗历代扬州优秀女性,还要凑一个整数,牵她们出场拙劣地做秀。

其实,平凡的扬州女孩在特殊的历史时刻表现出的人格之大美,同样令我们敬佩不已。公元一六四五年四月,清兵攻破扬州城,一名将领在小巷深处掠到十七岁的女孩张氏,疑为天仙,遂将抢来的珠玉锦绣悉数送她,欲行亲近之好。张氏别脸而泣,悲伤欲绝,将领一时难以得逞。到金陵后,部队即将北上,女孩趁夜以白绫二方、楷书绝命诗五首,用防水细件盛之,油漆布裹好,藏入怀中,渡江时乘隙投江而死,诗中有"已将薄命拼流水,身伴豺狼不自由"的铮铮壮言,也有"吩咐河神仔细收"的从容镇定。诗还有跋,告知世人身藏黄金二两作葬资。黄金,人们在她的鞋中搜得。同年四月,还有一位扬州女性可与张氏相提并论,她便是守城指挥官卓焕的妻子钱氏。城破的前一天,她对丈夫说:"城必陷,妇女不能免辱,孰若先死。"卓焕极力劝阻,告诉她藏在墙壁的掩体内,可保性命。钱氏为了割断丈夫舍身杀敌的后顾之忧,抱着三岁的儿子飞奔到后花园,"跃池而亡",接着,"焕少寡之姑、未嫁之妹二人,幼弟三人,相从同死"。读这些扬州寻常女性故事,天下汉子都会为之动容。

有一双晶莹而柔韧的目光,穿越两千一百年的时长,在蛮荒的北疆遥望她的故乡。她是一位公主,也是一个孤儿;她享受过锦衣玉食的奢华,也经历过家破人亡的苦难;她向往十六岁少女无忧无虑的快乐生活,可她要用一副柔弱的肩膀承担一个大国的神圣使命。在她离开扬州远赴乌孙的途中,一定有过寻常少女难以忍受的忧伤,要不,在灵璧那个地方,她就不会久久地扶石而立、回望故乡。她站立了多久?用她短暂的人生没法丈量。否则,在那块如肌肤一般附有灵性的巨石上,怎么会留下腕节清晰的纤纤影掌?我曾经这样想象过刘细君的容貌:一双读得透这世界的明眸,令花儿不再灿烂的笑靥,像清泉流淌在天栈之眼的歌喉,如奶酪般白洁润泽的肤质,胜春柳迎风而起的舞姿。这位比王昭君出塞还早了七十二年的和亲公主,她像普通的邻家女孩那样多愁善感,听她那句"居常土思兮心内伤,愿为黄鹄兮归故乡"的心诉,你可以想象她有多凄楚无奈。同时,她又像巾帼豪杰般勇于担当,她用青春的坚守换来长达六十年的边陲和平。她的贡献胜过一支大汉帝国的雄师。称她为一位真正的扬州女孩，比说她是一位扬州美女更为贴切。

即使你能测算出地球上最猛飓风的强度，也难估量扬州和尚鉴真当年东渡的精神能量。遥想当年，他也许曾因为治愈过扬州某家孩童的顽疾而换得一顿丰盛的晚餐，也或许输给扬州棋坛高手一两盘棋而忧郁失眠。鉴真，其实曾是一位扬州巷间的平常人，一位只善施舍、不图回报的忠厚淳朴的扬州老乡。所以，即使他将双目的光明化为石灯，照亮了那个野蛮民族的文明之路，却无法教会那一岛芸芸众生如何感恩。鉴真，验证了扬州人用文明教化世界的学养，也代表了扬州人宽容与平和的博爱情怀。

古邗沟上的第一座桥是石桥还是木桥？渡过的第一批客是军人还是平民？它是那个时代的标志性形象工程之一吗？它的雄伟与坚强，在渡过太多的过客、荣耀、悲怆、困顿之后隐遁地下。而它与它的子孙默默托起的，并不都是岁岁月月、时时刻刻由此岸到彼岸的物化欲念，它还传承了一种千载又千载，如水般纹理延绵的内在精神。当今扬州，不缺优秀的传统文化，不缺惊世的历史骄傲，缺的是可与历史比肩的原创文化。它须一个人一群人，一代人又一代人外加一个又一个领军的人，不是急功好利的而是倾其一生的纯粹追求。扬州具备这样的土壤。扬州文化特质的内核之一，是那种可意会却难言传的顺应天然的清静状态，是那种舒适平和的松弛与自由，是那种睿智而不失诙谐的，笑看浮藻且能自净的淡水湖。所谓"人生只合扬州死"，其实是说如果有下辈子，还想活在这一方宜居的土地上。有这样一片让世人神往、让心灵温热的土壤，相信总有一天，会在扬州古巷深处挺拔出一棵或是数棵新树，一千年以后，供乡亲乘凉、世界景仰。

还有一句，其实更加重要。那就是，即使没有出现所谓的文化高峰，那又怎样？看惯寻常，才是心灵的高尚。把平凡日子活出上等质量，让扬州个性独步天下、举世无双，洗净俗念，我心神往。

● 平生甘为痴行客（跋）

　　焦循出生时，他的父亲焦葱镇日坐在书房研读《周易》；焦循的父亲出生时，他的父亲的父亲焦镜镇日坐在书房研读《周易》；焦循父亲的父亲出生时，他的父亲的父亲的父亲焦源镇日坐在书房研读《周易》。至焦循，治《易》四代，延廷琥，已是五代。百年间，五代人相传相承钻研同一部经书，世所罕见。焦循烈马横刀而来，他要马袭旧规，刀劈故技，于千里陈途，旗开一道逆袭历史的大门，让创新的千军万马踏进来，让耀眼的哲学之光照进来。他以中西方算学中的逻辑思维精巧融入，直奔无人超越的治《易》巅峰。

　　年少时的焦循就读于中国最优秀的科举摇蓝之一——扬州安定书院，此后悬帆远航，成为集史学、算学、易学、文学、训诂、戏曲等诸领域成就卓著的一代"通儒"。焦循的一生，精彩么？辉煌么？荣耀么？必须的。及中年，扬州文章太守之一伊秉绶给了他一笔丰厚的稿酬，他便建造了一座豪华的乡村别墅，取名为雕菰楼。下面，遥想了一下他住进这座新楼时的情状。

　　焦循坐在他的"雕菰楼"的顶层，楼的四周都是透明的窗。阳光照进来，月光照进来，都是奢华的、壮阔的、舒展的排面。焦循，年轻时便是熟谙几何算术的奇才，还出了专著，那么，造这一座私家书楼，他应该亲手设计成了精密灵巧的圆形，三百六十度全方位无死角。焦循，托一只紫砂茶壶，瞭望一番烟波浩淼的白茆湖，旋一下身，便是绿茵如诗的柳树堤，又旋一下，是摇风弄舞的幽篁竹园，再一旋，是当年的标志性建筑黄珏桥，抿一口香茶，顺便一旋，远眺，便是车马喧闹的黄珏重镇了。这座匠心独运的美妙的楼，如果还在，有两百年略多了，但，怎么可能在。当然，正因为陈迹难寻，你便可以任意地想象它了，想象它当年在北湖是怎样地令人景仰。

焦循一生未能科考入仕。三十九岁那年，他考中了举人，这一年，他的爱子焦廷琥二十岁了。琥儿的文章，焦循拿到任何高大上的场合，所有前辈名流，都会惊叹其文才不凡，几胜乃父。四十岁那年，焦循进京会试，户部侍郎，有着丰富的主持会试经验的英和先生执其手，抚之，又抚之，说："吾知子之字曰里堂，江南老名士，屈久矣！"这样的一番赞言，焦循，是该笑，还是该哭。旧时文人，在他的青年与壮年时期，绝念入仕，是极少的，你读过郑板桥，就能懂了。焦循正值风华少年时，朝中大才子刘墉来到扬州，与焦循交谈后愉快地笑道：年少里堂，才智不凡，我在京城等你！但，不惑之年，这位"江南老名士"，依然名落孙山了。这之后，他一次又一次地生病，吐血，腹痛，足疾，每一次都几近致命，嘉庆十二年（1807）三月，焦循高烧昏迷，七日不醒。不醒，却是昼夜有梦，梦中，《周易·杂卦》一字一句，清晰明白，烛照《易》理。醒后，半日，疏理梦中思虑，竟脑洞顿开，大彻大悟，于是，推翻了费心已久的《通释》《图略》《章句》三书，尽改原稿，起笔重撰。这是一个浩大的、可怕的工程，但，焦循，经常遭遇死亡侵劫的老书生，他敬畏的是肉体的生命死亡。未来的人，会怎样去评判他文章的生命，哪怕是一个字心存悬疑，他宁死也不肯放过它，哪怕五日，哪怕经月，就为了精准地诠释这一个字，这样，他才心安。

还是嘉庆十二年，初夏，因为用心过猛，焦循又一次大病卧床，恶疾持续长达百日之久。又可以坐起了，又可以著述了。这是在雕菰楼未建之前，老宅，厅堂，那一夜，焦循从天麻麻黑，坐到天麻麻亮。焦循说：琥儿，我这辈子绝念科考了，你接着考，你天资过人，一定能考中，咱焦氏家庭不能没有一个进士。焦氏家庭，焦循在他的《北湖小志》的末尾，以"家述"为题，分上下两篇详述了他的家庭史。焦氏，在北湖，有上下两个村庄，至焦循父辈，已过一百二十房。焦循说：

"乾隆间，岁苦于水，族渐他徙。业既零落，丁口亦稀，两庄所存之屋，十之二三而已。"从焦氏家庭人口短期间的锐减，我们大致可以推测到北湖日渐消失的原因。但是，在这里，这不是重点。这里的重点是，焦循，默坐一宵，心中所思，是焦氏家庭的兴盛。他自己，每逢科考，屡遭厄运。凡认识焦循的所有人，学者、绅士们不去说了，就身边的朋友，谁都坚信，焦循考个进士，一定是手到擒来的易事。可是，不说可是以下的话了。绝望与幻灭，在这一夜，他，认命了。"琥儿，你吱一声，我能确定，你一考必中。"焦廷琥，这一夜，取一张木凳，坐在离父亲丈多远的墙沿，眼睛，极累了，才敢眨一下。这一位杰出的学者型年轻人，他得盯紧父亲。这么多年，那么多次，父亲的性命，就像一盏油灯，风一吹，就晃得差不多灭了。焦廷琥，那副高大硬郎的身板，朝朝暮暮，替父亲挡着各种风，沉默地、静寂地、无声地、警醒地挡，每时每刻，都不能懈怠。"琥儿。"焦廷琥听得见父亲在不停地低声地喊自己，却是一个字眼也懒得应答。这个时辰，霞的光，已经投进厅堂，焦廷琥从侧面看父亲那张宽宽的被门外的红映得颜色光润的脸，一百个的确定安全了，便站起身，朝门外走去。他的健美的身影，在墙壁上浮动。任何场合，盛大的、隆重的、庄严的、喜庆的、欢腾的，任何场合，只要焦廷琥那健硕雄武的身型闪亮在现场，都会听见女士们一阵阵压抑着却又压抑不住的惊喜的亢奋的赞叹与细叫，男士前辈们也会老远老远地叫喊："琥儿啊，这边来，这边来，这边来。"英俊的廷琥，诗、词、赋、文，同辈人不可企及，前辈一般也不敢去比肩。焦廷琥的文章，我们不必费劲，就能在文史资料中查阅到。兴趣来了，你去看看，那有多美。"琥儿，停下，听我说，你得去赶考！"端坐在厅堂中央的焦循态度十分坚定。焦廷琥依然没有应答，无言地走了。

这一对父子，除了学术、文章之间的交流，几乎整日无话可说，一天，一月，一年，说了多少话，彼此都数得出来。焦循，偶尔会偷偷看一眼埋头于古书中几近不惑的儿子，深叹时间走得太快。时间走得贼快，恍惚间一抬头，一年没了；恍惚间一抬头，三年没了。每隔三年的四月间，正是会试揭榜的月份。扬州北湖不缺进士，北湖，不缺科考中榜者。锣鼓与炮竹齐鸣共贺中榜者的这一天，焦廷琥便不见了。庞大的焦庄，上庄和下庄，从偏远处焦循执意不肯拆除的祖父的木屋书房，到而今焦循自己的书房雕菰楼，没有人会相信，足疾恶化到寸步难行的焦循，会独自走进挨近木屋书房的树丛，坐守一天半夜，不吃不喝，默守着不吃不喝的儿子。几乎所有人都说，学识渊博、才华横溢的焦廷琥，考中进士绝非难事。可是，守护父亲和科考入仕，他只能二选一，他必须放弃一个，他只能忽略自己的前程，他怎么可能丢下父亲去追求仕途与荣禄。但是，这一天，每三年的这一天，他得把自己藏起来，偷偷地伤悲。这是焦循去世前最后一次在不远的树林里守望儿子。午夜时分，他看见儿子从祖父的木屋书房里出来了，看见儿子径直地朝自己走来："来吧，我背你。"焦廷琥背起父亲，突然感受到他瘦弱的身体那么轻。焦廷琥把父亲背到雕菰楼的顶层，移来一只精心设计好的木桶，木桶里有中药泡好的汤水，汤水是温热的，木桶的底部有昼夜不灭的碳火架。焦廷琥捞起父亲的裤管，把那双伤足放入汤水。"把书给我拿来，琥儿，桌子东角的那本。"焦廷琥没有答理他，焦廷琥从楼下端上来一大碗营养粥递给焦循："喝了它，我抱你上床睡觉。"

　　他们，是世上最好的父子，是上天最糟的安排。

　　我们不说焦循在嘉庆二十一年（1816）前完成的被学者誉为"石破天惊"之作的《雕菰楼易学三书》，这之后，他一心想完成二十岁时立下的重注《孟子》的心愿。焦循编撰《孟子正义》时，首先要做的是大量的抄写工作，焦循是个性急的人，加之足疾病变到连月必发，每发痛彻骨，他似乎预料到生命来日无多，于是，奋力地与时间搏击。焦廷琥后来曾这样痛心地追思："戊寅十二月初七日，开笔撰《正义》，自恐懈弛，立簿逐日稽省，仍如前此注《易》……"超强度的劳累，又引发了他左臂痉挛不止，以致影响到右手也无法执笔。在动手撰写《正义》之前，极度较真的焦循，首先择选出清初顾炎武、毛奇龄及好友王引之等有关于《孟子》著述者六十多家，辑成《孟子长编》，接下来的工作，焦廷琥是这样记述的："简择《长编》之可采与否者，有不达则思，每夜三鼓后不寐，拥被寻思……一一检而考之……"《孟子正义》共三十卷，焦循除了一字一字检考之外，还得一字一字工整地抄写。儿子焦廷琥能帮他做大量的工作，但，不能代替他的正稿的抄写，固执而且倔强的焦循，坚持每一个字都必须亲手抄录，对于一位身体衰弱到极限的患者而言，这是一项何等艰苦的劳作，但，焦廷琥是劝不动他的。

嘉庆二十五年（1820）六月，一年中最好的季节来了，焦循因为足疾的急性恶化彻底病倒了，在起初时断时续的高烧期间，焦循还会以哀求的口吻喊儿子："琥儿，扶我下床到桌前，我就抄写一个时辰，两个时辰，我这一生，总得抄完《正义》。"焦廷琥太了解焦循的个性了，即使守护在病榻旁的医生声嘶力竭地反对，儿，还得把父亲小心地抱起，让他端坐到书桌前。焦循，提笔，蘸墨，数笔下去，居然成不了一个字形。他，生命的油灯，已经燃到了尽头。嘉庆二十五年七月二十四日，昏迷了十多天的焦循竟然睁开了眼，双眼，很亮，很大，炯炯地望着焦廷琥，说："琥儿，你的手呢？快，给我，握紧了！"儿，用一双硕大的手掌，把父亲那只瘦得仅剩下皮和骨的右手裹在掌心。"琥儿"，焦循的双眼缓缓地闭上了，声音也缓缓地越来越轻。"琥儿，接下来，我做梦去了，你不要叫醒我，你，要把那十分之九的《正义》抄写完成，抄成了，我就能做一个不朽的梦。"

一切，在焦循"不朽的梦"的遗语中归于寂静。寂静，延续到二十七日上午八时左右。焦循，梦里不再返程。

焦循深信他的爱子琥儿会圆满完成他未竟的凤愿。焦循最后的目光深深嵌入焦廷琥的梦中。他开始像父亲那样没日没夜地誊抄《孟子正义》。转眼到了深秋，转眼又到了冬季。焦廷琥已经分不清是在梦中还是醒着。但，他坚信，父亲是在梦中醒着，父亲那双很亮的目光每时每刻都在注视着他抄录《正义》的进展。除夕那一夜，他没有睡，他整宵都在抄写《正义》，天亮了，他看着父亲悬挂在书房里的画像，胸中郁结的哀伤突然涌堵到胸口，就在站起身的刹那间，大口大口的鲜血从口中喷涌而出，鲜血，浸染了这一夜他誊抄的所有书稿。

焦廷琥，没有能走下雕菰楼顶层的书房。

焦廷琥，以他三十九岁的最好年华，病逝于父亲离去的半年之后。

阮元，是在先收到《孟子正义》手稿之后收到了焦循去世的消息，阮元撰文告诉世人：焦循"弱冠与元齐名，自元服官后，君学乃精深博大，远迈于元矣。今君虽殂，而学不朽。"后来的大学问家梁启超这样说过，焦循撰写《孟子正义》时，"已经垂老，书才成便死了。……此书……价值是永永不朽的"。

焦循，以六百万言著述，五十七岁登临"通儒"极顶。那么，活着时，他渴望过不朽吗？他当然是痛恨自己的命与运的，这该诅咒的命运，总是把他逼到生命的绝境，紧紧咬着的牙关，稍一松懈，就没了，命就没了，人就没了，如海潮般汹涌不息的文思就瞬间幻灭了。焦循，那么倔强且坚韧的性格，怎么会让步。他把所有的厄运咬死了，在稍纵即坠的学术悬崖上攀行。这一父一子，两个痴人，一生都在字里，一生都在纸上，其痴行苦旅，其情乐心欢，旁人是体会不到的。